後宮を飛び出したとある側室の話

Miyako Hanano

はなのみやこ

Ruby collection

Contents

登場人物紹介

ラウル

冷たい美貌のオルテンシアの王太子。出自ゆえに居丈高な態度だが、慈善事業に積極的で民からの支持も厚い。

リケルメ

大国アローロの国王で、名君として名高い美丈夫。ラウルの伯父にあたる。

リード

大国アローロの国王リケルメの側室だったが、ある事を切っ掛けに後宮を出奔する。

マリアンヌ
アローロの王妃。穏やかな人柄でリードにも優しく接する。
マクシミリアン
リケルメの息子。卒業試験に備え、リードに教えを請う。
ジャスパー
腕の良い医師。軍医として従軍した経験を持つ。
レオノーラ
ラウルの母でリケルメの姉。過去のある出来事からリケルメとは険悪。

後宮を飛び出した
とある側室の話

日が落ち、国中のあちらこちらの家に灯《とも》りが燈りはじめる。たよりない月の光に照らされる宵の口、浮かび上がるその灯は、光の道筋のようにも見えた。僅《わず》かに窓を開ければ、心地よい涼風が頬へと触れる。昼間のうだるような暑さが嘘のようになくなる、夏の夜のこの時間が、リードは好きだった。

丁寧に窓を閉めた後、もう一度身を乗り出して外を見つめる。いつもより灯りの数が少ないのは、今日が夏至祭の日だからだろう。

三年前から始まったこの祭りは、日頃勤勉に働く国民を労うためにと、国王主催で始められたものだ。さすがに全ての国民を集めることは出来ないため、遠方からは領主と町の代表に来てもらい、領民のためにたくさんの土産を持たせることにしていた。

祭りの間の数日間は農民も商人も皆身体が休められるよう、土産の品は食物がほとんどであったが、中には女性たちが好む装飾品や、子供たちへの玩具《おもちゃ》も含まれていたため、国民からは喜ばれた。

さらに、途中で夜盗等の不届き者の強奪にあったり、領主の搾取を防ぐために、城からは監視の者がそれぞれの町までついて行った。

「本当に、口惜しいことです」

ぼんやりと外を見つめていたリードの耳に、すぐ傍で夕食の片付けをしているルリの声が聞こえてくる。リードが振り返れば、少しばかり決まりが悪そうな顔をする。侍女のルリは、リードが王宮に来た時からずっと身の回りの世話をしてくれている人間だ。恰幅《かっぷく》のよい体型を気にしているが、ふくよかな身体は温かみがあってリードは好きだった。

「申し訳ありません、つい口に出てしまっておりました」

「うん、ありがとうルリ」

ルリが昨日から不機嫌な理由は、リードもよくわかっていた。にっこりとリードが微笑めば、ルリは安堵《あんど》の表情を浮かべたが、すぐに再び眉間《みけん》に皺《しわ》をよせた。

「リード様は、お優しすぎますよ。全く、なんで陛下はあんな子供ばかり贔屓《ひいき》なさるのか」

「ルリ」

「だって！　悔しいじゃありませんか！　この祭りを考案したのだって本当はリード様ですし、国民だって、遠目でほとんどお顔は見えなくとも、年に一度リード様の御尊顔を拝見出来るのを楽しみにしてるんですよ」

「陛下は、ちゃんと俺の事も誘ってくれたよ。断ったのは俺だし、公式な場とはいえ市井の人々との交流で、王妃様ではなく側室が行くのが慣習になってるだけだから。別に、俺じゃなくても」

「ただの慣習なんですから、お一人でお行きになればよろしいじゃありませんか！　あんな、まだ後宮に入って間もなければ何の教養もない、猿のようなものを同伴されるなんて！」

「猿……はさすがに言い過ぎじゃないかなあ。元気があって、いい子だと思うよ」

リードは、半年ほど前に入宮した十近く年下の少年の姿を思い出す。数えるほどしか会ったことはないが、意志の強そうな大きな瞳《ひとみ》を持った所謂《いわゆる》美少年だ。他の侍女からも良い噂は聞こえてこなかったが、リード以来の男の側室ということもあり、リードに対して気を使ってのこともあるだろう。

確かに大貴族の子弟の割にはあまり厳しく躾《しつけ》られていなかったようで、初めてリードに挨拶《あいさつ》をする際もひどく緊張していた。リードの顔を見た瞬間に発した言葉も「本当に男だ！　だけどきれい！」というなかなか突拍子もないものだった。

なお、一緒にいたルリはそんな少年の態度をなんと失礼なと、後で激怒していた。そんな、危なっかしい姿も王は放っておけないのだろうと、なんとなくリードは思っていた。

「それに、俺が入宮した時にはもっとひどかったと思うし」

それこそ、猿と呼ばれても仕方なかったのではないだろうか。王の寵愛《ちょうあい》を一身に受けていたからこそ表立って悪く言われたことはなかったが、反発もあったのではないかと今となれば思う。

「リード様も、確かにお元気な方でしたが。けれど、聡明《そうめい》でお優しい方だというのはルリにはすぐにわかりました。何より、芽吹いたばかりの新緑のようなお美しさで。ああ、勿論《もちろん》今のリード様もお美しいですが」

「ルリには、本当に世話になったよな。この十年、ここで暮らせたのはルリのお蔭《かげ》だと思ってるよ。ありがとう」

リードがそう言って頭を下げれば、途端にルリの表情が不安気なものにかわる。

「そんな、お別れの言葉みたいに言わないでください。ルリは、娘の出産に立ち会うだけで一月後《ひとつき》には王宮へ戻ります」

夏至祭に参加した後、ルリは地方に住む娘の出産のために一月ほどの休暇を予定していた。そこまで長い間リードの傍を離れた経験がないため、ルリはつい最近まで迷っていたのだが、初孫ということもあり、帰省を勧めるリードの言葉に背中を押され、最後は渋々ながらも頷《うなず》いた。

「まさかリード様、あの小猿のことでお心を痛めて御髪《おぐし》をおろすつもりじゃ……」

「いや、教会に入るつもりはないよ。まあ、確かにそろそろ薹《とう》が立ってはいるけど」

「リード様！　何をお気にされているのかわかりませんが、陛下が一番愛されているのはリード様なんですよ！　女性ばかりの後宮は気を使うからと陛下が宮まで造られたのはリード様だけですし、訪れだって王妃様や他の側室様方を押しのけて一番でいらっしゃいます！　今回だって、リード様の体調が優れないため仕方なくあの側室を伴われるだけです！」

先ほどまで王に対して苛立《いらだ》ちを口にしていたルリ

だが、リードを励まそうという気持ちが強いのだろう。まるで王を擁護するかのような論調だった。リードとしては、王の愛への不安を口にしたつもりはなかったのだが、ルリにはそう感じられたようだ。

それも、仕方のないことではあった。リードは、この国の王の側室なのだ。そういった現実はわかってはいるし、悪意が微塵《みじん》もない事も分かるが、ルリの言葉に少しばかり自身が傷ついている事に、リードは気付いていた。

「大丈夫だよ、陛下の気持ちを疑ってるわけじゃない。大事にされてると思うし、感謝だってしてる」

今日など祭りの事前打ち合わせなどで一日多忙であるにもかかわらず、昨日から風邪で臥《ふ》せっているというリードのため、わざわざ宮へと顔を出してくれた。

お前は元気な方がいい、笑っていて欲しい。お前と一緒にいる時が一番心が安らぐ。

賢王と名高い優秀な頭脳と男らしい恵まれた体躯《たいく》、そして整った顔立ちを持つ美丈夫は、十年の時を経てもなお、リードに対して変わらぬ愛の言葉を伝えてくれる。他の側室に比べると実家の身分が劣るリードが王宮内で重んじられてきたのも、王の一番の寵姫という立場だからこそだ。

多かれ少なかれ周りの側室の妬《ねた》みこそあったが、王妃であるマリアンヌはリードにとても優しかったし、時に王と仲違《なかたが》いしたリードを慰めてくれたのもまた、マリアンヌだった。

男でありながら、国一番の権力者に愛された幸せな側室。

それが周りのリードに対する評価である事は、リード自身が一番わかっていた。

「そんなことより、あまり遅くなると祭りの夜とはいえ危ないよ。プリスベまでは馬車でも一刻はかかるんだろう？」

ルリの実家は、王都であるランツェのすぐ隣にある、プリスベという街だった。

ランツェに比べると長閑《のどか》ではあるが、プリスベも地方都市としてはそれなりに栄えている。ルリの娘が結婚したのも、プリスベでは有名な豪商だという話だ。

「はい、申し訳ありません。今宵は陛下とご一緒されると思っておりましたので、私も安心していたのですが。リード様を一人にしてしまう事になるなんて……」

「別に大した風邪じゃないし、寝ていれば明日にはよくなってるよ。他にも宮には人がいるし。それに俺、丈夫さだけが取り柄だからさ」

ルリは最後まで申し訳なさそうにしていたが、頼んだ馬車の時間が近づくと部屋を退出していった。最後にリードの黒髪に香油をつけ、ゆっくり梳《と》かしていくのを忘れずに。

そしてルリが宮を離れるのと同じ頃、宮からは少しずつ人が少なくなっていく。警備のために番兵こそ残っているが、祭りの夜ということもあり、なるべく祭りを楽しむようにと皆にリードがあらかじめ伝えていたのだ。

廊下から侍女たちの話し声も聞こえなくなり、しばらくすると王宮の広場から、祭りの始まりを告げる大きな花火があがった。

それを合図にリードは立ち上がると棚を開き、中から小刀を取り出す。

以前、王から護身用にと贈られたものだが、護身用でありながら、宝石のちりばめられたそれはキラキラと輝きを放っている。使ったことは、一度もなかった。リードのいる宮の周りは常に厳重な警備が敷かれており、それこそネズミ一匹入る事など不可能だったからだ。

小刀を手に取ったリードは、しばしそれをじっと見つめる。一度だけ、深く息を吸った。

「ごめんな、ルリ」

そして決心が鈍らぬうちに、それを首筋へとあて、思いきり下へと引いた。

腰まであった長い髪が、パラパラと絨毯《じゅうたん》の上へ落ちていく。

この十年、常に一定の長さに保たれていた、王が何より愛した黒髪だった。

後宮へ入った日の夜、故郷を恋しがるリードの髪を、眠りにつくまで撫《な》で続けてくれた優しい手を思い出し、胸に強い痛みを感じる。

大きな鏡に目を向ければ、そこには短髪の一人の青年がうつっていた。

瞳からは、涙が一滴流れていた。

◇◇◇

二年後――

子供たちの高い声が、そこら中から聞こえてくる。

普段なら屋内で机に向かっている時間だが、冬に植えた野菜や果物を収穫するために皆で外に出ているのだ。

最初はリードの話を大人しく聞いていた子供たちだが、終わると同時にすぐにそれぞれが育てた作物について楽しそうに話し始めた。座学で植物の生態に関して説明した時よりも、よっぽど興味津々といった表情をしている。

自然こそ最良の教師、かつて聞いたそんな言葉がリードの頭に過《よぎ》った。

「先生、この果物は？　まだ採っちゃダメ？」

すぐ近くにいたサラが、子供たちを見渡していたリードに声をかける。

「あー、そうだな。それはまだ青いから、もうちょっと黄色くなるまで待った方がいいな」

リードがそう言えば、サラは「はーい」と元気に返事をし、隣にいた友達とまた違う果物を探し始めた。

最初はなかなか慣れなかった「先生」という言葉に慣れてきたのは、一年ほど前からだろうか。日差しの中で朝から畑仕事をしていたため、さすがに汗ばんできた額を、リードは手で軽く拭《ぬぐ》った。

二年前、アローロの後宮を飛び出したリードは、今は隣国であるオルテンシアの王都、セレーノで暮らしていた。アローロと陸続きであるオルテンシアは、王族同士が縁戚《えんせき》という事もあり、両国は長い間友好関係が築かれている。

土地も広大で、工業も発展しているアローロに比べると小さな国ではあるが、オルテンシアは商業国家でもあるため、セレーノはランツェに引けを取らないくらい発展していた。

アローロより南に位置していることもあり、気候も温暖で、閉鎖的な空気もほとんどなく、外から入って来る人間に対しても受け入れる寛容さがあった。

二年前のあの日、祭りの最中、偽装した通行証でなんとか国境を越えたリードではあったが、オルテンシアに入ってからの事は具体的に何も考えていなかった。

無理もない、リードはアローロで生まれ育ち、この十年にいたってはほとんど後宮から出たことがなかったからだ。

それでも不安がなかったのは十年の間、いや物心がついた時からリードが地道に身につけてきたこの大陸全般に関する知識があったからだ。

そして、それだけではなく。リードには、生まれて二十五年の記憶以外にそれ以前の記憶、つまり前世の記憶があった。

あれは七歳になったばかりの頃だった。

高熱を出し、昏睡《こんすい》状態に陥ったリードは目覚めた時、ここがどこであるのか一瞬理解出来なかった。

中位貴族の子として産まれたリードだが、母親の身分はあまり高くはない、所謂妾腹《しょうふく》だった。けれど幼い頃から利発だったこともあり、父親からの覚えはとてもよかった。

貴族としての身分はそれほど高い方ではなかったが、高名な学者であった父は王都の大学で教鞭《きょうべん》をとっていた。

そんな父親からすると、立場上家督を継がせるわけにはいかなかったが、優秀なリードの存在は嬉《うれ》しかったのだろう。字が読めるようになると、休暇で家に戻るたび、たくさんの本をリードのために買ってきてくれた。

けれどそれが、他の子供たちにとっては面白くなかったのだろう。

特に、リードの一つ上の正妻の子供からは事あるごとにいじめられた。使用人たちも皆正妻の顔色を窺《うかが》い、見て見ぬふりだったため、専らリードは一人でひっそりと庭にある池の近くで本を読むしかなかった。

いじめといっても、幼い子供の考える事であるため生死にかかわるような深刻な物ではない。

あの時だって、義兄としては軽く脅かすくらいの気持ちだったのだろう。けれど、結果的にそれが原因で、リードは池へと落ちる事になってしまった。

浅瀬だったとはいえもともと小柄だったリードには十分深く、泳ぐことも出来なかったため、そのまま溺《おぼ》れることになった。

さすがの義兄も驚き、すぐに使用人を呼んだため大事にはいたらなかったが、元々風邪気味だったこともあり、肺炎にまでなってしまった。

そしてそのまま三日三晩、生死の淵《ふち》を彷徨《さまよ》ったのだが、その間リードは夢を見ていた。

それは、リードが見たこともない場所で、自分とは全く違う姿の人間として暮らしている夢だった。

日本と呼ばれるその国で、かつてのリード、水原《みずはら》直人《なおと》は毎日をとても楽しく暮らしていた。

暮らしている家はリードの住む屋敷よりも随分小さかったが、母親と父親と、そして妹がいる、平凡ではあるが温かい家庭だった。

大学生だった直人は、有名な大学の国際学科で学んでいて、留学に向けて色々と準備をしている最中だった。留学先は、日本では研究者の少ないヨーロッパの小国で、一年以上かけて先方の大学に頼み込んでようやく許可がおりたのだ。

資金をためるためのアルバイトをしながら、勉強も夜遅くまで行っていた。それでも時々は友達と一緒に飲み会や合コンにも参加する、そんなどこにでもいる普通の大学生だった。

けれど、そんな直人を襲った悲劇は、不幸にも直人の夢をかなえるための留学先へ行く最中に起こった。直人が乗った飛行機が、事故にあったのだ。

搭乗したのは現地の格安航空会社のものだったが、これまで事故は一度も起こしたことがないため、直人も安心しきっていた。なんとか聞き取れた現地語で、エンジントラブルのため、緊急着陸態勢に入るというアナウンスが聞こえてきた。

混乱し、錯乱状態になる乗客や、祈るような仕草をしたキャビンアテンダントの様子からも、助かる確率が低いことは直人にもわかった。

両親や妹、そして友人の顔が次々に脳裏を過り、震える手で酸素マスクを口へと付けた。

せっかく、夢がかなったのに。もっと、もっと勉強がしたかった。

恐怖で身体を震わせながら最後にそう思い、そこで意識は途切れた。

そんな風に、全く違う人間の人生を追体験してしまったリードは、目覚めた時ひどく混乱していた。

ただの夢にしてはあまりにも臨場感があったことからも、あれはおそらく今の生を受ける前、前世における自分の記憶なのだろう。アローロで信仰されている宗教、ナトレサ教では、人間は死んだらまた生まれ変わるという考えが教えられていたこともあり、リードは自分でも驚くほどに、それをすんなりと受け入れることが出来た。

前世を思い出したからといって、今までのリードとしての記憶がなくなっているわけではない。けれど、直人として生きた記憶はリードの中にしっかりと刻まれていた。

今までどちらかというと大人しい子供であったリードが活発になったのも、その日からだった。

相変わらず続いている義兄からのいたずらにも、やり返しこそはしなかったが、簡単に引っかかることもなくなった。使用人の子供たちと外で遊ぶことも多くなったため、自然と身体も丈夫になった。何より、今まで以上に勉学への探求心が強くなった。

そして、十歳になったあの日。

父に連れられて行った王宮で、リードは運命的な出会いをすることになった。


リードの生家は、王都から二刻ほどのところにあるスピキアという都市にあった。

他の貴族のようにタウンハウスと呼ばれる別宅も王都にはあったが、そこに住むのはリードの父であるフレッドと使用人だけで、家族はみなスピキアに住んでいた。

別宅自体がそこまで大きくなかったこともあるのだろうが、仕事人間であるフレッドにとって家族の存在は煩わしかったのだろう。

それでも月に一度はスピキアに帰っていたし、その際に王都で流行している服や装飾品を馬車いっぱいに積み込んでいたため、正妻や子供たちも特に不満はなかったようだ。

ただ、上位貴族の子弟との縁談を望む義姉たちや、流行に敏感な義兄は事あるごとに王都へ行きたいと口にしていたため、子供たちがある程度の年齢になると、フレッドは仕方なく誰かしらを連れて王都へ戻って行った。

リードにしてみれば、書物や人づてに聞いた王都にそれなりに興味はあったが、スピキアに住んでいても不自由はなかったし、わざわざ行きたいと口にしたことはなかった。

屋敷の環境も、以前に比べればずっと暮らしやすいものになっていた。使用人の子供たちと仲良くなったことにより、使用人たちのリードへの態度が格段に良くなっていたからだ。

後で聞いた話によると、今まで一人で本を読んでいることの多かったリードは、他の使用人たちにとっては近寄りがたい存在だったようだ。リード以外の子供たちが、あまり勉強好きでなかったこともあるのだろう。ようは、お高く留まっているように見えていたのだ。

アローロは大陸の中で最も栄えている国だが、それでも識字率はそれほど高くない。書物は高級品で、庶民にとってはなかなか手の届かないものだった。

それを、子供でありながら毎日のように読みふけっていたリードは、確かに彼らの目にあまりよくは映らなかっただろう。

自身の行いを反省する意味もこめて、それからリードは使用人の子供たちに時間が許す限り文字を教えた。最初はこんなことを学んでも自分たちの子供には意味がない、と難色を示す使用人もいたが、たくさんの子供たちがリードから学びたいと言ってくれたため、最後には皆了承してくれた。

父であるフレッドはそれを面白そうに見ていたし、義母やその子供たちはやはり良い顔こそしなかったが、苦言を呈することもなかった。

そんな風に、リードの子供時代は穏やかではあるがとても充実したものだった。特に、この頃のリードにとって一番の楽しみは、離れた場所に住んでいる母から時折届く手紙だった。

王族自体が一夫多妻をとるこの国では、貴族も妾《めかけ》を持つことは珍しくない。宗教的によくは思われないため、あくまで正妻は一人であるものの、妾の立場はそれほど卑下されるものでもない。私財が潤沢にある大貴族など、何人も外に囲っているという話だった。

ただ、リードの父は中位貴族であったし、そこまで女性に興味があるわけではなく、リードの母も、元々は父が大学で教えていた生徒の一人だった。

近頃はだいぶ女子の入学者も増えているという話だが、当時大学で学ぶ学生のほとんどが男子であり、女子にとって学問は必要ないとすら言われる風潮が強かった。今でも、とりあえず入学はさせたものの途中で結婚が決まり、退学していく女子の方が圧倒的に多い。

けれど下位貴族であったリードの母、セシリアはそういった周りの女子とは全く違い、学問に対し強い興味を持っていた。

講義の予習復習はもちろん、聴講も常に一番前の席で受けていた。

最初こそ女子学生だと鼻白んでいた教授陣も、すぐにその評価を変えた。

さらにセシリアは、率先して自身を飾りたてることすらしなかったが、その美貌《びぼう》は美しい女性たちを見慣れている貴族たちの間でも評判になるほどのものだった。

そのため在学中は、それこそ中位貴族はもちろん大貴族の子弟から何度も結婚を申し込まれた。けれどセシリアは、そういったものには一切関心を持たなかった。

そして、そんなセシリアが心から慕ったのが、当時自身の研究する科目を担当していたフレッドだった。

口下手で、女性と話すよりも論文を書く方がよっぽど得意なフレッドだが、そんなところでさえセシリアには魅力的に映ったのだろう。

二十近くも年が離れていたが、二人は愛し合い、そしてリードが産まれた。

けれど、リード自身が母と共に暮らせたのは、ほんの僅《わず》かな間だけだった。セシリアが、実家の力も弱い自分といるよりも、本邸で育てられた方がリードの将来のためになると考えたためだ。

五歳になる年、リードは母に手を引かれ、本邸の大きな門を潜った。くれぐれもリードを頼むと深々と頭を下げる母と、そんな母とリードを冷えた瞳《ひとみ》で見つめる正妻であるナタリーの顔を、リードはよく覚えている。

地位や権力のある男が外に妾を持つのは仕方ないという考えがまかり通っているとはいえ、やはり正妻であるナタリーからすれば面白くなかったのだろう。セシリアとナタリーの年齢が十以上離れていた所にも、自尊心が傷ついたのかもしれない。

ある日、リードが使用人の子供たちと友達になった事を手紙に書くと、セシリアはとても喜んでくれた。別邸で少しの使用人と生活しているセシリアは、定期的に教会へ行き、子供たちに勉強を教えていた。

「もし時間があれば、他の子供たちも連れて授業を聞きに来なさい」

セシリアの誘いもあり、リードは父に相談して子供たちも一緒に何度か教会へと連れて行ってもらった。活き活きと教鞭をとる母の姿はとても輝いて見えたし、それを眩《まぶ》しそうに隣で見ている父の表情も印象的だった。

ナタリーに気を使っているのか、セシリアがリードに自身と父の話をすることは滅多になかった。けれど、父に対し深い敬愛の念を持っていることは、手紙の端々からもわかった。

「リードは、どんな人を好きになるのかしら」

ある時、セシリアがそんな事を書いてきたことがあった。どうやら教会で結婚式があり、その介添え人をしたことがきっかけだったようだ。

自分はただ一人の人を愛し、そして、その人からも愛されたい。

元々前世が日本人だったこともあり、リードにとっては一夫多妻は馴染《なじ》みがないものだった。立場は中位貴族とはいえ妾腹であるし、将来結婚することになっても自分が妾を持つことはないだろう。

そのうち、同じような家柄の婚約者を正妻から紹介してもらえるはずだ。出来れば、その女性の事を好きになれたらいい。

そんな風に思っていたリードは、まさかその数年後、自分が国王の側室に選ばれるとは想像すらしていなかった。

リードとアローロ王、リケルメとの出会いは運命的ではあったが、物語としてはよくある話でもあった。

父に伴われ王都へと赴いたリードは、仕事があるという父を王宮の庭で待っていた。

一応使用人たちはついていたが、警備が厳重である事、何より滅多に入る事が出来ない王宮にいるという事で心が浮ついていたのだろう。

気が付けば、使用人たちの視界からリードは消えていた。

慌てふためいたのは、使用人たちの方だった。王宮の人間にリードの特徴を説明し、探し回っていたようだ。けれどそんな事になっているとは露知らないリードは、その頃ちょうど一人庭の木へと登っていた。

もっとも、木登りがしたかったわけではない。

小さな猫が木から下りられなくなっているのを見つけてしまったからだ。

まだ生まれたばかりなのだろう、足を震わせて枝の上にいる子猫をリードはとてもかわいそうに思った。多くの貴族の子弟とは違い、リードは木登りには自信があった。家の使用人の子供たちと一緒に、しょっちゅう屋敷の庭の木にも登っていたからだ。

さすがは王宮の庭という事もあり、木々もみな立派で、リードが一人登ったからといって折れるとは思えなかった。実際、軽く幹を蹴《け》ってみたがびくともしなかった。

周りをキョロキョロと見回したリードは、慎重に木へと登っていった。けれど、あと少しで子猫の枝に手が届くというところで、下が騒がしくなった。

木の上にいるリードを発見した女官たちが、悲鳴をあげていく。

「はやくお下りになってください」

「いえ、そのままそこでお待ちください」

貴族の子弟が王宮の庭の木に登る、というのは前代未聞の出来事だったのだろう。それぞれの主張は滅茶苦茶で、みな混乱しているであろうことはリードにもわかった。

その時、ようやくリードは自分がとんでもない事をしでかしてしまったことに気付いた。

とにかくはやく子猫を捕まえて下りよう。

そう思ったリードは子猫の方へと手を伸ばす。

けれど、たくさんの人間たちの声に驚いているのは子猫も一緒で、どんどん端の方へと後ずさってしまっていた。仕方なくリードは、自分も枝の方へと近づく。それにより、聞こえてくる叫び声が、より大きくなった。

ゆっくりと枝をつたい、子猫の身体へと手を差し伸べる。そうすれば、特に抵抗することもなく、子猫はリードに抱きかかえられた。

ホッと胸をなでおろした、その瞬間だった。

ミシリと枝が音を上げ、ゆっくりと枝が幹から離れていく。

落ちる、と思った時には遅かった。この高さなら、死ぬことはないだろうとは思ったが衝撃を覚悟し、リードは子猫を抱きしめたまま目を瞑《つぶ》った。

身体が、急速に下降していくのを感じた。これがニュートンの発見した万有引力だなと場違いなことを考えてしまうのは、リード自身も現実逃避をしていたからだろう。

ところが、いつまでたっても落下の衝撃は来なかった。いや、多少の衝撃はあったのだが、痛みは全くといっていいほど感じなかった。恐る恐る、リードは瞳をあける。

「間一髪、だったな」

目の前には、目鼻立ちの整った精悍《せいかん》な青年の顔があった。他人の美醜にそれほど関心のないリードでも、一瞬見惚《みと》れてしまう程にその顔は整っていた。

豪奢《ごうしゃ》な金髪と青い瞳に、物語の中の王子というのはこんな感じだろうかと思う。どうやら、木から落ちた自分はこの青年に助けられたようだ。

そう認識すれば、ゆっくりと、リードは今しがたまで自分がいた枝の位置を確認する。下から見上げてもそれなりの高さであることがわかった。

同年代の子供より軽いとはいえ、十歳のリードの体重を考えれば、かなりの衝撃だったはずだ。

けれど、青年は易々とリードを受け止めた。一体、どれほどの鍛え方をしているのだろう。

「陛下!」

呆然《ぼうぜん》と青年の顔を見つめていたリードだが、しばらくするとようやく周りの人々の声が聞こえてきた。

特に陛下という言葉はすぐにリードを現実へと引き戻した。よくよく見れば、青年の顔には見覚えがあった。

今から数年前、隠居した前国王の後を継ぎ、即位した若き国王リケルメその人だった。

その当時、王都で飛ぶように売れていた肖像画を父が持って帰り、姉たちがそれを巡って争っていたのをリードも覚えていた。

もっとも、貴族とはいえ妾腹《しょうふく》、さらに末子であるリードにとって国王は立場も何もかもが遠い人間である。

そのため、ほとんど興味を持たなかった。今回王宮に行くという話を父から聞いた時でさえ、広い王宮で多忙である王の姿を見られるなど、思いもしなかった。

「リケルメ、国王陛下?」

恐る恐る、リードが口に出せば、リケルメは口の端を思い切りあげて笑った。

「俺の名前を知っているのか?」

「この国の民であれば、みな知っております」

リードがそう言えば、リケルメは面白そうにリードを見る。

「なんだ、子供の割にえらいかしこまった口を利くな」

「子供……今年十になります。あと三年もすれば騎士団にだって入団できます」

思わずムキになって言ってしまったが、不敬にあたらないかとリードは内心ひやりとしていた。

今の国王陛下は豪胆な性格で、細かいことは気にしないと聞いたことはあったが、あくまでそれは噂だ。

「十歳？　嘘だろう!?」

リケルメが驚いたように、腕の中のリードの顔と身体を一瞥《いちべつ》する。

「マクシミリアンとそうかわらないかと思ったぞ」

マクシミリアン、というのはリケルメの第一子である王太子だ。御年六歳になるはずだが、一体いくつに思われたのだろうと自然とリードの眉間《みけん》に皺《しわ》が寄る。

確かに平均よりも背は低かったが、六歳の子供と同じくらいだと思われるのは心外だった。

リードが不機嫌になったことが、その表情から分かったのだろう。リケルメが愉快そうに笑うため、ますますリードは眉間の皺を深くした。

そんなこの国の王と子供の会話を、周りの者たちは皆、口を挟むことも出来ず、驚いたように見つめていた。

「あの、国王陛下。助けて下さり、ありがとうございます。これ以上、陛下のお手を煩わせるわけにはいきません。下ろして頂けませんか」

多少、棒読みになってしまったかもしれないが、あやうく怪我をするところを助けてもらったことは事実だ。

リードとしては丁寧に言ったつもりだったのだが、対してリケルメの表情はどこか面白くなさそうだ。

「国王陛下……堅苦しいな。先ほどのように、リケルメと呼べないのか？」

「は？」

一介の貴族、しかも子供が王を呼称もつけずに名前で呼ぶなど聞いたことがない。そもそも、確かにリードはリケルメの名を呼んだが、陛下ときちんとつけたはずだ。

「リケルメ国王陛下」

「国王陛下はいらん」

「……リケルメ」

小さな声ではあったが、リケルメはようやく満足したのか、リードを地上へと下ろしてくれた。

地面に足をつければ、リケルメはリードが見上げるほどに背が高かった。

「そうか、これを助けるためにお前は木に登ったのだな」

リードの胸の中にいる子猫の頭を、リケルメは優しく撫《な》でた。

「俺も子供の頃に登ったことがあるが、意外と高かっただろう？」

そう言って、リケルメはすぐ傍にある木を懐かしそうに見上げた。

「勇敢な小さなレディに、感謝しなければならないな」

もう一度、子猫にリケルメは笑いかけたが、ニャアと小さな声で鳴いた猫とは対照的に、リードの表情は引きつった。

レディという言葉が自分に向けられたものであることは、明らかだったからだ。

「お言葉ですが陛下……じゃないリケルメ」

「なんだ？」

「俺は、男です」

「あ？」

呆気《あっけ》にとられたらしいリケルメは、しばらく唖然《あぜん》としてリードを見つめていた。けれど、その後は小さく噴き出すと、今度は豪快に笑い始めた。

「そ、そうだったか！　それは、悪かったな！　いや、確かによく見れば服装は男子のものだな！」

一応謝ってはいるものの、その言葉からは謝罪の意図は全く感じられなかった。そのまま笑い続けるリケルメを、周囲の側近たちも困惑したように見つめていた。

「こ、国王陛下」

そんな中、リケルメを呼ぶ声が聞こえ、リードもリケルメも同時に声のした方を振り返る。聞こえてきた声色が、リードもとても聞き馴染みのあるものだったからだ。

二人のもとへ駆けつけてきたのは、今回リードを王宮へ連れてきたフレッドだった。

青褪《あおざ》めながらもひどく慌てた様子であり、かなり長い距離を走ってきたことは、汗ばむ額を見ればわかった。

「愚息が、大変なご迷惑をおかけしたと聞き」

どうやら、リードが庭で行方不明となり、木から落ちたところをリケルメに助けられたという報告は既に聞いているようだった。

顔を真っ青にしている様子は、傍目《はため》にもかわいそうなくらいだった。

「なんだフレッド、これはお前の息子なのか？」

「は、はい恐れながら……」

元々大きくはない身体を小さくしてフレッドと呼ばれた初老の男が言えば、リケルメはリードの方へと視線を向ける。

「木から落ちてきたから、てっきり精霊の類《たぐい》かと思ったぞ。ということは、これが先ほどお前が話していたリードか」

「左様でございます」

貴族の中での身分はそれほど高くないとはいえ、かつてリケルメはフレッドの教え子であった事もあり、知らぬ仲ではなかった。

「なるほど、お前の言うとおり、確かに利発な子供だな」

リケルメの言葉に、どこかホッとしたようにフレッドの表情が明るくなった。

「はい。ですから、二年程はやくはありますが、来年には王都の学校へと」

その言葉に、リードは弾かれたように父の顔を見た。

十三になれば、多くの貴族の子弟は学校へ通うようになる。ただ、リードはてっきり地元スピキアの学校に入学するものだと思っていた。けれど、フレッドはリードを王都の学校で学ばせたいと言ってくれた。しかも、二年も早く。

それだけ、リードの事を評価してくれているという事だろう。リードは、自分の胸が温かくなるのを感じた。

フレッドの言葉を聞いたリケルメは、何かを考えているのか僅《わず》かに首を傾げた。そして、ゆっくりと首を振る。

「ダメだ、悪いがお前の希望を聞くことは出来ない」

言い切ったリケルメの言葉に、リードとフレッドは驚いたように顔を上げた。

「学校などに入り、悪い虫がついたら大変だからな。学びたいのなら、王宮で行えばいい。良い教師もつけられるし、書物も嫌という程読ませてやれる」

「それは、どういう」

言葉の意味が、リードも、そしてフレッドも理解出来なかった。

「お前の息子は、俺がもらう」

リケルメが、リードに笑いかけた。言葉とは裏腹に、とても爽《さわ》やかな笑みだった。

「また会おう、リード」

リードをもう一度見つめ、そう言ったリケルメは、固まってしまっている従者を引きつれ、王宮の方へと向かって行った。

そんなリケルメの後ろ姿を、ただリードは呆然と見つめ続ける事しか出来なかった。

「陛下のご冗談、ですよね？　父上」

ポツリ、とリードが呟《つぶや》いた言葉は隣にいたフレッドの耳にはしっかりと入っていた。

「あの方は、戯れでそんな事を言う方ではない」

「けれど、私は男です」

アローロでは宗教上も同性婚は認められてはいるが、世継ぎが必要とされる王族は、王妃はもちろん側室は基本的にみな女だった。リードの言葉に、フレッドは首を振った。

「男の側室も、歴史の中にはいたのだ。数代遡《さかのぼ》れば、しっかり記録にも残っている」

いつも冷静で、淡々とした父の声色とは思えないほど、力ないものだった。

「大丈夫ですよ、ただの陛下の気まぐれです。すぐに、お忘れになります」

リードが、自身に言い聞かせるようにそう言えば、父が労《いたわ》るようにリードの髪を撫でた。

王宮から、リード宛ての書状が届いたのは、リードがスピキアに戻って数日後の事だった。

◇◇◇

リードの入宮は三年後の十三になる年に決まった。

そしてそれから、リードの生活は一変した。これまで比較的屋敷内では自由に過ごしてきたリードだが、妃《きさき》としての教育のために様々な家庭教師がつけられるようになったからだ。なお、その費用は全てリケルメが負担したのだというから、リードはあいた口が塞《ふさ》がらなかった。

全盛期は百人近くの側室がいたアローロの後宮であるが、現在はリケルメの母、つまりは王太后と側室、そしてリケルメの王妃であるマリアンヌとその側室が数人住まうだけだった。

これは先々代の国王、リケルメの祖父が贅《ぜい》を嫌い、国の財政を圧迫していた後宮を縮小したことが要因だった。器量さえ良ければ誰しも入宮出来た頃とは違い、側室選びが厳選されている昨今では、中位貴族の出の者が選ばれるという事は極めて稀《まれ》だ。

しかも、リケルメ自身が美丈夫であるという事もあり、その妃はみな才色兼備の美姫《びき》ばかりという話だった。

この状況を、素直に喜べるほどリードの性格はおめでたくはない。

「まさか俺が、魑魅魍魎《ちみもうりょう》が跋扈《ばっこ》する伏魔殿で暮らすことになるなんて……」

テーブルマナーの練習も兼ね、ナイフとフォークをそれぞれ手にしたリードがそう言えば、ちょうど近くで聞いていた母のセシリアが小さく噴き出した。

「魑魅魍魎って、もしかして後宮の事？」

入宮が決まり、窮屈な毎日となったリードだが、いくつか良いこともあった。

その一つが週に一度、セシリアのところへ宿泊する事が出来るようになった事だ。入宮すれば、実家へ帰るという事は基本的には許されない。

それこそ、親の死に目に会えるかどうかすらわからない。そんな過酷な状況に置かれることになるリードを、ナタリーも憐《あわ》れに思ったのだろう。

義母のリードへの接し方も、以前より随分軟らかいものになっていた。

「それ以外に何があるんだよ。女の園なんていえば聞こえはいいけど、恐ろしいイメージしかないよ。多分妊娠した日には毒殺されるんだ、下手すれば手足を切られて肥溜《こえだ》めの中に放り込まれて……」

リードはわざとらしく、自身の身体を抱きしめ、震えるふりをする。

「一体何の話よ。そもそもリード、男のあなたがどうやったら妊娠できるの」

「あはは、それはそうだ」

リードの頭の中では、後宮と言えば前世で直人が学んでいた中国の印象が強かった。勿論《もちろん》中東のハレムや日本の大奥についても学んだ事はあったが、中国の王朝のそれは色々な意味で印象的だったように思う。

この世界にも様々な国があるが、アローロは宗教観こそ東洋に似た部分もあり、生活形態や人種、文化は西洋のそれに近い。それでも、疫病や宗教戦争が蔓延《まんえん》した中近代のヨーロッパよりも治安や環境は随分安定している。

そういった事を鑑みれば、後宮もそれほど悪い場所ではないかもしれない。

「まあ、そうだよな。入宮っていってもどうせ陛下の気まぐれだろうし、すぐに飽きられて忘れられるのが関の山か」

国中の美女が選び放題なのだ、わざわざ男であるリードの所に好き好んで通いつめるとは思えなかった。

どうせ、入宮したところでしばらくすればお役御免になるのだ。それならば、なかなか経験できない後宮の側室の暮らしも良いかもしれない。しかも、その間は本も読み放題だという話だ。

おそらく、後宮を出されたとしても情け深いリケルメなら悪いようにはしない。学校や、王都での働き口も紹介してくれるかもしれない。

そんな風に、リードは楽観的に考えるようにしたのだが、対するセシリアの表情は曇っていた。

「リード……もし、本当に嫌なら断ることだって出来るのよ。旦那《だんな》様には、私の方から頼んでもいいし」

リードは、ちらりとセシリアの顔を見た。断ることが出来る、とセシリアは言ったがそれは嘘だ。入宮の要請は王命であり、断ればそれなりの処罰を受けることはわかっている。

「大丈夫だよ。そりゃあ、ちょっとビックリしてはいるけど、どうしても嫌ってわけでもないんだ。それに、陛下は立派な方だし、何より男の俺から見てもかっこいいしね」

アローロでは同性婚が認められている事は知っていたが、リードの場合は前世は異性愛者であったこともあり、これまで同性を恋愛の対象にしたことはなかった。

それでも市場でも同性同士のカップルは頻繁に目にするし、前世の頃から同性愛に対する偏見はない。

ただ、自分がその対象になるとは思いもよらなかった。とはいえ、リケルメの事をかっこいいと思ったのも本音だった。

男らしい顔立ちは勿論のこと、がっしりとした体格。さらに、少しの間話しただけではあるが、頭の回転も速い事がわかる。

父に聞けば、学生時代も優秀で、さらに武芸にも秀でているという。まさに、天から二物も三物も与えられたような存在だ。

何より、一応恩人でもあるのだ。それが恋愛感情であるかどうかはわからないが、好きか嫌いかと問われれば、自信をもって好きだと言えた。

明るいリードの言葉に、セシリアは少し安堵《あんど》したようだが、それでも表情はどこか浮かないままだった。

「でも、それだと余計に辛いかもしれないわね」

ポツリと呟いたセシリアの声は、リードにも聞こえたが、これといって気になるものでもなかった。

その言葉の真意を、リードが本当の意味で理解出来たのも、入宮してしばらくの時がたってからの事だった。


入宮までの日々は、瞬く間に過ぎていった。

マナーレッスンは幼い頃からセシリアに厳しく躾《しつ》けられていたこともあり、元々素養があった。そのため、それほど苦労はしなかった。

むしろ、一緒に受けている義姉たちの方がよっぽど大変だったようで、ナタリーは頭を抱えていた。

勉学については言わずもがなで、派遣された教師よりも、リードの方が博識ということさえあった。

自分にはもう教えることはないと、肩を落とし何人もの家庭教師が帰って行った。

迎えた入宮の日。

リケルメから贈られた服や装飾品、そして書物は一つの馬車だけではとても入りきらず、王都からは何台もの馬車や人がリードのために用意された。

側室ということもあり、正式な式典などは勿論ないが、王都まで続くその行列は、スピキアの人々の間でも語り草となったほどだ。

別れの場には、セシリアではなくナタリーに来てもらった。

セシリアには前夜に既に挨拶《あいさつ》を終えていたし、血の繋《つな》がりはないとはいえ、長い間リードを育ててくれたのはナタリーだったからだ。

接し方は優しいとは言えなかったが、生活全般の待遇では決してリードと自身の子で差をつける事はしなかった。そういった意味での感謝の気持ちもあり、馬車に乗る寸前まで、リードはナタリーに見送ってもらった。

「元気で」とだけ、ナタリーは掠《かす》れた声で口にした。

リードも、「はい」と小さく頷《うなず》いた。

ただ、ナタリーの瞳《ひとみ》にうっすらと光るものが浮かんでいたのは、おそらくリードの気のせいではないだろう。

王都までの二刻ほどの道のりを、リードは馬車の中からのんびりと外の景色を見て過ごした。

大陸国家であるアローロは山地が多く、自然のままの姿を残すその風景はとても美しいと思った。

なお、リードを迎えに来たのは初老の男性で、かつては騎士団の副団長も務めており、現在も軍の相談役についているという。リケルメの剣も指南していたらしく、小さい頃から筋がとてもよかったと話してくれた。

男の側室という事で、奇異な目で見られる事を内心覚悟していたリードだが、好意的なその態度に少しばかり安堵した。

王家が所有する馬車は乗り心地もとてもよく、リードはリラックスした時間を過ごすことが出来た。

そして王宮へと着き、門の前で出迎えてくれたのは後宮を取り仕切る女官長、ではなかった。

腕組みしたまま長身を門へと預け、馬車が到着するのを悠然とした動きで見つめ、その身体を離した。

そんな風に馬車を出迎えたのは、リケルメ陛下その人だった。

「陛下!?」

馬車の窓から出迎えた人物の存在に、仰天したように馬車が止まった。よく見れば、門を守る番兵たちもみな緊張からか、その顔が硬直している。

「待ち遠しかったのはわかりますが、何も陛下自ら迎えに来られなくとも」

ぶつぶつと呟きながらも、リードの前に座っていた男は慌ただしく馬車から降り、丁寧にその手をリードへと差し伸べてくれた。

貴婦人のように扱われるのは落ち着かなかったが、乗り慣れていないこともあり、遠慮なくリードもそれに甘えることにする。

けれど、リードが腰を浮かして伸ばした手が、男に届くことはなかった。

「な」

ふわりと自分の身体が浮いたのを感じ、思わず体を強張らせる。

気が付けば、そこはもう馬車の中ではなかった。

男の身体を押しのけ、馬車へと入ってきたリケルメはリードの身体を軽々と抱き上げ外へと出してしまったのだ。

一瞬の出来事に、男は勿論周りの従者たちも驚いて声も出せないようだった。

「少し、重たくなったか?」

三年前と全く同じ体勢で抱えあげられているリードに対し、リケルメが話しかける。

「……当たり前です。何年経ったと思っているのですか」

周囲の様子などお構いなしに、機嫌よく話しかけるリケルメに、リードは小さくため息をついた。横抱きでなかったことは幸いだが、さすがにこの年になって抱き上げられるのは気恥ずかしいものがあった。

リードが居心地悪そうにしている事は、リケルメも気付いているのだろう。口の端がますます上がっていく。

「ようこそリード、我が王宮へ」

歌うようにそう言ったリケルメは、自然な動作でリードの口に自身のそれを重ね合わせる。

羽が触れるようなキスではあったが、全く予想していなかったリケルメの行いに、リードの頬に熱が溜《た》まった。そんな初心《うぶ》なリードの表情を、リケルメが愛おしそうに見つめる。

リードは、自分の心臓の音がうるさいほどに速くなるのを感じた。

リケルメ自身が迎えに来てしまったこともあり、王への謁見という側室が入宮のために行う唯一の儀式は霧散してしまった。長旅で疲れているのに、そんな形式ばった儀式をしてもリードが疲れるだけだというのがリケルメの弁ではあったが、おそらく本人も面倒だっただけだろうとリードは思っている。

ただ、王宮へ入った後、自らが案内をするからと人払いをしてもらえたのはありがたかった。

王宮に来るまでもそうだったのだが、どうも傅《かしず》かれるのに慣れず、かえって肩が凝ってしまう。

それでも散々謁見の際の挨拶を練習させられたこともあり、その点だけはリケルメへとこっそり零せば「じゃあ、後で俺だけに聞かせてくれ」と人の悪い笑みを浮かべて言われてしまった。

普段政務を行っている王宮の本殿を出て、長い廊下を歩けばその先に後宮がある。

季節の花々が咲き乱れ、白亜の宮殿に彩りをそえている。建物自体は新しくはなく、歴史を感じさせるものだが、白い壁は磨き上げられており、そこが特別な場所である事がわかる。

近づくほどに、無意識に足が止まりがちになる。

あそこへ一度入ってしまえば、よほどのことがない限り外へは出られない事がわかっていたからだ。

そんなリードの様子に気付いたのだろう。リケルメは振り返ると、少し距離のあいてしまったリードを見てにたりと笑った。

「歩けないなら、抱っこしてやろうか?」

「結構です」

ムッとしてリードが歩き出せば、小さく笑ってリケルメもそのまま歩き続けた。けれど、リケルメは後宮の建物には入らず、その横をすり抜けて行った。

「え?」

どこか他に、行くところがあるのだろうか。怪訝《けげん》に思いながらも、リケルメが何も言わないため、とりあえずリードもその後ろを歩き続けた。

三年前より身長が伸びたとはいえ、未だリードの背はリケルメの胸のあたりにも届かない。

それでも歩みに差がつかないのは、おそらくリケルメがリードの歩調を考慮して歩いてくれているからだろう。そんなさり気ない優しさをくすぐったく感じながらも、気恥ずかしさからリードは俯《うつむ》いてしまった。

後宮を通り過ぎたリケルメは、今度は王宮の外側を回り、一つの建物の方へと近づいていく。王宮を挟んで、ちょうど後宮の真反対側にあるその建物の前には、広大な庭が広がっていた。

建物自体は王宮や後宮に比べると小さいものだが、造り自体はとても立派なものになっていた。まだ真新しく、それこそ建てられてそう時間がたっていないことが、壁の色を見ればわかった。

リケルメが建物の前に立つ番兵の一人へと話しかければ、しゃちほこばって敬礼をし、素早い動作で中へと入って行く。

しばらくすると、番兵は恰幅《かっぷく》の良い柔和な笑顔の女性と共に扉から出てきた。

「お待ちしておりました、リケルメ陛下。そして、リード様」

女性は、優雅な動作でスカートを広げると、二人に対して挨拶を行った。慌ててリードも頭を下げれば、横に立っていたリケルメがフッと笑った。

「リード、お前付きの侍女になるルリだ。最近まで後宮で女官長もしていた。困ったことがあれば、なんでも言うといい」

リケルメがそう言えば、ルリが安心させるようにリードへと笑いかけた。

「は、はい。よろしくお願いいたします」

今まで専属の侍女などついていた事がないため、はっきりいってリードはどう対応して良いのかわからなかった。

そんなリードの反応に、「まあまあ、ご丁寧にありがとうございます」とルリが楽しそうに言った。

「それでは、お二人ともどうぞ」

ルリが扉をあければ、リケルメは頷き中へと入って行く。二人、というからにはおそらく自分も含まれているのだろうが、リードは状況が理解出来ず、困ったようにルリの顔を見る。

「リード様、どうぞお入りください」

「え、でも」

一体この建物は何なのか。そんなリードの気持ちを読み取ったのだろう。

「この宮の主人は、リード様ですよ。陛下がリード様の入宮に間にあうよう、お造りになったんです」

ルリの言葉に、今度はリケルメの方をリードは見る。

「近くに登れる木があった方が、お前も落ち着くだろう」

リケルメは揶揄《からか》うような口調でそれだけ言うと、先に扉の中へと入って行ってしまった。

後に残されたリードがそれをぼうっと見つめていれば、優しくルリに中へ入るよう促された。

外から見ると小さな屋敷のようだったそこは、中に入ってみれば想像していたよりも広く、浴室から寝室から何から全て屋敷の中で事足りるように出来ている事がわかった。

警備や防犯はしっかりしているが、働いている人間がそれほど多くないのは、あまり多くの人の目にリードが触れなくて良いようにとの気遣いからだろう。

「こちらが、リード様のお部屋になります」

二階の一番奥、その重厚な扉を開けば、真っ白な寝室がそこには広がっていた。

王宮自体が高台にあることもあり、ベッドの横にある大きな窓からは、広い王都が見渡せた。窓から見えるその景色に、思わず感嘆の声が出そうになる。

「気に入ったか？」

その後もキョロキョロと部屋の中を見回していたリードに、隣に立っていたリケルメが声をかける。

見上げてみれば、珍しくその表情は緊張しているようだった。

「勿論《もちろん》です」

リードがそう言えば、ようやくリケルメも安心したのか、その表情を緩めた。

「後で案内させるが、書庫も用意してあるから好きなように本は読んでくれていい。足りないものがあれば、王都の図書館から取り寄せる。教師が必要であればいくらでも呼んでやろう」

まさに、至れり尽くせりといった環境だ。

「そろそろ狸ジジイ共との会議の時間だな」

その後もあれこれとリードに説明していたリケルメが、部屋の時計を見て舌打ちして言った。

「ルリ、遅くなるかもしれないから食事は俺の分は用意しなくていい」

「かしこまりました」

礼を言わなければならない。そう思いながら、目の前で交わされていく会話にリードは焦ったように口を開いた。

「あ、あの！」

少し、声が大きかったのだろうか。リケルメが、驚いたようにリードの方を見る。

「ありがとうございました。私のために、このような立派な屋敷まで用意くださり。大したことは出来ませんが、精一杯、陛下にお仕えしたいと思います」

それだけ言うと、リードは思いきりよく頭を下げた。

しかし何の反応もないため、ゆっくりと顔を上げれば、目の前にはニヤニヤと面白そうにこちらを見つめているリケルメの顔があった。

「お仕え、ねえ。いいな、なんかお前がそれ言うとエロくて」

「は？」

リードとしては、勿論そんなつもりはなかったのだが、確かに側室として仕えるとなればそちらの方向にとられてもおかしくはない。けれど、仕えようにも閨《ねや》の事は知識としてあるものの、実践はリードとしては一度もないためはっきりいって自信がない。

どうしたものかと思案していると、

「そこは真面目に考えなくていいだろうに。お前、ふてぶてしいように見えて根は真面目だな」

クックッと笑いながらリケルメが言う。

どうやらまた揶揄われたようで、自然とリードの眉間《みけん》に皺《しわ》が寄る。

「それでいい。お前は変に気取ったりする必要はない。自然のままに、ここでの暮らしを楽しんでくれ。だから」

リケルメが、軽くリードの額をつつく。

「その敬語も、とりあえず公式の場以外では使わなくていい。私、なんてお前に使われると落ち着かないからな」

皺の寄った眉間をつつかれ、困惑したようにリードは額へと手をやる。

「あと、飯はしっかり食え。ここの料理長の腕は確かだ。もうちょっと肉をつけなきゃ、とてもお仕えすることは出来ないぞ」

そう、ニヤリと笑いリードの腰を軽く撫《な》でると、そのまま扉の方へと歩いていく。

「いってらっしゃいませ」とルリが頭を下げたのに気づき、「いってらっしゃい、リケルメ！」とヤケクソのように声を荒げた。

リケルメは振り返らずにひらりと手を振っただけだったが、肩が震えていた事からも、笑いを堪《こら》えているのがわかった。


夜の帳《とばり》が下りる頃、部屋で本を読みふけっていたリードのもとへ、灯りを持ったルリがやってきた。

リケルメがいなくなった後、リードの荷物が次々と屋敷へと運ばれ、ルリも一緒に収納するのを手伝ってくれた。

リードは休んでいて良いといわれたのだが、皆が忙しく動きまわっている中、一人休んでいるのはどうも落ち着かなかった。

「新しい御側室様は、働き者なんですね」と、王宮から来た使用人たちは困惑していたが、リードは苦笑いを浮かべ、頭を下げる事しか出来なかった。

この世界における貴族は、基本的に自分の身の回りの事は自分で行わない。特に上位階級の女性などは、着替えすら一人では行う事が出来ない。

けれどリードは中位貴族とはいえ、物心がつく頃にはセシリアと二人暮らしであったし、さらに遡《さかのぼ》れば前世は貴族でも何でもない、普通の大学生として生活していたのだ。

むしろ、世話をやかれる方が落ち着かない。

かといって、何もかもを一人でするのはあまりルリからも良い顔をされなかったため、とりあえず下着等の細かなものは自分で身につけたいと頼んだ。

夕食を終え、湯浴みをした後は髪と身体に香油をつけられる。そのまま寝室で本を読みながらリケルメを待っていたのだが、どうやら今日はもう帰ってこないようだった。

ルリが灯りを小さくし、部屋を薄暗くして出ていく。一人になった事により、部屋の中の静けさを改めて感じた。

初めての寝台ということもあり、どこか落ち着かなかった。リケルメは、やはり戻ってこないのだろうか。

人知れず、リードはため息をつく。気が付けば、リケルメの事を考えていた。

器の大きな人である事はわかっていたが、同時に何を考えているのかわからなかった。庭で少し話しただけのリードを入宮させようと思うのだから、変わり者だとも思った。

その考えは、今でも変わっていない。けれど、とても思いやりのある、優しい人だという事も今日知った。そして、とても忙しい立場だということもわかっていた。

だけど、それでも今日くらいは一緒にいて欲しかった。この寝台は、リードが一人で寝るにはあまりに広い。

屋敷の中は、物音ひとつ聞こえなかった。住んでいたスピキアの屋敷が、いつも慌ただしく生活音が聞こえていたのとは対照的だった。

話し声も、靴の音も、何も聞こえない。それほどの愛着はないと思っていたが、やはりあそこはリードの家だったようだ。小さな子供でもないのに、なんだか泣きたい気分になってきた。

寝返りをうち、なんとか睡魔を呼び起こそうとした、その時だった。

「リード？　もう寝たか」

ギギッと微《かす》かな音を立てて戸が開き、リードが今しがたまで待ち望んでいた者の声が聞こえてきた。

「いえ、まだ寝てませ、じゃない寝てない」

突然だったため、よくわからない口調になってしまった。起き上がろうとすれば、リケルメによってそれは制された。

「どうしたんだ？　こんな時間に」

寝台の傍らに立つリケルメに対し、こっそりと尋ねる。

「どうしたもなにも、入宮した日の妃《きさき》に一人寝をさせるわけがないだろう」

リケルメはそう言うと、その大きな身体を寝台へと沈めていく。すぐ隣に感じるリケルメの体温に、リードの身体は僅《わず》かに強張った。

そうだ、自分は側室としてここにいるのだ。そうなると、これからするのは。リードは、こっそりと顔をリケルメの方に向ける。

リケルメは、真っ直ぐにリードを見つめていた。その瞳《ひとみ》には、確かに情欲の色が感じられた。けれど。

「そんなに警戒しなくていい、さすがに今のお前をまだ抱くつもりはない」

大きな掌《てのひら》で、リケルメはリードの髪を優しく撫でる。

「子供は趣味ではない、と思っていたんだがな。お前は別みたいだ。だけど、そんな細い身体を抱いたら、それこそ壊れてしまいそうだからな」

リードは十三になったとはいえ、同年齢の子供よりその身体は頼りなかった。

「だから、今はただ隣で寝ていればいい」

リケルメの言葉に、リードは黙って頷《うなず》いた。

「いや、やっぱりダメだな」

「は？」

すぐさま自身の言葉を否定したリケルメに、リードは訝《いぶか》しげな声をあげる。同時に、リケルメの逞《たくま》しい腕がリードへと伸びてきた。

「これくらいは、許されるだろう？」

リードを抱きすくめたまま、リケルメが楽しそうに言った。笑い声が耳元にかかり、くすぐったく思った。嫌な気分ではなかった。むしろ、先ほどまで感じていた寂しさはなくなっていた。

温かい胸に抱きしめられているのもあるのだろう

が、少しずつ瞼《まぶた》が重くなっていく。

「リード？　眠ったのか？」

緊張感が、途切れたのだろう。リードの瞳が閉じられたことを確認すると、リケルメはその瞳にそっとキスを落とした。

◇◇◇

リードの後宮での日々は、想像していたよりもずっと穏やかなものだった。

自身の宮を持つリードは、建物としての後宮への出入りは基本的に必要としなかったからだ。

他の妃と顔をあわせる機会といえば、専ら庭を散歩している時くらいだが、それだって滅多にない事だった。

王の側室という立場は同じではあるが、自分の存在が彼女たちにとってイレギュラーであることはリードもわかっている。侮蔑《ぶべつ》や嘲笑《ちょうしょう》を受ける可能性も大いにあったはずだ。けれど、内心はともかくとして、とりあえず表面上は彼女たちの対応は好意的なものだった。

そしてそれはおそらく、彼女達の性格や心情によるものではなく、現在の後宮の主《あるじ》、王妃であるマリアンヌの影響が大きい。


リケルメの王妃、マリアンヌへの謁見は入宮の翌日に行われた。リードが恭しく頭を下げ、決められた口上を述べれば、すぐに楽にするように言われる。

「初めまして、リード。話には聞いていたけれど、本当に可愛い方ね。お人形さんみたいだわ」

顔をあげたリードに、マリアンヌが微笑んだ。鈴の鳴るような、そんな声色だった。

リケルメよりも四つ年上だと聞いていたが、二人の子の母とは思えぬ若々しさだった。一つ一つのパーツが丁寧に作られた華やかな容姿は、リケルメの隣に並んでも全く見劣りしない。

そして美しさの中にも、優しさと強さのある、そんな女性だった。

「陛下に貴方の話を聞いてから、ずっと会えるのを楽しみにしていたのよ。とはいえまさか、陛下もご一緒にいらっしゃるとは思いませんでしたが」

リードへと笑いかけたマリアンヌがすぐに横を向き、隣の椅子に座るリケルメへと話しかける。それに対しリケルメは、少しばかり決まり悪そうな顔をした。

「リードを一人で行かせて、お前にいじめられでもしたら大変だからな」

「そんな事は致しません。それよりも、リードの所ばかりに入り浸ってないで、偶《たま》にはこちらにも足を運んで下さいませね」

「まあ、そのうちな」

煙《けむ》に巻くような返答に対し、マリアンヌも負けじとあれこれと要求するが、リケルメは全てのらりくらりとかわすだけだ。

「もう」とマリアンヌが頬を膨らませれば、リケルメが小さく噴き出した。

「慣れない後宮生活は大変だとは思うけど、困ったことがあれば何でも言ってね」

最後にもう一度リードの方を向いたマリアンヌが、優しくそう伝えた。

「ありがとうございます、王妃様」

二人のやりとりを聞いていたリードは、それだけ言うと恭しく頭を下げた。

リードが想像していたよりもずっと、マリアンヌのリードへの接し方は親しみ深いものだった。リケルメはあんな風に言っていたが、おそらくリードが一人で謁見していたとしても、マリアンヌの態度はなんら変わらなかっただろう。

そんなマリアンヌの対応に安堵《あんど》したが、それよりもリードの印象に残ったのはリケルメとマリアンヌの間で交わされた会話だった。さり気ないやりとりの中にも、二人の間には確かな絆《きずな》があった。そしてそれは、決してリードが立ち入ることの出来ないものだった。

ズキリ、と自身の胸が軋《きし》むのを感じた。下を向いたまま、リードはこっそり胸へと手を当てる。初めて経験するその痛みの正体を、リードは理解する事が出来なかった。

マリアンヌに言われた事もあるのだろう、リケルメは毎日のようにリードの顔を見に来たが、さすがに夜は一人になる日もあった。それでも二日とあけずリケルメは夜もリードの所へ通っていたため、週の半分はリードと一緒にいたといっても過言ではない。

入宮の日に口約したからか、リケルメは無理やりリードの身体を開くようなことはしなかった。

ただ、暇さえあれば自身の腕の中へと入れ、そして「何か話せ」と要求をした。寡黙ではないが、そこまで饒舌《じょうぜつ》ではないリードにとって、その要求はなかなか難しいものだった。

最初の頃は、入宮してすぐつけられた家庭教師から学んだことを話して聞かせたり、一日何をしていたのか説明したりしていた。何の変哲もない話ではあるが、リケルメは満足そうだった。ただ、家庭教師から学んでいる事は既にリケルメも知っている事がほとんどであるし、聞いていても楽しくないのではないかと途中でリードは考えるようになった。

そういったこともあり、試しにリードはこの世界の話ではなく、前世に知った知識や物語を話してみることにした。

リケルメの反応は、これまでとは全く違うものだった。聞いたことがない話というものには、それだけ興味がひかれるのだろう。それまではリードが話す内容よりも、リードが懸命に説明するのを楽しんでいたかのように見えたが、明らかに内容の方に興味を持つようになった。

最初の頃はとりあえず誰もが知っている昔話や寓話の一幕へと話題はうつっていく。

特に各地の海戦や合戦の様子や勝ち負け、さらに戦術に関して話せば、空が白む事すらあった。

「あー、もう明日にしてくれよ。最近特に夜更かしすぎてるから朝食もほとんど食べられなくて、料理長に申し訳ないんだって」

その日も自身が話しながらも、うつらうつらとし始めたリードがそう言えば、リケルメもかわいそうに思ったのだろう。休む事を了承したが、どこか名残惜しそうだった。

「夜しか聞けないのが勿体《もったい》ないくらいだ」

「っていうか、いつ寝てるんだよ」

ルリの話では、リケルメはいつも通り精力的に政務をこなしているという。日が高くなる頃まで寝台から出られないリードとは随分な違いだった。

「軍にいた頃に、短時間でも動けるよう訓練されたからな。三、四時間で十分動ける」

「ナポレオンかよ」

「下位貴族でありながら、皇帝にまで昇りつめた男の話だったか？　確かワーテルローの」

「ごめん俺が悪かった！　本当に今日は勘弁して！」

リードがバタリと寝台へと倒れれば、一緒に座っていたリケルメもようやく身体を横にした。

「なんか、シェヘラザードにでもなった気分だ。話す事がなくなったからって、殺すなよ？」

「何を言ってるんだ」

リケルメは鼻で笑い、自身の顔をゆっくりとリードへと近づける。

毎日のように見ている顔だが、自身を見つめるその情熱的な瞳は、リードをいつも落ち着かない気分にさせた。

「それこそ、話す事がなくなってもすることはいくらでもあるだろう」

大きな掌でリードの髪をかき上げれば、出てきた耳朶《みみたぶ》へそっと息をふきかける。ビクリと小さくリードが身体を震わせれば、楽しそうに笑った。

「いくつになった、リード」

先ほどまでとは違う、真摯《しんし》な声色と瞳で、リケルメがリードを見る。

「来月で、十五になる」

だから、それに応えるようにリードもリケルメを見据えた。

「そうか、ようやくだな」

リケルメがその頬を、珍しく綻《ほころ》ばせる。自分がどれほどリケルメに求められているのかを、あらためて実感した。

リードは顔に熱が集まるのを感じながらも、それがリケルメにわからぬよう、そっと顔を掛布へと隠した。


いつもよりも念入りに身体を清められたリードは、寝台の上に一人座っていた。元々肌理《きめ》細やかだった肌は、後宮に入ってからはルリの手で毎日丁寧に手入れをされていることもあり、ますます磨きがかかっている。

入宮前は日に焼けていた肌も、最近は長い時間太陽を浴びることもないため、本来の白さを取り戻していた。普段は一つに結われている癖のない黒髪も、今は真っ直ぐおろされている。

今日がリケルメとの初夜であることは、ルリは勿《もち》論《ろん》のこと、屋敷の誰もが知っている。宮全体が朝からそわそわとしており気ぜわしいため、当人であるリードの方が冷静になってしまったくらいだ。

閨《ねや》についての知識なら元々あったし、数日前には後宮から来た専用の女官から作法も教わった。しかしながら。

「とにかく、陛下を喜ばせることがリード様の務めです」

何度も、繰り返すように女官から言われた言葉は、ある意味今のリードにとって重圧となっていた。

そもそも、リードは元々同性愛の嗜好《しこう》はないのだし、前世の経験だって女性とのそれしかない。しかも、その経験だって所詮《しょせん》は学生時代で、見よう見まねでその時付き合っていた彼女と身体を重ねたに過ぎないのだ。

初体験で、それなりに緊張した記憶はあるが、今回はその比ではなかった。静まりかえった部屋の中で、時計の音が殊更大きく聞こえた。

小さな音が聞こえ、部屋の扉が開かれた。反射的に顔を上げれば、そこにはリードが待ち望んだ人物がいた。いつもは何かしら軽口を叩《たた》くリケルメも、今日は何も言わず静かに扉を閉めた。

ゆっくりと寝台へと近づくリケルメの足取りが、まるでスローモーションのようにリードには見えた。そこからは、性急だった。

両の手のひらでリードの頬を優しく包んだリケルメは、そのまま自身の唇をリードのそれへと重ねた。

リケルメの舌が、ゆっくりとリードの口腔《こうこう》へと侵入する。触れるだけのキスは幾度もされてきたが、深いものは初めてだった。舌は熱く、リードの中を自由に動き回った。互いの舌をからませ、リードは自身が今まで感じたことのない感覚を覚えた。

唇を離された後も、頭がぼうっとする。気持ちが良い。リードの表情の変化に気付いたリケルメは、リードの服へと手を伸ばす。

湯浴みの後に羽織らされたそれは、今日のためにわざわざリケルメが最高級の絹で作らせたものだった。

自然な動作でそれを脱がせながらも、リケルメはその手でリードの身体のあちこちへと触れていく。

ゆっくりと身体を押し倒され、寝台へと縫い付けられれば、もう一度深く口づけられる。かと思えば、今度はその唇が首筋へと落とされていく。くすぐったいような感覚は、いつしか快感へと変わっていった。これまで何度もリケルメに触られても何ともなかったというのに、今はどこを触られても気持ちがよかった。特に、胸の飾りへと触れられた時は、目に見えて身体が震えた。

もっと触って欲しい。そう思うのに、なぜかリケルメはじらすようにその周りばかり触れていく。次から次に訪れる快感の波に、声を抑えるのすらつらくなってきた。

「リード」

突然、動作を止めたリケルメに呼ばれ、リードはきつく閉じていた瞳を開く。

「お前のことだから、色々小難しく考えてるんだろうが。今は何も考えなくていい、俺に全部任せておけ」

力強いリケルメの言葉に、リードは深く頷いた。

「ひっあっ」

勃《た》ちあがったリードの性器が、リケルメの手の中で上下に緩急をつけて動かされている。精通こそしているが、同年代に比べて性欲の薄かったリードにとっては、他者からもたらされる強すぎる快感に、どうすればよいのかわからなくなっていた。

大きく開かれた足を時折無意識に閉じようとしてしまうのを、その度にリケルメの力強い腕で割り開かれた。声を出さぬようにと握りしめていたシーツは、リケルメによって奪われる。しかも、先ほどからもう少しで達するというところで、リケルメは動きを止めてしまう。ずっと続く射精感は、永遠にも感じられた。リードが恨みがましく涙目で睨《にら》めば、リケルメが口の端を上げる。

「まあそうだな、とりあえず一回いっておけ」

リケルメはそう言うと、その唇でリードの突起を甘噛《あまが》みし、同時に性器を覆う手のひらを動かし始める。二つの場所を同時に責められたリードが果てたのは、それからすぐの事だった。

「汚いから、ふけよ」

ハアハアと短く息をきらしながら、自身の白濁を手につけたリケルメにそう言えば、それを無視したリケルメによって再びその足を開かれる。

「おい」

リードの制止の声を聞き流し、そのまま顔を下腹部の方へと近づける。灯りは弱くしているとはいえ、それでもお互いの顔も身体も十分に見える。一体何をするつもりなのかと、力が入っていくリードの足をゆっくりと持ち上げる。

先ほどよりも大きく広げられた足の付け根の部分に、リケルメが視線を向ける。自分自身ですら見る事のない場所を凝視され、羞恥心《しゅうちしん》からリードの顔に熱が溜《た》まっていく。さらには、あろうことかリケルメは後孔へと舌を這《は》わした。

「なっ」

円を描くように縁をなぞられ、ついには指で拡げたそこへと舌をいれる。念入りに洗浄されているとはいえ、やはり抵抗がある。ジタバタと足を動かそうとするリードを、リケルメが思い切り押さえつける。

「言っておくが、お前の身体で汚いところはどこもない。もちろん、お前の出すものもな」

それだけ言うと、今度はその長い指に用意されていた香油をつけ、そしてリードの後孔へと再び触れる。

「怪我をさせたくない、力を抜け」

男性同士の性行為において使う場所だという事はリードもわかってはいたが、それでも自然と身体が強張る。長い指が中へと挿入されると、自然と力が入った。本来挿《い》れるための器官でないため、身体が異物を排除しようとしているのがリードにもわかった。

けれど、それも根気よくリケルメが解《ほぐ》すことで、頑《かたく》なだった部分も少しずつ解《ほど》かれる。

「うっあっ」

最初は違和感しかなかったそこが、だんだんと奇妙な感覚を覚えていく。二本、三本と増やされたリケルメの指が、リードの中をバラバラに動く。むず痒《がゆ》いような感覚は、決して不快なものではない。

「そろそろ、いいか？」

情欲からか、リケルメの声もかすれていた。

「というか悪い、俺も限界だ」

リケルメに言われ、うっすらとリードがその瞳《ひとみ》を開けば、視界の中に勃ちあがったリケルメの性器が見えた。その身体に比例するように大きく主張しているそれが、自身の中に入るのかと思うと少しばかり怯《ひる》んだ。

指が抜かれ、リケルメ自身がゆっくりと挿入されていく。

「あっ」

指とは比べものにならない質量が、リードの身体の中へ押し入ってくる。

「リード、ゆっくり息をしろ」

無意識に止めていた呼吸を、リケルメに言われて再開させる。けれどリードが力を抜いた瞬間、リケルメのそれはより深く中へと進んでいく。最後まで挿入されたのか、リードの上でリケルメが動きを止めた。時間をかけてならしたこともあり、異物感こそあるが、痛みはほとんどない。

「ようやく、入れたな。お前の中へ」

すぐそばにあるリケルメの顔が、笑んだ。何故か、リードの胸もいっぱいになった。

「動いて大丈夫か？」

リケルメが、繋《つな》がった部分を指でなぞりながら問うた。

「最初は、ゆっくりにして。お前の大きすぎる」

息も切れ切れにリードがそう言えば、リードの中にあるそれがズクリと質量を増す。

「ちょっ、なんで」

「お前は、なんでここでそういう事を」

そう言うやいなや、リケルメはリードの足を抱えあげ、抽送を始めた。ゆっくり、というリードの言葉など聞こえていなかったかのようなその性急な動作に、リードはリケルメの肩をギュッと握りしめた。

互いの息と、肌と肌のぶつかりあう音、そして結合部から聞こえる粘着性の音だけが部屋の中に響いていく。最初は苦しさの方が強かったリードも、自身の中のあちこちへと触れるリケルメの雄により、少しずつ快感が引き出されていく。

「やっあっあっ」

リケルメの腰の動きに対し、快感を貪欲《どんよく》に探すリードは、いつの間にか嬌声《きょうせい》をあげていた。

普段のリードならば、自分が女のような声を出している事に強い抵抗を示しただろうが、今はそれどころではなかった。

「お前の中は、温かいなリード」

リケルメも、限界に近いのだろう。肩で息をしながら、何度もリードを突き上げていく。

「うっあっ」

リードの身体を、リケルメがきつく抱きしめた。

自身の中にあるリケルメのそれが、ドクドクと脈打ち、中に熱いものが広がっていくのを感じた。

翌朝、珍しい事に目が覚めたのはリケルメよりもリードの方が早かった。いつもならリードが目を覚ました時には既にリケルメの顔が隣にあり、寝顔を覗《のぞ》きこまれているのだ。

自身の身体へと視線をうつせば、リケルメの残した鬱血《うっけつ》の痕《あと》があちこちについている。最後はリードも意識が朦朧《もうろう》としていたが、随分長い間二人は繋がっていたのだ。それこそ、いつの間にこんなに、と思うほどたくさんの情欲の痕が残っていた。

それを気恥ずかしく思いながらも、同時に嬉《うれ》しいとも思っている自分にリードは気付いていた。隣を見れば、固く瞳を閉じたリケルメの端整な顔がある。昨夜、自分はこの人と身体を繋げた。そう思うと、胸の中から嬉しさが溢《あふ》れてきた。ようやく、自分もリケルメの妃《きさき》になれたのだと。この人が好きだ、この人とずっと一緒にいたい。

リケルメの寝顔を眺めながら、自身の心の中に芽生えた気持ちをリードはくすぐったく思っていた。

二年越しの初夜を迎えた事により、リケルメのリードへの訪れは減るのではないかというのが王宮内での見通しだった。

これまでも後宮へは通っていたが、リードを入宮させてから三日に上げずにリードのもとへ通うリケルメの様子は、王宮内でも秘《ひそ》かに話題になっていたのだ。

けれど、それだって初夜を迎えるまでの話であり、それが終われば征服欲も満たされるはずだというのがおおよその意見だった。しかしながら、その予想は大きく外れた。

閨を共にしたことにより、リケルメはますますリードへの執着を強め、これまで以上にリードのもとへ通うようになったからだ。

「ないと思うけど、俺の兄弟や親の地位を上げたりしてないよな？」

情事のあと、珍しく意識のあったリードがリケルメへと話しかけた。

「なんだ、上げて欲しかったのか」

機嫌よく隣でリードの髪を撫《な》でていたリケルメが、ニヤリと笑う。側室から実親や親族の地位を上げるよう請われるのは、それほど珍しい事ではない。むしろ、王に自分の娘を側室にと献上する貴族の目的は、ほとんどがそれだ。

さすがに全てを聞くわけにはいかないが、リケルメもそれなりに手心を加えるだけの情は持っていた。ただ、そういった国の政局にはほとんど関心のなさそうなリードの口から出たことは、リケルメも意外ではあった。

「違う、逆だって！　絶対やめろ！　美女でもないのに傾国の美女なんて言われるのは不本意すぎる！」

リードはぶつぶつとその後も愚痴ったが、おそらく言われている意味が分からないのだろうリケルメは、首を傾げている。「女ではないがお前は十分美しいぞ」などと見当違いの事を言われ、リードの顔はますます引きつった。

「まあ、よくわからんが。それよりもリード、明日から一週間ほどお前の所に来られなくなりそうだ」

「え？」

眠ろうとしていたリードだが、その言葉に眠気もなくなり、リケルメの方へと顔を向ける。

「なんでだよ？」

これまでも、数日の間訪れがないという事はあった。だいたい国境沿いで小さな小競り合いといった問題が起きたり、役人による贈賄が見つかったりといった政務による原因がほとんどだったが、それでも一週間も来られないという事はなかった。

「お前のところに通いすぎだと、母上が最近うるさくてな。世継ぎがマクシミリアンとイアンだけでは心許ないそうだ」

現在リケルメには三人の子がいるが、一人は女子であるため王位継承権を持つ男子は二人しか存在しない。

どちらも身体は丈夫であるためリケルメとしては問題ないと思っていたが、リードが入宮してからの七年間、どの妃にも一度の懐妊の知らせがないのを不満に思う声は以前からあったようだ。

なお、王太后自身のリードへの印象はすこぶる良く、リケルメが通いたくなる気持ちへの理解は示してはいた。

「そっか、それなら仕方ないよね。俺、子供は産めないし」

リードが、ポツリとつぶやいた。その声が、珍しく寂しげだったことにリケルメは驚く。

「そんな可愛い事を言ってくれるな、明日もまた来たくなるだろう？」

リードは何も言わず、力なく笑った。

「たったの一週間だ、また、すぐにお前の所に帰ってくる」

リケルメはそう言いながら、リードの身体をふわりと抱きしめる。それを受け入れながら、リードは強くなった胸の痛みを誤魔化し微笑んだ。

◇◇◇

リケルメが来る日の夜は、基本的に本を読めないため、リードは日中に本を読むようにしていた。けれど、最初から来ないとわかっている日はなるべく外に出るようにしていた。

ルリは肌を痛めるからと、リードが太陽の光を浴びる事にあまり良い顔をしなかったが、幼い頃はそれこそ毎日のように外に出ていたリードからすれば、今の生活の方が不自然なくらいだった。

夜寝付けないと、色々な事を考えてしまう事もあり、なるべく昼間のうちに体力を使っておきたかった。そんな風に思っていたからだろうか。気が付けば、リードは王宮を通り過ぎ、後宮近くの庭の方まで歩いてきていた。

後宮の近くに来たからといって、他の側室と鉢合わせする可能性は少ない。白い肌を何より大切にする彼女たちにとって、日中に好んで外へ出る事などありえない行動だからだ。けれど、珍しく今日は庭に人影が見えた。

「あ」

あちらもリードに気付いたのだろう。遠目だった人影が、ゆっくりと近づいてくる。そして、近づくにつれ、それが一人ではなく二人である事に気が付く。

「こんにちは、マクシミリアン殿下、パトリシア姫」

にこりと微笑み、リードが挨拶《あいさつ》をすれば二人も嬉しそうにリードへと挨拶をする。

いかにも興味津々といった表情で八歳になるパトリシアはリードを見たが、対照的に兄のマクシミリアンはちらちらと視線を向けてくるだけだ。

「殿下は、今は学校のお休みですか?」

「はい、休暇の最中です」

ボソボソと喋《しゃべ》るマクシミリアンは、現在は王都の寄宿学校へと入寮していた。

リードよりも四つ下の十六になるはずだが、長身の父に似たのだろう。既に身長は、リードよりも高かった。

「お兄様、リード様がきれいだから照れていらっしゃるの?」

二人のやりとりを下から見ていたパトリシアがそう言えば、マクシミリアンの顔が真っ赤に染まる。容姿こそ父であるリケルメに似通っていたが、内面は随分違うようだ。

「だけど、気持ちもわかるわ。リード様、男性なのにとってもおきれいなんですもの」

「パトリシア姫も、可愛らしいですよ。ピンクのドレスが、とてもよくお似合いです」

二十になったリードは、美男美女を見慣れている王宮の者でもハッと息を止めるほど、美しく成長していた。

決して女性的というわけではないのだが、細身であるもののしなやかについた筋肉や長い手足、繊細に作られたその容姿、とりわけ男性にしては大きなその翠《みどり》の瞳に、誰もが目を奪われた。

リードの言葉が、よほど嬉しかったのだろう。パトリシアがくるりとその場で回ってスカートがひらりと揺れた。

「ねえリード様。私、リード様にお願いがありますの」

何か、内緒で話したいことがあるのだろう。周りには離れた場所に侍女がついているだけなのだが、パトリシアの身長に合わせるように、リードは腰を曲げた。

パトリシアが、リードの耳元でそっと囁《ささや》いた。

「あのね、リード様。お父様を、とらないで下さいね。お父様は、私たちのお父様なんですから」

子供らしい、高い声がリードの耳の中へと入ってくる。言われた言葉の意味に、リードは自身の身体が凍りついたような気分になった。

「はい、大丈夫ですよ。陛下は、姫と殿下のお父上です。とったりいたしません」

「パトリシア！」

リードの言葉から、パトリシアの発した言葉の意味を察したのだろう。マクシミリアンが、怒鳴るようにパトリシアを呼んだ。

「な、何？　お兄様」

日頃、優しい兄から大きな声を出された事などなかったのだろう。ビクリと身体を怯ませたパトリシアが、マクシミリアンの剣幕からその瞳に涙を溜めている。

そして、兄妹の様子がおかしいことに気付いた侍女が、二人のもとへと近づいてくる。

「リード様、妹の無礼をお許しください」

パトリシアを侍女へと任せると、マクシミリアンがリードへと深く頭を下げた。

「殿下、頭を上げてください。パトリシア姫は、悪くないいんですから」

なんとか作った微笑みで、リードはそろそろ部屋に戻る事を伝え、その場を後にした。

マクシミリアンは、言葉をかけたがっている様子ではあったが、伸ばした手は宙に浮いたままだった。そして、去っていくリードの後ろ姿を、いつまでも見つめ続けていた。


リードは自分の宮へと続く道を、一心に歩き続けた。鈍器で、強く頭を殴られたような気分だった。

一体、何を勘違いしていたのだろう。

側室、寵姫、愛妾《あいしょう》、そんなものは、言葉遊びに過ぎない。リケルメの王妃はマリアンヌただ一人だ。

それこそ前世の価値観で考えるなら、リードの立場など愛人に過ぎない。

リードは、初めて会った日のマリアンヌの姿を思い起こしていた。あの時の堂々たる姿は、マリアンヌが王妃という確固たる地位を持っているからだ。

そしてどんなに他の妃より通われても、身体を重ねても、男である自分は子を宿すことは出来ない。

リードがリケルメだけを愛していても、リケルメがリードだけを愛することはない。目を逸らし続けてきたそんな現実に、リードはようやく気付いた。

目の前にある居心地の良い自分の宮が、ぼやけて見えた。

◇◇◇

入宮から八年、リードは二十一になっていた。リケルメは入宮前に約束してくれていたように、リードにとって最高の学習環境を用意してくれていた。

名声を持つ名のある教授から、対面式で直接講義を受け、資料や文献を調べようと思えば王宮内の図書室を自由に使うことが出来た。

それだけの環境を揃えてもらえたのだ、否応なしに知識は増えていく。元々素養があったこともあり、リードの優秀さに何人もの教授が喜び、ぜひ王都の大学で学ぶ気はないかと声をかけてくれた。父と母が学んだ、最高学府の教授からも声をかけられた。

けれど、それらの話にリケルメが頷《うなず》くことは一度もなかった。

リケルメが許可を出さない事はわかってはいたが、それでも教授から話があれば期待を胸に抱いてしまう。そして、案の定リケルメの反対にあい、落ち込む。

「陛下は、リード様を自分以外の誰の目にも触れさせたくないのでしょうね」

例のごとく、朝から沈んでいるリードに、ルリが温かい紅茶を淹《い》れてくれた。

「大袈裟《おおげさ》だよなー。そりゃあ昔は女に間違えられることもあったけど、最近はそれもなくなったし。貴族のお坊ちゃまならいくらでも相手はいるのに、過保護もいいとこだよ」

同性婚が認められているとはいえ、やはり国全体としては異性同士の婚姻の方が多い。特に貴族の場合は後継者が必要とされるため、正妻に男を選ぶというのは極めて稀《まれ》だった。

「何を仰《おっしゃ》いますか。リード様こそ、この国で一番力のある、それこそどんな相手でも選べる陛下にお選びになられたんですよ。リード様はもう少しご自身が陛下へ与える影響をお考えになってください」

リードは知らないが、大学の話が出るたびに目に見えてリケルメが機嫌を損ねるため、最近では側近たちが教授がリケルメへの謁見を希望すると事前に止める事さえあった。

ルリの話では、リードが入宮する前もリケルメは後宮へと通っていたが、どこか義務的なものが強かったと言う。それこそ閨《ねや》を共にしても、終われば王宮にある自身の部屋へと帰ることも珍しくなかった。

当たり前のように朝まで一緒に過ごしているリードからすれば信じられない話ではあったが、本来リケルメは特定の相手に執着を持つタイプではないようだ。

「ま、それだっていつまで続くかはわからないけど」

リードがポツリと呟《つぶや》けば、目に見えて隣に立っていたルリの表情が曇った。

「紅茶美味《おい》しかった、ありがとう。夕食の時間まで部屋で本を読んでくるよ」

口を開こうとしたルリにそう言うと、リードは席を立ち、二階に続く階段へと向かった。

自室へと入ると、リードは机に向かい、昨日図書室から借りてきた本を広げた。

八年もの間住んではいるが、部屋に増えているのは本くらいで、クローゼットへといれられた衣装の数々は眠ったままだ。

十八になった頃、他の側室たちと同じように、リードも王宮で開かれる国賓を招いての夜会に参加した事があった。参加したと言っても、リードはダンスが好きではなかったし、有力貴族の知り合いもいなかったため、とりあえずは壁際で華やかな男女の様子を眺めているだけだった。

けれど、そんなリードの姿を他の貴族や他国の来賓たちは放っておいてはくれなかった。リードがリケルメの愛妾であることがわかると、自身の娘の入宮が許されなかった大臣や、物見高い貴族たちが次から次へと話しかけてきたのだ。

話しかける、とはいえ彼らの目的は皮肉や嫌味でリードの自尊心を傷つけるという一点に過ぎなかった。最初は聞き流していたリードだが、あまりのしつこさに仕方なく応戦することにした。直接恥をかかせて恨みをかうのも面倒だったので、彼らだけに伝わる皮肉で返すことにしたのだ。

ウイットの利いたさり気ない皮肉に顔色を悪くした大臣貴族は、次々とリードの前から退散していったが、次にやってきたのは貴族の子弟や他国の外交官だった。

美しいだけしか取り柄がないと思っていた青年の話が、予想以上に面白かった事に興味を持ち、あれこれと話しかけられる事になってしまったのだ。

外交官は、リードの話からリードが他国の言葉もわかる事に気付いたのだろう。ついには側室をやめ、自国の王太子との結婚を考えてほしいという外交官まで出てきてしまった。

神の前で誓いをたてた王妃とは違い、確かにリードの立場は未婚ではあった。一夫多妻をとっていなかったその国の人間にとっては、大国の側室より、正式な王妃となった方がリードにとっては幸せだと思ったようだ。

リードの事をそれだけ気に入ってくれたという事なのだが、リードにとっては全くありがたい話ではなかった。

やりとりを聞いていた貴族たちによりその話は瞬

く間にリケルメの耳に入り、激怒したリケルメは当該国から自国の大使を引きあげるとまで言いだしたのだ。

相手国の王族から謝罪の書状が届いたことで事なきをえたが、それ以降リードが夜会へ参加したことは一度もなかった。

「ポンパドゥール夫人にはなれそうにないな」

「それは、どんな人物だ？」

事態が収まった後、閨での語らいをしていたリードが呟いた言葉を、リケルメは聞き逃さなかった。

「ある国の王の愛妾。美しいだけじゃなく聡明《そうめい》な女性で、外交手腕を発揮して歴史に名を残したんだよ」

国税を使いすぎたという話は、とりあえず伏せておいたが、大まかに七年戦争の経緯を説明する。リケルメは少し考えた後、小さく笑って言った。

「確かに、それはお前には関係のない話だな」

そして、長い腕を伸ばし、隣にあるリードの身体を自分の方へと抱き寄せ、

「俺は、お前を政の矢面に立たせるようなことはしない。お前の力を借りずとも、俺は強い国を作る。お前はただ、俺の隣にいればいい」

リケルメはそれだけ言うと、リードの黒髪を優しくかき上げ、首筋へと口づけた。

パタリ、と数センチの厚みのある本をリードは閉じる。あらかじめ学んでいた通り、アローロの後宮は建国当時から作られ、数代前には全盛期を迎えていた。けれど、その時代は幾度も戦争が続き、今以上に女性の暮らしが厳しい時代でもあった。

男性のみに都合が良いと思われがちな一夫多妻という制度だが、女性を守る部分もその中にはある。特に戦争で未亡人が増えた後などは、経済的に困窮した女性を助けるために活用されていた点があった。裕福な男性が多くの女性を養うことで、経済活動を促せたという部分もあるだろう。

前世でリードが生きていた国は勿論《もちろん》一夫多妻ではなかったが、それだって数百年前までは違っていた。貧富や身分差のある時代には、それが当然だった。

アローロ国にとっては当たり前のことで、リケルメにしてみても疑問すら持ったことはないだろう。リケルメに他の妃《きさき》がいることなど、リードだって入宮前からわかっていたはずだ。

「やっぱり、ポンパドゥール夫人にはなれねーや」

人知れず、呟く。ポンパドゥール夫人は、三十を過ぎた頃から王と褥《しとね》を共にすることはなく、それ以降は他の若い女性を王のために用意したという。リードには、出来ないだろう。

王に愛されることが役目である愛妾は、愛されなくなったらどうすればいいのだろう。

リケルメが自分のもとへ来ることがなくなる日、それを想像しただけで、リードは胸が張り裂けそうな気分になった。

その日の朝食は、朝からとてもたくさんの種類のものが並べられていた。

リードのために作られる食事はいつもリードの口に合った美味しいものだが、ここまで豪勢なのは入宮した日以来ではないだろうか。

ナイフとフォークを手に持ち、食事を始めると出来たての食事がまた新たに運ばれてくる。

「すごく豪華だね、何かあったの？」

国王と王妃、つまりリケルメとマリアンヌの誕生日には、国を挙げて祝う風潮がアローロにあった。そのためその日は一日食事が豪華なのだが、今日はどちらも日付が違うはずだ。

「はい、昨晩王子様が誕生なさったんですよ」

リードの隣にいた侍女の一人が、笑顔で言った。

「え」

「アンナ！」

侍女の言葉に、リードが固まってしまったのに気付いたルリが声を荒げた。アンナと呼ばれた侍女が、ハッとしたようにその口に手をあてた。

「大丈夫だよルリ、知らなかったから驚いただけ」

心配げに視線を向けるルリに、リードは明るくそう言った。

「誰が出産されたの？」

「キャロライン様です」

キャロラインは、後宮の側室の中では一番若く、リードとも年が近い女性だった。側室の中でも、比較的接しやすかったのもそのためだろう。

「そっか、キャロライン様には、落ち着いたら何か贈り物をした方がいいね」

「はい、後で一緒に考えましょう」

リードがそう言えば、ルリが優しく笑う。そのまま、何事もなかったように食事を再開させる。けれど、先ほどまで美味しく思っていたスープの味は、わからなくなってしまっていた。

一昨日もリケルメはリードのもとへ来たが、キャロラインの話は何もしていなかった。出産どころか、懐妊していたことすら知らなかったのだ。日頃から、リケルメはリードの前で他の妃の名前を出すことはマリアンヌの名でさえ滅多にない。事前に知っておきたかったような気もするが、リケルメの口から告げられたとして、笑顔を作れたかどうかはわからなかった。

ただ、昨晩予定していた訪れがなかったのは、それが理由だったことはわかった。さすがに、他の妃が出産で苦しんでいる中、リードのもとに通うのはリケルメとしても憚《はばか》られたのだろう。おそらく、しばらくは自分のもとへは来ない事もなんとなくわかった。

王宮全体が祝賀ムードの中、リードの宮もその例外ではなかった。リードも王子の誕生は嬉《うれ》しく思ったが、その空気にはやはり馴染《なじ》むことは出来なかった。

王子の誕生を祝う夜会は、本日国中の貴族を呼び行われる。王宮から来た使者が伝えに来たこの話を、リードは体調不良を理由に出席を辞退した。

あらかじめ用意していた御祝いの言葉を言伝すれば、使者も了承し、そのまま戻って行った。自身の立場を考えれば、祝いの席にそぐわないことは分かっていたし、何より今はリケルメの顔を見るのが辛かった。

夜会の準備で出払っているのか、王宮内はいつもよりも静かで、図書室に向かうまでもほとんど人とすれ違わなかった。重厚な扉をあければ、管理を任されている文官が一人座っているだけだ。何か書類に目を通しているのか、リードの顔を確認しても、小さく頭を下げただけで特に何も言われることはない。

壁一面にぎっしりと並べられた本の数々は壮観で、初めてリケルメに連れてきてもらった時には感嘆の声をあげたほどだ。利用者が少ない割には広々としているため、とにかく居心地がよかった。そのまま奥へと歩いて行き、日当たりの良い席へと向かう。

いつ来ても誰もいない静かなその場所を、リードは秘《ひそ》かに気に入っていた。けれど、今日は珍しく先客がいた。

「マクシミリアン殿下？」

午後の陽光が穏やかに照らしている窓際の、いつもリードが座っているその席には、王太子であるマクシミリアンがいた。

「リード様」

ハッとしたようにマクシミリアンが、読んでいた本から顔を上げ、立ち上がった。かなり集中していたようで、驚いたのだろう。ガタリと音がするほど勢いがよかったため、机の上にあった紙がパラパラと落ちてしまった。恥ずかしく思ったのか、慌ててマクシミリアンがそれを拾おうと腰を下げる。

リードもそれを手伝うために、同様に中腰になった。

二人で拾ったこともあり、紙はすぐに集まった。

けれど最後の一枚をリードが手に取った時、同時にマクシミリアンの手も同じ紙へと伸びた。

「あ」

リードの手にマクシミリアンのそれが重ねられ、互いの視線が合う。こんなところまでリケルメに似たのか、マクシミリアンの手はリードよりも二回りほど大きかった。

「も、申し訳ありません」

弾かれたようにマクシミリアンが手を離した事により、温もりがなくなる。

「いえ、こちらこそ」

立ち上がったマクシミリアンに続いて、リードも腰を上げる。きまりが悪そうに視線を逸らすマクシミリアンの頬は、ほんのり赤くなっている。外見こそ大人びてはいるが、そういった部分からまだ十七歳の少年であることがわかる。拾った紙をまとめ、マクシミリアンへと差し出せば頭を下げて受け取った。

リードがマクシミリアンに会うのは、一年ぶりだった。以前庭で会った時よりもさらに身長が伸びたようで、リケルメと変わらない背丈になっていた。

「王子様のお顔を、見に帰っていらしたんですか？」

今の時期、学校は休みではないはずだ。厳しいことで有名な寄宿制の学校、リッテラは、たとえ王族であっても休暇以外は外泊を許されない。

「はい。王宮から使いがあり、朝一番で帰りました」

リッテラの場所は、馬を飛ばせば王宮から半刻もかからない。せっかくだから弟の顔を見に帰ってこい、というリケルメ直々の命令だったそうだ。

「一週間後に卒業試験があるので、顔を見たら帰るつもりだったんですが、誕生の式典が五日ほどあるからそれまでは王宮にいるように言われて」

仕方なくここで試験勉強をしているのだと、机の上を指差した。確かに机の上には、様々な種類の本が置かれている。時期が時期だけに、マクシミリアンからしてみるとたまったものではないのだろうが、そういった事情を構わないところがいかにもリケルメらしい。

「それでは、殿下の邪魔をするわけにはいきませんね」

仕方ない、今日は宮の書庫で我慢しよう。そう思ったリードがマクシミリアンへと挨拶《あいさつ》をし、踵《きびす》を返そうとすれば、

「あ、あの！」

「はい」

マクシミリアンに呼ばれ、再びリードは振り返る。

「リード様は博識で、様々な学問に精通しておられると聞いております」

「ま、まあ……」

あれだけの環境を整えられれば、誰でもそうなるだろうとリードは思うのだが、それを口に出すのはやめておいた。

「よろしければ、ご指導いただけないでしょうか」

リードは、瞳《ひとみ》を瞬かせた。宮の侍女たちから、マクシミリアンは優秀で、リッテラの入学試験も首席だったと聞いている。その後も高い成績を維持しているという話であるし、自分の出る幕などないように思われた。

「ですが……」

「ダメですか？」

マクシミリアンに、縋《すが》るような瞳で見つめられる。そんな瞳を見せられて、断れるリードではなかった。

「私にわかる部分でしたら、お教えさせて頂きます」

リードがそう言えば、目に見えてマクシミリアンの頬が緩んだ。

人に何かを教える、という行為をリードが行うのは、実家にいた時以来だった。もっともその頃に教えたものといえば、文字の読み書きや算術という基礎

礎的なものであったため、大半の生徒が大学や士官学校へと進学するリッテラで学ぶ内容とはまるで違う。

ただ、リードも多くの教授から教わってきたため、解けない問題は基本的にはなかった。

「ここの問いは、先ほどのものと同じ公式を使います。殿下の計算に間違いはないのですが、あてはめる公式が違うため、答えがあわないんです」

本を開き、マクシミリアンが解いた問題を一つ一つ説明していく。リードの説明を聞けば、飲みこみが良いのか一度で覚えていった。なるほど、噂に聞いていたとおりの優秀さだとリードは思う。羽ペンを使い、さらさらと羊皮紙に数式を書いていくマクシミリアンの表情は、真剣そのものだ。

「試験範囲は広そうですが、殿下なら問題ないと思うのですが」

ちょうど手が止まったこともあり、リードは話しかけた。リッテラの卒業試験は難解で、合格できなければ卒業が一年延期されてしまう。王都に出てきて浮かれた地方貴族の息子が、勉強をおろそかにして卒業出来ず、父親から雷が落ちるというのもよくある話だそうだ。

「卒業は、勿論できると思います。けれど、それだけでは意味がありません。私の目標は首席で卒業するという結果を残す事です」

先ほどまでの物腰の柔らかさがなくなり、はっきりとした口調でマクシミリアンが言った。

「恥ずかしながら、幼い頃は優秀だと言われてきました。けれど、リッテラに入って自分が井の中の蛙《かわず》であったことがわかったのです。みな優秀で、少し気を抜けばあっという間に取り残されてしまう。入学してからも首席を維持してきましたが、いつもギリギリでした。特に、今回はライバルの頑張りがすごくて」

「ライバル、ですか？」

「はい、隣国の王族なのですが、なんでも父王と何か賭《か》けをしているらしく、これまでとは目の色が違うんです」

これまでマクシミリアンはその人物と、成績はもちろんあらゆる面で競い合ってきたのだという。だからこそ、絶対に負けるわけにはいかないのだと。

そう言ったマクシミリアンは何故か嬉しそうで、リードはそれを羨《うらや》ましく思った。

「わかりました、では、私も出来る限り協力します」

リードがそう言えば、マクシミリアンが喜色満面といった表情を見せた。

「ありがとうございます」

リードも、柔らかな笑みを返した。


その日から三日間、リードは一日のほとんどの時間をマクシミリアンとの勉強に費やした。マクシミリアンが神事や式典に出席している間は、リードが夜の間にマクシミリアンが解いてきた問題を採点し、適切な解法を探して説明の仕方を考える。マクシミリアンが戻ってきたらそれを説明し、さらに応用問題を解いてもらう。過去の卒業試験の問題には、リードでも首を傾げるものもいくつかあり、そのレベルの高さが窺《うかが》えた。

時にはマクシミリアンのひらめきによって答えが出たこともあった。大変ではあったが、二人で一緒に勉強をしているせいなのか、それ以上に楽しかった。前世の学生時代、試験前に友人の家や図書館で勉強していたことを思い出した。

「……どうですか？」

マクシミリアンが唯一苦手としていた歴史問題。これまでのところは全問正解しており、最終問題の採点をしていた。緊張した面持ちのマクシミリアンの方を、ゆっくりとリードが向く。

「殿下……正解、です！　全問正解です！」

「え？　あ？」

リードから渡された紙を、マクシミリアンが見る。

「やりましたね、殿下！」

「はい！」

言いながら、二人の手が頭上でタイミングよくパチッと音を立てた。所謂《いわゆる》、ハイタッチだ。互いに無意識だったのだろう、顔を見合わせ、同時に噴き出した。

「リード様、意外と活発な方だったんですね」

「バレました？　実は結構粗暴です」

「外見からは全く想像できません、もっとこう、虫も殺せないような淑やかなイメージが」

「あはは、虫取りは子供の頃によくしましたよ。それでとった虫を戦わせたり。食べられると聞いた虫を、屋敷の厨房《ちゆうぼう》に持っていったらメイドに悲鳴をあげられたり」

「食べたんですか!?」

「勿論《もちろん》、全部捨てられました」

リードがそう言えば、マクシミリアンは驚きながらもさも愉快だとばかりに笑い出した。それに気をよくしたリードは、次々に自分の幼いころの所謂武勇伝を話し始める。

マクシミリアンは、文字通り腹を抱えて笑っていた。

「リード様は優しく、強い方ですね」

笑いが収まったマクシミリアンが、呟《つぶや》いた。

「殿下だって」

リードがそう言えば、マクシミリアンは静かに首を振った。

「私は、弱虫なのです。リッテラを卒業したら、士官学校に入ります。今は平和なアローロですが、曽《そう》祖父《そふ》の時代まで周辺国と戦を繰り広げていました。今は和平が結ばれていますが、その均衡もいつ崩れるかわかりません」

大国であるアローロの周りには、いくつもの国があるが、未だ正式な外交関係を結んでいない国もその中にはある。

「有事の際は、国を守るために剣を持つ覚悟はあります。けれど、出来れば戦争など起こしたくない。美しいアローロの国土が焼かれるのが、民が死ぬのが恐ろしいのです。幼い頃、それを父に話したら、意気地がないと目に見えて落胆されました。父は、勇敢です。周りの国々は、誰も父に逆らおうとは思いません。だけど、私は父のようにはなれない。私には、この国の王は荷が重すぎます」

ポツリ、ポツリと紡いだ言葉は、マクシミリアンの本音で、おそらく今まで誰にもいう事が出来なかったのだろう。

この世界における戦争は、近代の、前世のリードが知っている時代のものとは違う。英雄割拠し、仲間と共に危険をわかちあい、馬で戦場を駆け巡る、そんな騎士物語のような戦争だ。男子に産まれたからには、戦場で武功をたて、名を上げるべきだ。そういった価値観の世界では、マクシミリアンの考えは確かに軟弱に見えるかもしれない。

「戦争を忌避する殿下のお考えは、決して間違ってなどおりません。戦が起これば、国土は荒れ、民が死に、国は疲弊します。大切な人を、亡くすことだってあります。戦など、起こらないに越したことはないのです」

マクシミリアンの瞳が、見開いた。リードが、コホンと小さく咳払《せきばら》いをする。

「昔、とある国の王がこんな風に言いました。『人は城、人は石垣、人は堀、情けは味方、仇《あだ》は敵なり』どんなに強固な城を築いても、それを守る人の心が離れてしまえば、城は落ちます。大切なのは、民に情を持って接する事です。殿下はとても慈悲深い。貴方は、良き王になると思います」

リードは笑いかけた、強く、優しい未来の王に。

マクシミリアンも、まさかリードからそんな風な言葉が返ってくるとは思わなかったのだろう。

しばしの間、言葉も発せないというような顔で、リードを見つめていた。

「ありがとうございます、リード様」

ようやく、マクシミリアンに言葉が戻ってきた。

「貴方から頂いた言葉に恥じぬ王になるよう、これからも誠心誠意努力します」

晴れ晴れとしたマクシミリアンの表情に、リードは清々しい気持ちになった。

ちょうどその時、王宮の敷地内にある教会から、鐘の音が聞こえた。夕方になるその鐘は、一日の業務の終了を意味していた。

「すみません、遅くまで付き合わせてしまって」

「大丈夫ですよ、私も楽しかったです」

リードはそう言うと、部屋から持ってきた本を持ち立ち上がった。この時間まで外に出ている事は滅多にないため、宮の者も心配しているかもしれない。

「それでは殿下、また明日」

にっこりと笑い、頭を下げる。

「あ、すみません少し待っていただけますか」

そんなリードに対し、マクシミリアンは自身の持ってきた荷物の中から、小さな袋を取り出した。

「これ、もしよかったらもらって頂けませんか？」

袋からマクシミリアンが取り出したのは、深い緑色の宝石がトップについたチョーカーだった。キラキラと光彩を放つそれに一瞬リードも見惚《みと》れたが、慌てて頭《かぶり》を振る。

「こんな高級なもの、頂けません」

「いえ、本当にそんな高級なものでもないんです。学校で貰《もら》ったものなんですが、リード様の瞳と同じ色だったので、どうしてもプレゼントしたくて」

確かに、王族であるマクシミリアンからすると、宝石の価値はそれほど高くないのかもしれないが、宝石類に詳しくないリードからすれば十分高級なものに見えた。けれど、いつにないマクシミリアンの思いつめたような表情を見ると、これ以上断るのも躊躇《ため》われた。

「わかりました。それでは、頂きます」

「ありがとうございます」

マクシミリアンの表情が、目に見えて明るくなった。

「それではその、リード様。少しの間だけ瞳を閉じて頂けますか」

「え？　あ、はい」

疑問に思いつつも、マクシミリアンならばリードが困るようなことはしないだろう。素直に瞳を閉じれば、マクシミリアンの気配が近くなる。

微《かす》かにマクシミリアンの呼吸を感じ、首筋に、僅《わず》かな重みがかかった。

「もう、いいですよ」

リードがそっと目を開き、下を向く。胸元に、緑色の石がキラキラと輝いている。角度をかえると石の色に変化が出るのが、とても不思議だった。

「ありがとうございます、大切にします」

喜んでリードがそう言えば、マクシミリアンが照れくさそうに微笑んだ。そのままマクシミリアンに見送られ、リードは自身の宮へと早足で歩き始めた。

◇◇◇

リードが図書室から戻れば、宮の雰囲気がどこか違っていた。いつもならば穏やかな笑顔で出迎えてくれる番兵の若者二人が、リードの顔を確認すると、心底安堵《あんど》したような表情をしたのだ。普段よりは遅い帰りとはいえ、春先ということもあり、辺りはまだ明るい。一体どういう事かと思いつつも彼らに挨拶を終え、中へと入れば、

「リード様！」

ひどく焦燥した様子のルリが、玄関へと駆けてきた。常に冷静沈着で、女官の鑑《かがみ》と言われるルリにしては珍しい姿だった。

「ごめんルリ、遅くなった。どうかした？」

どこかピリピリとしている宮について、リードが暗に問う。

「陛下が、いらしております」

「え？」

「空腹だとは思うのですが、先に部屋の方へいってもらえますか？」

「あ、うん。もちろん」

リードは不安気な表情のルリに伴われ、二階へ続く階段を上った。

リケルメが側室のもとへ通う時には、通常はその日の朝に王宮からの使いが来るというのが習わしだった。とはいえ、リードの所へはそういった前触れがなくともふらりと訪れることも珍しくはないため、宮の使用人たちも慣れているはずである。

確かに今はまだ数日前に誕生した王子の祝賀期間の最中であるため、リードも訪れがあるとは思ってもみなかったが。それにしても、いったいなにがあったのか。

そういったリードの疑問は、自室のドアをルリによって開かれ、リケルメと二人きりになったことでようやく判明した。

「ごめん、せっかく来てくれたのに待たせちゃったみたいで」

開口一番そう言えば、窓の外を見つめていたリケルメが、リードの方へ視線を向ける。

リードとしては、忙しい中わざわざ自分のもとへ来てくれたリケルメの気持ちは嬉《うれ》しかったし、何より数日ぶりに会えたのだ。精一杯の笑顔を向けたつもりだったが、リケルメに笑顔はなく、向けられたのはリードが今まで一度も見たことがない、冷めた鋭い視線だった。

「今までどこにいた」

硬質な声と、感情が見えない表情。思慮深く、他者の感情の変化を察することが出来ると言われるリードだが、自身へ向けられるそれに対してのみ、やや鈍感なところがあった。けれど、さすがに今回ばかりはリードにもわかった。リケルメは、明らかに怒っている。

「どこって、図書室だよ」

手に持つ本を見ればわかるだろうというように、なるべくいつも通りにリードは振る舞う。

普段と違うリケルメに内心戸惑ってはいるものの、リケルメが何に対して苛立《いらだ》っているかリードには皆目見当もつかなかった。

リケルメの瞳が、細められた。

「一人でか？」

リードの瞳が、見開かれる。

「あ、その。マクシミリアン殿下と」

聞かれた事には驚いたが、後ろめたいことでもないため、リードは素直にそう答えた。

リードの答えに、リケルメの視線が一瞬鋭くなり、そして口の端をあげた。

「なるほど、ただの讒言《ざんげん》かと思ったが、あながち嘘でもないようだな」

嘲笑《あざわら》うかのようなリケルメの言葉に、リードが眉《まゆ》根《ね》を寄せる。

「讒言？」

「めでたい宴の最中に、カーターの奴がわざわざ報告してくれてな。お前と、マクシミリアンが毎日のように図書室で密会をしていると。吐息が触れそうなほど互いの顔を近づけ、仲睦《なかむつ》まじい様子だったとな」

「はあ!?」

カーターの名前には、聞き覚えがあった。確か、リードが唯一参加した夜会において、あれこれと皮肉を言ってきた人物だ。

元々、税を不当に徴収していた疑いも持たれており、最近は閑職へと追いやられているはずだ。そのきっかけがリードとカーターの会話にあった事もあり、リードの事を逆恨みしている可能性は十分にあった。

「仲睦まじいって、勉強教えてただけだよ。殿下の卒業試験が近いのは、リケルメだって知ってるだろ？」

確かに集中していたこともあり、マクシミリアンとの距離は近かったかもしれないが、だからといって二人の間にリケルメが揶揄《やゆ》するような雰囲気は一切なかった。

リードの言葉に、リケルメは何も言わなかった。ただ静かに、観察するようにリードを見ている。まるでそれが、リードの様子から何かを見抜こうとしているようで、ひどく居心地が悪かった。

「誤解だって。殿下は俺より四つも年下なんだよ？　俺がリケルメの側室だってわかってるんだし、そんな風に見てるわけないだろ？」

リケルメの前を通り、机の前まで行くと、持っていた本をドサリとその上へ置く。日頃、本の扱いに関しては極力気を付けているリードにしては珍しかったが、それくらいリードも困惑していた。

抱えていた本がなくなったことにより、リードの胸元がスッキリする。それにより、今まで隠れて見えていなかった緑色の石が、きらりと揺れた。

リケルメの表情が目に見えて険しくなり、リードを壁へと押し付けたのは、ほぼ同時だった。

「リ、リケルメ？」

突然の行動に、リードは驚きと共に自身の上にあるリケルメの顔を見上げる。そんなリードをちらと見つめ、リケルメはその大きな手をリードの胸元へと近づける。

「これはどうした」

リケルメが、リードの胸元にある緑色の石をその指先で摘まみ上げる。

「どうって、さっき殿下に貰ったんだよ。勉強のお礼って事だったんだけど、やっぱり高級なものだった？」

至近距離にあるリケルメの顔に内心どぎまぎとしつつも、なんとかリードはそう答えた。

「お礼、とはな。あいつも、よく言ったものだ」

リードの言葉にしばし思案していたリケルメは、独り言のようにそう言うと、手にしていたその石を、力任せに引っ張った。

「痛っ」

　チリッとした、焼けるような痛みを一瞬感じた。

　胸元を見れば、先ほどまでそこにあった石はなくなっていた。

「これはマクシミリアンのもとへ返しておく」

　細い華奢《きやしや》な紐《ひも》は無残にも千切られており、石は既にリケルメの手の中にあった。

「は!?　意味わかんねー、それは、俺が殿下から貰ったものだろ!?」

　自分が石を受け取った時の、マクシミリアンの嬉しそうな顔をリードは思い出す。そんなマクシミリアンに石を返すのは、リードとしてはどうにも心苦しかった。

「なんだ、お前宝石に興味があったのか？　明日にでも王都中の宝石屋を呼んでやる。好きなだけ言え」

　馬鹿にしたようなリケルメの口調に、リードはますます苛立つ。

「そういう問題じゃねえだろ!?　俺が貰ったものを、どうして」

　リードの言葉は、続かなかった。リケルメが、これ以上は聞きたくないとばかりにその唇でリードの口を塞《ふさ》いだからだ。リードの気持ちなど一切無視した、乱暴な口づけだった。

　首を振り、なんとか逃れようとするリードに苛立ったリケルメが顎《あご》を捉《とら》え、より一層それを深くしていく。口腔《こうこう》内を蹂躙《じゆうりん》していくリケルメの舌に、リードが苦しげに顔を歪《ゆが》める。リードの身体を壁へと縫い付けたまま、上衣の裾《すそ》からリケルメの手が侵入してくる。

　ひやりとしたリケルメの手の感触に肌が泡立ったが、幾度も触れられてきた身体だ。意識せずとも、反応しかけた自身の中心に気付いたリードは、精一杯の力でリケルメを押し返す。

「何考えてんだよ！　今がどんな時期かわかってるだろ!?」

ルリに後から聞いた話だが、王は出産を終えた妃《きさき》のもとへは七日間通うことが慣習となっていた。日中は式典が続くため一緒には過ごせないが、せめて夜くらいは大役を終えた妃を労《ねぎら》おうという歴代の王たちの心遣いなのだろう。

通うといっても、出産を終えたばかりの妃と閨《ねや》を共にする事は勿論ない。それでも、七日の間一緒に夜を過ごし、朝を迎えることが出来る。

それは物理的に子を産むことが出来ないリードには、絶対に出来ない事だった。

「俺の事を拒むのは、お前くらいだな」

リケルメが、自嘲《じちょう》めいた笑みを向けた。その表情から感じられた寂しさに、リードも先ほどまであったリケルメへの怒りが立ち消えていく。

「リード。王命として、十日間の宮の外への外出を禁ずる」

「え？」

「必要なものがあればルリに言え、生活には支障はないはずだ」

言われた言葉の意味を、すぐには理解出来なかった。

「待ってよ、十日間も宮の外に出られなかったら殿下との約束が」

マクシミリアンと、約束したのだ。最終試験で、マクシミリアンが首席を取るために、出来うる限りのサポートをすると。

常に偉大な父と比較され、重圧の中にいながらも、それを感じさせることなく懸命に努力する少年の力に、少しでもなりたかった。

「マクシミリアンとは、もう会うな！」

珍しく、感情的にリケルメが声を荒げる。

「あいつは、お前の事を俺の妃とは思っていない」

「それって」

どういう意味かと問おうとすれば、再びリケルメの大きな手がリードの顎を掴《つか》む。

「覚えておけリード。お前は、俺の妃だ。お前がこの宮を出られる事は、生涯ないと思え。たとえ、お前の心が他にあったとしてもな」

それだけ言うと、リケルメは振り返ることなく部屋の外へと出て行った。リケルメが出ていくのを無言で見送った後、リードは思わずぺたりと床に座り込んでしまった。想像以上に、気を張っていたことがわかった。何年も一緒にいるが、あんな風に憤慨したリケルメの姿を初めて見た。時折ムッとするような表情を見せる事もあったが、リードと過ごしている時のリケルメは、常に上機嫌だったからだ。

けれど、今日は違った。普段は飄々《ひょうひょう》としているため意識した事はなかったが、自分とリケルメの間にある差を改めてリードは感じた。王と側室、年齢、そして価値観。

けれど何より、リードは自身のリケルメへの気持ちが疑われたことが辛かった。

確かに、マクシミリアンと過ごす時間は楽しかった。王宮の祝賀ムードの中、疎外感を覚えていたリードが、マクシミリアンと一緒にいる時はそれを忘れられた。年齢と身分こそ違うが、互いの立場が違えば、良い友人になれただろうと思った。だけど、それだけだった。

姿かたちこそ似通ってはいるが、リードが好きなのは、愛しているのはリケルメだった。そんなリードの気持ちが、リケルメ自身に伝わっていないのが、寂しかった。

リードの様子を見に部屋へとルリが入ってくるまで、しばらく床から立ち上がることが出来なかった。

翌日は雨が降っていたため、外出を考えようとは思わなかったが、翌々日はよく晴れた青い空が広がっていた。自室の窓から外を眺めていたリードは、今日何度目になるかわからないため息をついた。

リケルメの命令はルリは勿論《もちろん》のこと、宮の使用人皆に伝えられており、とても外へ出られそうになかった。ロープで二階の窓から脱出する事も頭に過《よぎ》った。

たが、その前にルリから部屋中の窓の鍵《かぎ》を掛けられてしまった。なんでも、リードならば意地になって窓からの脱出を試みる可能性があるという、リケルメからの助言があったそうだ。

「さすがに、下までつくほどの長さはねえよなあ」

窓の外を見ながら、自身の黒髪を一房つかむ。そもそも、たとえ長さがあったとしても人の体重に耐えられるとは思えなかったが。

「そうね、それは難しいんじゃないかしら」

突然聞こえてきた自分以外の声に、リードは勢いよく振り返る。

「お、王妃様!」

慌てて、立ち上がって頭を下げる。リードの部屋の入り口に優雅な姿で立っていたのは、マリアンヌ王妃その人だった。外出用なのか、小さな帽子にドレスをあわせた姿が、とてもよく似合っている。

「突然ごめんなさいね、何度かノックをしたのだけど、反応がなかったから」

ルリに紅茶を持ってきてもらったリードは、自室でマリアンヌと向かい合って座っていた。滅多に使われることのない来客用の椅子とテーブルに座るマリアンヌは、もの珍しそうにリードの部屋を見回している。

「本当に、たくさんの本があるのね」

「最初はそうでもなかったのですが、どんどん増えてきてしまって」

リードの本は、入宮したその日から日々増えていった。今では書庫が既に一杯になりつつあるため、倉庫として使っている部屋を新しく書庫に改装するという話も出ている。

他の側室と違い、装飾品こそ多くは持っていないが、これはこれで国の財政を圧迫しているのではないかと秘《ひそ》かにリードは心苦しく思っていた。

「そうよね、貴方がここへ来て、もう八年になるものね」

私も年をとるはずだわ、とマリアンヌは笑ったが、確かに出会った当初に比べれば年齢こそ重ねているが、美しさは変わらなかった。

「今日はね、リード。これを貴方に、返しに来たの」

そう言うと、マリアンヌはドレスと同じ薄桃色のバッグから、きれいに刺繍《ししゅう》が施された布を取り出した。そしてリードの前へと置くと、ゆっくりと布を開いていく。

「あ」

思わず、声が出る。布の中に入っていたもの、それは先日リードがマクシミリアンから受け取った緑色の石だった。千切られた絹の紐は新しい物になっており、元通りのきれいな姿になっている。

「この石が何か、マクシミリアンから聞いた？」

「殿下は、学校でもらったものだと」

石へと視線を向けていたリードが、顔を上げてマリアンヌを見る。

「そう、これは賢者の石。マクシミリアンの通う学校、リッテラで三年間でもっとも優秀だった生徒が学校長から授与されるものなのよ」

選ばれるのは、学年でただ一人。学業だけではなく、剣技や馬術、さらに日頃の態度と全てにおいて優れた生徒に与えられるものだった。

「そんなに、大切なものだったなんて」

簡単に受け取ってしまったが、やはりマクシミリアンに返した方が良いのではないかという考えがリードの頭に過る。

「大丈夫よ、この石を受け取った生徒が、そのまま石を所持していることは滅多にないの」

「え？」

「賢者の石はね、それを手にした生徒が最も大切に思う人物に渡すのが慣習になっているの。婚約者に渡すこともあるし、それこそ告白をする時に渡す事だってあるそうよ。自身で所持していると、渡す相手もいないのかって他の生徒に揶揄されてしまうんですって」

クスクスと、マリアンヌは笑うが、リードは何と返せばよいのかわからなかった。最も大切に思う相手、それがマクシミリアンにとっての自分だとはどうしても思えなかったからだ。

「陛下もね、この石を授与されたの。素行の面では少し問題があったみたいだけど、その他は今でも記録として残っているくらい優秀だったから」

リッテラは建国から間もない頃に創られており、歴代の王族が通う学校として有名で、リケルメも卒業生の一人だった。

「だけどね、陛下ったら私が口に出すまでこの石をくれなかったのよ。私は父上や、周りのお友達から話を聞いていて、とても楽しみにしていたのに」

当時、既に婚姻関係にあった二人の間にはマクシミリアンも産まれていた。側室はまだ誰もいなかったし、マリアンヌは自分がもらえて当然だと思っていたようだ。

「陛下も、意外とそういったところは無頓着《むとんちゃく》なんですね」

苦笑してリードが言えば、マリアンヌは小さく頭《かぶり》を振った。

「そうじゃないの。陛下にとって、私は王妃ではあったけど、最も大切に思う人物ではなかったということ。実際言われたのよ、渡す人物が他に思い浮かばないから、私にくれるって。全く、失礼しちゃうでしょ」

マリアンヌは笑ってはいたが、その表情が僅《わず》かに曇ったのにリードは気付いていた。

「ねえリード、知ってた？　陛下の後宮には私も含めて何人もの妃がいるけど、陛下が自ら望んで入宮させたのは、貴方だけだって」

「そう、なんですか」

「そうよ。他はみんな王太后様や大臣、宰相に勧められた相手なの。だから貴方の話を聞いた時にはビックリしたわ。貴方が男性だったことよりも、陛下が、誰かを好きになる日がくるとは思わなかったから」

リードが、怪訝《けげん》そうな瞳《ひとみ》をマリアンヌへと向ける。そんなリードの視線に気付いたマリアンヌが、クスリと笑った。

「信じられない？　陛下にとっての初恋は、貴方なのよ」

「まさか」

好意を向けられている自信はあるが、初恋とまではさすがに思えなかった。

「その、まさかよ。貴方と一緒にいる時の陛下の顔を見て、ますます驚いた。あんなに楽しそうな陛下の顔、今まで見たことがなかったから。貴方のことが、本当に大切なんだって、なんだかこっちまで嬉《うれ》しくなってしまったくらい」

そう言ったマリアンヌの表情は穏やかで、リードに対する嫉妬《しっと》や憎しみは、全く感じなかった。王妃という立場があるとはいえ、改めて、出来た女性だとリードは思った。

「でも、だから羨《うらや》ましかったのね。貴方に、賢者の石をあげられたマクシミリアンが」

ただ一人、自身の名誉を捧《ささ》げることが出来る大切な相手。当時のリケルメは出会えていなかったが、マクシミリアンは出会う事が出来た。マクシミリアンからもらった石を見たリケルメが、あそこまで感情を露わにした理由が、リードにもようやくわかった。

「でも、誤解です。殿下はそういった意味で私に石を下さったわけでは」

マリアンヌが、静かにリードを見つめる。その表情には、少しばかり憐憫《れんびん》の情が込められていた。

「そうね。だから陛下も、貴方にこれを返すよう私に言ってきたの」

「え」

初めて聞く、話だった。

「珍しく、落ち込んでいたわ。貴方に、悪い事をしたって。いつも冷静な陛下が、貴方に対してだけは感情を抑えられないのよね」

マリアンヌが、布の上から石を取り、リードへと差し出す。リードは、小さく頭を下げてそれを受け取った。

「母の立場から言わせてもらうけど、出来れば大切にしてあげて。あの子も、まさかこれだけの騒動になるとは思わなかったみたいで」

「あの、殿下は」

「大丈夫よ、陛下と二人きりで少し話していたみたいだけど、最後は納得して帰って行ったわ」

マリアンヌの言葉に、リードは胸を撫《な》で下ろした。

事情はさすがにリケルメが説明してくれたとは思うが、やはり約束を反故《ほご》にしてしまったことは心苦しかったからだ。

「残念だわ、リードがマクシミリアンの妃になってくれたら、とても嬉しかったのに」

「いえ、ですから殿下はそういったつもりでは」

慌ててそう言えば、楽しそうに笑いながらマリアンヌが、そんなリードを見つめている。どうやら、揶揄《からか》われてしまったようだ。

「まあ、そんな事は陛下が絶対許さないでしょうけどね」

そう言ったマリアンヌは笑顔ではあったが、その言葉にはどこか確信めいたものが感じられた。リードは、先ほどマリアンヌから渡された石を手に取ったまま、嬉しそうに眺めている。そんなリードを見つめるマリアンヌの表情は、慈愛に満ちていた。

◇◇◇

王宮全体の雰囲気が、どこか浮足立っている。そんな風にリードが感じたのは、二十二になる誕生日を少し過ぎたあたりからだった。同時に、自身へ向けられる視線が以前と違っている事にも気づいた。

直接口にこそ出すものはいないが、リードを見ながらコソコソと陰で話しているのがわかる。

今までも他の側室や侍女から時折皮肉を言われることもあったが、マリアンヌの手前、表立ったものではないため実害を被ることもなかった。既に後宮に入ってから九年も経っているのだ、多少の事ではリードも動じることはない。ここは、そういう場所なのだということはとうにわかっていた。けれど、今現在のそれはやはりこれまでのものとは違っていた。そして、その理由をリードは久しぶりにお茶にと誘ってくれた、マリアンヌの口から聞くことになった。

リケルメが、新たに男の側室を迎える。マリアンヌは、どこか言い辛そうにそれをリードへと伝えた。ああ、そういうことかと。驚きと共に、どこかでそれを覚悟していた自分に気付いた。ただ、本来であれば、リケルメの口から聞くはずの話ではあるし、さらに王宮内の様子がいつもと違っていることもあり、反射的に、聞いてしまった。

「私は、お役御免ということでしょうか」

リードとしては、あくまで冷静に尋ねたつもりだった。けれどマリアンヌは口へと手を当て、痛ましげな顔をして言った。

「まさか、そういうことじゃないの。ごめんなさい、私の言い方が悪かったから」

「いえ、私の方こそ、申し訳ありません」

マリアンヌは、ただ事実を伝えたに過ぎない。リードの言葉に、マリアンヌは額にその白く細い手をあてた。

「わかってるわ、本当は、陛下が自分で説明すべき事なのよね。私もそう言ったのよ。でも、そうしたら陛下、なんて言ったと思う？」

首を傾げるリードに、マリアンヌは小さくため息をつく。

「あなたの、悲しむ顔を見たくないんですって。全く、こんなの初めてよ」

これまでも、側室を入宮させる際は事前にリケルメ自ら伝えてはいたが、他の側室たちは勿論、マリアンヌにさえ気遣いなど見せた事がなかった。王にとって側室が増えるのは当たり前の事ではあるし、歴代の王に比べてもリケルメの妃《きさき》の数は多くない。

しかし今回に限っては、他の側室たちなどリケルメどころか使用人や侍女たちから伝えられているそうだ。リードの宮の人間はもちろん、他の王宮の人間にさえ固く箝口令《かんこうれい》を敷いていたという事からも、リケルメがいかにリードに気を使っていたかはわかった。ただ、リードが入宮してからは一人も妃が増えていなかったこともあり、話を聞いた時にはマリアンヌでさえ驚いたという。

「ちょっと色々あって、断ったつもりだったのにいつの間にか了承した事になってしまったみたいなの。それが半年ほど前で、陛下も入宮の時期の報告を受けたのはつい最近で、今更断るわけにはいかなくなってしまったのよ」

そのあたりは多忙とはいえ政務を怠ることのないリケルメらしくないとは思ったが、もしかしたら自分を慰めるためのマリアンヌの優しい嘘なのかもしれないと、なんとなくリードは思った。たとえそれが真実で、リケルメとしては不本意な入宮だったとしても、新しく側室が増えることは事実だ。

マリアンヌの話を聞きながらも、リードは自身の心が冷えていくのを感じた。

九年という時間を、リードは後宮の中で過ごした。前世の記憶と照らし合わせるなら、ちょうど中学から大学までの期間になる。瞬く間に過ぎたようにも感じるが、改めて考えるとその長さを実感した。九年の間、リードとリケルメの関係にあった変化は、これといってない。宮まで特別に造られ、多くの時間を共にし、身体を重ねた回数も、誰より多い。リードがリケルメの一番の愛妾《あいしょう》であることは、王宮はもちろん、国内外にも知れ渡ってはいたが、それだけの事だ。

変わらず、リケルメはリードのもとへと通い、閨《ねや》を共にし、朝まで一緒に眠る。もう、そろそろ飽きてきたんじゃないかと口にした事があったが、バカをいうなとその日はいつもより長い時間抱かれた。ここ数日の間、特に訪れが多かったのもリードが新しく入宮する側室の話を聞き、不安を感じないようにするためだろう。リケルメの愛は、大きく深い。心のどこかで現在の自身の立場への疑問を持ちつつも、それでもリケルメの傍を離れることは考えられなかった。愛される幸せな日々に満足し、現実から目を背け続けてきた。

こういう世界なのだから、こういう時代なのだから仕方がないと。

けれど、本当にそれで良いのだろうか。

もうすぐリードは、前世で直人がその短い生涯を終えた年齢と同じ二十三になる。夢と希望を胸に抱き、あんなにも生きたいと願った直人が歩みたかったのは、こんな人生だっただろうか。後宮からの帰り、そんな風に考え事をしながら自身の宮へと歩いていたからだろう。

バシャリ。

突然、自身の身体に水がかかった時にも、リードは一体何が起こったのかさっぱりわからなかった。

「申し訳ありません」

花を生けるはずだったのだろうか、大きな花瓶をもった少女が、慌ててリードへと頭を下げる。年の頃は、十二、三歳だろう。まだ、王宮に上がったばかりのような年齢だった。

全身水浸しになってしまった事もあり、驚いてすぐさま対応できなかったリードに対し、横から声がかかる。

「あら、申し訳ありませんリード様。私の使いの者が、粗相をしてしまったみたいで」

どこから見ていたのだろうか。長い髪を高く結い上げた、背の高い細身の女性が歩いてくる。女性の顔には見覚えがあった、確か、リケルメの側室の中では最も身分の高い、グレースという妃だった。

「貴女も、よく前を見て歩かないとダメよ。ごめんなさいリード様。でも、リード様があまりにも控えめでいらっしゃるから、存在に気付かなかったのかもしれませんわね」

にこにこと笑いながら言うグレースは、言葉こそ謝罪をしているが、その表情は全く悪びれていない。よく見れば、すぐ後ろに控えているのはグレースの侍女たちだろう。びしょ濡《ぬ》れになったリードを、クスクスと笑いながら見ている。

「まだ寒い季節ではありませんし、大丈夫です。こちらこそ、申し訳ありませんでした」

それだけ言うと、リードは腰を低くして少女の目線にあわせる。少女は頭を下げながらも、身体を秘《ひそ》かに震わせていた。

「顔を上げて」

リードの言葉に、ゆっくりと少女が顔を上げる。

「ごめんね、水はかからなかった？　ぼうっとしていたこちらが悪かったね」

実際、考え事をしていたのは本当の事だったのだ。リードが謝れば、少女は涙目になりながらも小さく頭を振った。そんな少女の頭を、リードは優しく撫でて立ち上がる。

グレースへと丁寧に礼をし、もう一度自身の宮へと歩き出せば、後ろから声がかかった。

「いい気にならないことね」

ピタリ、とリードが足を止める。

「そうやって、涼しい顔をしていられるのも今のうちですのよ！　そのうち貴方もお払い箱になるに決まってるんですから！」

リードの対応が、腹に据えかねたのだろう。逆上したグレースが、金切り声をあげ、周囲の侍女たちが慌てて制止する。

「なんでよ、なんで貴方ばっかり！」

最後の方は、涙声にすらなっていた。リードはもう一度グレースへと深く頭を下げ、自分の宮へと足を向けた。

濡れ鼠《ねずみ》になったリードの姿を見た番兵たちは驚き、呼ばれたルリが慌てて走ってきた。

「一体、何があったのですか？　いえ、それよりもまず先に湯浴みの用意をいたします」

そう言うと、リードの身体に大きな布を被せ、部屋の浴室の方へと向かって行った。リードは他の侍女に伴われ、日当たりの良い、暖かい場所へと連れて行かれた。

グレースに言われた言葉の意味を、リードはぼんやりと考えていた。そのうちお払い箱になる、つまりリケルメにとって必要な存在ではなくなる。言われた内容よりも、リードはグレース自身の声があまりに悲痛なものだったことが辛かった。

皆、一緒なのだ。移ろいやすい王の愛を求め、訪れがあるかないかで一喜一憂する。後宮で暮らす人間でなければ、わからない気持ちだった。自分も、いつかあんな風になるのだろうか。

来ることのない王を部屋で待ち、涙で枕を濡らし、愛を与えられている他の妃へ感情をぶつける日が。

リードは、こっそりとため息をつく。

その後も、何があったのかとルリからは詰め寄られたが、とても事の顛末《てんまつ》を話す気にはなれなかった。リードには、グレースを責める事など出来なかったからだ。

「あの、リード様」

それから数日後、リードが庭を散策していると、一人の女官から声をかけられた。年の頃は、ルリよりも少し上くらいだろうか。ただ体型はルリとは対照的に細身で、真っ直ぐに伸びた背筋が印象的だった。

「こんにちは」

女官の顔には、見覚えがあった。先日グレースが取り乱していた時、離れた場所から駆けつけてきた侍女だ。リードが挨拶《あいさつ》をすれば、丁寧な挨拶を返される。その仕草を見れば、彼女自身も女官として高い教育を受けていることがわかった。

「少し、お時間を頂けますか」

申し訳なさそうに、侍女が問う。ちょうど、図書室へ向かう途中ではあったが、これといって急ぐ用事ではない。

「はい、勿論《もちろん》です」

リードがそう言えば、緊張から強張っていた侍女の顔が緩んだ。

広い王宮の庭には、季節の花々がたくさん植えられている一角がある。すぐ近くにある椅子がちょうど木陰になっていることもあり、春の時期など、後宮の妃たちが楽しそうにお喋《しゃべ》りをしている場所だ。今は花の時季でもないため、特に人は見当たらなかった。

リードは侍女に座るよう勧めたが、使用人である自分が座るわけにはいかないと頑《かたく》なに拒まれた。それならば男である自分が座り、女性を立たせるわけにもいかないと、結局二人で立ったまま話をする事になった。

初めに、侍女は自らの名をサニアと名乗った。

「先日は、本当に申し訳ありませんでした」

「あ、いえその」

丁寧に頭を下げられ、リードが戸惑う。

「最近のお嬢様が精神的に不安定な事はわかっていたので、なるべく目を離さぬようにしていたのですが、少し私が離れた隙に、あんな事になってしまって」

どうやら、グレースがやったことをサニアは全てわかっていたようだ。

「ロッティのしたことも、お許し下さい。あの子は悪くないのです、あの子はお嬢様に言われて仕方なく」

ロッティというのは、リードへ水をかけた少女のようだ。

「大丈夫ですサニアさん。見ての通り、私は何ともありませんし。むしろ、とても震えていてかわいそうなくらいでした」

そう言って微笑めば、サニアが呆《ほう》けたようにリードを見つめる。

「リード様はお美しいだけではなく、とてもお優しい方なのですね。陛下のご寵愛《ちょうあい》が深いのも、よくわかります」

リードは、何と答えればよいのかわからなかった。

サニアの言葉は皮肉ではなく、純粋なものだとわかってはいるが、それでも他の側室の侍女に褒められるというのもなかなか複雑だった。

「お嬢様も、本来はあのような方ではないのです。少し気位の高い所はあるのですが、あんな風に誰かを貶《おとし》めるような事を口にする方では」

「はい、それは、私もわかっております」

入宮したばかりの頃、まだリケルメの愛妾としてその地位が確立していなかったこともあるのだろう。男で、身分がそれほど高くなかったこともあり、リードは他の女官たちから嘲笑《ちょうしょう》を受けた事があった。

リードにしてみれば些末《さまつ》な事で、さして気になるものではなかったが、そんな時に女官たちを窘《たしな》めたのが、グレースだった。聞けば、グレースは向学心が強く、入宮する前はリードの父が開く講義を特別に聴講したこともあるのだという。

気にすることはない、人間の価値は身分で決まるものではない。それだけ言って去って行ったグレースには、凛《りん》とした美しさがあった。

「やはり、入宮して十年以上が経っても懐妊の兆しがみられないのが、原因なのだと思います。特に、昨年キャロライン様が御出産されてからは、ますます自分の殻に閉じこもってしまって」

グレースには、未だ子がいなかった。そんな中、自分よりも年下で、後に入宮したキャロラインが王子を産んだことで、ますます精神的に追い詰められてしまったのだろう。

いつの時代も後宮に入る女性に求められるのは、

王の子を産み、未来の王を育てる事だ。子を持つか持たぬかで、後宮内の力関係が大きく変わる事も一緒だ。

男であるリードにはそういった重圧は何もないが、王家に近い血筋を持つグレースにしてみれば、その重圧はいかほどのものだろう。

前世の記憶を持つリードにしてみれば、子を産むことのみが女性の価値ではない事はわかっている。子供を産まなくとも、素晴らしい人生を歩むことが出来る事を知っている。

けれど、この世界を生きるグレースにそれを言ったところで、なんの慰めにもならないこともまたわかっていた。リードは瞳《ひとみ》を閉じ、しばし思案する。

「サニアさん。あの、もしよかったらなんですが、これから私のいう事を、試してもらっても良いですか?」

リードの説明を聞いたサニアは狐につままれたような表情をしていたが、それでも最後には納得したようで、実践してみる事を約束してくれた。

リードがサニアに教えたのは、所謂《いわゆる》オギノ式と呼ばれるものだった。荻野《おぎの》久作《きゅうさく》博士によって考案されたこの方法は、前世においては避妊法として知られていた。けれど、本来は妊娠しやすい日を見つけるものだと、同じサークルの医学部の友人が飲み会の席で話していたのを聞いた事があった。人間の身体の仕組みに関して未知なる部分が多いこの時代には、まだ認知されていない考え方のはずだ。

勿論、タイミングがちょうどあったとしても、必ずしも子が出来るとは限らない。それでも、試してみる価値は十分にあるはずだ。

人類の歴史の中で、女性の歩んできた道は苦難に満ち溢《あふ》れている。それでも、どんな時代であっても、逞《たくま》しく生きる女性の強さをリードは尊敬していた。

あの気高い女性が、後宮の中で少しでも穏やかな日々が送れるよう、秘かにリードは祈った。

◇◇◇

しんしんと、雪が降っている。アローロは場所によっては雪深いところもあるが、王都であるランツェは毎年粉雪が舞う程度だ。けれど、今年は珍しく雪が多く、昨日から降り続いている雪は王宮全体を一面の雪景色にしていた。

「何を見ている」

寝台の窓から外を眺めていたリードを、後ろからリケルメが抱きしめる。頼もしい胸板と温かい体温に包まれ、自然とリードもリケルメに身を任せた。

それに気をよくしたリケルメが、リードの首筋に口づけを落とした。

「外の景色、なかなかの絶景だと思わない？」

リードがそう言えば、リケルメもリードを真似て外を覗《のぞ》き込む。

「別に、士官学校時代に雪など腐るほど見たからな。あの時はあやうく凍傷になりかけた」

アローロの近くには雪深い大国もあるため、戦地になる事も考え、軍では雪中訓練を必ず行うのだという。王であるリケルメも、例外ではなかった。

「情緒がないなあ」

銀世界を見て思いつくのが凍傷だというのは、いくらなんでも寂しすぎはしないだろうか。

「本にしか興味のないお前にだけは言われたくない言葉だな。まあ、見慣れた景色だが、お前と一緒に見るならそう悪くない」

そう言って、リケルメはリードを抱きしめる腕を強めた。リケルメが話す毎に耳元に息がかかり、リードはくすぐったく思った。

「なんでだろうな、お前に対する気持ちだけは、出会った頃から変わらない。いや、むしろ強くなってるくらいだ。これだけ毎日のように会っていても、会えない日は常にお前の事を考えている。お前に飽きる日など、永遠に来ないんだろうな」

ここ最近のリケルメは、いつも以上にリードにたくさんの言葉を伝えてくれる。新しく側室になる少年の、入宮の日が近づいているからだろう。誰が側室になろうとも、リケルメのリードへの愛は変わらない。リードだけではなく、王宮の人間にそれを主張するかのように、最近のリケルメのリードへの訪れは増えていた。

けれど、リードは既に心に決めていた。冬が終わり、暖かくなったら、この後宮を出ることを。

きっかけは、新しく入宮が決まったという男の側室の話だった。リケルメの愛を失うこと、それはリード自身が考えていたよりもずっと苦しく、リードの心を蝕《むしば》んだ。そうなった時に自分がどうなってしまうのか、考えただけでも怖かった。こんなにも弱い部分が自分にあったのかと、初めて知った。けれど、それでもなお、リケルメから離れるという決断は出来ずにいた。

決定打となったのは、ナタリーから届いたセシリアの最後の手紙だった。セシリアの訃報《ふほう》がリードのもとに届けられたのは、冬の始まりの事だった。リードは知らなかったが、ここ一年ほど、セシリアはずっと病床に臥《ふ》せっていたそうだ。定期的に手紙のやりとりをしている様子はいつもと変わらなかったため、セシリアの死はリードに強い衝撃を与えた。

最後の手紙には、一言だけ書かれていた。

「自由に、誇りある人生を」

それが、母からリードへの最後のメッセージだった。筆圧は弱く、既に羽ペンを持つ力さえなかったであろうことが窺《うかが》えた。手紙を受け取った日、リードは一晩泣き続けた。

入宮した日から、堪《こら》えてきた涙が堰《せき》を切ったように溢れだした。

胸の中からこっそり見上げると、リケルメの高い鼻梁《びりょう》と、整った男性的な顔立ちが目に入る。決して、リケルメの事を嫌いになったわけではない。今でも、胸を張って愛していると伝えられる。けれど傍には、その腕の中にはもういられない事もリードはわかっていた。

「ねえリケルメ、グレース様の出産っていつ頃になりそう？」

サニアと話してから数カ月後。グレースの懐妊をリードは涙を流すサニアから、直接伝えられた。どんなに感謝して良いかわからない、とサニアがリードにくれたのは、隣国のオルテンシアでサニアがシスターとして働いていた時に教会からもらったというカメオだった。

二柱の神が描かれたそれは、神に仕える身分であることを象徴するものでもあるが、持っていれば災厄から身を守るとも言われていた。大したことはしていないと最初は丁重に断ったが、どうしてもというサニアの気迫に押され、最終的には受け取る事にした。

この時のカメオが、後にオルテンシアへ入国する際役立つことになるとは、この時のリードは想像すらしていなかった。

「確か、夏の初めだという話だったが」

少し、ムッとしたような口調でリケルメは言う。リケルメは、リードの口から他の妃《きさき》の名前が出ることを、あまり良しとしなかった。二人でいる時くらい、他の妃の事など考えたくないというリケルメの気持ちは嬉《うれ》しかったが、寂しくもあった。

あの後、サニアから事情を聞いたというグレースからは、丁寧な謝罪と感謝の言葉が書かれた手紙が送られた。子供が無事生まれたら、ぜひリードに抱いてほしいと、そう書かれていた。

リードにとっても、それはありがたい話だった。自分が、リケルメの子を抱ける日が来るなど、思いもしなかったからだ。

「今は、そんな話は関係ないだろう」

リケルメはそう言うと、もう話は終わったとばかりにリードの肩にかかっていたシーツをはぎ取る。

露わになったその身体を抱きすくめ、ゆっくりと寝台へと押し倒していく。リケルメの唇が優しくリードの耳朶《みみたぶ》を食《は》んだ。

もし自分が男でなければ、リケルメの子を産める女だったら、このまま後宮にいることが出来ただろうか。

もし自分に前世の記憶がなければ、たとえ男であってもこのまま後宮で、リケルメの愛を、訪れを待つだけの日々を送れただろうか。

そう考えたことは何度もあった。けれど、やはりリードは男で、そして前世の記憶を持っている事は変わらない。

リケルメが、リードを深く、誰より愛していることはわかっている。この世界の、この時代の人々からしてみれば、自分の立場がどんなに恵まれているかということも、知っている。

けれど、リードはまた知っているのだ。たとえ一国の君主であっても一夫多妻ではなく、愛する二人が対等な立場で互いだけを愛することが出来る世界を。

一人の夜に不安を感じ、次の訪れがある事を願わずにいられる関係を。

顔から身体へと口づけを落としていくリケルメを受け入れながら窓の外を見れば、雪が降り続いていた。

雪が溶けてしまうように、自分自身の中にあるリケルメへの愛も、消えてしまえばいいのに。流れそうになる涙を誤魔化すように、リードは固くその瞳を閉じた。

後宮を出て、思い出したことがある。夏の日差しの強さ、冬の風の冷たさ、生きていくことの、大変さ。


オルテンシアの王都であるセレーノは、気候は温暖で雨の量も多く、国内で一番栄えている都市である。古《いにしえ》から東西の交易路として発展してきたため、城下にある市場には休日ともなれば様々な出店が立ち並び、商人が多く、人の出入りも頻繁である。そのため閉鎖的な空気はほとんどない。隣国であるアローロとは友好関係を築いており、公用語も同じ。

以上が、リードが入国する以前に持っていたオルテンシアの情報だったが、その内容のほとんどは正確な物だった。

なお、アローロとオルテンシアの国境沿いには深い森があり、リードが亡命に使ったのはこのルートだった。かつては魔獣が住むとも言われていたが、勿論それは伝説であるし、獣が嫌うと言われるカエラという実の匂いをつけていたため、危険は特になかった。唯一不安があったのは国境検問所だが、リードは身分を聖職者と偽り、サニアから贈られたカメオを見た兵士たちも、疑う事はなかった。

オルテンシアに入国すると、すぐにリードは教会の保護を求めた。アローロと同じ神を信仰するオルテンシアはアローロと同様に信仰心が強く、教会が果たす役割も大きかった。特にセレーノで一番大きな教会でもあるサンモルテ教会は、恵まれない子供や行き場を失った人を一時的に保護する事業を長い間行っていた。

アローロを出た時には必要最低限のものしか持っていなかった上、何日も少ない水と食料で歩き続けていたリードは、自分が思うよりもかなり衰弱していたようだ。シスターに対し、事情を説明している途中で倒れ、目覚めたのは二日後だったという。

固い木の寝台は、宮にあったそれとは比べものにならなかったが、それでもリードにとってはありがたいものだった。その後に出してもらった肉の少ない野菜のスープも、シンプルではあったが、とても美味《おい》しく感じた。

当初リードは、落ち着くまで教会に住まわせてもらい、その後は街で仕事を探すつもりでいた。仕事に就いた経験こそないが、読み書きや計算ならば問題なく出来たし、選り好みさえしなければ自分一人で食べていけるだけの給金は得られると思ったからだ。

けれど、職探しを始めて数日で、リードは自分の考えが甘かったことに気付く。

まず、公的な役場はしっかりとした経歴や身分が保証されていなければ、話すら聞いてもらえない。最初から期待していなかったとはいえ、とりつくしまもない断られ方に、少なからずショックを受けた。それならばと今度は街での住み込みの仕事を探そうと思ったのだが、それもうまくはいかなかった。

主な原因は、リードの容姿にあった。服装こそ市井の者か、むしろそれより貧しい服装にしたとしても、少し話せば生まれ育ちというものが出てしまうというのもあるだろう。読み書きが出来、都市でも目立つ容姿を持っているリードを、「いわくつき」という見方をする人間は多かった。どこかの貴族や要人の愛妾《あいしょう》が逃げ出してきたのではないか、匿《かくま》った日にはこちらがどんなとばっちりを受けるかわかったものではない。皆リードの容姿に見とれつつも、雇う気にはなれないようだった。

そんな中でもいくつか話を聞いてくれた店はあったが、住み込みということになるとやはり良い顔をされなかった。唯一決まりかけたパン屋の仕事は、家に年頃の娘がいたこともあり、何か間違いがあってはと申し訳なさそうに断られてしまった。

「また不採用。まさか、生まれ変わってまで就活に苦労するとは思わなかった……！」

礼拝堂の椅子へと座ったリードは、思わず頭を抱えた。直人は留学が決まっていたこともあり、就職活動はしていなかったが、周りの友人たちの苦労がようやくわかった。

「だから、無理に職を探さなくても良いと言っているではありませんか」

リードの言葉を聞いていたのだろう、祭壇から降りてきたマザーが優しい笑顔でリードを慰めてくれる。初老の女性は肌に皺《しわ》こそいくつもあったが、その微笑みはとても美しいものだった。過去をほとんど話そうとしないリードを温かく受け入れてくれた、この教会の責任者でもある。

　二柱の神を祭っているこの国の宗教、ナトレサ教では、男女は平等とされている。王に側室がいても、王妃は一人と定められているのもそのためだ。しかも二柱の神の性別ははっきりしていないため、男性同士や女性同士であるという説もある。同性間の恋愛が認められているのも、そういった宗教的な背景があった。

　この教会も、マザーを始めとして住み込みで働く修道士とシスターがいるが、住む棟がそれぞれ違うためこれといって問題は起きていない。

「ですがマザー、さすがに修道士でもないのに長々とこちらにお世話になるというのは」

「確かに貴方は修道士ではありませんが、彼ら以上に真剣に働いて下さっています。皆、感心していましたよ」

「それは……まあ、働かざる者食うべからずと言いますし」

「ここに来たときの貴方の様子を見る限り、てっきり深窓の姫君のような生活をしていたと思っていたので、驚きました」

　マザーの言葉に、リードは苦笑いを浮かべる。倒れてしまったリードを介抱してくれた際に見た、肌《き》理《め》細やかな白い肌や、水仕事をしたことのないように滑らかな手足に皆が驚いたのだという。確かに後宮にいた頃は、毎日起きれば食事が用意されており、清潔な服を常に着て、夜には温かい湯が用意されていた。自由に自分の時間を持つことが出来、それこそほとんどを読書に費やしていたと言っても過言ではない。けれど、今の生活はもちろんその頃とは全く違う。

　教会の朝は早く、起きたらまずは教会中の掃除をする。礼拝を間に挟み、朝食の準備と配膳《はいぜん》を行う。自身の衣服すら一人で着る事が出来ない貴族女性には、とても耐えられない生活なのかもしれない。実際最初にリードが机や椅子を動かそうとした時には、「そんな細い腰で無理をしないで」と女性であるシスターにまで言われてしまった。けれどリードは男で、勿論《もちろん》女性よりは力もある。

力仕事の経験こそなかったが、後宮時代だってある程度身体は動かしていたため、身体が回復さえすれば十分働くことが出来た。服の上からではわかり辛いし、身体を鍛えた軍人には敵わずとも、それなりに筋肉だってある。何より、自分の事を自分で行うというのは、前世ではごく当たり前の事だった。

「それに、貴方が来てから始まった子供たちへの授業、あれ、とても人気があるみたいで。最近では、商人の子供も来ているのでしょう」

最初は、担当するシスターの代理で行った日曜学校がきっかけだった。神の教えを伝え、賛美歌を歌う。それらを終えて時間が余ってしまったため、リードは子供たちにちょっとした勉強を教えたのだ。

子供たちの年代が、ちょうど知的好奇心が旺盛《おうせい》になる時期だったこともあるだろう。時間となり、親たちが来た後も子供たちは熱心に聞きたがった。元々日曜学校自体、忙しいシスターたちの間では秘《ひそ》かに負担だったようで、それ以降リードが担当した。それにより、さらに好評を博し、礼拝堂に子供たちが入りきれなくなってしまったため、今では平日も子供たちのために授業を開くようになった。

「ですからね、貴方さえよかったら、ずっとここにいてくれていいのよ」

そう、穏やかにマザーは微笑んだ。

その言葉に甘える形になり、そのままリードが教会に住み込みで働くようになったのが一年半ほど前。それからの日々は、リードの想像より遥《はる》かにめまぐるしいものだった。

基本的に、教会は王家の資産とされているため運営費用は王家が持ち、さらに街の人々からの寄付で成り立っている。最初は礼拝堂でしていた授業も、机や椅子がないため立ったまま聞く子供たちが出てきてしまった。

王都には学校があったが、授業料は高額で、裕福な商人の子や貴族のためのものであるため、それ以外の子供たちはそれこそ教会しか学ぶ場所がなかった。しかも、これまでは教会が学校として開かれているのは日曜のみだったため、日曜に家の仕事を手伝う子供は通えなかった。

けれど、リードが平日も授業を開くことにより、そういった子供たちも教会へ通えるようになった。

子供の数も増えれば、勉強をするための道具も必要になってくる。椅子や机も勿論必要だが、文字を書くための羊皮紙や羽ペンは高価過ぎてとても揃えることは出来ない。

そこで使われたのが、石盤と石筆だった。リードの影響か教会への寄付が以前よりも増えたこともあり、これらはなんとか補う事が出来た。むしろ困ったのは、授業をする場所の確保だ。年齢や習熟度によって生徒を分けたものの、本来礼拝堂は祈りを捧《ささ》げるための場所である。いくら子供たちの教育のためとはいえ、一日中使えるわけではない。

教会の敷地は広かったため、青空学校も考えたが、当たり前ではあるが雨の日は使えない。頭を悩ませているリードを助けたのは、教えられている子供たちの親だった。親の中には大工ギルドに入っている者たちがたくさんいたため、手が空いている時間と廃材を使い、教会の敷地内にちょっとした小屋を無償で造ってくれたのだ。

それにより、教会の片隅に小さな学校が誕生し、今ではほぼ毎日のようにそこで授業が行われている。教会の人間もみな協力的で、リードには教会の仕事よりも学校の方を優先するように言ってくれた。

休日を問わず授業が開かれるため、はっきりいってリードの生活は忙しかった。けれど、夕方になれば自由時間ではあったし、その間は街へ出かけてちょっとした買い物をすることも出来た。特に教会で働くようになったため身分証が発行され、王都の図書館へ出入りできるようになったのは大きかった。アローロでは目にしたことのない本がたくさん置いてある王都の図書館へ、リードは時間を見つけては通っていた。

その日も授業が終わった後、質問に来ていた子供たちへの説明を終えたリードは、一人で教室の掃除をしていた。朝と夕に行う掃除のうち、朝は早く来た子供たちがいつも手伝ってくれていた。そのため、掃除と言っても必要なのは床や机の上を拭《ふ》くくらいだ。

金曜日は週のうちで一番授業数が少ないため、終わった後はシスターたちの使いも兼ねて街へ出る。後宮にいた頃は、それこそ街へ出られるのは年に一度か二度、それもお忍びで連れて行ってもらうくらいだった。そのため、自由に街へと出られる今の生活をリードは気に入っていた。今日は時間があるため、少し遠出をしても良いだろう。そんな風に考えている時だった。

「あの、リディさん」

ノックと共に、若い修道士が教室のドアを開く。

「あ、はい。どうしましたか」

オルテンシアへ来てから、リードはリディという名を名乗っていた。アローロ国王の愛妾の姿を見た者は少なく、リードという名も王宮のほんの一部の人間にしか知られていない。それでも、そんな些細《ささい》な事がきっかけで自身の本来の姿が露顕してしまう可能性だってある。

自分が王宮を出た後のアローロの様子を、リードは何も知らない。捜索はされたかもしれないし、されていないかもしれない。ただ、隣国にまで捜索の手が伸びていないのは事実だった。

「リディさんに、お客様がいらっしゃってまして」

「どなたでしょう」

「王太子殿下です」

リードの表情が、目に見えて引きつったのを見た若い修道士は、困ったように笑った。

「教会への寄付に関する事でしたら、マザーとお話しされた方が良いのではないでしょうか」

「それが、リディさんにもお話があるそうで」

こんなことになるなら、さっさと街へと出かけてしまえばよかった。仕方なくリードが了承すれば、修道士がホッとしたような表情を浮かべた。


オルテンシア国の王太子、ラウルとの出会いは、リードにとっては控えめに言っても最悪なものだった。半年ほど前、城下町へ一人で出かけたリードは、通りの片隅にうずくまっている子供を見つけた。近づいてみれば、呼吸が荒く、立っているのすら辛いように見えた。喘息《ぜんそく》の可能性もあるが、咄嗟《とっさ》に過呼吸によるものだろうと考えたリードは、そっと子供の肩を抱き、落ち着かせてゆっくり呼吸をさせるように試みた。

手に持っている袋で血中の二酸化炭素濃度を上昇させる方法も考えたが、相手が子供である事も考え、まずは呼吸を落ち着かせようと思ったのだ。つとめて穏やかに、優しく根気よく声をかけていたこともあり、子供の呼吸は少しずつ落ち着いていった。そのまま、子供を立たせようとした時だった。

「何をしている!」

突然現れた長身の男によって、リードは子供から離され、通りのわきへと思い切り突き飛ばされた。咄嗟に受け身をとったため、怪我はかすり傷程度で済んだが、男の力はかなり容赦のないものだった。男と子供を見れば、後ろ姿からもその身なりの良さはわかった。二人を追いかけてきたのか、従者らしき人間が後から走ってきた事からも、身分の高い貴族なのだろう。

年齢的に兄弟であろうし、はぐれてしまった弟を探していたのではあろうが、だからといって、いささかやりすぎではないだろうか。せっかく買った卵が全て割れてしまったこともあり、ムッとしたリードは、一言物申してやろうと立ち上がった。

けれど、子供の無事を確認し、リードの方を振り向いた男の顔を見た瞬間、リードの呼吸が止まった。髪や瞳《ひとみ》の色こそ少し違うが、男はかつてリードが誰よりも愛した存在、リケルメによく似通っていたからだ。しかし、呆然《ぼうぜん》としたリードは男の言葉ですぐに現実へと引き戻された。

「全く、みすぼらしい物乞《ものご》いのくせに無礼な！」

物乞い、という言葉が自分に向けられたものであるということが、リードはすぐに理解出来なかった。確かに、今の恰好《かっこう》は古着を継ぎ合わせたものであるため華やかとはとても言えなかったが、清潔感はある。何より、教会の奉仕活動にと子供たちが小さな手で縫い、作ってくれた服である。

「ふざけるな！　理由も聞かずに人の事を突き飛ばしておいて！　お前のせいで卵が全部ダメになっただろうが！」

基本的に、リードは沸点が高いと常日頃から言われている。自分ではそんなつもりはないのだが、年齢の割に落ち着いていて、声を荒げる事も滅多にないからだろう。ただ、そんなリードでも勿論怒る事はある。今日の場合は、自分が下に見られた事よりも、子供たちの作ってくれた服を馬鹿にされたことが許せなかった。

男も、さすがにリードが子供に何かしようとしていたわけではない事がわかったのだろう。

「それは、悪かったな」

謝罪を口にしてはいるものの、その表情は先ほどと変わらず、リードを見下したものだ。自分の持っていた袋からいくつかの銀貨を取りだすと、リードの前へと投げつけた。リードの足元に、音を立てて銀貨が転がる。

「これでいくらでも新しい物を買え、ついでに、服もなんとかした方がいいんじゃないか」

それだけ言うと、振り返りもせずに男は子供の肩を抱き、リードの前から去って行った。従者らしき男性は、申し訳なさそうにリードへと頭を下げて行った。

リードは、しばらく呆然と立ち尽くしていた。後宮にいた頃、鼻持ちならない貴族に会った事は何度もあった。けれど、みなリードがリケルメの愛妾であることはわかっていたので、表立って皮肉を言ったりする人間はほとんどいなかった。それこそ、マクシミリアンとの件でさらに不興をかい、中央にはいられなくなったカーターくらいだ。

自分ではわかっていたつもりだが、今までどれだけ自分がリケルメに守られてきたかを、改めてリードは実感した。腰を下ろし、とりあえず先ほどの男が投げて寄越した銀貨を拾う。

後宮を出て、オルテンシアで仕事をもらい、自分一人でも十分にやっていけるとリードは思っていた。けれど、身分も後ろ盾もない現在、やはりそれは簡単なことではない。なんだか、とてもみじめな気分だった。

傲岸不遜《ごうがんふそん》なその男とは、金輪際二度と会う事はないと思っていた。そもそも、貴族の男が馬車にも乗らず城下にいることが、珍しいのだ。はっきりいえば、もう二度と会いたくないとすら思っていた。しかし、残念ながらリードの願いはかなうことはなかった。

数日後、城下での記憶もだいぶ薄れていた頃、一人の客人がリードを訪ねて教会へとやってきた。ちょうど授業が終わり、片づけをしていたリードは慌ててやってきたシスター達に呼ばれ、マザーの待つ貴賓室へと向かう事になった。有力な商人や貴族が来る際に使われる貴賓室へは、今までリードは一度も立ち入った事がなかった。少し緊張しながらも、ノックをすれば許可が出たため部屋へと入る。リードが入室すれば、上質なソファーに座っていた客人らしき男が、ゆっくりと立ち上がった。

「忙しい中ごめんなさいねリディ。こちらは、ラウル様。この国の王太子殿下です」

マザーに言われたリードは、ソファーの方へと視線を向け、挨拶《あいさつ》をしようと笑みを作る。が、途中でその笑みは思い切り引きつった。

立っていたのは先日リードが街で出会った貴族の男、あの、失礼極まりない青年だったからである。

固まったままのリードに対し、何故かラウルは呆《ほう》けたようにリードを見つめている。身分の低い者から上の者へと挨拶をするのが、この国の習わしである。仕方なく、リードは重い口を開いた。

◇◇◇

「初めましてラウル殿下、リディと申します。リミュエール王家の皆様におかれましては、いつもたくさんの賑恤《しんじゅつ》を教会へ頂戴《ちょうだい》し、感謝しております」

なんとか笑みを作り、形ばかりの感謝の念を伝えながら、リードの頭はデータベースを引き出すためにフル回転させていた。

ラウル・リミュエール、現オルテンシア国王の第二子で王太子殿下だ。第一子である兄は数年前に逝去しているため、オルテンシアの正統な王位継承者である。王妃である母はアローロ国王リケルメの姉であり、つまりはリケルメの甥《おい》ということになる。

改めて見れば最初に会った時ほど似ているとは思わなかったが、面影は確かにある。甥であるのだから、当然と言えばそうだった。文武両道でリケルメからも気に入られており、以前パトリシアを嫁に出すならラウルが良いとマリアンヌに対して軽口を叩《たた》いていた。他人に対しての評価が厳しいリケルメが珍しく褒めていたため、リードも印象には残っていたのだが、どうやらリケルメの買い被りだったようだ。

そうはいっても、リケルメ以外からも特に悪い噂は聞かなかったし、何よりオルテンシア国民の人気は高かった。

それは、ラウルが教会や教育機関に対しての慈善事業を積極的に行っているからだった。実際、ラウル本人が自ら足を運ぶことは滅多にないが、これまでも城からの使いが時折教会の様子を視察に来ていた。高貴なるものの義務、所謂《いわゆる》ノブレスオブリージュという思想がアローロにもオルテンシアにもあるため、孤児院や病院作りには王族や貴族が参加することは多い。ただ、金銭的な援助がほとんどで、実際に現場に足を運ぶ人間は少ない。そういった事もあり、視察をきちんと行うラウルに対する国民の信頼は厚く、王族の中でも人気は絶大だった。そのため実際に会ったことはないものの、リードの中でのラウルの印象は比較的良いものだったのだが。数日前の出来事もあり、現時点ではとてつもなく下降したことは言うまでもない。

「ラウル・リミュエールだ。貴殿の教育活動への貢献、感謝する」

リードに言われ、ハッとしたように我に返ったラウルが咳払《せきばら》いと共にそう口にした。

「十日ほど前かしら、城からの視察の方が貴方の授業を見ていったでしょう。とても貴重な経験だったと、大絶賛して下さったみたいで、殿下もぜひ貴方にお会いしたいと思ったんですって」

マザーは、まるで自分自身のことのように喜んで、リードへと説明する。

「とんでもありません、私の授業など、博識な王族の方々にとっては退屈この上ないものだと思います」

「まあ、そんなこと言わないでリディ。今日はもう終わってしまったけど、殿下も今度ぜひご覧になりたいと仰《おっしゃ》って下さってたんですから」

「国民の事をとても大切にしてくださっている殿下のご活躍は、私のようなものの耳にも入ってきております。日々、オルテンシアのために働かれている殿下がいかにご多忙であるかは、私の想像の範疇《はんちゅう》ではありません。どうか、私の事などお気に留めることの無きよう、よろしくお願いいたします」

リードはそれだけ言うと、ラウルと、そしてマザーへ丁寧に礼をしてから部屋を退出した。呆気《あっけ》にとられたラウルと、驚いたマザーの表情が視界へと入ってきたが、勿論《もちろん》見て見ぬふりをした。

貴賓室を出て階段を下りれば、ちょうど手の空いているシスターたちがラウルの事を話していた。シスターたちの中には神の教えを説くために結婚をしない事を誓っているものもいるが、マザーにならない限り基本的に結婚は許されている。年の若いシスターたちにとっては、それこそラウルは憧《あこが》れの存在なのだろう。

「リディさん、ラウル殿下とお話しした？」

「いらっしゃったの、一年ぶりくらいなのよ。以前はまだ少年らしさが残っていらしたけれど、ますます背も高くなられて。本当に素敵」

「今度はいつ、いらっしゃるのかしら」

夢見るような瞳で話すシスターたちに対し、リードは苦笑いを浮かべることしか出来なかった。

アローロにいた頃、リードは外交活動への参加を一切行っていなかったため、他国の王族の名は知識として頭の中に入っているものの、面識はない。時折リケルメを通して面会を望む者はいたが、全てリケルメは断っていた。そのため、ラウルがリードの顔を知っている可能性はない。それでも、万が一を考えて出来れば交流を避けたいのが本音だった。もっとも、リード自身も口にしたようにラウルも忙しい立場だ。もう会うことはないだろうと、この時のリードは軽く考えていた。

けれど、そんなリードの予想が当たることはなかった。

◇◇◇

数日後、授業を行っていたリードはノックと共に開かれたドアから出てきた人物を見た瞬間、思わず固まってしまった。

教室へ入り、子供たちの一番後ろへと行き、立ったままリードを見据えているのは、つい先日挨拶をしたばかりの王太子ラウルだった。突然教室へと入ってきた、明らかに貴族とわかる身なりの良い男に子供たちも驚いていたが、普段から見学者が頻繁に来ることもあり、すぐに授業に集中してくれた。ラウルの方を見ても、素知らぬ顔でリードに授業を続けるよう合図をされる。仕方なくリードもそのまま授業を進めたが、かなり困惑したことは言うまでもない。さらに授業が終わると、そのままラウルは何も言わず立ち去って行ったため、ますますリードは首を傾げた。まあ、思ったよりも面白いものではなかったのだろうとリードは結論付けたのだが、どうやらそれも違ったようだ。

数日経つとまたラウルは現れ、今度は授業の後にあれこれとリードへ質問をしにきた。さすが王族の中でも優秀と言われるラウルなだけあり、質問はみな鋭いものではあったが、リードが答えられないものでもなかった。

説明を行うリードをラウルは食い入るように見つめ、そして出された回答に舌を巻いていた。

「どこで、これだけの知識を得た？」

そんな事が、何度か繰り返された後だった。授業が終わり、子供のいなくなった教室を片付けるリードに対し、ラウルが問うた。

「独学です」

「嘘だな」

黒板を拭《ふ》き終わったリードが、ラウルの方を向く。

「確かに本を読めば、知識はつく。だけど、お前の教授法はそれだけで身に付くものとは思えない。どこか、学校へ行っていたのか？」

オルテンシアにも学校はあるが、入学できるのは貴族や有力な商人の子弟に限られている。卒業すれば家業を継ぐ者がほとんどであるため、教会に入る者はまずいない。修道士やシスターには専門の学校があるが、そこで主に教わるのは神の教えであり、リードが今子供たちに教えている内容ではない。

「学校へは行っていません。ただ、母が教育には熱心でした」

嘘ではなかった。実際、物心がついたリードに一番初めに文字を教えたのはセシリアであり、リードにとっては最初の教師だった。ラウルは腑《ふ》に落ちないという表情をしていたが、これ以上は話したくないというリードの気持ちを汲み取ったのだろう。リードの言葉を追及することはなく、そのまま教室を後にした。

その後一カ月ほど、ラウルが教会へ姿を見せる事はなかった。元々忙しい立場なのだ、飽きたのだろうと、さしてリードも気にしてはいなかった。ただ、数カ月もの間定期的に顔を見ていただけに、なんとなく寂しくもあった。授業後に交わされるやりとりが、意外と楽しかったからかもしれない。

そして次に現れたラウルは、珍しく女性を伴っていた。日差しが強い日だったこともあるのだろう。日傘をさし、華やかなドレスを着た若い女性は、楽しそうに何かしらラウルへと話しかけている。対照的に、ラウルはどこか面倒くさそうにそれに対して相槌《あいづち》をうっていた。

ちょうど外で授業をしていたリードは、シスターにラウルが来たことを伝えられて来たのだが、リードに気付いたラウルは、目に見えて表情を明るくした。けれど、ラウルが口を開くより先に、その横にいた少女が声を上げた。

「まあ、嫌だ汚い。ラウル様、お近づきにならない方がよろしいですわ」

少女の言葉に、リードは思わず瞳を瞬かせた。確かに、先ほどまで土を触っていたこともあり、汗を拭《ぬぐ》った顔が汚れているであろう事は予想がついた。畑仕事などしたことがない貴族女性からすれば、顔を顰《しか》めたくなるのも仕方ないかもしれない。ただ、正面きって汚いとまで言われるとはさすがに思わなかった。けれどリードが驚いたのは、それに対するラウルの反応だった。

「汚くなんてないだろ！　鏡を見てみろ、白粉を塗り過ぎたお前の顔の方がよっぽど汚い！」

そう言うとラウルは、自身の服の裾《すそ》を引っ張っていた少女の手を思いきりたたき落とした。

「な、な」

呆然と自身の手を見つめていた少女の瞳が、じんわりと涙ぐんでいく。そのままリードを一睨《ひとにら》みすると、そのまま教会の出入り口の方へとドレスの裾を持ち走って行った。

「追いかけなくて、いいんですか？」

少女を一瞥《いちべつ》したものの、全く動く気配のないラウルに、リードが気を利かせて尋ねる。

「従者と馬車が待っているはずだ、必要ない」

明らかにラウルが追いかけてくることを少女は期待していたように見えたが、本人にその気は一切ないようだ。

「それよりも、不快な思いをさせて悪かった」

そして、申し訳なさそうにリードに言う。

「いえ、かまいませんが。ただ、恋人にはもう少し優しくした方がいいですよ？」

確かに少女の態度は褒められたものではなかったが、ラウルの物言いもきついものだった。少女の肌に塗られた白粉の量が多いのも、元々あまり白くないであろう肌を気にしてのものだという事がリードにはわかったため、尚更だった。

「恋人じゃない」

リードの言葉を、即座にラウルは否定した。

「あ、違ったんですか」

年頃の貴族女性が男性と二人きりでいるということは、滅多にない。外聞があまりよくない事もあり、二人きりで会うとなればそれこそ結婚が決まった男女である場合がほとんどだからだ。

「偶々《たまたま》途中で会っただけだ。教会に行くと言ったら、自分も奉仕活動には興味があるからぜひ行きたいと。夜会で何度か会ったことはあるが、名前すら思い出せなかった」

うんざりとしたように言うラウルの言葉は、おそらく嘘ではないだろう。未来の国王ともなれば、結婚相手としてはこれ以上ない相手だ。それこそ、貴族女性からしてみると少しでもお近づきになりたかったはずだ。そう考えると、自分のせいでかわいそうな思いをさせてしまった、と少しばかりリードは申し訳なく思った。

「気になるか？」

「は？」

「俺の、恋人のことが」

「ええ、まあ……」

未来の王妃が誰になるのか、今後もオルテンシアで暮らすことになるであろうリードもそれなりに興味はあった。もっとも、恋人がそのまま王妃になれるわけではない。リケルメとマリアンヌは幼馴染《おさなな じ》みだったそうだが、ほとんどの場合王族の婚姻は政略結婚だ。

おそらく、恋人がいたとしても身分が釣り合わない限りは側室にしかなれないだろう。好きな相手だからといって、結婚が許されるわけではない。そう考えると、王族というのもなかなか辛い立場だとリードは改めて思った。

「そ、そうか」

リードの言葉に、ラウルは少し照れたように視線を逸らした。

「それより、この日差しが強い中、その恰好《かっこう》はないんじゃないか」

そう言ったラウルは、自身が胸元につけていたスカーフをとり、リードの髪を覆うように被せた。

「これで少しは日除けになる」

リードはそこまで小柄な方ではないのだが、ラウルが長身である事もあり、易々とその手はリードの髪へと届いた。その言葉はもちろんだが、ラウルの声の柔らかさに、リードは驚いた。

見上げてみれば、リードを見つめるラウルの視線は、とても優しいものだった。

「汚れてしまいますよ」

オルテンシアの王族を表す水色のスカーフにはラウルの紋章が入っており、さらに軍の統轄者を象徴する金糸の刺繍《ししゅう》まで入っている。高価なものであることは勿論で、とても日除けに使う気にはなれない。

「別に、こんなものはいくらでも持っている。それより、部屋で待ってるからさっさと顔を洗ってこい」

そう言いながらも、持っていた布でラウルはリードの頬をそっと拭う。白い布を見れば、土埃《つちぼこり》が付いているのがわかった。確かにこれは、汚いと言われても仕方ないだろう。

「洗ってお返しします」

布を手にとったリードが言う。

「別に……、いや、じゃあ次に来るときまで預かっていてくれ」

「では、こちらもその時一緒に」

リードが頭につけられたスカーフへと手を当てた。

「それは、お前が持っていてくれ」

「はあ」

怪訝《けげん》に思いつつも、これ以上断るのは失礼にあたるとも思ったので、とりあえずリードは頷《うなず》いた。

気温が高かったこともあり、自室で軽く水浴びをしたリードはサッパリとした服装に着替え、再び教会へと向かった。リードが暮らしているのは修道士の宿舎ではなく、最初に使わせてもらった身寄りのない者や子供が一時的に暮らす宿舎だ。寝台と机、小さな浴室があるその部屋は、アローロでリードが暮らしていた部屋の数分の一にも満たない大きさだが、リードにとっては十分だった。

貴賓室へと向かえば、ドアは開かれており、中ではマザーとラウルが穏やかに談笑している。当初は頻繁なラウルの訪れにマザーも戸惑っていたようだが、さすがに最近は慣れたようだ。リードの姿を確認したマザーは微笑んだが、どこかその笑みはいつもと違うものだった。そんなマザーに違和感を覚えつつも、とりあえずリードはいつものようにマザーの隣へと座る。

そして、リードが感じた違和感の原因は、マザーとラウルの話を聞くことによってようやくわかった。

「私がセドリック殿下の家庭教師を、ですか？」

リードの言葉にラウルは頷き、マザーが笑みを浮かべる。セドリックはラウルの兄の遺児であり、現在ラウルに次ぐ王位継承権第二位を持っている。今年七歳になったばかりで、ちょうど家庭教師を探していたところなのだという。おそらく、リードが街でラウルと会った日、過呼吸をおこしていた少年だろう。

「もし貴方が了承してくれれば、城内に貴方の部屋も用意すると殿下も仰《おっしゃ》って下さっているのよ」

城から教会までは馬を飛ばせば半刻もかからないが、歩けば一刻ほどかかる。リードは勿論馬を持っていないため、そういった気遣いもあるのだろう。

聞けば、一カ月ほどこちらへ顔を出さなかった時間も、城の人間にリードを家庭教師とする事を認めさせるために使っていたのだという。無理もない、王族の家庭教師といえば、ほとんどは著名な大学の教授が選ばれるのだ。正直、よく納得させたものだとリードとしてはそちらの方に感心してしまった。

「生活全般の面倒はこちらで見る、悪い話ではないだろう？」

上機嫌でラウルは言う、断られることは微塵《みじん》も考えていない表情だ。王族、しかも王位継承権第二位を持つ人間を育てられるのだ。確かに、教育を志すものにとってこれほど名誉な申し出はないだろう。けれど、リードの答えは既に決まっていた。

「私にとっては、身に余るほどの言葉です。ありがとうございます。ですが、辞退させてください」

　腰かけたまま、ゆっくりと深くリードは頭を下げた。マザーは驚きを隠せない様子で口に手を当て、ラウルの眉間《みけん》には深く皺《しわ》が寄った。

「自分が何を言っているのか、わかってるのか?」

　怒気を孕《はら》む声色ではあったが、それに怯《ひる》むリードではなかった。

「殿下の言葉は、とても光栄です。その言葉に、嘘はありません」

「だったら」

「ですが、セドリック殿下には私でなくとも、いえ私以上に優秀な教師が他にいらっしゃいます。けれど、この教会に来る子供たちにとっての教師は、私だけなのです」

　ラウルを真っ直ぐに見据え、リードはきっぱりと言い切る。今まで学校へ行ったことのない子供たちが、毎日楽しそうに自分の授業を聞いてくれる。勉強の面白さを、知ってくれる。今のリードにとっては、それが一番の幸せだった。

「お前の気持ちは、わかった」

　声を荒げたいのを懸命に堪《こら》えているのであろう、ラウルが絞り出すように言った。

「また来る。その時までに、もう一度よく考えておくんだな」

　それだけ言うとラウルは立ち上がり、真っ直ぐに部屋を出て行った。軍人らしい、力強いその後ろ姿を見ながら、リードは小さくため息をついた。

◇◇◇

ラウルを見送った後、貴賓室へと戻ってきたマザーは、元々下がり気味な眉《まゆ》をますます下げていた。

「殿下は」

「数日後、またいらっしゃるそうです。殿下自身も、頭を冷やしたいとのことでした」

　どうやら、諦《あきら》めてくれたわけではなさそうだ。リードは、もう一度こっそりとため息をついた。

「すみません、マザー。私のせいで、殿下の機嫌を損ねてしまって」

どちらかと言えば、仏頂面でいることが多いラウルだが、今日は顔を合わせた時から機嫌が良かった。ラウルとしては、純粋にリードの教師としての仕事を評価し、セドリックの教育を任せたいと思ってくれたはずだ。

セドリックの事を、ラウルが我が子のように大切にしている事は、マザーからも聞いていた。亡き兄であるフェルディナンドとラウルは生母こそ違ったが、仲睦《なかむつ》まじく、年の離れた兄をラウルはとても慕っていたという。教会への奉仕活動を始めとする慈善事業も、元々はフェルディナンドが熱心で、幼いラウルはよく兄に連れられてきていた。オルテンシアにおける王位継承順位は基本的には王妃の子が一位となるが、子を産んだ側室の身分によってはそれが入れ替わることもあった。フェルディナンドの母は側室ではあったがオルテンシア随一の貴族の娘であり、ラウルとは年齢差もあった。才覚も申し分ないものであったため、次期国王としての期待も大きかった。早熟だったラウルは、自分は軍を指揮し、王となる兄を支えるのだと、そう誇らしげに話していたそうだ。けれど、フェルディナンドの死からラウルは変わった。

これまでの無邪気さは消え失《う》せ、喜怒哀楽が豊かだった表情は滅多に動くことはなくなった。本来優秀だったこともあり、王太子となったことで次期国王としての自覚が芽生えたのだというのが周囲の評価ではあったが、マザーとしてはその変化にはどこか引っかかりを覚えていたのだという。

「でも、最近の殿下はなんだかとても楽しそうで。少し、昔に戻ったみたいだったわ」

そう言って、マザーは意味深な笑みをリードへと向ける。まるで、自身が関係あるかのようなその視線に、少しばかりリードは居心地が悪くなる。

「ですからねリディ、あなたがとても義理堅いのは知っているけれど、私たちに気兼ねする必要はないのよ」

「別に、そんなつもりでは」

「勿論《もちろん》私たちとしては貴方にいてもらった方が嬉《うれ》しいけれど、子供たちの教師なら探そうと思えば探す事も出来るし。あと、間違ってたらごめんなさい。貴方、王族であるセドリック殿下を特別扱いしてはいけないと、意識しすぎていない？」

マザーの言葉に、リードの表情が強張る。

「貴方が身分や立場で人を差別する人間ではないことは知っています。けれど、王族だからという理由で、セドリック殿下が貴方の授業を受けることが出来ないのはかわいそうよ」

リードは、何も言葉を返す事が出来なかった。マザーの言う事に、思い当たる節がないとは言えなかったからだ。

王族の子供も、街の子供も差をつけるつもりはないというのがリードの考えだった。前世に生きていた時代では、生まれや育ちで子供が差別されることはあってはならぬと、そんな考えが当たり前だった。けれリード自身その考えを、改めるつもりはない。けれど、マザーの言う事にも一理あった。

街で出会ったセドリックの姿を思い出す。濃い金色の髪に、瞳《ひとみ》の色はラウルと同じ水色だったが、元々内向的な性格なのか、大きな瞳で不安気にリードを見つめていたのが印象的だった。呼吸が落ち着けば、ようやく安堵《あんど》したのか、少しだけリードに対し微笑みを向けてくれた。

「最終的には貴方の判断に任せます。だけど、私はいつかこんな日が来るのではないかと思ってたのよ」

テーブルの上に置いてあった聖書を、マザーが手に取る。

「この二年近くで、子供たちはもちろん、街の人々の意識も変わりました。王都の図書館の利用者はこれまでの倍以上になってるそうよ。全てがそうではないにせよ、貴方の影響はとても大きい」

子供たちが文字を読めるようになった事により、父と母もそれに倣うようになった。新しい事を学びたいと、知りたいと、これまでは習慣に過ぎなかった教会の式典や説教への参加にも意欲的になった。

「みなの、頑張りのお蔭《かげ》です」

リードが、小さく首を振る。少々、過大評価をし過ぎではないかと。マザーの言葉を面映ゆく感じた。リードとしてはそんな大それたことをしたつもりはなく、ただ学びたいと思う子供たちに自分が出来る事をしてきただけだ。

「謙遜《けんそん》する必要はないわ。リディ、貴方が自分の仕事に強い誇りを持っている事は知っている。でもね、貴方はもっと、とても大きなことが出来るんじゃないかとも思うの」

それこそ、この国を変えるような――。

マザーの言葉に、リードの瞳が大きく見開いた。


何の言葉も発することがないリードの額に、マザーが手を伸ばす。その生き方を思わせるような、厚みのある、温かい手だった。

「恐れず、自らの可能性を信じなさいリディ。神は、常にあなたの傍にあるわ」

それだけ言うと、マザーは貴賓室を出て行った。

リードは、しばらくその場に立ちすくむことしか出来なかった。

リードの心は、揺れていた。オルテンシアへ来たばかりの頃は、ただ自分が生きていくことに精一杯で、とても周りをみる余裕などなかった。子供たちに勉強を教えるようになったのだって、何か崇高な思いがあったわけではなく、自分に出来ることをしただけだ。

あのままアローロの後宮にいれば、何の不自由もなく暮らすことが出来たことはわかっている。汗だくになって夏の日差しを浴びる事もなければ、木枯らしがふく中で土を触る必要もない。

ふと、リードは自身の両手を見つめる。透き通るように白く、まるで男性らしさのなかった手は、今は適度に日焼けしたものになっている。太くはなっていなかったが、以前に比べればだいぶ逞《たくま》しい。けれど、リードはそんな今の自分の手を気に入っていた。自分にも、何か出来ることがあるだろうか。

そうは思ったものの、結局毎日の授業や教会での奉仕作業に忙殺され、結論を出すことは出来なかった。瞬く間に数日が経ち、あらかじめ言っていた通り、ラウルは再び教会へとやってきた。鬱々《うつうつ》とした気分のまま、通いなれてしまった貴賓室へと続く階段を上っていく。

ノックと共にゆっくりと重厚な扉を開ければ、窓から外を眺めていたラウルが、振り返った。

「わざわざご足労頂き、ありがとうございます」

「いや、こちらこそ何度もすまない」

それっきり、会話が続かなくなってしまった。チラリとラウルを盗み見れば、やはり機嫌はよくなさそうだ。けれど、その表情は怒りからくるものではなく、困惑しているようにも見える。こちらから何か話すべきなのかもしれないが、きっかけがつかめない。

「ねえリディ、確か貴方、金曜はいつも仕事が終わった後は街へ出かけていたわよね」

沈黙が続く室内に、助け舟を出すようにマザーが口を開いた。

「あ、はい」

ラウルには悪いが、話はまた後日という風に持っていけないだろうかと、僅《わず》かにリードは期待する。

「では、殿下と一緒に出掛けてはどうかしら。ここだと、話しにくいこともあるでしょうし」

笑顔でそう言われ、リードの表情が固まる。

「それでいいか？」

ラウルも、特に不服はないようだ。リードは小さく頷き、出そうになるため息を、なんとか押し殺した。

パカパカと、馬の蹄《ひづめ》の音が耳に心地よく聞こえる。ラウルの引く馬はよく躾《しつ》けられているのか主人にとても忠実で、先ほどから二人の歩く速度に合わせて大人しくついてきている。王太子であるにもかかわらず、ラウルが移動に馬車を使う事はほとんどなかった。従者は勿論、護衛の兵を何故つけないのか疑問ではあったが、それだけ剣の腕に自信があるのだろう。実際、雰囲気や顔立ちこそ貴族然としたものはあるが、姿勢の良い引き締まった身体つきは軍人のそれだった。

最初ラウルは、自分と一緒に馬に乗るように勧めてきたが、リードはそれを丁重に断った。馬は大きく、おそらくリードの体重分が増えるくらいは支障がないのだろうが、ラウルと同乗する気にはどうもなれなかった。リードが断れば、ラウルも馬に乗る事は止めたようで、そのまま歩いて移動することになった。

正直に言えば、気まずい。先ほどから一言二言会話はしているものの、どれも長続きしない。あまりにラウルの反応が鈍いのでリードが黙れば、今度はラウルの方からあれこれと話しかけてくる。けれどしばらくそんなやりとりが続いた後、リードはようやくラウルが自分に気を使っている事に気付く。

リードにとってのラウルの印象は、出会いが出会いであった事もあり、今でもあまり良くはない。頻繁に教会へ来るようになった頃も、その物言いは高圧的で、はっきりいって苦手だった。それでもいつの頃からか、リードを見る瞳が穏やかなものになった。

どこか傲慢《ごうまん》な物言いや威丈高な姿勢こそ変わらないが、おそらくそれは元々の気質なのだろう。授業中、子供たちを見るラウルの眼差しは優しく、話しかけられればぶっきら棒ではあるものの、きちんと対応していた。不器用な人、なのだと思う。

無理もない。成人しているとはいえ、年齢だってまだ二十一になったばかりだ。

「聞いていいか」

「はい」

予定した買い物を終えたリードが戻ってくると、ラウルは馬の背を撫《な》でていた。

「授業中、お前はどの子供に対しても公平に接しているように見えるが、読み書きに関しては、特に女子に対して熱心なように感じた。何か理由があるのか？」

ラウルの言葉に、リードが目を瞠《みは》った。リード自身意識していた事だが、それでもなるべく悟られぬよう注意していた事だったからだ。

「咎《とが》めているわけではない。純粋に気になっただけだ」

ラウルが付け加えれば、リードは小さく頭《かぶり》を振った。

「いえ、よくお気づきになったと思っただけです。そうですね、最近では一部の裕福な女子も大学に行く時代ではありますが、女子に教育は必要ないという考えは、未だ根強いものだと思います」

「時代錯誤も甚だしいがな」

さらりと発したラウルの言葉に、ますますリードは驚く。先入観もあったが、ラウルがそういった柔軟な考えを持っているとは思わなかったからだ。

「私が女子に読み書きを学んで欲しいと思うのは、彼女たちが生きていく上で必要なものだと考えているからです。この世界において、女性の立場は決して強くありません。貧しさから、自らの身を売らなければならなくなる可能性もあります。けれど、その時に文字を読む事が出来れば、不当な条件や賃金で働かされるという事もなくなります」

本当は、学ぶことを楽しんで欲しいとリードは思っている。しかしそれ以上に、生きていく上での読み書きや計算がいかに重要なものであるかという事が、リードにはわかっていた。オルテンシアは奴隷制を廃止して既に数百年の時が経っているが、他国においてはそうではない。アローロやオルテンシアに住む肌の白い人種を珍しがり、高額な値段で売買されているという話もある。

リードの話を、ラウルは黙って聞いていた。遠巻きに現在のオルテンシアを批判している事になるのではないかと内心リードは冷や汗をかいたが、それに対して怒りを見せている様子はない。

「リディ」

「はい」

「買い物はこれで全部か」

「そうですね、必要なものは全て買い終わりました」

ちょっとした日用品と、シスターたちに頼まれていたパン。それを買った後は教会へ帰るだけだった。けれどそこで、リードは自分がなぜラウルと一緒にいるのかようやく思い出した。先ほどから取り留めのない話はしているが、肝心のセドリックの件は何も話せていない。

「殿下もその、何か買い物を」

どうしたものかと、思わず言いよどむ。

「用が終わったなら、少し付き合ってほしい場所がある」

けれどラウルは、リードの言葉を遮り真っ直ぐ視線を向けてくる。

「は、はあ」

静かながらもその口調は、否と言わせないだけのものがあった。

「う、わー！」

思わず、感嘆の声が出た。ラウルに連れてこられた場所は、王都セレーノの街並みを一望できる高台だった。

「海だ！」

地平線の彼方には、キラキラと光る大海原も見える。話には聞いていたし、本でも読んだが、この世界に来て初めて見る海だった。すっげー、と思わず絶叫しかけた口を慌てて塞《ふさ》ぐ。馬の鼻音と共に、近くにあった木へと手綱をくくりつけているラウルの存在を思い出したからだ。

「す、素敵な場所ですね殿下」

慌てて取り繕うように笑みを浮かべれば、そんなリードを見たラウルが小さく笑った。

「別に、無理をしなくていい。叫びたくなる気持ちもわかるからな」

どうやら、見透かされていたようだ。誤魔化すようにリードは笑うと、とりあえず近くにあった切り株へと腰かける。ラウルも同様に、近くにあった太い木の根元へと腰を下ろした。

とても、静かな場所だった。街の喧噪《けんそう》は一切聞こえず、木々のざわめきと鳥の鳴き声が微《かす》かに耳へと入ってくる。

「良い所だろう」

ポツリ、とラウルが呟《つぶや》いた。

「はい、とても気持ちの良い場所です」

「兄が、教えてくれたんだ。それ以来何か嫌な事があると、必ずここへ来ている」

淡々とラウルは話しているが、この場所がいかにラウルにとって特別な場所であるかがわかる。

「す、すみません。そのような大切な場所に私が来てしまって」

連れてきたのはラウルではあるのだが、なんとなく口に出さずにはいられなかった。

「別に、俺が連れてきたかっただけだ」

何でもない事のようにラウルは話すが、リードは何と返せば良いかわからなかった。そのまま、二人は黙って景色を見つめ続けた。そうこうしているうちに、空の色が茜色《あかねいろ》に染まっていく。

「リディ」

「はい」

ゆっくりと沈んでいく夕日から、ラウルの方へリードは視線を移す。

「初めて会った時の事は、悪かった」

そう言うと、ラウルはゆっくりとその頭を下げた。

「覚えてらしたんですか？」

初めて会った時の事、というのは通りでの出来事の事だろう。ただ、それ以来その事に関してはラウルは一度も触れたことがなかったため、てっきり忘れられているのだと思っていた。

「最初から分かっていた。謝罪がこんなに遅くなって、すまない」

「いえ、そんな」

ラウルは王族の中でも、次期国王である王太子だ。他人に対して頭を下げるということが、いかに難しいかということはなんとなくリードもわかっていた。

「あの後、城に戻ってから、セドリックにひどく詰《なじ》られた。あの人は自分を助けてくれた人だった、どうしてあんな事をしたんだとな」

ラウルが、自嘲《じちょう》するように言った。

「兄に、昔よく言われた。人を見かけや身分で判断してはならない、その人物をきちんと見なければならないと。俺自身、それはわかってるつもりだった。けれど、ダメだな」

やはり自分は未熟だ、とラウルが零す。

「いえ、それは。殿下だけではありませんから」


リードは、前世の記憶を思い出していた。大学時代、電車通学だった直人は人通りが比較的少ないという理由で、駅の地下をよく使っていた。様々な店が立ち並ぶ中、直人がよく目にしたのは行き場のない路上生活をしている人々だった。彼らには、彼らなりの事情があるのだろう。友人の中には見下す者もいたが、直人にはそんな気持ちはなく、むしろそんな考えを持つ友人を嫌悪していた。

そんなある日、直人は家に帰ると自分の電子定期券が見当たらない事に気付いた。半年分の定期を購入したばかりで、再発行も出来るという話だったが出来れば落としたものを見つけたかった。けれど、駅に電話をしたところそういった拾得物は残念ながら届いていなかった。仕方ない、手数料をかけてもう一度発行しようといつも通り駅の地下を歩いている時だった。

「あ、おい」

突然、年配の男性に話しかけられた。身なりから、明らかに路上生活者とわかるものだった。

「な、何ですか」

思わず、直人は身構えた。関わりたくない、と気が付けば思っていた。

「これ、坊主のだろう？　昨日、落としてったのを他の奴が拾ってたみたいなんだ」

男性はそう言うと、直人の定期を差し出した。

「あ、ありがとうございます」

頭を下げれば、男性は照れたように笑い、そのまま他の仲間たちのもとへと帰って行った。定期を握りしめたまま、直人の胸は後悔でいっぱいだった。

その後一応確認してみたが、定期券は使われた形跡はなく、チャージされていたお金もそのままだった。より一層、苦い思いが直人の中で渦巻いた。

もし話しかけてきた人間がサラリーマンや学生といった、一般的な姿であったなら、直人は特に身構える事などなかっただろう。これまで、路上生活者を馬鹿にしたことなどなかったし、そういった事を言う人間こそ軽蔑《けいべつ》していた。けれど、自分だって彼らと変わらなかった。

身なりや身分で相手を差別してはならない、というのは簡単だ。誰しも自分は平等で、公平な、きれいな人間だと思いたいはずだ。自分自身の中にある醜さと向き合う事が、いかに辛いものであるか、その時直人は身をもって知った。

「殿下は、ちゃんと私に謝ってくれました。もう過去の事で、知らぬふりだって出来たのに。自分自身の過ちを認めることは、とても勇気のいる事です。殿下は、強い人だと思います」

リード自身、胸のつかえがとれたような気分だった。過去の事だと、気にせぬように振る舞ってはいたが、やはりどこか引っかかるものはあったのだろう。

そう言ってリードが微笑めば、ラウルは微かに頬を赤らめ、視線を逸らした。そしてもう一度、沈んでいく夕日を二人は見つめる。

「リディ、頼みがある」

ラウルに言われ、リードは顔をゆっくりと向ける。

「お前にこの国を、オルテンシアを変える手伝いをして欲しい」

リードの瞳《ひとみ》が、これ以上ないというほど大きく見開かれた。

◇◇◇

国を変える。ラウルの言葉が、リードにはまるでどこか違う世界の、物語の中の出来事のように聞こえるのは、前世の記憶が作用しているからだろう。平和な近代国家で過ごしてきた直人にとって、国を変えると言われて思いつくのは、国政選挙前の政治家の威勢の良いお題目くらいだ。前世で生きていた世界にも多かれ少なかれ問題はあったが、直人が生きていた国には紛争や飢餓はなく、それらの出来事は遠い国のもので、新聞やニュースでしか目にしたことはなかった。けれど、この世界においてはそうではない。今までずっと後宮の中で、政には全くといって関与してこなかったリードではあるが、為政者であるリケルメの傍にいたのだ。アローロは大陸で一番力を持っていることもあり、対外情勢に関する問題は少なかったが、それでも国内問題でリケルメが頭を悩ませていた事も知っている。

ただ、リケルメは決して自らそれを口にすることはなかったし、リードも聞こうとは思わなかった。王としてのリケルメが、時に残酷な選択を行ってきたこともわかっている。それがこの世界の王の仕事であり、真実を知ったからといってリードのリケルメを見る目が変わる事はない。しかし、リケルメにとってはそうでなかったのだろう。だから、リードの持つ賢さを愛し認めながらも、決して政に関わらせようとはしなかった。リードも、それで良いと思っていた。

それは、自身が持つ知識がこの世界においては明らかにイレギュラーなものだとわかっていたからだ。使い方を一つ間違えれば、それこそ世界のバランスを崩しかねない。自分はこの世界に関わってはならないのだと、そう思っていた。けれど、本当にそれが正しい選択であるのかどうかも、今となってはわからなかった。

「この国をどう思う？　リディ」

何の言葉も発する事のないリードに、重ねるようにラウルが問う。

「良い国だと思いますよ、気候も穏やかですし、人々も優しい。それに、とてもきれいです」

「世辞はいい、正直に言ってくれ」

「お世辞ってわけでもないんですけど、じゃあ悪い部分を」

リードは肩を軽く竦《すく》めた。

「都市部は商業が発展している事もあり豊かですが、農村部との格差は著しいと思います。特に領主によっては収賄を繰り返し、搾取され続けている農村は過酷な状況です。職を求めて王都へ出てくる人間も多いですが、文字の読み書きが出来ない事もあり簡単に仕事は見つかりません。むしろ、不当な雇用契約を結ばされて労働力としてこき使われ、身体を壊してしまう者も多いと聞きます。場合によっては職にもつけず、生きるために窃盗を行うため、ここ数年で都市部の治安は悪化しています。また、労働力とみなされない女性の場合もっと悲惨で、非合法の娼館では」

「正直に言いすぎだ！」

最初は素直に聞いていたラウルだが、つらつらと

あげていくリードの言葉にさすがに耳が痛くなったのだろう。耐えられないとばかりに声を大きくした。

「悪い。お前の言うとおりだ」

その後、決まりが悪かったのか小さく咳払《せきばら》いをする。

「いえ、私も調子に乗りました」

教会には、立場の弱い、救いを求める人々が数多く訪れる。一時的に保護し、食事を与えることは出来るが、それだって期限が決まっている。ただ、教会の運営は王家から出ている賑恤《しんじゅつ》によって賄われており、王族の中でも誰より慈善事業に携わってきたラウルならばとっくにわかっていることだろう。ラウルを責めたところで、仕方のない事ではあるのだ。

「お前の言っていることは正しい。とくに農村部の貧困は、自分の目で見てあまりの凄惨《せいさん》さに打ちのめされた。全て、長い間放置してきた国の責任だ」

ラウルの言葉に、少しばかりリードは驚く。いずれの国においても王都から出たがらない王族がほとんどである中、わざわざ地方の様子を見に行く王太子というのは珍しい。

「ですが、オルテンシアはこの五十年他国との戦が一度も起きていません。オルテンシア国王であるリオネル様が他国と円滑な外交関係を築けているからです。それは、国民にとって幸せなことだと思いますよ」

この世界における人間の正史がどれくらいの時期であるかはわからないが、少なくともリードが知っている中世ヨーロッパに比べればだいぶ成熟している事からも、近世のはじめ頃に近いのだろう。当時のヨーロッパは暗黒時代とも呼ばれ、戦火も絶えず、伝染病が蔓延《まんえん》していた。信仰している宗教が一神教でない事もあるかもしれないが、とりあえず人々の心が平穏なのは国が平和だからだ。

「それは、父上だけの力ではない。勿論《もちろん》父上も尽力されてはいるが……今のオルテンシアの平和はアローロ王であるリケルメ陛下、叔父上《おじうえ》のお蔭《かげ》だ」

ラウルの口から出たリケルメの名前に、僅《わず》かにリードは動揺する。過去の事だと自身に言い聞かせてはいたが、やはりまだ忘れることは出来ていないようだ。

「どういう、意味でしょうか」

アローロとオルテンシアは長い間友好関係が続いているとはいえ、オルテンシアは独立した国家であり、アローロの支配地域ではないはずだ。リードの問いに、ラウルはちらりと視線を寄越し、そしてその重たい口を開いた。

「これは、城でもほんの一握りの人間しか知らない事実だ」

ラウルが言えば、リードは深く頷《うなず》いた。

「兄上の死は病死ではない、国の内部にいる人間による暗殺だった。王位継承権をめぐる、な」

口調こそ淡々としているが、ラウルの表情は苦渋に満ちていた。

「ですが、王位継承権はリオネル陛下は勿論、国の誰もが認めていたものでは……」

「そうだ、俺は兄上こそ王になるべきだと思っていた。穏やかな人柄で、文武に秀で、あれほど王に相応《ふさわ》しい方はいなかった。けれど、そうは考えない人間がいた。兄上ではなく、俺を王にしたいと。理由が分かるか？」

ラウルが足元に生えていた草を手に取り、左右に引きちぎる。

「殿下が、リケルメ王の甥《おい》にあたるからですね」

リードが言えば、ラウルは手元にあった草を下へと落とした。無言で、ゆっくりと頷いた。

歴史上、お家騒動はこれといって珍しい話ではない。ヨーロッパにおいては中世の初めこそ王が選挙制によって選ばれたが、後半になると純粋な世襲制へと移行していく。所謂《いわゆる》王権神授説ではあるが、血統優先のヨーロッパでも王権をめぐる争いはいくつもあった。オスマン帝国にいたっては、皇位を受け継いだ者がそれ以外の皇位継承者を全て処刑してしまうという慣習すらあったほどだ。日本も例外ではなく、将軍の跡目争いから長い戦乱の世を迎えてしまった歴史がある。けれど当事者同士が直接争うならともかくとして、ラウルとフェルディナンドの仲は良く、王位を巡り争うつもりなど全くなかったはずだ。

「そうだ。くだらない理由だと思わないか？　叔父上の威光を頼りに、叔父上と血の繫《つな》がりがあるというだけで俺を王にしようとする。ここまで他国に依存するような国を、国家だと言えると思うか？」

ラウルの話を、リードは黙って聞いていた。大陸の覇権国家であるアローロの及ぼす影響は大きい。オルテンシアに有事があれば、アローロが黙っているはずもなく、他国がオルテンシアに手を出すことはないだろう。

近代国家であれば、同盟関係を結ぶことによって成り立つ関係ではあるが、この世界においては未だ概念として成り立っていないのだろう。だからこそ、血縁関係という繫がりをもって両国の関係を築こうとする。

「けれど、それによりオルテンシアが平和であった事も事実です」

「今のところは、な」

吐き捨てるように、ラウルが言う。

「叔父上は強い王だ、民からの信頼も厚ければ、財力は勿論、軍事力において今のアローロに敵う国はない。西方の砂漠の国々との関係を安定化させたのも叔父上の代になってからだし、周辺国で叔父上の顔色を窺《うかが》わない国はない。けれど、それだっていつまで続くかはわからない」

永遠に続く、覇権国家は存在しない。ラウルの言葉は正しい。けれどそれは、違う世界とはいえ人類の歴史を知るリードだからこそわかることだ。

この世界の、この時代においてその事が予測できるラウルは、どれほど先見の明があるのだろうか。

「叔父上の人柄もあり、今のところはオルテンシアはアローロと対等な関係でいられるが、それだってこの先も続くとは限らない。このままアローロに、叔父上に頼り続けていればいつかこの国は立ち行かなくなる」

ラウルの視線が、リードの方へと向けられる。

「俺は、この国を真の意味で独立させたい。一部の王族や貴族だけのものではない、この国に住む全ての民のための国を造りたい。この国の民が百年、いや千年の先も笑って暮らせるような、そんな国にしたい。だから」

ラウルの長い手が伸び、リードの肩をギュッと掴《つか》む。

「どうしても、お前の力が必要なんだ。勝手な事を言っているのはわかってる。それでも、俺と一緒に新しいこの国を造って欲しい！」

切れ長のラウルの眼が、真摯《しんし》にリードへと向けられていた。その瞳も、気持ちも、痛々しいほどに真っ直ぐだった。身体つきこそリードよりも二回り以上大きいが、ラウルの瞳は少年のものだった。出来る事ならば、彼の気持ちに寄り添いたい、願いを叶《かな》えたいと思う程に。

「お気持ちは嬉《うれ》しいですが、私に、そんな力はありません。私にできる事は、子供たちに勉強を教えることくらいですよ」

「嘘だ。お前の持っている力は、そんなものではない」

リードの言葉を、きっぱりとラウルが否定する。

「本当は、教会で再会した後もお前の事をしばらく疑っていた。お前、元々の生まれはアローロだろう？」

ラウルがそう言えば、リードの表情が微《かす》かに強張った。

「気をつけてはいるんだろうが、時折発音がアローロなまりのものになっている。わかるんだ、俺はアローロに留学していたから」

オルテンシアとアローロは使っている母国語こそ

同じだが、それでも時折発音が異なっているものがある。些細《ささい》な違いであるし、指摘されたこともなかったためリードは内心驚いた。

「経歴も一切わからない上に、それだけの能力と容姿を持ってるんだ。どこかの国の間諜《かんちょう》だという疑いを捨てきれなかった。最初の出会いも、すまない。実は過去に一度、セドリックは街で攫《さら》われかけたことがあったんだ。兄上が死んでも尚、王位継承権を持つセドリックを邪魔に思う連中はいる。あの時街でセドリックを見失い、心臓が止まりかけた。お前への対応も、八つ当たりだった」

街で会った時の、ラウルの姿を思い出す。あの時には反発しか抱かなかったが、セドリックに向けていたラウルの表情に、余程心配していたであろう事だけはリードにも感じ取ることが出来た。

「疑いは、晴れましたか？」

「当たり前だ。秘《ひそ》かにお前の身辺を探らせたが、みな絶賛して帰ってくる。街の人間でさえ、誰一人としてお前の事を悪く言う者はいなかった。すごいな、お前は」

ラウルの話は、全て初めて聞くものだった。街へは何度も出かけているが、監視されていた事など気付きもしなかった。

ただ、最初の頃に比べてラウルの対応が随分穏やかになった理由がようやくわかった。疑心暗鬼になりすぎではないかとも思うが、王族となれば身辺に慎重になるのも仕方ない。特にラウルは兄が殺されているのだ。そして、今もなおセドリックの命は狙われ続けているという。

けれどそれにもかかわらず、ラウルはリードをセドリックの教師にと望んでくれた。ラウルがリードを信頼してくれているという、証《あかし》でもあった。

「一身独立して、一国独立す」

「どういう意味だ？」

「民が独立することによって、国が独立するという意味です」

「……良い言葉だな」

「とある偉い方の言葉です」

この世界に生まれながらも、リードは自分がどこまでこの世界に関わって良いのかわからなかった。けれど、この世界の歴史はリードが知る世界のそれとは異なっている。この先の歴史も、どのように刻まれていくのかリードには知る由もない。歴史の流れの中で、たくさんの国が生まれ、滅んできたのだ。千年先のオルテンシアがどうなっているのか、今のリードには想像もつかない。

それでもラウルはこの先の、未来のオルテンシアの事まで考え、そして民の事を思っている。自分に何が出来るかはリードにもわからない。けれど、出来る事はしたい。それくらい、リードの心が動かされるほどにラウルの思いは真っ直ぐだった。

「殿下」

「なんだ？」

心なしか、ラウルの表情が緊張する。

「殿下のお気持ちは、よくわかりました。私にできる事であれば、協力させて頂きます。ただ、教会での子供たちの授業も続けたいので出来れ……って殿下!?」

その言葉は、最後まで続かなかった。リードが了承したことがわかると、その場でラウルはリードを抱きすくめた。余程嬉しかったのだろう。痛いほどに強いラウルの抱擁に、少しばかりリードは息苦しくなる。

「ありがとう、リディ」

耳元で、小さくラウルが呟《つぶや》いた。リードは抗議しようと出かけた言葉を寸前で止め、しばらく大人しくしていた。胸に、温かいものがこみ上げてきた。

マザーも交えて話し合った結果、リードは週末は教会で過ごす事にし、平日は城でセドリックの家庭教師と、そしてラウルの国政の補助を行う事が決まった。

リードの代わりの教師はラウルによって王都の学

校から派遣され、きちんと給金も出るという事だった。マザーや教会の人間は寂しがりつつも、リードの出した結論を温かく見守ってくれた。

「だから、殿下の理想は素晴らしいけど机上の空論なんだよ！　農村に学校を作る？　それで識字率が向上する？　教師は誰がするんだよ、学校として使える施設なんてあるのか？　だいたい農村においては子供も大切な労働力なんだよ！　何も考えずにそんなの作ったって、そのうち誰も通わなくなるに決まってんだろ！」

夕暮れ時。王太子の執務室には、王太子とその側近が一つのテーブルに何人も集まっていた。中心にいるのは王太子であるラウルだが、その隣に座っているのはごく最近側近になったリードだ。頬のあたりまで伸びた艶《つや》やかな黒髪に、深い翠色《みどりいろ》の瞳《ひとみ》は神秘的な光彩を放っていたが、その形の良い少し小さめな口から出るのはよく通る澄んだ声、の手厳しい言葉だった。

「だったらどうしろと言うんだ！」

「何度も言ってんだろ！　まずは、各地域の領主に命令して全ての農村で測量をしてどれだけの作物がとれるかをそれぞれ数値化する。それによって領地にどれくらいの税収が見込めるのか正確な数を把握する」

「領主が、不正を行う可能性はありませんか？」

リードとラウルの言い合いの間に入るように口を出したのは、文官の一人であるサビオラだ。他の側近が喧々囂々《けんけんごうごう》とする二人をただ呆然《ぼうぜん》と見守る中、控えめながらも冷静に口を挟んだ。

「うん、だから王都からしっかり人を出してもらった方がいいと思う。出来ればその地域の領主と全く繋がりのない人間がいいかな」

「なるほど」

感心したようにサビオラが頷けば、リードも満足気に微笑む。それを見たサビオラが、ほんのり頬を赤くする。

「おいサビオラ！　お前、なんでリディの言い分ばかり聞き入れるんだ！」

「いや、そりゃあリディさんの言ってる事が正しいからだろ。経済に関しては全く明るくない俺でも説明がわかりやすいし」

腕組みしたまま、冷静にラウルへ突っ込みを入れるのは幼馴染《おさななじ》みであり、騎士団をまとめているマルクだ。

「あ、マルクさん昨日頼んだ現在の軍の人員と配置、それから馬や武器の所持に関する記録って出せそう？」

リディが言えば、マルクが明らかにしまったという表情でラウルの方を見る。

「おい、お前騎士団をまとめているのにそんな事も知らないのか？」

してやったりとばかりにラウルが言えば、

「いや、殿下は軍全体をまとめてるんだろ。マルクさんもだけど、まず自分たちの国にどれだけの軍事力があるのかくらいは把握しとかないと。あと、現在の軍が行ってる訓練内容に関してだけど、まず訓練を行う上で実際の戦場がどこに」

次々とされるダメ出しに、苛々《いらいら》としながらも一応聞いていたラウルが声を荒げる。

「リディ！」

「なに？」

書類から目を上げたリードが、ラウルの方を見る。少し首を傾げれば、眉間《みけん》に皺《しわ》を寄せていたラウルの表情が少しだけ柔らかくなる。

「……外の空気を吸ってくる」

ぼそりと呟くと、ラウルはのっそりと立ち上がった。そのままドアへと向かうラウルを、部屋の中にいる人間はみなその後ろ姿を見守っていた。

「やっぱり、言葉使いは元に戻した方がいい気がするんですが」

ラウルが出て行った後、リードは部屋に残っている側近たちへこっそりと声をかける。城でラウルの補助を始めた当初は、これまで通りの言葉使いでリードはラウルに話しかけていた。そんなリードに対して、もう少し気安くしゃべりかけて欲しいと言ってきたのはラウルの方だ。

いくら仕事を助けているとはいえ、さすがに王太子に対して無遠慮な話し方をするのはリードとしては気が引けたのだが、どうしてもとラウルは譲らなかった。まあ確かに、初めて会った際に素の喋《しゃべ》り方は知られてしまっているし、リードとしても話す分にはそちらの方が楽ではあった。だから、それじゃあ遠慮なくと話し始めたのだが、そのせいかここ最近ラウルの様子がどうもおかしかった。

「いや、そのままでいいと思いますよ。なかなか、ギャップがあって素敵です」

リードの言葉に、マルクは声を殺してクツクツと笑う。他の側近たちも、みな微笑ましそうにリードを見守っている。そんな周囲の様子にいまいちついていけていないリードは一人、怪訝《けげん》そうな顔をした。

◇◇◇

羽ペンを動かす音が、室内に響いている。広いテーブルの上には、羊皮紙と現在のオルテンシア国内に関する書物が重なり合うように乱雑に置かれている。昨日リードから出されたそれぞれへの指示が、とても一日で終わる量ではなかったため、皆まさに寸暇を惜しんで働いている最中だった。

ラウルから新しい側近だとリードを紹介された時には、みな内心驚いた。基本的に、ラウルは家柄よりもその人間の持つ能力を重視して側近に選んでいる。勿論《もちろん》中にはマルクのように軍幹部の息子で、物心がついた頃から遊び相手として選ばれている人間もいるが、サビオラは中位貴族であったたし、ジョアンも下位貴族だった。

つまり年齢こそみな若かったが、身分も立場もバラバラの人間ばかりだったのだ。ただそれぞれが専門分野に特化していること、そして、ラウルと同じ志を持っているといった点は共通していた。ラウルが改革派であることは周知の事実であったため、大臣の中にはそれをよく思わない人間も勿論いる。だからこそ、側近選びは気を使い厳選されたものになっていた。仕事の量は決して少なくはないが、ラウル自身の性格を考えてもこれ以上は増えることはないと思われていた。

そしてそんな中、ラウルが新たに連れてきたのがリードであった。リードが部屋へと足を踏み入れた途端、どちらかといえば男ばかりのむさ苦しい空間であった執務室が一気に華やいだ。

巻き毛が多いこの国では珍しい流れるような黒髪に、神秘的な光を放つ翠色の瞳。女性的な印象はないが、宗教画からそのままでてきたような洗練された美しさを持ったその姿に、みな呆《ほう》けたような顔をした。

けれど、外見こそ美しかったが、なんの経歴も実績もない青年を突然側近にと据えた事には、誰もが首を傾げた。出世競争にこそ興味はないが、血気盛んな性格の者も多いため、反発する者もいた。もっとも、それも最初のうちだけで、リードの実際の仕事ぶりを見ることにより認識を改めた。

リードは特定の専門分野にこそ特化はしていないが、どの分野に関しても精通しており、さらにこれまで誰も考えたことがない画期的なアイデアをいくつも持っていた。博識で、広い視野をもつリードの考えに誰もが驚き認め、尊敬するようになるまでそう時間はかからなかった。

さらに、彼が一年ほど前から城下で話題になっている「サンモルテの聖人」であることを知ったのもほぼ同じ時期だった。そのため、リードの指示に最初は内心不満を抱いていた者たちも、今ではみな納得してそれを聞き入れていた。

城の中では比較的広い執務室の壁には、大きな壁時計がかかっている。膨大な資料の中、誰もが羊皮紙と向き合っている中、中央に鎮座しているラウルが先ほどから、ちらちらとそれを見つめていた。

「王太子殿下、本日の昼食ですが、予定では我々とこの部屋でとるはずになっていたと思いますが」

ラウルの様子を先ほどから気にしていたマルクがわざとらしくそう言えば、すぐさまラウル本人のきつい視線が向けられた。

「何？　そんなことは聞いてないぞ」

「いや、ここ最近はずっとそうだっただろ。なんで今日に限って外でとろうとしてるのかな～」

マルクが言えば、ラウルが苦虫を噛《か》み潰《つぶ》したような顔をする。

「こんなに良い天気なんだ、室内にいては勿体《もったい》ないからな」

「ここ二、三日はずっと晴れてるだろ」

窓から見える庭を見つめ、もっともらしく言ったその言葉に、すぐさまマルクが突っ込みを入れる。が、当のラウルは全く気にしていないようだった。

「だいたい、セドリック殿下はリディさんと食事をするのを楽しみにしてるんだろ、そこにお前が加わったら邪魔者以外の何ものでもねーだろ」

「そんなわけあるか、セドリックだって俺がいた方が喜ぶ」

まるで子供のようなラウルの言い分に、マルクは呆《あき》れはて、室内にいた他の側近たちは微苦笑を浮かべた。

常にラウルの執務室で仕事をしている他の側近とは違い、リードは午前中はセドリックの家庭教師を、午後からはラウルの側近の仕事をしていた。さらに週末はサンモルテ教会へと帰ってしまうため、リードが執務室で過ごすのは主に平日の午後の間だけだ。昼食をとりながら午前の業務の確認を行い、その後は日が沈むまで他の側近たちと同様に執務室で仕事をする。それが、リードの日課だった。けれど、今日はいつもとは様子が違った。午前のうちに来た後宮からの知らせによれば、リードは庭でセドリックと食事をとるため、執務室へ来るのは遅れるという事だった。なお、使者が来たときにはちょうどラウルは席を外していたため、それを知ったのはつい先ほどの事である。そして、それを聞いた後は何故か無性に時計を気にし始めたのだ。

「だいたい、リディさんを城に呼んだのだって最初はセドリック殿下の家庭教師として、だったんだろ。それなのに結局こっちの仕事ばっかりすることになって、セドリック殿下からすると話が違うと思ってるんじゃないか」

ラウルはリードに話していなかったが、家庭教師としてリードを最初に希望したのはセドリック本人だった。母であるナターリアから、あの時自分を助けてくれた人物が教会で教師をしていると聞き、興味を持ったのだ。ただ、当初ラウルはリードを信用しきっていなかったこともあり、セドリックの要望を聞き入れる気はなかった。けれど、教会で子供たちに勉強を教えているリードを見て、その考えは変わった。むしろ、ぜひセドリックを任せたいと思うようになった。

しかしながら、その頃になるとセドリックの教師として、ではなく自身の側近としてという気持ちの方が強くなってしまった。

「まあ、それは殿下だけじゃなく俺たちにも責任はある気がします。本当、リディさんには色々助けられてますし」

ムッとしたまま黙ってしまったラウルに、助け舟を出すようにアデリーノが口をはさむ。

「すごいんですよリディさん、医者の俺よりも人体の構造に詳しいですし、薬草の種類もいくつも知っていて」

父親は城で王族専門の医官をしているアデリーノは、将来的には父の後を継ぐ予定だ。医学の発展に対しても強い関心を持っているアデリーノとしては、医師専門の大学を作るべきだというリードの提案に強く感動していた。

「本当に、何でも知ってますよねリディさん。語学の方も、大陸の言語だったらだいたいわかるんじゃないですかね」

本人がいないこともあるのだろう、あちらこちらでリードの話題で盛り上がるのをラウルはどこか複雑な気分で聞いていた。初対面の評価とはえらい違いだと自分の側近たちの掌《てのひら》の返し具合に内心呆れつつも、何より自分自身が同じ穴の貉《むじな》であるため窘《たしな》めるのも具合が悪い。

「一体、何者なんですかねリディさん」

ポツリ、と独り言のようにサビオラが呟いた。

「何者って……シャクラ神が遣わした神の御遣いとか？」

「教会で働いてはいたみたいだけど、さすがに人間だろ」

「いや、あの人間離れした美しさならその可能性もある」

休憩時間が近い事もあるのだろう、集中力も途切れてみな好き勝手に言い始めてしまった。気が付けば、誰もが羽ペンを置いていた。

「おいおい、本人のいないところで勝手な詮索《せんさく》はやめておけ」

ラウルの機嫌がどことなく悪くなっている事を察したマルクが、苦言を呈する。さすがに、物心がつく頃からの付き合いなだけの事はある。

「結婚、はしてないですよね？」

「当たり前だ！」

ジョアンがふと口にした言葉は、何故か即座にラウルによって否定される。その勢いに驚いたのは周囲の側近だけでなく、他でもないラウル自身で、きまり悪そうに咳払《せきばら》いをした。

「でも、恋人はいるんじゃないですかね」

「ああ!?」

何気なく零したアデリーノの一言は、ラウルの耳にしっかりと入っていた。そのあまりの迫力に顔を強張らせているアデリーノを、労《いたわ》るようにマルクが声をかける。

「まあそりゃあの顔でモテないわけがないからな。でも、なんでアデリーノはそう思ったんだ？」

「あ、はい。これなんですけど」

アデリーノが袖をまくりあげれば、そこには紐《ひも》を編みこんだ腕飾りがつけられていた。

「フィータじゃないか」

「そうなんです、彼女とお揃いで市場で買ったんですけど。これを見たリディさんが呟いたんです、懐かしいって」

フィータというのは、ナトレサ教の神であるシヴァイエ神とシャクラ神をモデルにしたお守りのようなものだ。結婚の約束をした二人や恋人同士がつけるのが一般的で、市場でもよく売られていた。紐を編みこんだシンプルなものから、中には宝石が散りばめられたものもある。

「懐かしいってことは、別に今恋人がいるって決まったわけじゃないだろ？」

「いや、今はつけてないだけで昔買ったって可能性もありません？」

どんどん険しくなっていくラウルの様子を窺《うかが》いながらマルクが聞けば、アデリーノは何食わぬ顔で自身の考えを口にしている。真面目であるからこそ、自身の意見はしっかりと口にする。善良な医学青年の事はマルクも普段から好感を持っているが、今日ばかりはその固い頭をかち割りたい気分だった。

そうこうしているうちに、正午を告げる鐘の音が城内に響き渡る。

「セドリックの顔を見に行ってくる」

鐘が鳴り終わるや否や、当然のようにラウルが立ち上がった。部屋を出ていくラウルの後ろ姿を見送りながら、マルクはわざとらしくため息をついた。

「何がセドリック殿下の顔、だよ」

パタンと音を立てて閉まった扉に対して呟《つぶや》けば、

聞こえていたらしいサビオラが小さく笑った。

「でも、最近の王太子殿下、人間味があって僕は好きですよ」

志は高く、国を思う気持ちが強いラウルの事を側近たちは尊敬はしていたが、常に冷静沈着であるためどこか冷たい印象も持っていた。ただ、最近のラウルはこれまで滅多にかわる事のなかった表情も以前に比べればかわっていた。

特に、リードと話しているときなど、まるで子供みたいに喜怒哀楽が豊かになっている。サビオラの言葉に、マルクが口の端をゆっくりと上げた。

◇◇◇

壁一面に広がる絵画や調度品を、リードはただ一心に見つめていた。城と後宮のちょうど間に位置するそこは奥まった場所であるため、少し注意しなければ見つけることが出来ない。


王都から見ても、その優美さは目を見張るものがあったシントラ城は、その内部もとても凝った造りになっているが、このような場所がある事に今まで気付かなかった。これだけの物はアローロの王宮でさえ見たことがない。

思わず、ため息が出そうになるほどの美しい品々に、リードは時間を忘れて見入ってしまっていた。

「リディ」

聞き馴染《なじ》んだ声が聞こえ、リードはハッとしたように振り向く。両脇にある壁の絵画は特に気にならないのか、ラウルが早足でリードのもとへと歩いてくる。

「こんにちは殿下。どうしたのですか、こんなところで」

この時間は、他の側近たちと執務室で食事をとっているはずだ。と、そこでようやくリードは時間が正午を過ぎている事に気付いた。

「それは俺の台詞《せりふ》だ……それから話し方、元に戻ってる」

「ここには、他の方の目がありますから」

執務室で近しい側近たちの前ならば軽口を叩《たた》くことも出来たが、さすがに城内でそれをするのは憚《はばか》られた。ラウルと一緒に過ごすようになって改めて気が付いたのは、オルテンシアにおけるラウルを信奉する者の多さだ。氷のように冷たい高貴な美貌《びぼう》と、民に対する温情味のある姿勢は対照的に映り、その人気はどこか信仰のようにも見えた。側近たちは特にそれが顕著で、ラウルが雄弁に語るこの国の未来の姿に誰もが高揚感を持っているようだ。その点は、リードも感じている事ではあるので彼らの気持ちもまたわかった。

封建国家における国家君主にはカリスマ性が必要とされるが、ラウルはそういった意味でとても恵まれていた。ただ、ラウル自身は意識していないのだろうがその周囲の姿勢は、少しばかり危うくも見えた。

王権の強い国々では、良い意味でも悪い意味でも王の影響は強い。つまり王が間違った判断を行えば、その国は瞬く間に地上からなくなってしまう可能性が高いからだ。実際、歴史上には膨大な数の国が生まれ、滅んできている。ラウルの人間性からしても現時点では問題はないように見えるが、それでもリードの中では懸念材料になっていた。

ただ、だからといって周囲から尊敬されない王というのも困りものだ。だからこそ、ラウルへの信奉を崩さないためにも、たくさんの目がある場所における口調や態度はリードも極力気を使っていた。

「別に、誰がいるわけでもない。いつも通りでいい」

確かに、ラウルがいうように先ほどからここを通る者はほとんどいない。よく考えてみれば、この先には後宮があるのだし、城の者も滅多なことがなければ通らないだろう。

「じゃあ遠慮なく。いや、実は昼食を食べながらオルテンシアの文化についてセドリック殿下に教えようと思ってたんだけど、本の中で見た絵画が目の前にあるからもう、ビックリしてさ」

美術館などというものがないこの世界ではこういった文化を保護するのもまた王の仕事ではある。けれど、闇雲に揃えるだけではなく、日の光にさらされないよう注意するといった細やかな気遣いは、ここを作った人間の芸術への深い愛情が感じられた。

「ああ、母の趣味だ。元々城の倉庫で眠っていたものや、国のあちこちで保存されていたものを全て集めたらしい。随分金もかかったみたいだがな」

ラウルの口調は淡々としており、その言葉には冷たさすら感じた。そういえば、ラウルの口からは父であるリオネルの名前は時折聞かれるが、母であるレオノーラの名前が出ることは滅多にない。

ラウルの母であるレオノーラは、今は城内には住んでおらず、セレーノから一刻ほど馬車で向かった場所にある離宮で暮らしているそうだ。身体があまり強くないための療養だという話と、リオネル王との不仲が原因だという話はどちらも聞いたことがあった。

「王妃様、素晴らしい趣味を持ってらっしゃるんだな。これだけたくさん揃えるの、大変だったと思うよ」

リードが言えば、ラウルは僅《わず》かに顔を曇らせた。

「よくわからん。母とは、会話という会話をしたことがないからな。息子の俺から見ても美しい人だとは思うが、それだけだ。オルテンシアに嫁ぐのにも不満があったようだし、この国への愛着もないんだろう」

王妃としての役割を果たさないレオノーラに対するラウルの言葉は、どこか辛辣《しんらつ》だ。まるで、実の母に向けられたものとは思えないくらいに。

「違う……逆だと思う」

即座に否定したリードに、ラウルは腕組みしたまま片眉《かたまゆ》をあげた。

「ここにある絵はみな、オルテンシアだけに見られる伝統的な技法によって描かれたものだ。宗教画から、合戦の様子を描いた画、聖母子像もそうだし、あと調度品だってオルテンシアの一地方でしか作れないものだよ。むしろ、オルテンシアへの愛情がなければとても揃えられないものだ」

アローロの王宮にいた頃もいくつもの絵画を見たが、ここにあるのはオルテンシア独自のものであることはリードにもわかった。おそらく、専門家が見ればさらにその差は顕著だろう。

「殿下からすると、文化なんて軟弱で、国にとってそう価値のないものに映るかもしれない。確かに、美しい絵画があったからって人のお腹は膨らまない。だけど、見た人間の心は動かされる。何より、この絵には何百年も前にオルテンシアの人々が生きた証《あかし》が描かれてる。文化を守るのだって、王族の大切な仕事だと思うよ。それだけ王妃様は、オルテンシアに深い愛情を持ってるんじゃないかな」

何より、この絵画が飾られてある場所だ。本来こういった貴重品の数々はもう少し人の目につく、国賓を招くような場所にあってもいいはずだ。けれど、どちらかといえばこの場所は人通りも少なく、それこそ後宮を頻繁に通るものでなければ見ることが出来ない。

城の中で後宮へ向かう事が許されるのは、王と王太子だけだ。これを、誰のためにレオノーラが用意したのか。それを考えれば、レオノーラが我が子であるラウルに対して無関心であるはずがないことは明らかだった。

「そう、だったのか。母とは、ここ数年はほとんど口もきいていないが、今度会った時に聞いてみるのもいいな」

リードの言葉を受け入れながらも、ラウルはどこか戸惑ったようにそう言った。もしかしたら、この親子は長い間すれ違ってきているのかもしれない。

ラウルは目の前の絵画を見つめながらも、どこか思案しているようにも見えた。

「あ、そろそろ行かないと。昼食の時間がなくなる」

随分長居をしてしまった事に気付いたリードは、慌てて踵《きびす》を返そうとする。しかしその前に、ラウルによって呼び止められた。

「リディ」

「はい」

「あ、その……お前」

先ほどまでとは違い、口ぶりの重たいラウルをリードが訝《いぶか》しげな目で見る。

「お前、恋人がいるって本当か？」

突然のラウルの問いは想像すらしていなかったものので、リードはそれこそきょとんとその場に立ち止まってしまった。

「は？」

「いや、だから。アデリーノが言っていたんだ。フィータを見て、お前が懐かしそうにしていたと」

ラウルの説明により、ようやくリードは思い出した。そういえば、少し前にアデリーノとそんな会話をしたような気がする。

「違うよ、恋人はいない。ただ昔、フィータに憧《あこが》れてた時期があったのを思い出しただけ」

笑ってごまかしたものの、リードは小さく残る胸の痛みを思い出していた。

「俺、フィータをつけたことがないからさ」

リケルメがリードの案を取り入れてくれ、王都ランツェで王宮主催による初めての祭りが開かれた時の事だ。祭りの無礼講ということもあったのだろう、番兵に囲まれながらも一度だけ、これといった変装もせず、リケルメと一緒に城下を歩くことが出来た。公式な場ではないとはいえ、リケルメの隣に立つのは常に王妃であるマリアンヌだったこともあり、初めての経験がとても嬉《うれ》しかったことをよく覚えている。

華やいだ空気に気持ちが高ぶっていたこともあり、それほど値の張らないものをいくつか買ってもらったりした。リケルメはそんなものが欲しいのかと首を傾げていたが、それでもリードから何かを要求されることが滅多にないこともあり、満更でもない表情をしていた。

その時に、リードの目に留まったのが、フィータだった。王都でも評判の店のようで、店の前にはたくさんのカップルたちが並んでいた。男女の姿が多かったが、中には男同士や女同士で買おうとしている者も多くいた。並べられたたくさんのフィータを見ながら、それぞれとても楽しそうにしていた。

「欲しいのか？」

リードの視線に気付いたリケルメが、立ち止まった。

「え、あ……うん」

少し恥ずかしそうに言えば、リケルメが可笑《おか》しそうに言った。

「なんだ、お前がこういった物を欲しがるなんて珍しいな。俺も同じのを買うか。どの色がいい？」

リケルメが、店の方へと近づく。つられるように、リードも足を進めたが、そこではたと気づく。以前、宗教学の本で読んだことがあった。本来のフィータは、神の前で誓い合った夫婦が身に着ける宗教的な趣が強いという事を。結婚を約束した恋人同士や、夫婦が互いに同じデザインを持つのもその名残で、互いへの永遠の愛を約束してつけるものだと書かれていた。神の前で誓い合う、つまり結婚した夫婦。それは、リケルメにとってはマリアンヌであって、自分ではない。

リードは、慌ててリケルメの服の裾を引っ張った。

「待ってリケルメ、やっぱりいいや。俺、ずぼらだからなくしちゃいそうだし」

リードがそう言えば、既に買うつもりになっていたリケルメは顔を顰《しか》めた。

「なんだ、別になくしてもまた新しいものを買ってやるぞ」

「いや、本当にいいから！　それより、あっちに古文書がたくさん売ってるのが見えたんだ。そっちの方が気になる！」

腕を掴《つか》み、そのまま通路の方を指差せば、リケルメは苦笑いを浮かべながらもリードの方へついてきてくれた。歩みを進めながらも、こっそりと店の方を後ろに見る。先ほどまでは微笑ましく感じた店に並ぶカップルたちが、とても眩《まぶ》しく見えた。同時に、彼らと自分の違いを改めて実感した。

「フィータを、一緒に着けたいと思う人物がいたということか」

黙り込んでしまったリードに、言葉を選ぶように、ラウルがそう口にした。

「昔の話だよ、若い頃の思い出ってやつ」

沈んだ気持ちを誤魔化すように、リードが笑顔を作った。そう、全ては過去の事だ。

完全に忘れる事など来る日はないだろうが、それでも以前に比べれば胸の痛みだって少なくなった。時はゆっくりと流れ、確実にリードの傷跡は癒えてきている。

「それより、殿下も早く戻らないと昼御飯を食べられなくなるよ」

今日も午後からしっかり仕事をしてもらうんだからさ、とリードは悪戯っぽく笑って今度こそ後宮へと戻ろうとする。

けれど、その前にラウルの掌《てのひら》によって掴まれた腕が、リードの行動を阻んだ。

「俺では、ダメか？」

「……はい？」

どこか苦し気な表情でそう口にしたラウルの言葉の意味が、リードにはわからなかった。

「俺では、お前がフィータを渡そうとした人物の代わりにはなれないか？」

耳に入ってくるラウルの言葉を、リードはただ呆《ぼう》然《ぜん》と聞いていた。腕に伝わるラウルの体温が、ひどく熱かった。

◇◇◇

真剣な眼差しで、ラウルが自分を見つめている。こんな状況ではあるが、やはり整った顔立ちをしている、とリードは思った。

「え？　あ、えっと、あの。それって、どういう」

咄嗟《とっさ》に、はっきりとした言葉が出てこなかった。それくらい、ラウルの発言はリードに強い衝撃を与えた。

フィータを渡そうとした相手の代わりになれないかと、ラウルは言った。それのもたらす意味はわかるが、ただラウルはどういうつもりでそう言っているのかはわからなかった。リードの、勝手な思い過ごしかもしれない。

「好きなんだ、お前が」

けれど、ラウルはそんなリードの心境を察したように、畳み掛けるように言葉を続けた。

「いつの頃からか、気が付けばお前の事ばかり考えている。最初は、自分の気持ちが分からずに苛《いら》立《だ》っていたが、やっとわかったんだ。お前に話しかけられると胸が高鳴る。困っていると何かしてやりたくなるし、お前の笑った顔を見ると嬉しくなる。それが俺に対してだと、一層」

「ちょっ、えっ」

顔から、今にも火が出そうだった。そんな心境を、初めてリードは味わっていた。

常日頃から率直な物言いをするラウルらしい言葉ではあるのだが、今日はいつものそれとはわけが違う。自尊心が高く、己の意志をしっかり持っているラウルは、リードの意見に対しても疑問点や不満な点があれば必ず言及してくる。時には、意見が対立する事だって珍しくない。

ただ、納得さえすれば受け入れる素直さは持っているし、リードだってラウルの意見を聞き入れる事もある。少し斜《はす》に構えたような見方をすることもあるが、性根の部分は真っ直ぐで気持ちの良い性格をしている。つまり、このラウルの告白は冗談で行われているものではなく、心からの本気であるということだ。

「そ、そんな事突然言われても」

告白を受け入れるかどうかなんて、それ以前の問題だった。それくらい、リードの頭の中は混乱していた。

「最初に会った時の態度を考えても、お前が俺に対してあまり良い感情を持っていない事はわかっている」

「あ、いやそんな事は」

確かに、最初の印象は最悪なものではあったが、今のリードはラウルに対して特に悪い感情は持っていない。恋愛感情はさすがに考えたことはなかったが、好ましくは思っている。毎日のように顔を合わせている事はもちろん、今のリードはラウルの理想とする国作りを助けているのだ。嫌悪する人間に対して、わざわざそんな事をするほどリードはお人よしではない。ただ、今それを言うのはどうも憚られた。

目の前のラウルはどこか苦しげに眉間《みけん》に皺《しわ》を寄せており、伏し目がちだ。長い睫《まつげ》が陰影を作っており、悩ましげなその表情は、いつもの高圧的な姿からは想像がつかない。

「どんなに後悔しても、過去を変えることは出来ない。自分でも、都合が良い事を言っているのはわかってる。それでも、やっぱりお前の事が好きで、諦《あきら》められない。だから、出来ればお前にも俺を好きになって欲しい。俺の隣に、いて欲しい」

「け、けど」

「答えを急がせるつもりはない」

リードの言葉を阻み、熱を孕《はら》んだ瞳《ひとみ》で尚もラウルは続ける。

「俺はお前より年下だし、お前の方が視野も広ければ見識だって高い。お前にしてみたら、俺なんてセドリックとそう変わらない子供にしか見えないかもしれない。だけど、いつかお前に頼りにされるような男に、お前が仕えていて誇れる王になりたい。だからリディ。俺を、一人の男として見てくれないか」

決して否とは言わせない。それくらいの気迫が、ラウルにはあった。

「わ、わかった……」

リードが頷《うなず》けば、ラウルはようやく気持ちが落ち着いたのか、幾分穏やかな表情になった。

「ありがとう、リディ」

掴んでいたリードの腕を放すと、少し腰を低くしたラウルが、そっと触れるだけのキスをリードの手の甲へと落とす。瞬間、慌てて手を引っ込めてしまったリードは、顔を真っ赤にする。ラウルが可笑しそうにそんなリードを見つめてくる。

「お前のそんなに驚いた顔を見るのは、初めてだな」

そして、そのまま踵を返し、真っ直ぐに自身の執務室へ向かって行った。悠然と歩くその姿は、いつも通りのラウルのものだった。

オルテンシアの文化では、男性が手の甲へキスをすることは相手への敬愛を表すためのものだとされている。王太子であるラウルは、滅多な事がなければそれをする相手はいない。それこそ、外交の場における他国の王妃相手くらいであろうか。そういったこともあり、ラウルのキスからは、性的な匂いは一切感じなかった。

リードはラウルに口づけられた自身の右手を改めて見つめる。最近ずっと羽ペンを持っているためか、少しだけペン胼胝《だこ》が出来てしまっている。荒れているわけではないが、普通の男の、文官の手だろう。

全く、王太子が簡単に腰を下げるべきではないと呆《あき》れた気分になりつつも、ほんの少し、僅《わず》かではあるが自身の中にあった嬉しいという気持ちに、リードはそっと蓋《ふた》を閉めた。

「リディ先生」

少年特有の高い声に呼ばれ、リードはハッとして我に返る。目の前には、大きな瞳で心配気にこちらを見るセドリックの姿があった。自身の手に握られているのは、ナイフとスプーン。そこでリードは、ようやく自分が昼食の最中であるという事に気が付いた。

「あ、ごめんなさいセドリック殿下」

慌てて、出されたパイへ十字に切り込みを入れる。

今日の昼食のメインはシチューのパイ包みだった。

前世に学んだ近世の食生活に比べてもこの世界の食事は恵まれている。教会にいた頃はさすがに野菜中心だったが、城で仕事をするようになってからはアローロにいた頃ほどではないが、豪勢な食事を食べさせてもらっていた。

今日はセドリックと一緒のメニューが用意されているが、昼食という事もあり食べきれぬ量ではなさそうだ。クリームシチューの中に入っているのも鶏肉であるため、それほど重たくもない。再び食事を始めたリードにセドリックも安心したのか、同様に手を動かし始めた。

「大丈夫？」

「え？」

セドリックの隣に座っていたナターリアが、気遣わしげにリードへと視線を投げかける。栗色の巻き毛を高い位置で結い上げているナターリアは、顔立ちこそ派手な美人ではなかったが、優しい雰囲気の可愛らしい女性だった。

生家はオルテンシアの大貴族で、父は大臣をしているそうだがそれを鼻にかけるような様子も全くない。リードに勉強を教わるセドリックの事も、部屋の隅でいつも優しい眼差しで見守っていた。

「ええっと、差し出がましい事を言っていたらごめんなさい。リディさん、王太子殿下と何かあった？」

突然のナターリアの言葉に、リードは一瞬手に持っていたスプーンを落としそうになる。周りに人はいなかったと思ったが、まさか先ほどのラウルとのやりとりを見られていたのかと、内心慌てた。

「な、何かとは？」

「それが、王太子殿下もこちらで食事を一緒にとるはずだったのだけど、結局自室でとることにしたらしくて。その、だから」

ナターリアは、喋《しゃべ》りながらも慎重に言葉を選んでいるようだった。

「王太子殿下に、何かきついことを言われたんじゃない？」

労《いたわ》るように、ナターリアがリードを見つめる。そこで、ようやくリードはナターリアが何を心配しているのかわかった。おそらく、一緒にとるはずだった昼食をラウルが変更した理由に、ラウルとリードの間に何らかのトラブルがあったのではないかと思われたようだ。

「いいえ、そんなことはありませんよ」

ラウルの名誉を守るためにも、リードは否定するように首を振った。トラブルどころか、愛の告白をされたとは、ナターリアも夢にも思わないだろう。

「そう、ならいいけど」

リードの言葉に、ナターリアはホッとしたようだった。

「その、リディさん。初めて王太子殿下と会った時のことは、セドリックからも聞いているし、あの件に関しては、貴方にはとても申し訳なかったと思うんだけど」

スプーンを置いたナターリアが、リードへと視線を向ける。

「だけど、出来れば王太子殿下の事は嫌いにならないであげて」

それはまるで、懇願するような眼差しだった。

「あの方は、はっきりとした物言いをされるし、自分にも他人にも厳しい方だから、なかなか理解されないのだけど、本当はとても優しい方なの。だからか、セドリックの事に関しては、必要以上に気負いすぎてしまっていて。フェルディナンド様が亡くなった理由も自分にあると思っているみたいで……」

セドリックが隣にいる事もあるのだろう。それ以上はナターリアも続けなかったが、フェルディナンドの死にラウルが責任を感じている事はリードも気付いていた。

「でもね、そんなセドリックの家庭教師に貴方を強く推薦したのは、王太子殿下なの。ごめんなさい、最初にセドリックが貴方を希望した時には、私反対してしまって。その、出来ればこの子には専門の教師から学んでほしくて」

「いえ、大丈夫ですよ」

セドリックは曲がりなりにも、王位継承権第二位を持っている。そんな王子に対して、素性すらはっきりしない、どこの馬の骨ともわからない人間を教師にする事への不安はあって当然だ。

「だけど、王太子殿下が言ったの。貴方なら絶対に大丈夫だって。セドリックにとって貴方ほど良い教師はいないって」

ラウルが、セドリックの事をとても大切にしている事はわかっている。そんなラウルが強く勧めていることもあり、最終的にナターリアも納得したのだという。

「でも母上、最初にリディ先生を家庭教師にと希望したのは私です」

二人の話を黙って聞いていたセドリックが、自らの存在を主張するように口をはさむ。ナターリアとリードは目を合わせると、同時に小さく噴き出した。

「そうだったわね」

「はい、セドリック殿下にそう言って頂けて光栄ですよ」

にこにこと笑う二人にそう言われれば、セドリックは少し照れたようにはにかんだ笑顔を見せた。

「安心してください、ナターリア様」

再び、手にスプーンを持ったナターリアにリードが言う。

「王太子殿下のお人柄に関しては、私も少しずつですがわかってきています。難しい方だとは思いますが、嫌いになったりしません」

「そう、ありがとう」

ナターリアは、リードの言葉に安心したように微笑んだ。

「だけど、本当にセドリックの教師にリディさんを選んで正解だわ。授業に関してはもちろん、テーブルマナーまで完璧《かんぺき》なんですもの」

リードの手元を見てそう言ったナターリアの言葉に、一瞬リードは言葉に詰まった。ナターリアのそれは何気ない一言で、決して詮索《せんさく》するようなものではない。けれど、あまりに自然なナイフやフォークの使い方は、一昼夜で身に付けたものではないことくらいわかるはずだ。

リードは曖昧《あいまい》に微笑み、礼を言った。同時に、まるで自身の立場を偽っていることで、皆を騙《だま》しているような感覚にふいに襲われ、罪の意識を感じた。

リードの過去やこれまでの経歴について、ラウルは勿論《もちろん》、他の側近たちから聞かれた事は一度もなかった。おそらく、ラウルがあらかじめ口止めしてくれているのだろう。

リードも自分から口に出して言った事はなかったが、それに関してはとても感謝している。

この世界に戸籍制度は存在しないが、一人の人間の出生から死までは全て教会によって管理されている。教会が持つ情報や権威は、王権の下にあるとはいえそれくらい大きい。現在のオルテンシアでのリードの立場が認められているのも、サンモルテ教会という後ろ盾があるからだ。

今の自分がアローロでどういう扱いになっている

かは、リードには知る由もない。逃げ出すような形でアローロを出てしまったリードだが、最初から出奔を企てていたわけではない。本来ならば、正規の手段をとって後宮を出るのが一番であることはわかっていた。

けれど、王宮にあった法制度に関する書物や過去の慣例に全て目を通したが、側室とはいえ後宮を出るのには、必ず王の許可が必要である旨は記されていた。もっとも書かれてはいるものの、これまでほとんどそういった例がないようだった。

王から後宮を出される側室は珍しくはなかったが、後宮から出ることを希望する側室はそれだけいないという事なのだろう。だから、王の方から放逐された場合の側室の身分の保証やその後の結婚に関する自由に関しては詳細に記されていたが、逆の場合に関しては全くと言っていいほど記述されていなかった。

本当は、きちんとリケルメと話し合うべきだった事は、リードもわかっている。ただあの時点で話したところで、リケルメはおそらく許さなかった。単純に、自身が追い出すならばともかく自分から後宮を出たいという側室は面白くないというつまらないプライド等ではなく。それくらいは、愛されていた自覚がリードにもあった。

それでも幾度も交渉を重ねれば、最終的にリケルメの方から折れてくれたかもしれない。もっと言うならば、もう少し時間が経てば自然とリードへのリケルメの関心もなくなっていったかもしれない。

実際、リードへの訪れが減ったわけではなかったが、リケルメは新しく入ってきた側室、レオンのことはとても気に入っていたようだった。

大事に育てられてきたのだろう。自由で奔放で、そういったところが我が儘《まま》だとも言われていたのだろうが、自分の気持ちに対してとても正直な少年だった。リードに対して敵愾心《てきがいしん》を見せることはなかったが、自身の宮を持つリードが羨《うらや》ましいと会えば口にしていた。

そして、リケルメの事を心から敬愛しているようだった。あれだけ純粋に好意を向けてくる相手を無下に出来ない気持ちは、リードにもよくわかった。

だからこそ、待てば良かったのかもしれない。リケルメの寵愛《ちょうあい》が、レオンへと移る時期を。

それでも、あの時のリードにはどうしてもそれが耐えられなかった。王の愛妾《あいしょう》という立場でしかなかった自分がそれを失った時に、何も持っていない事がわかっていたからだ。

リケルメの愛を失うのが怖かった。出来るならば愛されているうちに、リケルメの傍を離れたかった。

ただ、今となってはその選択が正しかったかどうかもわからない。

ラウルの告白は、単純に嬉《うれ》しかった。考えてみれば、純粋な告白をされたのはリードとしては初めての経験だった。いや、あれほどまでに熱烈な告白をされた事は、前世でもなかった。

直人が付き合っていた彼女は相手からの告白だったが、もっと軽い、あの平和な時代にありがちな、お遊び程度の感覚だった。それでも当時の感覚では互いに真剣だったし、直人も十分幸せを感じていた。

けれどこの世界は、あの時代とは全く違う。戦争こそ起きていないが、それだってほんのひと時の間だけだ。軍人気質であるラウルの言葉が率直なのは、それだけ自身の生に対して真摯《しんし》に向き合っているからだろう。ストレートな物言いはきつく感じる事も勿論あるが、リードとしては潔くて好ましく思っていた。

生き急いでいる、というわけではないのだろうが、大切な人の死を経験している事もあるだろう。後悔のないように、自分の気持ちに正直に生きているのだという事はわかった。

そんなラウルだからこそ、あの告白はとても真っ直ぐで、純粋なものだった。多分、自分が何も知らない少女だったら、すぐに恋に落ちていただろう。それくらい、ラウルの告白はリードの気持ちを揺さぶるものだった。

けれど、ラウルは王太子だ。行く行くはこの国の王となり、新しい時代を築く人間だ。

どんなにリードを愛してくれたとしても、身分の差もあれば、リードにはラウルの子は産めない。隣に立つ王妃が、ラウルには必要だ。かといって側室になるつもりは、最初からなかった。

この世界における一夫多妻を自分が受け入れられない事は、リケルメの後宮にいたことで既にわかっていたからだ。ラウルの気持ちは嬉しいが、リードにはそれを受け入れる事は出来ない。たとえ自分がラウルを好きになったとしても、後々苦しむ事は容易に想像が出来る。

そもそも今のところ露顕してはいないが、このまま政局に関わりつづければいつか自分の正体だって知られてしまうだろう。アローロと友好関係にあるオルテンシアにとって、それが大きな重荷になる可能性だってある。

タイムリミットは、刻一刻と迫っているのかもしれない。いつかは、ラウルの傍を離れなければならないのだろう。

だけどそれでも、許されるならば。

もう少しだけこのままでいたかった。

◇◇◇

月曜の朝。

マザーと共に教会の門に向かえば、長身の人影が見える。直立不動で真っ直ぐに背中を伸ばしている

その姿に、リードとマザーは思わず顔を見合わせた。

「おはようございます、ラウル殿下」

少ししゃがれた、優しいマザーの声に、ラウルが振り返る。

「おはよう。朝から精が出るな、マザー」

そう言いながらも、ラウルの視線はマザーではなく隣に立つリードの方へと向けられる。視線を感じたリードは小さくため息をつくと、真っ直ぐにラウルの方へ足を進めた。

「おはようございます、それはこちらの台詞《せりふ》ですよ殿下。……迎えは不要だと、申し上げたはずですが」

「言われたが了承した覚えはない」

素知らぬ顔で返され、リードは思わず額に手をやった。金曜の夜に城を出て週末を教会で過ごし、月曜の朝に城へ戻る生活をリードがするようになり、既に半年が経とうとしていた。

朝が早くて大変だろうとマザーは日曜の夜に戻る事も勧めてくれたが、リードとしてはなるべく教会の活動に参加したかった。

その中でも朝早くから行う教会中の掃除を、リードはサンモルテに住み始めた頃からの日課にしていた。初めの頃、何もできなかった自分が、唯一出来るのが掃除を手伝うことだったからだ。ごしごしと無心で床を磨くことにより、あの頃胸の内にあった鬱々《うつうつ》とした思いや悩みも消えていくような気がした。

かつてのヨーロッパにおいてもそうであったように、この世界における教会の役割はとても大きい。

子供が産まれれば教会へ行き、結婚すれば教会で祝われ、そして人生の最後もまた教会でたくさんの人々に見送られる。人々の生活に密着している教会にいれば、たくさんの人の話も聞くことが出来た。

また、週末はリードが教会に戻っている事を知っているため、いつも以上にたくさんの人がリードの顔を見にやってくる。

ラウルが後任にと派遣してくれた教師が優秀なのだろう、リードが教え始めた頃は読み書きがおぼつかなかった子供たちが、今では簡単な手紙を書いてくれたりもする。

教会に戻った時くらいゆっくり身体を休めるよう

マザーは言ってくれるが、子供たちとの交流を通してリードは自分が今何のために働いているかを再確認する事が出来た。

城での仕事は基本的に執務室で行われるため、末端の国の人々の生活は見えにくい。数字や文字だけでは見えない事が、子供や街の人々と触れ合うことで見えてくる。

リードが城で仕事を始めたことも知っているようだが、それが原因で皆の態度が変わる事もない。優しい人たちに囲まれて、自分はとても幸せだと思った。だから、リードは教会で過ごす時間をとても大切にしていた。

「一体何時に起きたんですか？　何度も申し上げておりますが、城まではゆっくり歩いても一刻もかからないんですから、私一人で平気です」

初めの頃は、リードが教会へ戻る時には城から護衛の者がついてきて、城に帰る時には一人だったのだが、いつの頃からかどちらにもラウルが付いてくるようになっていた。

「俺だって何度も言っているが、朝が早いのはいつものことだし、部屋の中にばかりいては身体の動きも鈍る」

「時間があればすぐに訓練場で兵士に交じって剣を振っておられる殿下が、何を言ってるんですか」

「毎日というわけでもないだろう。だいたいずっと城の中にいては、見えるものも見えてこないじゃないか」

「そのために側近である私たちがいるんです、王太子殿下は城の中でドンと構えて下さっていていいんですよ」

「自分の目で見る事だって時に大事だ」

「それは、そうですが」

その時々でニュアンスこそ違うが、毎週のように交わされる二人のやりとりを、マザーは微笑ましく見守る。

いつもはラウルがリードに言いくるめられている

のだが、今日はラウルがやや優勢のようだ。

もっとも、たとえ言い負かされたとしても翌週には結局ラウルがリードを迎えに来るのだが。最初の頃はどこかぎこちなく、気がかりに思っていたが、今ではマザーから見ても軽口を叩《たた》きあえるほどに二人は打ち解けていた。

「さあ、そろそろ出かけないと始業の鐘に間に合わなくなってしまいますよ」

マザーがそう言えば、二人の視線が同時にマザーの方へと向けられた。決まり悪そうにするラウルに対し、リードは慌ててマザーに向かって頭を下げた。

「行って参ります」

「はい、行ってらっしゃい」

マザーが見送れば、リードが笑顔で手を振る。隣に立つラウルは、そんなリードに優しい、愛しげな眼差しを向けている。歩き出した後も何かしら言い合いをしている二人を、マザーは微笑みながら見送った。


城下の中心部にあるサンモルテ教会から城までの距離は3マイルほどあるが、裏通りにさえ入らなければこれといって危険な場所はない。メインの大通りの店は開店準備を始めており、歩いているとあちらこちらから良いにおいがしてくる。

城で出される料理は勿論美味《うま》いが、こういった大衆向け料理の美味《おい》しさを、リードはオルテンシアへ来てから知った。

鶏肉や牛肉は少ないが、豚肉はよく売られている。ソーセージに似たバウトと呼ばれる豚肉は王宮や城でも出されたが、いつも切れ目が入れられていたため、思いっきりかぶりつくという食べ方を生まれて初めてリードは経験した。

「腹が減っているのか？」

あまりに、食べ物屋ばかり見ていたからだろうか。隣を歩くラウルに聞かれ、リードは慌てて首を振る。

「ちゃんと食べてきたよ。殿下こそ、食べる時間あった？」

「事前に伝えてあるからな。部屋まで運ばせた」

城の厨房《ちゅうぼう》の朝は早いが、王族の料理は全て料理長によって作られているはずだ。人のよさそうな初老の男性の姿を思い出し、少しばかりリードは同情した。

「さっきも言ったけど、本当にわざわざ迎えに来てくれなくて大丈夫だよ。朝は人通りも多いんだし、子供じゃないんだからさ」

リードが言えば、ラウルがムッとしたように眉間《みけん》に皺《しわ》を寄せる。

「夜ならともかく、明るい間の城下の治安が悪くない事くらいわかってる」

「だろ？」

「だけど、この時間くらいしかないだろ？　お前と、二人きりになれる時間は」

ストレートな物言いに、リードの表情が固まる。

「どうしても迷惑だと言うなら、やめてやってもいいが」

言葉こそ不遜《ふそん》だが、どこか拗《す》ねたような口調だった。

「迷惑じゃないよ。……いつもありがとう」

頬に熱が溜《た》まるのを感じながらリードが言えば、ラウルが口の端を上げた。無表情、とまではいかないが感情を表に出すことが少ないラウルだが、リードの前ではその仮面も剥《は》がれる。明らかに機嫌のよくなったラウルに、リードはなんだかくすぐったい気持ちになった。

ラウルに想いを告げられてから既に数カ月が経っていたが、表面上ラウルの態度が大きく変わる事はなかった。告白された当初こそ少し身構えていたリードだが、ラウルの変わらない様子もあり、これまでと同じようなやりとりが出来ている。それだけ見ていれば、あの告白などなかったかのようにも思えたが、時折向けられる熱い視線や、言葉の端々からラウルの気持ちはまざまざと感じられた。それを嬉しく思う気持ちもあったが、ラウルの思いに応えられない自分を申し訳なく思っていた。

「それより、今日の午後の予定を覚えてる？」

「ああ、例のリサーケ同盟の盟主が来るんだったな」

「うん。俺一人だとやっぱり信用が低いと思うから、出来れば殿下も一緒に」

「勿論《もちろん》、同伴する予定だ」

リードの言葉を遮るように、ラウルがしっかりと口にする。

「そ、そう」

「あまり良い噂を聞かない奴だから、出来ればお前とも会わせたくないんだが。全くサビオラの奴」

舌打ちするラウルに、リードは苦笑いを浮かべた。

ラウルの目指す改革に向け、リードは少しずつ下準備を行っていた。農地改革はもちろん、教育、医療、軍事と様々な分野に幅広く手を付けてきたが、やはり一番の課題となったのは財政面の問題だった。

商業国家であるオルテンシアは経済面において裕福な国ではあるが、大規模な改革を行うのにはやはり莫大《ばくだい》な資金が必要になる。国の予算を締め付けるといっても限度があるし、あまりに急速な変化は貴族の反発を招きかねない。

増税も考えたが、地方によってはギリギリの財政状況のところもあり、期待できそうになかった。

そこでリードが考えたのが、国内外にいるオルテンシア商人の協力だった。

世界を股にかけるオルテンシア商人は、国の内外を問わずあらゆる場所で活躍をしている。自由な経済活動を行う彼らは潤沢な資金を持ち、リサーケ同盟というある種の多国籍企業の体をなしている。

そしてその中心になっているのが、同盟の盟主であるフェリックス・リサーケだった。

オルテンシアに生家を持つフェリックスは元々は貴族の三男坊だが、貴族社会を嫌い、受け継いだ父の遺産で貿易会社を立ち上げた。この十年でその規模を拡大していき、ついには大陸で一番の豪商にまで昇りつめた。

そして、今回リードが国の財政への資金協力の相手として注目したのが、ちょうどオルテンシアに戻ってきているというフェリックスだった。

なお、ラウルは家督を継いだ兄の方へ声をかけたのだが、弟は自分のいう事など絶対に聞かないと青い顔をされた。

それでは、と側近の中では交渉術に長《た》けているサビオラをフェリックスのもとへ向かわせたのだが、門前払いを二度ほどくらい、ようやく会えたものの話を聞いてもらえたのはさらに日を改めてからだった。

そしてその後も、結局フェリックスが話を聞きいれてくれることはなかった。困り果てたサビオラがリードへと泣きつき、結局ラウルの名でフェリックスを城へと招くことになったのだ。


側近としてラウルの仕事を手伝いながらも、リードは決して表に出ることはなく常に裏方に徹していた。

それぞれが皆優秀であるため、助言さえすれば期待以上の働きをしてくれた。自分がいなくなってもラウルの改革が頓挫《とんざ》することのないよう、リードは彼らが自身の頭で考え、結果が出せるように働きかけていた。ただ、今回ばかりは自分が表に出るしかないようだ。

貴族とはいえ、海と陸の荒くれものを取りまとめているフェリックスは柄の良い男とは思えなかったため、リードが交渉することにラウルは難色を示したが、最終的にはリードの意見を聞き入れてくれた。

午前のうちに一日の仕事を出来る限り済ませ、リードはいつもの軽装ではなく黒に刺繍《ししゅう》が施された正装へと着替えた。機能性を重視しているため、城にいる時にはズボンにブーツ姿でいることが多いが、さすがに客人の前では失礼になるだろう。

少し伸びた髪を結い、姿見にうつったふわりとした裾《すそ》の長い服に懐かしさを感じる。文官が着るものよりもやや華やかなつくりになっており、着慣れていないと少々歩きづらい。ただ、リードは十年以上着ていたこともあり、特に不自由は感じなかった。

そのまま執務室へとラウルを呼びに行けば、扉を開けた途端、部屋中の視線がリードへと注がれる。まるで時間が止まったように動きを止めた側近たちに、リードが首を傾げる。

「そ、その恰好《かっこう》で会うのか？」

ポカンとリードを見つめたままの側近たちの中で、初めに口を開いたのはラウルだった。

「え？　おかしい？」

久しぶりだったため、着方がおかしかっただろうか。

「おかしいわけない！　ただ、いつも通りの恰好じゃダメなのか？」

「いや、さすがにそれはまずいだろ。こっちは頼み事をする立場なんだから、きちんとした正装で出迎えないと」

数多《あまた》の資産を持っているとはいえ相手は一貴族で、身分的にはラウルの方が高い。けれど、だからこそ気を使わなければ相手は見下されていると思う可能性がある。

リードの言葉に、ラウルがギロリとサビオラにきつい視線を向ける。

「む、無理ですよ！　僕じゃあ手に負えないからリディさんにお願いしたんですから！」

リードをうっとりと見つめていたサビオラだが、ラウルに睨《にら》まれたことにより現実に引き戻されたようだ。

「そうだよ、それについては殿下だって納得しただろ。それより、もうリサーケさんも部屋で待ってるって話だしあんまり待たせたら怒って帰っちゃうよ」

ラウルが、渋々と椅子から立ち上がる。

ちょうどその横に立っていたマルクが苦笑いを浮かべ、ラウルの肩をポンと叩いた。

◇◇◇

フェリックスの部屋へと向かう道すがら、ラウルはちらりと横を歩くリードを盗み見る。

元々、きれいな顔をしている事は知っていた。初対面の時ですら、美しい顔にひどく不釣り合いな服装をしていたことで印象に残っていたのだ。けれど、リード本人は全くといっていいほど自身の外見には無頓着《むとんちゃく》なようで、奉仕作業の時でも顔が汚れる事すら気にしていないようだった。

それでも、泥だらけになりながらも子供たちに向ける笑顔は眩《まぶ》しくて、ラウルにはとてもきれいに見えた。だから、そんなリードが正装をすればいつも以上に華やかになるのは当然だった。

それでも、仕事とはいえそれが自分以外の男を持て成すためのものだと思うと、ラウルとしてはやはり面白くなかった。

国賓を迎えるために用意された部屋は、扉からして重厚な作りになっている。細かく装飾の入った取っ手を、リードがゆっくりと開けていく。部屋へと入れば、豪奢《ごうしゃ》な長椅子へと座った男が、ゆっくりと視線を向けてきた。

四十を少し過ぎたくらいだと聞いていたが、ラウルが想像していたよりもフェリックスは若く見えた。

長い癖のある赤毛に、眼差しこそ鋭いが、顔立ちも整っている。身体も鍛え上げられているようで、商人から想像する腹回りに肉のついた中年という姿からはかけ離れていた。

けれど、ふんぞり返って長い足を組んだその仕草といい、貴族の息子にはとても見えなかった。むしろ、派手な服装といい、近頃各国を騒がせている海賊のそれに近い。

「よお王子様。あんまりしつこいから、仕方なく来てやったぜ」

一応挨拶《あいさつ》のつもりらしいが、小馬鹿にしたようなその口調からは敬意は微塵《みじん》も感じられない。身分など関係ない、というフェリックスの強い意志が感じられた。

「ラウル・リミュエールだ。フェリックス・リサーケ、リミュエール王家は貴殿の訪れ、心より歓迎する」

ここで動揺するようでは、対等な交渉など行うことは出来ない。毅然《きぜん》とした態度で言い切ったラウルを、フェリックスが面白そうに見つめている。

そこで、ふとフェリックスの視線がラウルの少し後ろに立つリードへとうつる。その瞬間、先ほどまで口に湛《たた》えていたフェリックスの人を食ったような笑みが消え、大きく瞳《ひとみ》が見開かれた。

「リディ⁉」

フェリックスが、勢いよく椅子から立ち上がった。

「え？　フェリドさん⁉」

名指しにされたリードも、驚いたようにまじまじとフェリックスへ視線を向ける。

「なんだよお前、教会にいねーと思ったらこんなところで働いてやがったのか」

「フェリドさんこそ、商人っていってもしがない貧乏商人だって言ってたじゃないですか。しかも、偽名？」

「ははは、意外と敵が多い仕事だからな。それにしてもリディ、お前相変わらず別嬪《べっぴん》だな」

「褒めても何も出ませんよ。それより、バティは元気ですか？」

「ああ、でかくなったぞ〜。お前に会いたがってたぜ」

目の前で交わされる二人の会話を、ラウルは呆然《ぼうぜん》と見つめていた。

フェリックスからは、先ほどまでラウルに向けていた挑発するような雰囲気も一切なくなっている。挑発どころか、リードを見つめるその表情には人懐っこい笑みさえ浮かんでいる。

会話の流れからするに、二人が旧知の仲であることは察せられたが、それにしても距離が近すぎるのではないだろうか。リードは別に小柄というわけではないのだが、フェリックスの上背がある事もあり、先ほどからその掌《てのひら》でリードの髪をぐしゃぐしゃとかき回している。力を入れているわけでもない、乱暴な仕草ではないため特にリードは嫌がってはいないようだが、ラウルとしては見ていて気分の良いものではない。

そういった心境もあり、無意識のうちに視線が鋭くなっていたのだろう。ラウルの表情に気付いたフェリックスが、にいっと人の悪い笑みを浮かべた。

「悪いな王子様。久しぶりの再会に、つい嬉《うれ》しくなっちまってよ」

フェリックスがそう言えば、リードもようやっと今の状況を思い出したようで、ラウルの方を振り向いた。

「フェリドさ…じゃないフェリックスさんは、俺がサンモルテで教師をしていた頃の知り合いなんです。フェリックスさんの子供、バティって言うんですが、一年くらい授業を受けに来てくれたんですよ」

フェリックス・リサーケの名は大陸でも有名だが、その姿を知る者は多くない。

莫大な富を得ているという事は、それだけ敵も多いという事で、リードに本名を名乗らずにいたのもそういった理由からだろう。

けれど、不本意ではあるがリードとフェリックスが顔見知りであった事は、今回の交渉に大きな影響を及ぼす。合理主義者だと名高い事もあり、フェリックスが情に絆《ほだ》される可能性は期待できない。

ただ二人の様子を見ても、これまでのように門前払いという事はないだろう。

「フェリックス・リサーケ、既に聞いているかもしれないが、今回は折り入って頼みがあって来てもらった」

　ラウルが口を開いたことにより、フェリックスの表情から笑みが消えた。同時に、リードも口を閉じ、真剣な眼になった。

「ああ、わかってる。何度も小さいのにうろちょろされて、こっちもいい加減飽き飽きしてたんだ」

　小さいの、というのはおそらくサビオラの事だろう。

「話くらいは聞いてやるよ、王子様」

　ニヤリと笑ったフェリックスが、どかりと長椅子へと再び座った。

　ラウルは簡潔に、現在の国の財政状況をフェリックスへと説明し、さらに資金を増やす事で何を行いたいのかも伝えた。

　きれい事を並べたところでフェリックスが納得するとは思えなかったため、国に資金提供を行う事によってリサーケ同盟が得られる利益に関しても正確に説明する。

　例えば、これまでオルテンシア国内においてはそれぞれの商人があらかじめ決められた商品しか売る事が出来なかったが、今回の協力によりその制限を解くこと。

　さらに、貿易船にオルテンシア国旗をつけることにより、現在も商人の悩みの種の一つである海賊からの防衛を国軍が担う事、などだ。

　サビオラは既に説明したという話だったが、フェリックスは初めて聞くかのような表情をしていた。

「なるほど、こちらにとってもそれなりにうま味はあるってことか」

　さすが一代で豪商を築いた男だとでも言うべきか、ラウルの一度の説明でフェリックスは自身の利益について全て把握したようだった。

「ああ、そうだ」

　ラウルが言えば、フェリックスは少し考えるような素振りを見せたが、足を組み直して首を振った。

「ダメだな。なんか足りねえ」

「もう少し、利益が欲しいという事か？」

フェリックスの言葉は、リードもラウルもあらかじめ予想していた。最初からこちらのカードを全て出して交渉するのは、いくらなんでも無謀すぎるからだ。

「いや、そういうんじゃなくてよ。なんつーか」

首を傾げながらフェリックスがラウルへ、そしてその隣に座るリードの方へと視線を移していく。そして、リードの顔を見たフェリックスが何かを思いついたのか口の端を上げた。

嫌な予感を、ラウルは覚えた。

「そうだな、国を思う王子様の改革に、協力してやってもいいぜ」

見るからに上機嫌のフェリックスが、ラウルを見つめる。

「ただし、条件がある」

「……なんだ」

フェリックスに、自然とラウルが身構える。

「こいつ、リディを俺に一晩貸す事だ」

「なっ」

ラウルの瞳が、大きく見開いた。リードは、そんな二人の交渉を静かに見つめていた。

◇◇◇

部屋の中は、シンと静まり返っていた。ラウルは、ねめつけるようにフェリックスから視線を外さない。口元に笑みさえ湛えているフェリックスとは、対照的な表情だった。

フェリックス・リサーケとリードは、互いに知らぬ仲ではない。付き合いは一年足らずではあったが、その頃毎日バティの送迎に来ていたのはフェリックスであったため、会話をする機会は多かった。

他の子供たちの親は日中は働いている事もあり、滅多に授業を見に来ることはないが、フェリックスは暇さえあれば覗《のぞ》きに来ていた。時には重さのある教材を運ぶのを手伝ったり、授業で必要なものを寄付してくれたりもした。

本人はしがない貧乏商人だと口にしていたが、今思えばあれだけ日中ふらふらしていられたのだ。ある程度成功した豪商でなければ、不可能だっただろう。

商人の中には、自分が字を読むのが苦手だからと子供に学ばせたがる者もいたが、フェリックスはそんなこともなかった。授業中、リードがしてしまったミスを後でこっそり教えてくれたりもした。些細《ささい》なミスは、ある程度の知識がなければ指摘できないものだった。

そういった事からも、フェリックスがしがない貧乏商人、でないことは薄々感じていたが、まさか国一番、否大陸でも一番の豪商だとは思いもよらなかった。

ラウルは、未だ一言も発していない。フェリックスの性格を考えれば、彼の発言が本心からのものでないことくらいリードにはわかっていた。だからといって、冗談だろうと笑い飛ばせるような雰囲気でもない。それは、口を挟もうとしたリードを目線で制したフェリックスの態度を見ればわかる。

一見ふざけているようにも見えるが、フェリックスはリサーケ同盟の代表として王太子ラウルに問うているのだ。ここで自分が出しゃばってはどちらの顔も潰《つぶ》すことになる。とはいえ、リードとしてはラウルの反応が気がかりで仕方がなかった。

ラウルだって、子供ではないのだ。フェリックスの発言が色事を含んだものである事くらいはわかるだろう。察しの良いフェリックスの事だ、ラウルが何かしらの思いをリードに対して抱いていることは勘づいているはずだ。

だからこそあの発言なのだろうが、問題なのはラウルがそれに気付いているかどうかだ。

リードにしてみれば、莫大《ばくだい》なリサーケ同盟の富と自分の身体に等価値があるとは勿論《もちろん》思っていない。出自を問わず、人権が守られているような世界とは違うのだ。それこそ、奴隷制度こそなくなっているとはいえ明確な身分制度はしっかり存在している。

絶対王政下の国において国民に主権などなく、民は王の物だ。財政の立て直しに、フェリックスが協力してくれれば改革の半分は成功したと言っても過言ではない。自分の身体一つでどうにでもなることなら、リードとしても渡りに船だ。

ただ、それがフェリックスの満足がいく回答であるかどうかはわからない。ラウルだって、フェリックスの出した条件がつり合いがとれていないことくらい理解しているだろう。

おそらく、フェリックスはラウルを見極めているのだ。次期王であるラウルに、自分が出資し、仕えるだけの価値があるかどうかを。

微動だにしなかったラウルが、ちらりとリードの方へと顔を向けた。

決意を秘めたその瞳には迷いはなく、リードは安心させるためにもゆっくりと頷《うなず》いた。

ラウルとしては、告白した手前、一晩でもリードの身体を好きにさせるという事に抵抗があるのだろう。自分に向けられるラウルの真っ直ぐな気持ちを知っているリードとしても、ラウルの決断が辛いものであろうことはわかっている。

だからといって、背に腹は替えられない。

リードとしては、これだけラウルが逡巡《しゅんじゅん》してくれただけでも十分だった。本来であれば、国のためにリード一人の身体でどうにかなるのなら即決するのが国の指導者としての正しい姿なのだ。

元々軍人気質なのだ、それくらいのことはラウルだって気付いている。

ここまで時間をかけたのも、理性的にはわかっていたとしても、感情が追いつかなかったからだろう。

リードとしても、すぐさま即決されれば、仕方ないとはいえ何かしら思うところはあったと思う。

だけど、ラウルはこんなにも時間をかけてくれた。

それならば、国のために私情を挟まないラウルの選択に、リードは従おうと思った。

何より、ここで即座に結論を出していたら、フェリックスの性格を考えてもラウルに不適格の判定をするのは目に見えている。

きつい視線はかわらないまま、ラウルがフェリックスへと視線をもう一度向け直した。

「一応聞いておくが、その条件を変える気はないのか？」

「ないな」

可笑《おか》しそうに、フェリックスが言った。

「じゃあ、俺の出す答えも変わらない」

そこで、ようやくラウルの表情に余裕が出来た。

「交渉決裂だ。この話はなかったことにしてもらっていい」

「は？」

一瞬、ラウルが何を言ったのかリードにはわからなかった。フェリックスも同様で、まるで鳩が豆鉄砲をくったような表情をしている。

「リディ、帰ってもらっていいぞ」

もう用はないとでも言うようなラウルの言葉に、驚いたのはフェリックスの方だ。

「お前、自分が何言ってんのかわかってんのか？」

渋面を作るフェリックスを、ラウルがひどくわずらわしそうに見る。

「俺の言った条件さえ飲めば、リサーケ同盟がオルテンシアのバックにつくってことなんだぞ？　財力だけなら、アローロにだって引けを取らなくなる。この大陸の覇者になることだって夢じゃない」

とくとくと、それがいかに魅力的なことであるかをフェリックスが説く。

「その条件が飲めないんだ、仕方ないだろう」

けれど、ラウルは自身の答えを変えるつもりはないようだ。フェリックスが、馬鹿にしたような眼差しをラウルへと向ける。

「やっぱりガキだな王子様。別に寄越せと言ってるわけじゃない。一晩、たった一晩俺にリディを貸すだけで国庫がどれだけ潤うか、そんなこともわからないのか？」

「それがどうした」

ラウルの表情に、フェリックスの言葉に動じる様子は全く見られない。

「お前こそ、さっきから聞いてれば何を勘違いしてるんだ？　確かに金は必要だが、金さえあれば何もかもが手に入るとでも思ってるのか？」

フェリックスの眉間《みけん》に、僅《わず》かに皺《しわ》が寄る。

「金なんて集めようと思えばいくらでも集める方法はある。そんなもののために、リディをお前に貸すなんて、そんな馬鹿げた選択をするわけがないだろう？　だいたい、リディはものじゃない。貸すとか借りるとか、寄越すなんて言い方は二度とするな」

絞り出すようなラウルの言葉には、確かな怒りが感じられた。握った拳《こぶし》は、微《かす》かに震えている。返答に長い時間をかけていたのは、迷っていたからではない。ラウルは、怒っていたのだ。

「わからねえな」

フェリックスが、ふっと笑った。

「リディだって、別に生娘ってわけでもねーだろ？　どう思うよ？　この王子様の清廉潔白なご高説を」

事態を見守っていたリードは、突然フェリックスにふられ、すぐに反応することが出来なかった。

確かに自分は性的に未経験ではないし、それ以前に男であるのだから、女性ほど貞操にこだわる必要もない。ラウルの気持ちは嬉しいが、自分一人のためにリサーケ同盟との結びつきが作れないのは勿体《もったい》ない。

ただそれを口にしようとすれば、リードよりも先にラウルが答えた。

「過去は関係ない！　俺はこれまでにリディがどんな仕事をしていたとしても、気持ちを変えるつもりもなければ、見方を変えるつもりだってない！」

「殿下……」

「何かを成し遂げるためには、時に犠牲を払わなければならないことはわかっている。だけど、それでも俺にリディを売る事なんて出来ない。リディの誇りを傷つけることは、したくない」

最初こそ感情のままに言っているようにも感じたが、ラウルなりに考え、出した答えなのだろう。それを、ここで自分が否定するわけにはいかない。

ラウルは王太子で、次期国王だ。

そんなラウルが、フェリックスとの同盟を望んでいないのだ。ここは、ラウルの意志に従うべきだろう。

そう思い、リードが改めてフェリックスへ頭を下げようとした時だった。

「三十点」

ため息とともに、フェリックスがそう吐き捨てた。

「ったく、やたら時間かけてやがるからどんな回答が出てくるかと思えば、青くせえったらねえな」

フェリックスが、これみよがしに長い脚を組み直す。

「だいたい、一晩貸せとは言ったが別に抱かせろなんて一言も言ってねえだろ。バティも会いたがってるし、一緒に食事してくれって意味かもしれねえだろうが」

「そういう意味だったんですか？」

「いや、違うけど」

しれっとしたフェリックスの答えに、リードは面食らう。

「ただ、交渉次第でいくらでも折れてやる準備は出来てたんだよ。それをまあ、馬鹿正直に……。王太子の答えとしては、零点だ零点。ただ、清々しいほどに馬鹿だからおまけで三十点な」

唖然《あぜん》とフェリックスを見つめるリードに対し、隣にいるラウルの表情は引きつっている。

無理もない、これまで優秀だと誰からも絶賛されてきたのだ。真正面から馬鹿だと口にされるのも、初めての経験だろう。

「ま、王太子としては三十点だが、馬鹿は嫌いじゃない。あと、惚《ほ》れた人間を売るような奴は、いくら国のためとはいえ信用出来るわけがねえからな」

そこで、ようやくフェリックスが笑んだ。

「上等だ。協力してやるよ、ラウル殿下」

リードの表情がパッと華やぎ、横に座るラウルの方を向く。ラウルも驚いたように、リードの方を見た。

「ただし、殿下一人を信用したわけじゃねえからな。リディが殿下を信じて、仕えてるからこそ俺もあんたにかけてやろうと思っただけだ」

付け加えるようにフェリックスが言う。口ではそう言っているが、実際はフェリックスがラウルを認めたことにリードは気付いていた。

「それならそれでいい。フェリックス・リサーケ、国を代表して、心より感謝する」

ラウルが、フェリックスに対して真っ直ぐに腰を折った。フェリックスが、ニッと笑ってリードの方を見た。

ラウルの執務室に一人残ったリードは、何枚もの羊皮紙を読み返していた。

オルテンシアには形ばかりの議会が存在するが、召集されることはほとんどなく、ここ数年は一度も開かれていなかった。

政のほとんどが、王と側近である宰相や大臣たちによる会議によって決められているからだ。内政はもちろん、外交関係が比較的安定している事もあり、各地の領主からもこれといった不満は出ていないようだ。王権には絶対的な力があり、逆らう者はいない。

今回、数年ぶりに開かれる議会を召集したのはラウルだが、側近たちの間でもそれに関しては意見が分かれた。

議会を開いたところで、対立が表面化するだけで下手をすれば改革が膠着《こうちゃく》してしまう可能性がある。それならば、これまでと同じように会議によって決定し、改革を進めた方が効率が良いという意見も少なくなかった。

確かに、現王であるリオネルは人柄も穏やかで大人しく、会議においての発言権も既に王太子であるラウルの方が強かった。ラウルが会議で意見を押し切れば、表面上は逆らう者はいないだろう。

ただ、それはあくまで表面上の話だ。

王太子とはいえラウルはまだ若く、公の場で決めたわけでもない諸々の国政改革に逆らう者がいないとも限らない。今回の改革は、オルテンシアにおけるすべての人間の協力が必要だと、リードは考えていた。だからこそ、議会という多くの人間が集まる場で、承認を得る必要があった。

ラウルに協力すると決めてからのリサーケ同盟の動きは速く、翌日には何枚もの印を押した契約書が届けられた。国をよくしたいと思う気持ちは、フェリックスも同じなのだ。

議会の方へも、時間を見つけて参加してくれると言っていた。リードは小さくため息をつき、先ほどいれてもらった茶を口にした。既に冷めてしまってはいたが、かえって喉《のど》に心地よかった。

リードがティーカップをソーサーへ置いたのと、執務室のドアが開かれたのは、ほぼ同時だった。

「まだ、寝てなかったのか」

執務室へ入ってきたラウルが、驚いたようにリードを見た。

「議会まで、あんまり時間がないからさ。出来る事はやっておかないと」

「いくらなんでも根を詰めすぎだ、倒れたら元も子もないぞ」

そう言いながらも、ラウルは先ほどまでリードが書いていた羊皮紙を手に取る。

議会では、ラウルの側近たちがそれぞれの担当で答弁をすることになっているが、あれだけ大きな場所でいつも通りの応対をすることは難しいだろう。

　あらかじめ、されるであろう質問は予想がついたため、リードは出来うる限りそれらを整理しておいた。

　前世でも、大学卒業後に官僚となったサークルの先輩が、議員答弁を書いていると終電が毎回なくなる、と飲み会で愚痴をこぼしていたが。まさか転生して同じ経験をするとは思いもしなかった。

「見事だな」

　それに目を通したラウルが、呟《つぶや》いた。

「ありがとう」

　素直に、礼を言う。リードの事を好きだとラウルは言ったが、政務に関しては一切私情は持ち込まない。

　疑問点や問題点には誰よりも追及してくるし、その洞察力には内心リードも舌を巻いていた。それだけ、上に立つものとしての能力が備わっているということなのだろう。

「リディ」

「何？」

　羊皮紙を手にしたまま、ラウルがリードの方に視線を向ける。

「他の奴らも賛成してくれたんだが、お前、議会で発言する気はないか？」

「えっと……」

　リードも、議会には参加する予定だ。ただし、あくまでラウルや他の側近のサポートをするためだった。

「気持ちは嬉《うれ》しいけど、俺の出る幕じゃないよ」

　ラウルの側近として、最近新しくリードが加わったことは城の中枢にいる者ならばみな知っている。特にこれといった嫌がらせはされたことはないが、あまりよく思われていない事は、薄々リードも気付いていた。

　貴族でもない、教会上がりの人間がラウルの側近として名を連ねているのだ。面白くないと思う人間も少なくはなく、特に自分の息子が選ばれなかった高位貴族からの風当たりはきつい。

　自分は何を言われてもかまわないが、それによりラウルの評判を落とす事は、リードとしても不本意だ。

「お前が、あまり表に出たくないと思っているのはわかっている。だけど、お前がいなければ今回の議会の召集はもちろん、改革だって全く進めることは出来なかった」

　ラウルが、リードの手元に羊皮紙を戻す。

「昔から、よく言われていた。俺は威勢は良いけれど、常に大口ばかり叩《たた》いている。志が高くとも、内容が伴っておらず、常に夢みたいなことばかり言っていると」

「そう言ったのは、もしかして王妃様？」

「……よくわかったな」

　ラウルが、苦虫《にがむし》を噛《か》み潰《つぶ》したような顔をした。笑いを堪《こら》えていると、ギロリとラウルに睨《にら》まれた。さすが、母親だ。ラウル自身はわかっているかどうかはわからないが、レオノーラ王妃はラウルの事をよく見ている。

「でも、その殿下の夢を一緒に見たいと思ったから、俺もみんなも殿下についてきたんだよ」

　実際この半年あまり、リードはとても有意義で楽しい時間を過ごせた。ラウルとは大小問わず何度も口論をし、時に声を荒げることさえあったけれど、今となっては良い思い出だ。

　日が暮れるまで、他の側近の膨大な記録に付き合ったり、資料を探した事もあった。皆リードよりは少し年下ではあったが、同世代の人間とこんな風に関わるのは、初めての経験だった。

　本を読み、知識を蓄積する事しかしてこなかった自分が、こんな風に誰かの役に立てるとは思わなかった。

「まだ、始まったばかりだろう。そんな、これで終わりみたいな言い方するな」

「あ、うんそうなんだけどさ」

実際、これは改革の第一歩だ。

議会で承認されたとしても、大臣や各地の領主が動いてくれなかったら改革は行われない。ただ、議会すら開かれていない状況ではあるが、それでも大丈夫だと、リードは漠然と思っていた。

まだ不安定で、未熟なところはあるが、それでもラウルには人を引き付ける魅力がある。

全てがトントン拍子にうまくいくとは思わない。だけどラウルなら、必ず成功させることが出来るのではないか。たとえ自分がいなくなったとしても、ラウルと、彼らなら大丈夫だと。そう、リードは確信していた。

「リディ」

物思いに耽《ふけ》っていたからだろう。ラウルの声に、ハッとしたリードは顔を上げた。

「外、見てみろ」

大きな窓を、カタリと音をたててラウルが開いた。涼しい風が、ふわりと部屋の中へと入ってくる。

「うわあ」

窓を覗《のぞ》き込めば、そこには大きな満月が見えていた。天体に関しては、この世界と前世に生きていた惑星では違うのだろう。月の大きさも、こちらの世界の方が大きかった。

「きれいだな、月」

リードの隣に立つラウルが、ポツリと口にした。反射的にラウルの顔を見上げれば、驚いたような顔をされる。

「なんだ？」

「いや、なんでもないんだけど」

この世界では、月がきれいだというのが愛の告白だという逸話は存在しない。ラウルとしては意識していったわけではなく、単純に思ったままを口にしただけなのだろう。

ただ、その言葉の意味を知るリードは、自身の頬

が熱くなっている事に気付いていた。

「うん。きれいだね、月」

だからこそ、こっそりと口にした。

リードの口からは好意を伝えることは出来ないが、これくらいならば許されるだろうと。

◇◇◇

正装姿の男性に、ドレスアップした女性。テーブルのあちらこちらには、温かい料理が置かれ、使用人たちは慌ただしくワインや蒸留酒を運んでいる。

天井に煌《きら》めく蝋燭《ろうそく》のシャンデリアは、それらを色鮮やかに照らし出していた。

シントラ城が誇る花の間はその言葉のとおり、壁のあちこちに満開の花々の装飾が施されている。数代前の王が洒落者《しゃれもの》で、建築と構想に数十年をかけたものだ。何百人もの人間が一堂に介することが出来るため、社交好きの国王だった頃は毎日のように夜会が開かれていたこともあった。

現国王であるリオネルは気性も大人しく、社交的な場をあまり好まなかったこともあり、外国の国賓や王族の生誕祭等、年に数えるほどしか使われることはない。だからこそ、今回開かれた王太子主催の晩餐《ばんさん》に喜んで参加する人間は多かった。

部屋の片隅で、リードはきらびやかな男女の姿をどこか冷静な目で見つめていた。

当初は辞退する予定だったのだが、ラウルや他の側近たちに議会の成功の功労者として是非にと参加を乞われたためだ。その言葉はありがたかったが、リードとしては議会の成功はあくまで彼ら自身のもので、自分は陰ながらサポートしたに過ぎないと思っている。

なお、当のラウルはリードをエスコートするつもりだったようだが、勿論《もちろん》丁重にそれは断った。

今日の議会の成功の立役者は、間違いなくラウルだった。その後の晩餐なのだから、貴族や地方領主はみなラウルとの繋《つな》がりを作ろうとこれまで以上に必死になるはずだ。そんなラウルの隣に自分がいても、眉《まゆ》を顰《ひそ》められるだけで、邪魔にしかならないのはわかっている。

こっそりとラウルを見れば、地方の中で最も力を持った領主と談笑している。

アルバセート領主、セルビオ・マース。初老の髭《ひげ》の男性は一見気難しそうではあるが、オルテンシアへの忠誠心が強いことでは有名だった。

建国以来の家臣でもあり、ちょうどアローロ領とは一番離れていることもあって独立心も強い。

リオネルの代になってからは縁遠くなっているという話だが、どうやらラウルはセルビオの目に適《かな》ったようだ。

まだ二十歳を少し過ぎた若者ではあるが、体躯《たいく》に恵まれている事もあるのだろう。王者としての風格は十分にあった。

リードは先ほどまで行われていた議会の様子を反芻《はんすう》する。ラウルの提案に対し、貴族の中から選ばれた代表者や地方領主からいくつもの質問はあったが、あらかじめリードが予測していたものが多かったこともあり、皆怯《ひる》むことなく明確な言葉で回答してくれた。

手ごたえは十分あったが、決定打となったのはやはりラウルの演説だった。

演説、特に政治を行う上でのスピーチにはある程度コツがいる。前世では、そういった演説は心理的方面からも研究され尽くしていた。

音楽、頭に残りやすいフレーズ、抑揚をつけた喋《しゃべ》り方や身振り手振り、そして演説を行う時間帯。

直人は専門ではなかったが、何かの講義のレポートで各国の歴代大統領や指導者たちの名演説を訳し、その後の世界の動きをまとめた事があった。その際に、そういった演説の方法に関しての知識も多少学んだ。

今回行った演説も、内容こそラウルが考えたものだが、そういったノウハウを教えたのはリードだ。

ラウルが伝えたい言葉は、何度も繰り返す。話し方も単調にするのではなく、抑揚をつけ、聞き手の印象に残るようにする。

リードが教えた身振り手振りのアクションも、身体の大きなラウルが行ったことでよく映えた。そしてその効果は、見事なまでに発揮された。

演説後、会議場は割れんばかりの拍手に包まれ、中には涙ぐむ人間すらいた。

元々、オルテンシア国民から絶大な人気を誇り、貴族の評判も上々だったラウルだ。今回の演説により、その地位はますます盤石なものとなっただろう。

実際、ラウルはたくさんの有力貴族に囲まれている。リオネル王は議会にこそ参加していたが、晩餐へは参加していないため、この会の中心にいるのもラウルだった。

ラウルの姿は、リードの目にも誇らしくうつった。

「あら、誰かと思いましたらリディさんじゃありません？」

一人グラスを手にしていたリードが聞き覚えのある声に振り返れば、そこにはいつも以上に着飾ったエレーナがいた。ラウルと一緒に奉仕活動に来た際、リードを蔑《さげす》んだ事をラウルに咎《とが》められた少女だ。

その後は、二度とサンモルテに顔を出すことはなかったため、会うのは数カ月ぶりだった。

「こんばんは、エレーナ嬢」

リードが挨拶《あいさつ》をすれば、口の端を上げ、どこか小馬鹿にしたように笑った。

「エレーナ様、誰ですの？」

「お知り合い？」

取り巻きらしい女性たちが、クスクスと笑いながらエレーナへと話しかける。

「教会で働いていらしたリディさんよ。まあ、今は違うお仕事をなさっているみたいですけど」

意味ありげに自分を見るエレーナに、リードは困ったような笑みを浮かべる。

「でもまあ、衣服が人を作るとはよく言ったものですわね。その衣装は、ラウル様の選んだものなのかしら」

「はあ、まあ……」

リードは、ちらりと目線を下げて自身の装いを確認する。議会に出席していた時には正装とはいえ華美ではないものを着用していたが、今着ているのは確かにラウルから贈られた衣服だった。

薄い緑色の柔らかな生地は着心地がよく、上品なデザインであるためドレスの女性や軍服姿の男性に交じっても全く見劣りはしない。高級なものであることはわかってはいたが、サイズもぴったり合っていることからも、リードのために特別に作られたものなのだろう。

「確かに、衣装はとっても素敵ですね」

「ええ~私は、下賤《げせん》な者に着られて、衣装がかわいそうだと思います」

「まあ二人とも、そんな風に言ってはダメよ。リディさんは他に服もないんでしょうし、お優しいラウル様が憐《あわ》れんで御恵みになったのでしょう」

三人の言葉を聞き流しながら、リードは頭の中にある今回出席している貴族名簿から彼女たちの父親の名前を探す。

エレーナ自身は中位貴族の娘であるが、父が貴族では珍しく商売上手で、最近は中央でも存在感を見せていた。娘を溺愛《できあい》しており、それこそ蝶《ちょう》よ花よと育てられたはずだ。

両隣にいる娘たちも同じ中位貴族の娘だが、どちらも領地経営はあまりうまくいっておらず、財政的にも余裕はないはずだ。家名としてはそれほど変わらないのに、エレーナに媚《こ》びているのもそのためだろう。

「それにしてもエレーナ様、何かさっきから臭いませんこと？」

「あら、本当だわ、なんだかくさいわね」

「そうだわ、馬小屋の臭いに似ていません？」

鼻を押さえるふりをしながら、三人はリードの方へと視線を向ける。楽しそうに自分を見る彼女たちへの対応の仕方がわからず、リードは苦笑することしか出来ない。

「なるほど、馬小屋の臭いか」

喧噪《けんそう》の中、てっきり会話に参加しているのは自分たちだけだと思っていたらしい三人は、突然聞こえてきた第三者の声に目に見えてギクリとする。

どこから聞いていたのだろう、サーベルを帯刀した長身の男はすぐ傍までくると、ゆっくりと頭を下げ、リードの首筋まで顔を近づけた。

同じ男性ではあるが、彫刻のように整った顔が近づきリードは僅《わず》かに身を竦《すく》めた。

「花の香りだな。香水でもつけているのか？」

「いえ。おそらく、昨晩湯浴みをした際の石鹸《せっけん》のにおいだと思います」

リードがそう言えば、男は少し驚いたような顔をする。水の都ともいわれるオルテンシアは、近くを流れる大河や地下水により豊富な水が確保されている。

夏場であれば皆毎日のように湯浴みを行うが、冬場となると空気が乾燥している事もあり、毎日湯に入るのは珍しかった。

ちなみに、リードは前世の記憶があるせいか湯浴みが好きで、城にいる時には毎日用意してもらっていた。

「ま、まあエンリケ様、ごきげんよう」

二人で会話を始めてしまい、蚊帳《かや》の外になってしまったことが面白くないのか、エレーナが慌てて存在を主張する。

けれどエンリケはまるで聞こえていないかのようにエレーナの言葉を無視した。

「今日の装いは華やかだな。良く似合っている」

「ありがとうございます」

「分不相応な衣装で着飾ったところで、性根の醜さが際立つだけだからな。そこにいる三羽のハギモスのように」

ハギモス、というのはこの大陸の奥地で見られる鳥のことだ。色鮮やかな羽こそ持ってはいるが、原色に近く、お世辞にも美しいとは言えない姿をしている。珍しい鳥であるためペットとしての人気こそあるが、どちらかというと珍獣の扱いに近い。

喩《たと》えられて喜ぶ女性はいないだろう。

エレーナも取り巻きの女性たちもエンリケの意図がわかったようで、顔を真っ赤にして離れて行った。

最後の一睨みを向けられたのは、勿論リードだった。

「いくらなんでも、ハギモスはかわいそうですよ」

「そうか？　よく似ていると思うが」

したり顔で答えるエンリケに、リードは肩を竦めた。エレーナには元々嫌われていたとは思うが、ますます嫌われてしまったようだ。

「こういった事は、よくあるのか？」

「何がですか？」

「だから、あのような輩から不必要に貶《おとし》められることは」

「ああ」

何故か苛立《いらだ》ったようなエンリケの口調に、言葉の意味をようやくリードは理解する。

「まあ、偶《たま》に？」

「なんで何も言い返さない」

「言い返す必要がないと思うから、ですかね」

エレーナたちの言葉が全く気にならない、というわけではない。ただ、だからといって何か言い返したところで彼女たちを興奮させるだけだ。

ラウルを始めとする側近たちは優良株が多く、夫候補としてはこれ以上ない人間ばかりだ。少しでも彼らに近づきたい彼女たちからすれば、当然のように一緒にいられるリードが妬《ねた》みの対象になるのは想像に難くない。

八つ当たりと言えばその通りだが、彼女たちはただ、リードに罵詈雑言《ばりぞうごん》をぶつけたいだけなのだ。勿論、ラウルに頼めば解決する話ではあるのだが、告げ口をするようで決まりが悪い。それこそ、ラウルの権威をかさに着て好き勝手をしているという彼女たちの言葉通りになってしまう。

何より、彼女たちはリードよりも十近く年下なのだ。前世の記憶を辿《たど》るなら、ちょうど高校二年生だった妹のひかりくらいの年齢だ。ひかりは直人とは違い、勉強があまり好きではなく、芸能人に憧《あこが》れる年相応の女子高生だった。兄である贔屓目《ひいきめ》をなくしても可愛らしく、よくもてた。

そういったこともあり、リードとしては、年齢はそうかわらないのに既に社交界デビューをし、夫選びをしなければならないエレーナたちに、少しばかり同情する気持ちもあった。

エンリケはハギモスと言ったが、精一杯めかしこんで大人のように振る舞おうとする彼女たちは、リードにしてみれば可愛らしいものだ。

「まあ、俺もあいつらとそう変わらないかもしれないがな」

「え？」

「先日は、悪かった」

「あ、いえ……私も、言いたいことは言いましたから」

エンリケ・バリエンテ将軍は、現場の指揮官としてはラウルに次ぐ地位を持つ人間だ。父も軍大臣の職に就いており、後々はエンリケもその後を継ぐと言われている。

王の側近は基本的には世襲制ではないが、軍におけるエンリケの人気は絶大で、また現場の経験を考えてもそれ以上の人材はいないと言われている。士官学校を出たばかりのラウルが軍での仕事を学んだのも、エンリケの下だった。

そんなエンリケとリードは一週間ほど前、軍の内規や装備品と訓練内容、さらに海軍力の強化に関して激論を交わしたばかりだ。中でも、軍の機密文書を始めとする資料の保管に関する規約に関しての罰則を重くすることに関しては特に争議となった。

根っからの軍人気質であるエンリケだが、だからこそ同じ軍の人間に関してはどこか甘い所があった。自軍から裏切り者など出てくるわけがない、という部下を思うエンリケの気持ちはリードにもわかる。

けれど、この世界においては情報というのはそこまで重要視されていないが、時代が進めばそれが国の行く末を左右するものになる。だからこそ、軍の機密を他国に漏らすわけにはいかない。

ラウルが承認していることもあり、最終的にはリードの意見を取り入れたものの、よほど腹に据えかねたのだろう。

「何も知らない男娼《だんしょう》くずれが、偉そうに」

去り際、聞こえよがしに言われた言葉は、リードの耳にもしっかり入っていた。

隣にいたマルクもさすがに聞き流す事は出来なかったのだろう、口を開きかけたが、それを制したのもまたリードだった。

「公娼たちを見下すような発言は、控えた方がいいと思いますよ。軍人は良いお客さんだと、皆さん話されていましたから」

エンリケの騎士道教育が、行き届いているのだろう。王都の公娼たちの話を聞く限り、オルテンシアの軍人は概ね紳士的で、評判はとても良かった。リードの言葉に、エンリケの眉間《みけん》の皺《しわ》が濃くなった。

けれど、それ以上は何も言わなかったことを考えれば、エンリケも思うところはあったのだろう。

二人の間で行われたやりとりに関してはマルクにも口止めしたため、ラウルの耳に入る事もなかった。ラウルが軍人として最も尊敬しているというエンリケの評価を落とすのは、リードとしても本意ではなかったからだ。

「マルクが議会で行った提案には、お前の案が多く含まれていたそうだな」

「全部が全部、というわけではありませんけどね」

そういえば、先ほどまでマルクが話していた相手はエンリケだった。おそらく、その件について話していたのだろう。

「身体を壊した者や、任務で亡くなった者の遺族への待遇改善を提案したのはお前だと聞いた」

「国に殉じた人々に対して、国が出来る事と言えばそれくらいですからね。遺された家族の悲しみは、そんなことでは癒えないとは思いますが」

オルテンシアの北部の地形には山脈と川が連なった部分があり、数年に一度嵐がくるとその地方に住む人々が大きな被害にあっていた。

その際に住民の救助や避難を手伝うのは軍の仕事だったが、被害が大きい年には十数名もの死傷者が出ている。

都市部とは違い、地方はまだインフラが行き届いていないこともあり、大規模な治水工事も今回の提案の中に盛り込んでおいた。

「そうだな。だが、それでも彼らを代表してお前には礼を言わねばならん。ありがとう」

「私はただ助言しただけです。最終的に決めたのは、マルクと殿下ですよ」

長身の男に頭を下げられ、リードは慌てて頭《かぶり》を振る。

「この俺が礼を言ってやってるんだ、素直に喜べ」

「感謝の押し売りはやめてください」

リードがそう言えば、エンリケは一瞬渋い顔をしたが、すぐに噴き出した。つられるように、リードも頬を緩める。

顔立ちこそ整っているものの、同じだけ迫力があるため、エンリケを恐れる者は多い。けれど、実際のエンリケは情が深く義理堅い、男気のある人物でもあった。

そういえば、ラウルが多少暑苦しいのが玉に瑕《きず》なのだとも話していた。

「ところでリディ、一つ聞きたいんだが」

「なんでしょう」

「お前、俺の妹についてどう思う？」

エンリケが目配せする方向を、リードも見つめる。そこには、ラウルの隣で楽しそうに笑っているミレーヌの姿があった。エンリケが十以上年の離れた妹のミレーヌを可愛がっているというのは、有名な話だった。

「ミレーヌ嬢ですか。そうですね、外見は勿論《もちろん》可愛らしいですが、心根がとても優しい女性だと思います」

奉仕活動を手伝うことを名目にラウル目当てでサンモルテへ来る貴族の女性は多かったが、ミレーヌは純粋に奉仕活動のために何度も足を運んでいた。

他の女性たちがラウルがサンモルテへ顔を見せなくなると同時に足が遠のいたのに対し、ミレーヌは今でも足繁く通い、子供たちに絵本の読み聞かせをしてくれるのだという。

リードも顔見知りで、教会にいた頃は会う度に挨拶をしてくれた。向学心も強いようで、子供たちの受けるリードの授業に耳を傾けることもあった。

「あれは、昔からラウル殿下を慕っていてな。もっとも、殿下の方は全くその気はないようだが」

意味深なエンリケの視線に、リードは気付かないふりをした。

「よくお似合いだと思いますよ。年齢も、確か殿下の方が二つほど上ですよね」

女性の適齢期は二十歳だとも言われているが、貴族女性の場合十代で嫁ぐこともそう珍しくない。ミレーヌならいくらでも良い縁談はあるだろうに、未婚のままなのはそれこそラウルへの思いを諦《あきら》められないからなのかもしれない。

将来、国王となるラウルにはやはりミレーヌのような女性がその横に立つのがふさわしいだろう。家柄もよく、賢く美しいミレーヌならば、陰ひなたなくラウルを支えることが出来るはずだ。

良い国母となるのは、いつの時代もそういった女性だ。

「お前は、それで良いのか？」

「は？」

「ラウル殿下は、お前を妃《きさき》にと望んでいるんじゃないのか？」

エンリケの率直な問いに、リードは目を瞠《みは》る。ラウルとリードの関係を詮索《せんさく》するのは、側近たちの間ではある種のタブーになっている。時折マルクがそれらしい事を聞いてくることもあるが、全てリードは煙《けむ》に巻いていた。そのため、こんな風にストレートに言葉にされるのは初めてだった。

「さあ、どうでしょうね。ただ、私は殿下の側室になるつもりはありませんから」

自分が後宮では生きられない事を、リードはその経験からよくわかっている。男女の別を問わず、王族に望まれるのは名誉なことであるため、リードの答えは不敬罪ともとられるかもしれない。もっとも、そんなリードの答えに、エンリケが特に気分を害した様子はないようだ。

「それに、私はもう若くありませんし」

苦笑してそう言うリードを、エンリケがその真意を探るようにじっと見つめてくる。

「それはないだろう。軍の兵たちは、殿下を迎えに来たお前を一目見ようとみな色めき立っていたぞ」

剣を振るうと言って、なかなか執務室に戻ってこないラウルを探すのもまた、リードの仕事だった。確かにその際、軍の人間は概ね親切であったように思う。ただ、それは単純に彼らが礼儀正しかっただけであり、エンリケが言うようなものではないだろう。

「まあ、いい。三十になるまでに貰《もら》い手がなかったら、俺が貰ってやるから安心しろ」

「ありがとうございます、楽しみにしてますね」

エンリケの言葉は、リードによって一笑に付されてしまった。リードとしては、宴席での戯れに答えたつもりだったのだが、エンリケはなんとも言えない、微妙な顔をした。

「それ以前に、ラウル殿下が放っておかないか」

小さく呟《つぶや》いたエンリケの声は、リードの耳に聞こえる前に喧噪のなかに消えた。


議会が成功したとはいえ、そこで改革が終わるわけではない。むしろ大変なのはここからで、ラウルの側近たちも地方への出張がこれまで以上に増えてくる。

アローロほど広大な領土は持たないとはいえ、オルテンシアも小さな国ではない。それこそ場所によっては数週間戻れないところもあるため、本来の職務が滞る可能性もある。

ラウルも一時は側近の増員を考えたが、ある程度身元のしっかりした者でないと任せられない仕事であるため、簡単なものではない。

そしてそういった諸々の問題は、王であるリオネルの鶴の一声で解決した。ラウルたちは改革に向けての職務を優先出来、それ以外のものは他の文官たちの手によって捌《さば》かれることになったのだ。

議会でのリオネルは、ラウルに賛成しながらも自身の意見を明言することはなかったが、後押しする気持ちは十分にあるようだった。

ただ、リオネルとしてはあくまで中心となるのはラウルであり、自身は表立って動くつもりはないようだ。年齢的にはまだ五十を少し過ぎたばかりではあるが、リオネルとしては数年のうちにラウルへの譲位を考えているのかもしれない。

◇◇◇

明るい日差しの差し込む王都を、リードは軽やかな気持ちで一人歩いていた。議会前は勿論、その後も忙しい日々が続いていたが、今週に入ってからはようやくそれも落ち着いてきた。

ここ一、二カ月の間も教会へは一応帰っていたもののの、さすがに疲れが顔に出ていたのか、マザーに言われ自室で過ごすことが多かった。その間、子供たちからの手紙を読んだり、後任の教師と話したりして過ごしてはいたが、皆が働いている中、自分だけ何もしないというのは忍びなく思っていた。

そのため、今日は午前のセドリックの勉強を見た後は城の仕事の方は休ませてもらうことにした。

ラウルも他の側近たちも、リードが常日頃働きづめであることはわかっていたので快諾してくれた。

城で働くようになってからは、リードは十分な給金を得ていたが、そのほとんどをマザーへ渡している。城にいる間は生活費はかからないし、元来リードは金を使うという事にどうも慣れていない。それは長い間の後宮生活に起因するのだが、かえって清貧に見えたのか、さすがはサンモルテの聖人だと周りからは驚かれた。

ちなみに、このサンモルテの聖人という呼び名をリードは側近になってから初めて知った。まさに噂が独り歩きしているとしか思えないその名を、今後一切使ってくれるなとリードが懇願した事は言うまでもない。

もっとも、それ以外にも秘《ひそ》かにシャクラ神の御遣いと呼ばれている事を、リードは知る由もなかった。

大通りを歩いていけば、雑貨や食料品など様々なものが売られている。最近は早朝か日が暮れてから歩くことが多かったため、明るい時間帯の店の様子を見るのは久しぶりだった。評判の店も多く、通りにはたくさんの人があふれている。店の手伝いをしている子供がリードの姿を見つけると、嬉《うれ》しそうに声をかけてくれた。

そんな風に子供たちに手を振りながら歩いていると、ふと通りの反対側の店が目に入った。

ちょうど装飾品や、服飾の店が立ち並んでいる場所だが、どの店も王族や貴族の御用達の店であるため、リードには縁のないものだった。

そしてそんな中でも、ひと際目立っていたのは、店頭のウインドウに真っ白なドレスが飾られている店だった。所謂《いわゆる》、花嫁衣装だ。

よほど力のある貴族の令嬢のために作られたものなのだろう。デザインや散りばめられた宝石といい、遠目に見ても高価なものであることがわかった。ドレスなど見慣れているリードでも、思わず立ち止まってしまうほどの美しさだ。

そのまま見惚《みと》れていると、ちょうど店の中から二人の男女が出てきた。店の主人が、これ以上ないという程の低姿勢で、二人を見送っている。最初は微笑ましい気持ちでそれを見ていたリードだが、二人の顔を確認すると、咄嗟《とっさ》にすぐ近くの建物の陰へと身を隠した。そして、こっそりと反対側の通りを歩いていく二人を見つめる。

遠目ではあるが間違いない。あれは、ラウルとミレーヌだった。

「リディさん、リディさん」

名前を呼ばれ、ハッとしたリードは隣を振り向く。

「へ？」

「今日、シチューの予定だったんだけど」

厨房《ちゅうぼう》を担当する女性に苦笑いを浮かべて言われ、リードは慌てて自身の手元を見る。

そこには、きれいにみじん切りにされた野菜の姿があった。

「す、すみません」

これでは、とてもシチューの具材になりそうにない。

「気にしないで、これはこれで炒《いた》めればいいんだし。それより、疲れてるみたいだからやっぱり部屋で休んでて」

「でも」

「ボーッとしたまま料理をして、怪我でもしたら大変よ。ここは、手が足りてるから」

女性は怒った様子もなく、むしろ気遣うようにリードの肩を軽く叩《たた》いた。

「はい、ありがとうございます」

申し訳なさそうに言えば、気にしないでと笑い返された。


サンモルテへと帰ったリードは、すぐにマザーやシスターたちへと挨拶《あいさつ》をし、礼拝堂で祈りを捧《ささ》げた後、教会の奉仕作業に参加した。作業の内容は、礼拝に来る人々に経典を配ったり、汚れた場所の掃除をするというものだ。ところが、平日の午後という事もあり礼拝に来る人数も少なく、すぐに手持《ても》ち無沙汰《ぶさた》になってしまった。

そのため、厨房を手伝うことにしたのだが、結局それもうまくいかず、すぐにリードは自室へ戻る事になってしまった。

ドアを開き、住み慣れた自分の部屋に入ると無意識にため息が零れた。閉じられているカーテンを開き、固い木のベッドに腰かける。まだ明るい日差しが部屋を照らしてくれたが、リードの心は晴れないままだった。

心ここにあらずのリードを、疲れているのだろうと教会の人々は心配してくれたが、原因が他にある事はリードもわかっていた。

大通りで見たラウルとミレーヌ。

仲睦《なかむつ》まじ気に歩く二人の姿に、身を隠したのは無意識だった。別に、二人が昔馴染《むかしなじ》みで仲の良い事は知っているのだし、こちらから声をかけてもよかったはずだ。けれど、あの時のリードにはそんな心の余裕はなかった。

とにかく気が動転して、自分の姿を二人の目に触れないようにする事しか頭になかった。

ラウルとミレーヌは、花嫁衣装の専門店から出てきたのだ。未婚の男女がそこから出てくるとしたら、理由は一つしかない。

店の主人の平身低頭ぶりからしても、ミレーヌがドレスの注文をしたことは明らかだ。ミレーヌだって年頃なのだ、縁談がまとまり、結婚が決まったっておかしくない。

では、相手は誰なのか。それに対する答えは出ているのに、どこかで違うと否定する気持ちが自身の中にある事に、リードは戸惑っていた。

ラウルとは変わらず毎日城で顔を合わせているが、これといった変化は何もない。結婚が決まったのなら、ラウル自身の口から伝えられても……と思った時、リードは最近自分を見つめるラウルが、どこか物言いたげだったことを思い出した。

以前からラウルはリードの事をよく見ているが、最近は特に頻繁だったのだ。

一度だけ、何か言いたい事があるのか聞いた事があったが、ラウルは口を濁しただけだった。もしかしたら、ラウルはあの時ミレーヌとの事を伝えたかったのだろうか。

そう考えると、リードは何故かむかむかと、言いようのない苛立《いらだ》ちを感じた。

ラウルは来年二十二になるのだし、婚姻の話があるのは当然だ。王族の結婚としては、遅いくらいだろう。ミレーヌならば、家柄も人間性も未来の王妃として申し分がない。

けれど、それならばそうと、自分に教えてくれてもよかったのではないか。と、そこまで考えて、リードはそんな風に思ってしまった自分を嘲笑《あざわら》う。

別に、ラウルが結婚するからといってそれを報告する必要などない。所詮《しょせん》リードはラウルの側近、つまりは部下であり、それ以上の関係ではないのだ。

ラウルは自分への好意を何度となく告げてくれてはいたが、それに対してリードが言葉を返した事は一度もない。

自身はラウルの気持ちに応えようともせずに、ただ思われ続けたいなんて、厚かましいにもほどがある。理性的には、十分それは理解出来ている。ただ、リードだって人間だ。頭ではわかってはいても、感情の面ではすぐに割り切れないことだってある。

こんな風な感情を持つのは、久しぶりの事だった。

リケルメの側室だった頃は、他の妃への嫉妬《しっと》はしてはならぬものだと思っていた。王であるリケルメには後宮があるのだから、他に妃がいるのが当たり前だったからだ。

けれど、だからといって他の妃の事が気にならなかったわけではない。

自分が決してリケルメの唯一になれない事はわかっていても、それでも傍にいられさえすれば良いと思った事もあった。だけど、結局リードは後宮を出る道を選んだ。

リケルメとは、とても長い時間、愛を伝え、情を交わしてきた。それでも選んだ別れの辛さを知っているだけに、今回の結婚は、ラウルと深い関係になる前でよかったのかもしれない。あんな、身を切られるような痛みを味わうのは一度で十分だった。

なんにせよ、リードはこのまま城で働き続けるわけにはいかないのだ。ラウルとだって、いつかは別れの時が来る。それならば、今自分が出来ることはラウルの結婚を快く祝ってやる事だろう。

だから、この週末の間になんとか心の整理をつけよう。心は沈んだままであったが、リードはそう決意した。

翌朝、いつも通り鐘の音で目覚めれば、皆がリードを温かく迎え入れてくれた。昨晩はあまり眠れなかったが、奉仕作業に集中することで無心になる事が出来た。

特に床を磨く作業は、目に見えてきれいになることもあり、少しずつではあるが、心が晴れていくような気がした。

朝の掃除が終われば、シスターや修道士たちと食事をとり始める。

その後、食堂の入り口まで来たマザーにリードが呼び出されたのは、ちょうど食後の紅茶を飲み終わった頃だった。

「どうしたんですか？」

礼拝の始まる時間にはまだ早いはずだ。リードが言えば、マザーが笑顔を見せた。

「ラウル殿下がお見えですよ、貴方に会いたいそうです」

正直に言えば、今はラウルの顔を見たくなかった。けれど、曲がりなりにも王太子が面会を望んでいるのを、特にこれといった理由もないのに断るわけにもいかない。

リードはこっそりとため息をつき、浮かない気持ちのままマザーの後ろをついていった。

重厚な貴賓室の扉を開ければ、そこにはいつも通り、ノーヴルな雰囲気を漂わせたラウルが立っていた。元々が軍人気質だからだろう、ラウルは日頃も立っている事の方が多い。

そんなラウルがリードの姿を確認すると、感情の見えなかった表情が少しだけ変化した。

「おはようございます、殿下」

「おはよう、悪いな朝早く」

「いえ」

小さく首を振れば、ラウルが訝《いぶか》しげにこちらを見る。

「何かあったか？」

「え？」

「表情が、冴《さ》えない」

何気なく口にしたラウルの言葉は、今のリードの心の内を見ているかのようだった。

「誰かさんがこき使って下さるので、一晩寝ただけでは疲れがとれないんですよ」

リードとしては、あくまで軽口のつもりだったが、ラウルの眉間《みけん》に皺《しわ》が寄る。

「だから、お前は仕事を抱え過ぎだといつも言っているだろう」

来週からは、もう少し他の人間にも回すようにと、くどくどとラウルは言い始めたが、リードの頭には半分も内容が入ってこなかった。

こんな風に、優しくするのはやめて欲しかった。

こんなことでは、心の整理がいつまで経ってもつけられない。

「リディ？」

「え？　はい？」

「お前、本当に大丈夫か？」

そう言ったラウルの声色は本当に、心からリードを気遣っているものだった。

「……大丈夫ですよ。それより殿下、今日は何の用事で？」

表情を明るくし、なんとか話を逸らせば。途端にラウルの表情が、どこか照れたような、気恥ずかしそうなものになった。

「あ、ああ。これなんだが」

そう言いながら、硝子テーブルの上に載せてあった花束を手に取る。

「お前なら知ってると思うが、今の時季は少し貴重な花なんだ。だから、よかったらお前にどうかと思って」

ラウルから渡された花束を、咄嗟にリードは両手でつかむ。

大きな掌《てのひら》を持つラウルならば片手でも持つ事が出来たが、リードは両方の手を使わなければならなかった。それくらい、大きな花束だ。受けとった瞬間、腕の中から甘い香りが広がった。

薔薇《ばら》の花によく似たそれは、オルテンシアで最も美しいとされるマルナの花で、花嫁の花としても有名だった。

春に咲く花でもあるため、まだ寒いこの時季では市場でも見かけることはない。

「まあリディ、本当にきれいね」

ちょうどリードの後ろにいたマザーも、笑顔で花を見つめている。

「あ、ありがとうございます殿下」

じっと花を見つめていたリードが、笑顔でラウルの方を向く。

「休日はたくさんの方が教会へいらっしゃいますか

ら、皆さん喜ばれると思います」

リードの言葉に、ラウルの顔が目に見えて引きつった。

「リ、リディ？」

マザーも、戸惑ったような声をあげる。

「マザー、礼拝堂の中央に置くのにちょうど良いと思いませんか？」

「リディ、その花は殿下があなたに」

「いや、いい」

ラウルを気遣い口を挟んだマザーの言葉を阻んだのは、ラウル自身だった。

「突然押しかけて、悪かったな」

そう言ったラウルの声は、かわいそうなくらいに哀愁を帯びたものだった。まさに意気消沈、といった様子で貴賓室を出ていくラウルを、リードは何も言わずに見送った。

マザーは、そんなリードを気にしつつも慌てたようにラウルの後を追いかけて行った。


そういえば、最初の頃の自分とラウルもこんな感じだったなと、ふとリードは懐かしくなり、そして渡された花束を優しく抱き寄せた。

後悔と罪悪感を抱きながら、リードは自室に飾られた一輪の花を見つめていた。

礼拝堂へと飾られたマルナに、訪れた人々はみな喜び、その度にリードは笑顔で対応していたが、内心は苦い物がこみ上げていた。

マルナはこの時季に滅多に見かけることはない。おそらくオルテンシアで一番暖かいと言われている南部の方で、特別に栽培されたものなのだろう。そしてそれを取り寄せたのは、おそらくミレーヌのためだ。

わざわざ貴重な花を持ってきてくれたラウルの気持ちは嬉《うれ》しかったが、ミレーヌの存在を考えるとどうしても素直に受け取る事が出来なかった。だけど、最後に見た傷ついたラウルの表情を見ると、あんな風に言うべきではなかったと自身の言動をひどく悔やんだ。

つまらない意地なんてはらずに、素直に受け取る事がどうして出来なかったのだろうと。

結局、花は礼拝堂へと飾ったが、一輪だけリードは自身の部屋に飾る事にした。

部屋には花瓶がなかったため、硝子のコップに一輪だけ挿されたそれは、花束とは違った趣がまたあった。

城に戻ったら、アデリーノに頼んで薬を用意してもらって、プリザーブドフラワーにでもしよう。自分の気持ちを、一輪の花の中に閉じ込めるためにも。

そう思い立ったリードは、時間はまだ早かったが寝台へと入る事にした。

今日はぐっすり寝て、明日ラウルにきちんとマルナのことを謝ろうと。そう思い靴を脱ぎ、寝台の上に上れば、部屋のドアが控えめにノックされる音が聞こえた。


日中の気温は高くとも、夜になれば、頬に当たる風は冷たい。教会の広い敷地の裏手にある路地で、リードはラウルと向き合っていた。

就寝準備をしている教会に訪問してきたラウルは、申し訳なさそうにリードを呼んで欲しいとマザーへと声をかけたのだそうだ。

明日になれば城に戻るというのに、一体何事かとマザーは思ったが、思いつめた表情のラウルを前にしたら、何もいう事は出来なかった。

貴賓室をあけると、また時間と人が必要になる事はラウルもわかっているのだろう。外で待っているとの言伝だった。

マザーに声をかけられたリードが急いで服を着替え、コートを羽織って外へと出れば、そこには悲壮感のある表情で立ち尽くしているラウルの姿があった。

今回は珍しく従者がついているようで、リードが来たことを確認すると軽く頭を下げ、馬車の方へと戻って行った。

「こんばんは殿下、どうしたんだよ？　こんな時間に」

つとめて明るく話しかけたのだが、リードに気付いたラウルは僅《わず》かに頬を緩めただけだった。

「お前に、話があってきた」

ラウルの言葉に、今度はリードの表情が固まる。

こんな夜遅く、わざわざ自分のもとに話をしに来るのだ。これが議会前なら仕事に関する事だと思うが、議会が終わった今、そちらの方はもう落ち着いている。

だとしたら一体何なのか。そこで、頭に過《よぎ》ったのはやはりミレーヌの事だった。おそらく、二人の結婚の話が既に城内で広まっているため、明日リードが驚かないようにわざわざ知らせに来てくれたのだろう。

そう考えると胸がツキンと痛んだが、結婚の話はリードとしても他人からではなく、ラウル本人の口から聞きたかった。

笑顔で、祝福の言葉を言うためにも。

「なんだよ、改まって」

本当ならば、リードの口からその話に関してはもう知っている事を伝えるべきなのかもしれない。こう見えて、なかなかに律儀なラウルの事だ。これまで何度もリードへ気持ちを伝えているのもあり、他の女性との結婚話はなかなか話し辛いのだろう。

そう、ラウルは常に真っ直ぐな思いを伝えてくれていた。最初こそ戸惑い、困惑するだけだったが。

いつしかリードも、そんなラウルの気持ちを嬉しく思うほどに。

「いや、正確には聞きたいことがあって、だな」

「え？」

眉間の皺を濃くしながら、ラウルはようやく心が決まったかのように口を開いた。

「正直に言ってくれ。リディ、お前エンリケ将軍と恋仲にあるのか？」

「……は？」

張りつめたような表情のラウルとは対照的に、ようやくリードの口から出たのはひどく間の抜けた声だった。

「え？　いやなんで？」

どうしてここでエンリケの名前が出てくるのか、リードにはさっぱりわからなかった。

「違うのか？」

ラウルが、リードの肩をがしりと掴《つか》んでくる。容赦のない力の入り方に、ラウルの真剣さがわかった。

「ち、違う違う。むしろ、なんで突然エンリケ将軍の名前が出てきたのかさっぱりわかんないんだけど」

「それは……」

リードを見つめていたラウルの視線が、横へと逸らされる。

「晩餐《ばんさん》会の時に、お前はずっとエンリケ将軍と一緒にいただろ。その後も、城の中で一緒に会っている姿を何度か見かけた」

「え？　それだけで？」

確かに、リードはラウルの側近以外で親しくしている人物はあまりいない。

唯一エンリケとはよく会ってはいるが、別に二人で逢《あ》い引《び》きをしているわけでは勿論《もちろん》ない。

「エンリケ将軍は、懐も深ければ、人間的にも出来た人だ。博学でもあるし、お前とは気が合いそうだと思った。それに、お前よりも年上だし」

「確かに将軍とは最近よく話してるけど、今度作る予定の陸軍大学校について相談を受けてただけなんだけど」

「は？」

「士官学校の後に、幕僚過程を学ぶための学校を作ることが将軍の昔からの夢だったらしくて。殿下からも許可は出てるって話だったけど？」

「あ、いや確かに報告は受けていたが……、本当にそれだけなのか？」

「それだけだよ」

　はっきりとリードが言葉を返したことで、ラウルもようやく納得したのだろう。胸を撫《な》で下ろしたのか、リードの肩からラウルの手がゆっくりと離れていく。

「なんだ……俺はてっきり……」

　強張っていたラウルの表情が、柔らかくなっていく。それを見たリードも自然と頬が緩んだが、そこでふと我に返った。

「え？　話ってもしかしてこれだけ？」

　その言葉から、まるでリードが些末《さまつ》な事のように言っていると感じたのだろう。ラウルの表情が、少しムッとする。

「悪いか」

「いや、だって結婚は？」

　混乱するあまり、思わず自身の口から出た言葉にリードはしまったとばかりに口を閉じる。

「結婚？」

　けれど、耳の良いラウルはしっかりとリードの発した言葉を拾っていた。

「その、だからミレーヌ嬢と……」

　歯切れの悪いリードの言葉に、ラウルは片眉《かたまゆ》をあげつつ答える。

「なんだ、マルクから聞いたのか？　ミレーヌと結婚することを」

　ああやはり、ラウルの言葉に胸に痛みが走る。

「あいつも年貢の納め時だな。ミレーヌはずっとマルクの事が好きだったわけだし。まあ、マルク本人にはなかなか伝わってなかったようだが」

　ラウルの言葉に、リードの瞳《ひとみ》がこれ以上ないという程に見開かれた。

「は、はあ!?」

「いや、そんなに驚くほどのことか？」

「だ、だってミレーヌ嬢は殿下の事が好きだったんじゃ」

「ああ。それはミレーヌがマルクを妬《や》かせようとそう見せていただけだ。肝心のマルクにはさっぱり伝わってない上に、誤解すらされていたみたいだがな」

下手な小細工をするからこうなる、とラウルは鼻で笑うが、リードの顔はどんどん引きつっていく。

「式の当日までマルクには見せられないからと、この間なんてドレスの試着にまで付き合わされた。ほとんど見ていないのがバレて、もう次は来なくていいと言われたがな」

年齢も近いラウルとマルク、そしてミレーヌは幼《おさな》馴染《なじ》みであると聞いたことがあった。マルクとミレーヌの場合、どちらも軍関係者の家庭という事で、親同士も懇意にしていたのかもしれない。

もしかしなくとも、今までの事は全部リードの早とちりだったようだ。二人が結婚すると勝手に思い込んで腹を立て、そんな自分に落ち込み、挙げ句の果てに先ほどのラウルへの態度だ。

顔から、火が出そうだった。自身の振る舞いを、こんなにも恥じたことはない。

俯《うつむ》き、黙り込んでしまったリードを、ラウルが怪《け》訝《げん》そうに見つめる。

「ひょっとしてお前、俺がミレーヌと結婚すると」

「花嫁衣裳《いしょう》の仕立て専門店から出てきたら、そう思うだろ？」

思わず、がばりと顔を上げてしまった。

冷静に考えれば、オルテンシアの伝統的な結婚式では花嫁衣装は当日まで花婿には見せないというものがあった。伝統を守る手本となる王族ならば、花婿を伴ってドレスを試着しに行くことなど絶対にない。

けれど、その時のリードはそういった基本的な知識すら抜けてしまっていた。

「じゃあ、花束を渡しても反応がいまひとつだったのも」

「ミレーヌ嬢に用意したものが、余ったからついでに渡されたと思ったんだよ……ごめんな。せっかく、きれいな花を持ってきてくれたのに」

恥の上塗りとは、まさにこのことだろう。しかしながら、ここまで知られてしまったら変に誤魔化すよりも素直に謝るべきだと思った。恥を忍んでリードは白状したのだが、ラウルは何の言葉も発する様子がない。

訝《いぶか》しげに思ったリードが目線を上げると、当のラウルは戸惑ったような表情で口元を大きな手のひらで隠している。

「いや、気にしなくていい。むしろ、嬉しい」

「へ？」

「お前が、俺の結婚を気にかけてくれたのが」

リードが、瞳を瞬かせた。言葉の意味を理解し、頬に熱が溜《た》まるのを感じる。ここが、街灯がほとんど届かない暗がりでよかったとつくづく思った。

「それに、あの花はマルクがミレーヌのために注文するというから、一緒に便乗したのもあったんだ。慣れないことは、するもんじゃないな」

苦笑するラウルに、リードは緩やかに首を振った。

「そんなことないよ。あの後、素直に受け取ればよかったってすごく後悔した。でも、礼拝に来た人、マルナを見てみんな喜んでくれたよ」

嬉しそうにそう言ったリードに対し、ラウルも口の端を上げた。

「お前らしいな」

ラウルとしては、やはりリードの部屋に飾って欲しかったのだが、リードが喜んでくれさえすれば何でもいいという気持ちもあった。何より、ラウルとしてはここ最近感じていた胸のつっかえがとれた事の方が遥《はる》かに重要だった。

「あ、さすがに戻らないと門の鍵《かぎ》が閉められそう」

リードが、蝋燭《ろうそく》が少しずつ消されていく部屋の窓を見つめて言った。

「一緒に城へ帰らないのか？」

「うん、明日の朝にする」

そうか、とラウルは少々納得いかないようだったが、それでも無理に勧めるつもりはないようだった。

「馬車まで送っていくよ」

「ああ、頼む」

そのまま、二人で馬車の方向へと歩み出そうとした時だった。

「あの……お恵みを……」

聞こえてきたしゃがれ声に振り返れば、路地裏の奥から、ゆっくりと老婆が二人の方へと歩いてくる。ボロボロの身なりや雰囲気から察するに、おそらく職のない物乞《ものご》いだろう。よく見れば、手元には何か桶《おけ》のようなものを持っている。

残念ながら今リードには何の手持ちもなければ、食料も持っていない。それでも、助けを求めてきている女性を無下にすることは出来なかった。

とりあえず話だけでも聞こうと、リードも老婆へ歩み寄る。ラウルも、その後に続いた。

リードと、老婆の距離がすぐそことという所まで近づいた時だった。

「リディ！」

老婆が、桶の中のものをリードにかけようと思い切り持ち上げた。ラウルはそれをかばうように前へと立ちふさがり、自身の身体でリードを隠す。

何が起こったのか、リードにはわからなかった。

「う……あ……！」

ジュオッという音と、何か薬のような臭いが鼻に届き、ラウルのうめき声が重なる。それを見た老婆が、先ほどまでの様子からは考えられないほどに、けたたましい叫び声をあげた。

ラウルの肩にかかった液体が、服の上からでもわかるほどの痛みを与えている。

「殿下！」

リードが叫び声をあげると、異変に気付いた従者が二人、ようやく駆けつけてくる。

「ラウル殿下？　リディ様？」

「そこの女性を捕らえて、話を聞くからくれぐれも殺さないでください。あと、とにかく大量の水が必要です！　水、持ってませんか？」

足が震え、目には涙が溜まっていたが、とにかくリードは従者たちに伝えた。その剣幕に驚きつつも、一人が持っていた飲料水の筒をリードへと手渡してくれた。リードは、すぐさまその水をラウルの肩へと思い切りかけた。

リードに言われた通り、一人の従者が腰を抜かしたまま立てなくなっている老婆を確保した。リードはラウルの無事だった方の肩をかつぎ、もう一人の従者に託しに行く。自分では心もとないが、この従者ならば若く、体格も良いことだから大丈夫だろうという咄嗟《とっさ》の判断だった。

「井戸から水を運んできます。マザーに医師を呼ぶよう頼んで、あと浴室に水があるので殿下の肩に大量にかけて下さい」

リードは従者に支えられたラウルの様子を見る。意識は朦朧《もうろう》としているようだが、息は荒いがしっかりある。脂汗をかいているラウルの額を手で拭《ぬぐ》い、リードは井戸の方へと走り出した。

◇◇◇

自室と井戸の往復を何度もしている間に、マザーが医師を呼んでくれたのだろう。リードが部屋へと戻ると、寝台に横たわったラウルと、その傍らに真剣な眼差しで慎重に患部を包帯で巻く男の姿があった。

横顔しか見えないが、年の頃は四十に届くか届かないか、くらいだろうか。

大柄で、櫛《くし》を入れていないであろう伸びきったぼさぼさの髪や、顎《あご》や口の周りにある無精髭《ぶしょうひげ》から粗野な印象は受けるが、顔立ちは決して悪くない。

むしろ、眼差しは理知的なもので、包帯を持つ手の動きも素早く丁寧だった。

「あの、従者の方たちは」

「うるさいからつまみ出した」

視線をラウルから逸らさないまま発せられた男の言葉に、リードは苦笑いを浮かべる。

二人とも、かなり気が動転しているようだったし、おそらくあたふたとするばかりで動きもあまり良くなかったのだろう。

もう少しで包帯を巻き終わるというところで、男が左手を棚に伸ばそうとしているのに気付いたリードが、ハサミを手渡す。

「ああ、悪いな」

「いえ」

シャキリと音をたてて包帯を切り、丁寧に結んだ男が初めてリードの方を向いた。目を瞠《みは》ったかと思えば、まじまじとリードを見つめ、そして何かに納得するかのように数度頷《うなず》いた。

「なるほど、この火傷はあんたを助けるために被ったわけか」

男に言われ、目に見えてリードの表情が沈む。

「はい……」

「剣の心得がある大の男が情けないと思ったが、それなら仕方ないな。可愛い恋人を守るためなら、名誉の負傷だ」

手厳しい口調ではあるが、男の顔はどこか満足そうだった。

「あ、いえ恋人じゃないんですが」

鎮痛剤がよく効いているのだろう。ラウルは眠ったままだったが、リードは慌てて否定する。

「なんだ、違うのか。全く、こんな美人を前に手も出せないとは、とんだヘタレ王子だな」

微苦笑をしていたリードの表情が、男の言葉によって強張る。

「脱がせた上衣にリミュエール家の家紋が入ってた。背格好や年齢からして、王太子だろ」

男の問いに対し、リードは返答に詰まった。医師としての腕は確かなのであろうが、素性のわからない相手にラウルの立場を安易に知らせるのはリスクが高い。

「心配するな、他言無用だということくらいわかっている。勿論、金はたんまりもらうがな」

そう言うと、男は悪戯っぽく笑い、指で銀貨を表す円を作った。それにより、張りつめていたリードの頬は僅《わず》かに緩んだ。

「あの、先生。殿下の容態は」

既にラウルの正体がわかっていることもあり、リードは遠慮なく尋ねることにした。

「肩を損傷していたと思うんですが、殿下はとても剣を振るうのが好きで。骨や筋肉の方は」

言いながら、どんどん顔色が青ざめていくリードの言葉を、男が遮る。

「心配するな。水疱《すいほう》があるから皮膚への損傷はひどく見えるが、骨や筋肉までは届いていない。新しく皮膚が出来あがるまでは多少痛むだろうが、治れば傷跡もほとんど目立たなくなる」

男の言葉に、リードは胸を撫で下ろした。

「最初に対応して、患部に水をかけたのは、あんたか？」

「あ、はい」

「良い判断だった。酸による火傷は、まず洗い流さなければどうしようもない。あれだけの水を運ぶのは、大変だっただろう」

「いえ……」

リードは、緩く首を振る。おそらくラウルの反応を見るに、硫酸であろうと予測し、後は無我夢中で動いたに過ぎない。自分の部屋へと運んでもらったのも、浴室が併設されているため、井戸水を溜める場所があるからだ。

「よく頑張ったな。王子様を助けたのは、あんただ」

それは、違うと思った。そもそも、ラウルが自分を庇《かば》わなければ、こんなひどい火傷を負うことはなかった。あの時、自分が老婆の方へと足を進めなければ、こんなことにはならなかったのに。

考えれば考えるほど、自身の軽率な行動に対する後悔の念に気持ちが沈んでいく。俯き、下唇を噛《か》むリードの頭に、温かな感触が触れた。大きな掌《てのひら》で、優しく頭を撫でる男のその仕草に、リードはどこか懐かしさと、既視感を覚えた。

「先生は、メンデス先生の弟さんですか？」

近所に住むロドリーゴ・メンデスは、小さな診療所の医師ではあるが、腕は確かだった。

マザーとは古くからの友人で、何かあれば夜中でも駆けつけてくれるという事もあり、教会の人間もとても頼りにしている。メンデス自身は既に初老の域に入っており、成人している息子も王都の病院で同じく医師をしているという話だった。そのため、目の前の男はメンデスの身内なのかとも思ったが、記憶に残るメンデスの姿とはどうもかけ離れている。

年齢的な違いはあるにしても、メンデスは小柄で、肉付きもあまりよくなかった。顔立ちも柔和で、医師だというのに、凛々《りり》しく妙な迫力がある目の前にいる男とは似ても似つかない。

「おい、お嬢ちゃん。じいさんはもう六十近いはずだろ。俺はこれでも、まだ四十にだってなってないぞ」

「それは、すみません……でも、それなら私もお嬢ちゃんと呼ばれる年齢ではありませんよ。そもそも、男ですし」

「はは、わかってるよ。へえ、てっきり年下かと思ったが、王子様も年上好きだったんだな」

そう言った男は、何故か愉快そうにラウルを見つめる。

「ロドリーゴのじいさんとは腐れ縁で、血の繋《つな》がりはない。ちなみに、じいさんはぎっくり腰で動けないから、今日は急遽《きゅうきょ》俺が呼ばれた」

リードが予想していた通り、やはり血縁関係はないようだ。

「あの、お名前をお聞きしてもよろしいでしょうか？」

「ああ、ジャスパーだ。先生はいらない」

「ではジャスパーさん。殿下はいつ頃、目を覚まされますか？」

今のところ、ラウルは寝息をたてて静かに眠っている。

ジャスパーの見立てでは大丈夫だという話だったが、それでもリードは瞳をあけた姿を見るまでは安心出来なかった。

「今は薬が効いてるが、そのうち目を覚ますだろう。鎮痛剤と、あと解熱剤を置いておくから夜中に熱が出たら飲ませて、それから塩と水を混ぜた水分を多めにとらせること。明日の朝、また薬と包帯をかえにくる」

それだけ言うと、ジャスパーはようやく椅子から立ち上がった。リードは近くにあった医療用具の入った大きな鞄《かばん》を手に取り、ジャスパーへと渡す。

「今日は、本当にありがとうございました」

そして、深く頭を下げる。

「よくわかったな、俺が左利きだって」

左手で鞄を受け取ったジャスパーが、片眉《かたまゆ》を上げた。

「ハサミを持つ手が左手でしたから。殿下も左利きなので、物を渡す時には左手へ渡しますし」

ラウルの場合、幼い頃の矯正により一応右手も使うことは出来るが、剣を持つ時などはやはり左手だった。そんなラウルとのやりとりに慣れている事もあり、リードはごく自然な対応をしたつもりだったのだが、ジャスパーにとっては意外だったようだ。

ちらりと、驚いたようにラウルの顔を見た。

「そういえば、ジャスパーさんは軍医だった経歴をお持ちですか？」

リードの言葉に、ドアの方へと向かっていたジャスパーの足がピタリと止まった。

「なんでそう思う？」

振り返らずに発せられた台詞《せりふ》は、これまでの軽い物とはトーンが違った。

「身のこなし方や、歩き方から軍で訓練を受けた事はわかりますので。あと、やっぱり治療の手際の良さでしょうか」

一瞬の判断が生死を分ける戦場では、医師に迅速な判断力と対応が要求される。

医師なら見慣れているのもあるのだろうが、ラウルの火傷痕《あと》を見ても全く動じる事がなかったのも、それだけの現場を経験しているからだろう。

オルテンシアはこの数十年平和が続いているが、二十年ほど前はまだアローロは近隣諸国と小さな小競り合いが続いていた。もしかしたら、若い頃に他国での従軍経験があるのかもしれない。

「なるほど、きれいなだけのお嬢ちゃんじゃないってことか」

呟《つぶや》いたジャスパーの口ぶりは、どこか楽しそうだった。

「あんた、名前は？」

振り返ったジャスパーが、リードに問う。

「リディです」

「じゃありディ、そいつのこと、しっかり頼んだぞ」

それだけ言うと、今度こそジャスパーはドアの方へと歩いていき、そのまま部屋を出て行った。音を立てて閉じられたドアを、リードはしばし見つめていた。


ラウルが運び込まれた時には騒然としていた教会内も、今では落ち着きを取り戻していた。従者の二人には火傷の件は伏せ、ラウルが教会へと宿泊する旨を城へ報告をするよう頼んだ。走り書きではあるが手紙も書き、側近たちへと渡してもらう事にした。

リードは一人、先ほどまでジャスパーが腰かけていた椅子に座り、静かにラウルを見守っていた。シスターには水差しと、分量を指定した経口補水液を用意してもらった。

この世界においては未だ認知されていない経口補

水液を知っている事からも、ジャスパーが高度な医療知識を有していることがわかる。

国が認定する医師になるためには王都の大学の卒業資格か、また軍内部にある医師過程を修了することが義務付けられているが、ジャスパーの場合は後者だろう。

これ以上の詮索《せんさく》をするつもりはないが、もしかしたら元々は名家の出なのかもしれない。

汗をかく季節ではないが、やはり火傷がまだ熱を持っているのだろう。額に滲《にじ》み出る汗を用意していた清潔な布で拭《ふ》いていると、うっすらとラウルの瞳《ひとみ》が開いた。

「殿下！」

声は抑えたが、思わず立ち上がった。

「リディ……？」

声は掠《かす》れてはいるが、ゆっくりと視線を動かし、リードの存在を認識したラウルはそう口にした。

「良かった、目を覚まして」

ジャスパーの言葉を信用していなかったわけではないが、意識を取り戻したラウルを見ると改めて安堵《あんど》の気持ちが溢《あふ》れてきた。

「そうか……俺はあの時」

意識は朦朧としているようだが、それでもぼんやりと状況は理解出来ているようだ。

「喉《のど》、渇いてない？　まだ肩は痛むよな？」

顔を近づければ、天井や部屋へ向けていたラウルの視線が、リードへと向かう。ゆっくりと寝台から伸びてきたラウルの手が、リードの頬へと触れる。

「よかった、お前のキレイな顔に、傷がつかなくて」

そう言ったラウルの頬が、僅かに綻《ほころ》ぶ。

「何……言ってんだよ！」

堪《こら》えられなくなった涙で、ラウルの顔が滲む。

「何で俺なんかを庇ったんだよ！　頼むから、自分の立場を考えてくれよ！　自分がこの国にとって、オルテンシアにとってどんなに大切な人間かくらい、わかってんだろ！」

本当は、今はこんなことを言うべきではない事はわかっている。意識が戻ったとはいえ、まだ絶対安静な状態なのだ。一刻も早く休ませるべきだとはわかっていたが、それでもリードは自身の感情を抑える事が出来なかった。

涙声で言うリードに、ラウルが困ったような視線を向ける。

「仕方、ないだろう。身体が、勝手に動いてたんだ」

「だからって」

「国にとっては、俺が必要でも、俺にとっては、お前が必要なんだ」

ぼそっと紡がれるラウルの言葉に、リードはもはや何もいう事が出来なかった。嬉《うれ》しさと怒りと悲しみと、様々な感情で心の中はぐちゃぐちゃだった。

ただ、先ほどからずっと溢れ出てくるそれを堪える術は、もはや見つからなかった。

「ごめんな、殿下。それから、ありがとう」

ようやくリードが言葉を絞り出した頃には、ラウルの瞼《まぶた》は再び重くなってきていた。

ただリードの声は聞こえているようで、口の端が僅かに上がった。

「飲み物くらいしかないけど、他に何か欲しいものはある？」

優しく、囁《ささや》くようにリードが問えば、ラウルの唇がゆっくりと開いた。

「じゃあ、名前」

「名前？」

リードが、首を傾げる。

「名前、呼んでくれ。殿下じゃ、なくて」

朦朧《もうろう》とした意識のまま、ラウルが呟いた。

「ラウル」

リードがそう言えば、ラウルが微《かす》かに笑い、そして再び眠りについた。

「何、言ってんだよ」

静かな寝息が聞こえ始めたラウルの隣で、今度はリードが呟く。へたりと、椅子へと座り込んでしまった。

名前なんて、言ってくれさえすればいくらだって呼ぶことなんて出来た。今の今まで、ラウルが自分に対してそんな事を求めているなんて知らなかった。

いつも、そうだ。

ラウルはいつも、見返りを求めない、ただ純粋な気持ちをくれる。リードはラウル自身に対して、何もしてあげられる事が出来ないというのに。

ラウルの妃《きさき》になることは出来ない。それは、王太子であるラウルはいつか王妃を娶《めと》り、世継ぎを作らなければならないからだ。

側室となれば、ラウルと王妃となった女性を目の当たりにしなければならない。愛する人が、他の人間のもとへ通う辛さを、リードは痛いほど知っている。男である自分には、勿論《もちろん》ラウルの子を望むことが出来ない。

ただ、たとえ妃となることは出来なくても。それでも、自分はこのままラウルに仕え続けたい。妃という立場にはなれなくとも、王となったラウルを支えたい。

ラウルのために、何か自分に出来る事をしたい。そのために、自分はこれから何をすべきなのか。まずは、背けていた過去と向き合う事。秘《ひそ》かに決意したリードは、投げ出されたままになっていたラウルの手に、自身のそれをそっと重ねた。

穏やかな蹄《ひづめ》と、カラカラと車輪の回る音が聞こえる。

王族専用の馬車は、長時間の乗車でも快適に過ごせるよう、車内のクッションも弾力性のあるものになっていた。

初めてアローロの王宮へ上がった日の馬車を思い

出し、懐かしさを感じた。当時は広く、とても大きく感じた馬車も、今では足をしっかりと引かなければならない。それほど体格のよくないリードでさえ、そうなのだ。目の前に座るラウルにはさらに狭く感じるようで、長い脚の扱いに困っているようだ。

「だから、俺は馬で行くと言ったんだ」

面白くなさそうなラウルの声に、リードは苦笑いを浮かべる。

「病み上がりの身体で何言ってるんだよ」

「痛みもだいぶ引いたし、馬に乗るくらい大したことではない」

「ジャスパーさんから、新しい皮膚が完全に出来るまでは、なるべく身体は動かさないよう言われただろ」

ラウルにとっては馬に乗る事は日常生活の一部なのだろうが、乗馬は十分に身体を動かすスポーツだ。

オルテンシアの城に来てからリードも数年ぶりに乗ってみたが、最初のうちは身体中が筋肉痛になった。

「クソッ、あのヤブ医者め」
ラウルは悪態づいてはいるものの、本音の所ではジャスパーの事を信頼している事をリードは知っている。

ラウルが火傷を負った日、夜遅くまで治療をしてくれたにもかかわらず、ジャスパーは翌日の朝早くから姿を見せた。一晩で、だいぶ痛みも引いたのだろう。水差しを洗いに外へ出ていたリードは、部屋に戻るとラウルとジャスパーがなかなか激しく言い合いをしていた事に驚いた。

言い合いというにはいささか語弊がある。正確には、ジャスパーがラウルを揶揄《からか》い、それにラウルがムキになっている、という方が近いだろう。

リードやマルクといったごく身近な人間以外には、どちらかといえば大人びた対応を見せるラウルにしては、珍しい事だった。

「リディ！　なんだこの男は！　本当に医者なの

か？」

「おいリディ、本当にこれが噂に聞く慈悲深く聡明《そうめい》な王太子殿下か？　ただのガキじゃないか？」

部屋に入ってきたリードの存在に気付いた二人が、ほぼ同時にそう口にした。

示し合わせたように息が合っていたため、リードが思わず噴き出せば、これまた二人できまりが悪そうな顔をした。

熱が引いたこともあり、身体こそ自由に動かせないものの、頭はクリアーなようであったし物言いもいつも通りのラウルで、リードは内心安堵した。

ラウルとしては政務もあるため、すぐにでも城に戻りたかったのだろうが、しばらくの間は絶対安静が言い渡された。

午前のうちに城からの使いも戻り、側近たちはラウルを心配しつつも、二人がいない間の仕事は任せてくれというマルクの力強い手紙が届いた。

リードは申し訳なく思いつつも、ラウルの身体の回復を一番に考え、彼らの言葉に甘える事にした。

ただ、やはりラウルの承認やリードの助言を必要とする仕事も多いようで、量こそ少ないものの、寝台に横たわりながらも仕事をする日々は変わらなかった。

鍛え上げられているラウルの身体は丈夫であったし、ジャスパーの薬の効きもよかったため、三日後には痛みは残しつつも、一人で起き上がれるまでに回復した。

ラウルの回復が早かったのは、リードの献身的な看護によるところも大きかったが、毎日のように顔を出しては、あれこれと揶揄《やゆ》していくジャスパーの影響も勿論あった。

◇◇◇

「何のために日頃から身体を鍛えてるんだ、さっさと動けるようになれ」

偶々《たまたま》リードが席を立っていた時、ちょうど起き上がって書類に目を通していたラウルにジャスパーが声をかけた。

王太子相手とは思えないジャスパーの物言いに、ラウルは内心かなり苛立《いらだ》ってはいたが、回復具合を見ても腕の良さはわかっているため、甘んじて受け入れるしかなかった。

「火傷の痛みはしばらくは続く、ただリディの前では耐えろ。出来るだけ痛がる素振りは見せるな」

「言われなくても、わかってる」

不機嫌な声色を隠すことなく出しても、ジャスパーが怯《ひる》む様子はない。むしろ、それだけ言えれば上等だとばかりに肩をすくめた。

ジャスパーがいない間の患部への薬の塗布は、全てリードが行っていた。元々器用なこともあり、やり方は丁寧ではあるが、その時のリードがいつも苦し気な表情をしている事をラウルは知っていた。

まるで、リード自身が痛みを感じているかのように。

「重傷にならずに済んだのは、リディのお蔭《かげ》でもあるからな。あの細い身体で、汗だくになりながら何度も部屋と井戸の往復をしたんだ」

ジャスパーの言葉に、ラウルが目を見開く。意識を失っていた間、ずっとリードが隣にいてくれていた事はおぼろげながらも覚えているが、それ以外の事は全く記憶になかった。

ただ、目覚めた後のリードの自身への呼び方が変わっていたことからも、何らかの会話をしたことは確かだった。

名前で呼ばれる事は嬉しかったが、その過程を覚えていない事は本音を言えば悔しかった。

「安心しろ。二、三週間もすれば新しい皮膚が作られて痛みもなくなる。そうなれば、これまで通りの生活が出来るようになる」

苦痛に顔を歪《ゆが》めるラウルにかけられたジャスパーの声は、珍しく優しいものだった。ラウルが顔を上げれば、自分を見つめていたらしいジャスパーと視線が合う。ジャスパーはニッと口の端を上げ、すぐに視線はそらされた。

不思議な気分だった。一度も会ったはずのない男だというのに、話しているとなぜか懐かしさを感じる。表面上は小馬鹿にしているようで、どこか見守るような眼差しを時折感じた。

まるで、死んだ兄のような。

そして十日後、ラウルはようやく教会を出て、城へと帰れるまでに回復した。

◇◇◇

城に帰ったラウルがまず、いの一番に手を付けた案件は、今回老婆を使い、リードを狙った首謀者の特定を行う事だった。

当初は錯乱状態だった老婆だが、従者たちに保護され、その後は教会でマザーに対し自分の罪を全て告白していた。老婆がリードにかけようとした硫酸は、数日前に話しかけてきた一人の男から渡されたものだった。男から老婆は、リードはその美しい顔で男をたぶらかし、財産から何から全てを奪った極悪非道な人間だと聞かされていた。

もっとも老婆自身は硫酸の存在など知らされておらず、男からも薬の中身は後遺症の出ない薬剤で、一時的にリードの顔を麻痺《まひ》させるくらいの効き目だと説明されていた。

しかし実際はそんなものではなかった。そのため、自身の犯した罪に耐え切れなくなってしまったのだ。

老婆は物乞《ものご》いをしながら、赤ん坊を一人育てていた。貴族の男に騙《だま》されて産んだ一人娘の忘れ形見ではあったが、腕の中の小さな存在は老婆に生きる理由を与えてくれた。

リードに薬剤をかけることを条件に得られた銀貨があれば、しばらくは食事に困る事がないと思った。けれど、それにより老婆は重い罪を犯す事になってしまった。

老婆を利用した男の身元は、すぐに判明した。老婆の話の内容から男の特徴を掴《つか》み、さらに実際老婆と男が話していた現場の目撃者も探し出されたのだ。

街の人々は人気が高いリードが狙われたという事もあり、みなが協力してくれた。そのため、酒場へかけつけた兵士たちにより瞬く間に男は捕らえられた。

そして尋問の末、背後にいたのがアルセオ・カマルゴであると男は名前を出した。

中位貴族であり、エレーナの父親だった。

すぐにアルセオは捕縛され、城へと連行されていった。ちょうど他国の商人と仕事の話をしていたアルセオにとっては、寝耳に水の事態だっただろう。

最初は自身の潔白を叫び続けていたアルセオだが、長く続く尋問と、少しずつ出てくる証拠や証言の数々に、数日後にようやく罪を認めた。

決め手となったのは、男が老婆に渡した銀貨は銀の含有量が極端に低い、質の悪いものだったからだ。

ここ数年、オルテンシア国内で問題になっている偽造銀貨は、見た目は普通の銀貨とほとんど変わらないのだが、時間が経つと色が変わり、重さも本物より軽く作られていた。

アルセオの屋敷に捜索に入った軍の兵士により、それらの偽造銀貨が地下から大量に発見された。ここ数年のアルセオのはぶりの良さは、この偽造銀貨による恩恵が多かった事も改めて露顕した。

なお、アルセオにリードが標的にされたのは、今回の改革により貨幣の改善と、資産や事業の会計帳簿の提出が求められることになったからである。

ラウルの側近の中でも身元のしっかりしていないリードは、ある意味恰好《かっこう》の標的ではあった。

実際に被害にあったのがラウルであった事は誤算ではあったが、あくまで自身の狙いはリードであったことを、法廷でアルセオは繰り返し主張した。告白を全て正直に行いさえすれば、罪が軽くなる事を秘かに期待していたのだろう。

けれど、簡易ではあるが司法の場で言い渡されたのはアルセオの極刑と、カマルゴ家の全財産の没収だった。何も知らなかった親族はなんとか罪に問われなかったものの、それぞれの領地は現在の半分にまで減らされることになった。今後も政治の中枢にかかわる事は難しいだろう。

カマルゴ家は貴族の地位をはく奪され、さらに何らかの援助をしたものにも罰が下される旨が言い渡された。元々貴族の中では鼻つまみ者になっていた事もあり、カマルゴ家を助けようとする者は一人もいなかった。


簡易裁判が終わる頃には、ラウルの火傷の痛みもほとんどなくなってはいた。ただ、政務へ本格的に復帰する前に、オルテンシアの王妃であるレオノーラの住む離宮へ休養に出かけてはどうかとアデリーノから提案された。

離宮のすぐ近くには温泉もあり、火傷の回復を早める効用がある。せっかくだから二人で行ってきてはどうかと皆に言われ、週末を利用して向かう事にした。

リードとしては仕事も気にはなっていたが、ここ最近いつも以上に忙しくしていたリードを休ませたいという気持ちがラウルにはあったようだ。

確かにカマルゴの科された刑に関しても、反対こそしなかったが、自身が原因である事もあり、秘かに心を痛めていた。たった数日間ではあるが、リードには気分転換になる良い機会だと思ったのだろう。

そういったラウルや周りの側近たちの気遣いを、リードはありがたく受け取ることにした。

レオノーラの住むフエントは、王都から馬車を走らせれば一刻ほどの距離にある小さな街だ。

美しい山々と大きな湖があることから貴族からも人気があり、夏ともなれば別荘にはたくさんの人間が集まってくる。離宮周辺は貴族であっても安易に近づくことは出来ないため、レオノーラはとても静かな環境で過ごしているのだという。

王都を出てしばらくは、所狭しと家々が立ち並んでいたが、少しずつ目に入る風景も変わってくる。こんな風に長閑《のどか》な景色が、王都から半刻ほどで見られるとは思いもしなかった。

「リディ」

「え？　あ、なに？」

窓の外をぼうっと眺めていたリードは、ラウルの声に慌てて視線を向ける。

「いや、どこか表情が浮かないようだが……やはり、母上には会わないでおくか？」

ラウルの言葉は、自分を気使ってのものだとわかっていたので、リードは慌てて頭《かぶり》を振った。

「そんなことないよ。楽しみだよ、王妃様にお会いするの。何より、ラウルのお母さんなんだからさ」

リードがそう言えば、ラウルはホッとしたように頬を緩めた。

療養も兼ねて出かけることをラウルがレオノーラに伝えれば、翌日にはそれに対する返答があった。会えるのを楽しみにしている、という内容の簡潔なものではあったが、手紙にはしっかりとリードの名前も書かれていた。

あらかじめ、ラウルが側近としてリードを連れて行くことを知らせていたとはいえ、そこに言及されるとは思わなかったため、リードは勿論ラウルもこれに対しては驚いた。

あくまで表面上の事かもしれないが、一応のところは歓迎をされているようで、リードも内心ホッとしていた。

フエントの離宮は、その外観から、まさにレオノーラの趣味を集めたような造りになっていた。

大きさこそシントラ城に比べれば小さいが、それでも手入れは細かな部分まで全て行き届いている。

たくさんの自然に囲まれていることもあり、さながら絵本に出てくる城のようでもあった。

そんな、まるで御伽《おとぎ》の国に入ったかのような気分になりつつも、リードはラウルと共に王妃の間までしっかりと案内された。

女官長を務めているのはレオノーラがアローロにいた頃から仕えている人間らしく、落ち着いた、姿勢の良い姿が印象的だった。

豪奢《ごうしゃ》な扉を開けると、そこには一人の女性が一段高い場所で、椅子に座っていた。鮮やかな金髪はラウルと同じ色で、顔立ちにも面影があった。そして、やはり姉弟だという事なのだろう。リケルメにも、よく似ていた。

「久しいわねラウル。今日は珍しく、マルク以外を連れてきたそうじゃない」

女性にしてはやや低く、落ち着いた声色だった。静かなその声はどこか迫力があり、リードは一瞬身を怯ませた。

切れ長の瞳《ひとみ》は真っ直ぐにラウルと、そしてその隣に立つリードを見据えている。

「お久しぶりです母上。こちらは、手紙にも書いたリディです。私の側近として、働いています」

「初めまして王妃様、リディと申します」

ラウルに紹介されたリードは、丁寧に臣下の礼をとった。

「話は聞いています。すぐ傍にいながら、主に庇《かば》われた間抜けな側近というのをね」

「母上！」

レオノーラの言葉に対し、即座にラウルは声を荒げた。その視線には、明らかに非難の意が込められている。

「事実を言ったまでよ」

ラウルのきつい視線など物ともせず、淡々とレオノーラは口にした。

「はい、此度の殿下の怪我は全て私の不徳の致すところです。心より、謝罪申し上げます」

「リディ」

ラウルが、気遣わしげな視線を向ける。リードにしてみれば、レオノーラの言う事はもっともであるし、この件に関して自身を叱責する人間が誰もいない事に、心苦しさすら感じていた。

だからいっそ、レオノーラが口にしてくれて、スッキリしたくらいだ。

「まあ、貴方の顔を傷つけたくなかったというラウルの気持ちもわかるけどね」

そう言ってレオノーラは、リードの顔を見て薄く笑った。まるで観察するかのようなその視線に見つめられ、リードはどこか居心地の悪さを感じた。

「じゃあ、ラウルは長旅の疲れを癒やすためにも、温泉にでも浸かってきなさい。そしてリディ、貴方には、話があります。私と、二人きりで」

レオノーラの視線が、真っ直ぐにリードへと注がれる。リードも、それに対して怯むことなく見つめ返した。

ラウルは最後まで心配していたようだが、リードは快くレオノーラとの話し合いに応じることにした。

口調こそきついため、誤解を受けやすいかもしれないが、先ほどから見るに、レオノーラが悪い人間ではない事はリードにもわかった。

人払いをされた事もあり、リードは広い部屋でレオノーラと二人きりになった。

「まどろっこしいのは好きじゃないから、単刀直入に聞くわ」

広々とした空間に、レオノーラの声がよく通った。

「リード・エスメラルダ。リケルメの妃《きさき》である貴方が、どうしてここにいるのかしら」

リードの瞳が、これ以上ないという程に見開かれた。

「いえ、そうじゃないわね。聞き方を変える」

レオノーラが、畳み掛けるようにリードに問う。

「リード・エスメラルダ、貴方が忠誠を誓うのは、オルテンシアの旗？　それとも、アローロの旗？」

そして、最後にはっきりと尋ねた。

「旗幟《きし》を鮮明にしなさい、リード」

◇◇◇

静かな空間だった。広さのある王妃の間は物音ひとつ聞こえず、まるで時が止まったかのようだった。

リードを見据えるレオノーラの表情からは、一切の感情が読みとれない。親子であるのだから当たり前ではあるが、冷静に相手を観察するその瞳は、ラウルともよく似ていた。

旗幟を鮮明にする、つまり自身の立場を明確にするようレオノーラは言った。ここで自らの姿を偽ったところで、おそらくレオノーラには通用しない。リードの家名まで調べあげているのだ。かまをかけているわけではなく、根拠があっての問いなのだろう。

早鐘を打っていたリードの心臓が、少しずつ穏やかなものになっていく。背筋を伸ばし、伸ばしていた指先を丸め、ギュッと拳《こぶし》を作る。

レオノーラは、そんなリードの一挙一動すら見つめている。

「リード・エスメラルダの名は捨てました、ここにいるのは、ただのリディです」

レオノーラの眉《まゆ》が、ピクリと上がった。

「アローロを捨てたという事？」

「そんな風に思った事はありません。けれど、そう受け取って下さっても結構です」

この世界における国籍は、明確な形では存在しない。正確に言えば、未だ制度が整っていないのだ。

国同士が陸続きであるこの大陸にはいくつもの国が存在するが、検問所や国境はあくまで王の領土を線引きしたもので、行きかう人々までは管理することが出来ていない。

アローロとオルテンシアの場合、両国は友好関係にあることもあり、それこそ農民や商人といった平民は、住居を変える事も自由に出来た。

もっとも、アローロは豊かで発展している事もあり、アローロに住む人間が他国にわざわざ住まいを変えるという事は滅多にない。それでも、制度上は可能であることも確かだった。

また、アローロもオルテンシアも信仰しているのは同じナトレサ教である。グレースの侍女であったサニアのように、シスターという経歴を持っていれば、王宮で働く上での信用も得られる。

ただ、それはあくまで平民の話で、王族や貴族の場合はその限りではない。それらの地位は、その国の後ろ盾があり初めて通用するものだからだ。それぞれの国に広大な土地を所有している貴族が、わざわざ他国に移り住み、自身の地位を捨てる事など滅多にない。さらに身分が高い人間ほど、王家への忠誠心も強い。騎士道文化が根強い両国であることもあり、国の中枢にいればいるほど、帰属意識も高いからだ。

それでもリケルメは、自身の周りにいる人間、特に要職に就いている立場の者には他国に移住する事を禁ずる契約を文書において課していた。アローロの国内機密が他国に漏洩《ろうえい》することを恐れてのものだが、それだけ先見の明があったのだろう。

ただ、王の側室という立場であったリードは勿論《もちろん》そういった契約は交わしていない。リケルメの脇が甘かった、というわけではない。身体が解放され、誰しも口が軽くなってしまうと言われる寝台の上だが、自身は当てはまらないという、自負の念があったのだろう。

実際、リードが自ら聞くこともなかったが、あれだけ閨《ねや》を共にしてもリケルメが政治上の話を口にすることはほとんどなかった。

もっとも、それはリケルメがリードを信用していなかったというわけではなく、リードと過ごす間は、王という立場を考えずにいただけなのだが、当のリードがそれを知る由もない。

「随分薄情なのね。リケルメは貴方をどの妃よりも寵愛《ちょうあい》し、何不自由のない生活を送っていたという話だけど」

レオノーラの言葉に、チクリとした痛みが自身の胸にはしる。それは、リード自身が誰よりも感じていた事だからだ。

「恋愛のもつれ話に口を出すのは野暮だとは思うけど。心配しなくとも、貴方の後に入った側室なら、二年もせずに後宮を出たそうよ。それも、自らの意志でね」

俯《うつむ》きがちだったリードの顔が、その言葉に上向く。ただ、それは喜色からではなく単純な驚きからだったた。

リードより後に入った側室というのは、おそらくレオンのことだろう。レオンはリードから見れば後宮の生活に馴染《なじ》んでいたし、楽しく過ごしていたように見えた。自分から出たという事は、レオン自身の心境に何かしらの変化があったのだろうか。

けれど、今現在のリードにとって重要なのは、レオンが後宮を出た理由よりも、自らの意志で後宮を出たという事実だ。

「それはつまり、私もリケルメ陛下の承諾さえ頂ければ、正式に後宮を出られるという事でしょうか」

リードの言葉が意外だったのだろう、レオノーラが訝《いぶか》しげな表情をする。

「おかしな事を言うわね。私は、あなたの後宮での地位を脅かす存在はいなくなったから、安心して後宮にお戻りなさいと言ったつもりなのだけど。また新しく側室でも入宮させて、逃げられでもしたら堪《たま》ったものではないもの。これに懲りて、リケルメもその辺の事は学んだでしょう」

淡々とした口調ではあるが、レオノーラの物言いにはどこか棘《とげ》を感じた。おそらく、レオノーラにとってのリードはリケルメの寵が失われることを恐れ、後宮を逃げ出した人騒がせな側室という認識なのだろう。

第三者から見た自身の行いがそのように思われることは、リードも重々承知していた。相手はオルテンシアに嫁いだとはいえ、リケルメの実姉なのだ。罵《のの》られ、糾弾されたとしてもおかしくはない。

けれど、レオノーラの言葉からいくつかの情報が読み取れるのも確かだ。

後宮を出てからのリードが最も気がかりにしていた点、それは現在のアローロでの自身の扱いだった。

許可を得ずに後宮を出たとはいえ、これだけ時間が経てば既に免官されている可能性はある。それこそ、リケルメがリードは後宮から出たのだという判断さえ下せば、リードの後宮での妃としての立場は失われているはずだ。何も言わずに後宮を出たのだから、そうなっていたとしても何の不思議もない。

オルテンシアに住み始めた頃は、いつアローロから捜索の手が伸びてくるか気が気ではなかった。リケルメの力をもってすれば大陸中を虱潰《しらみつぶ》しに探す事だって出来たはずだからだ。

けれど、リードが見つけられることは結局なかった。そして、時間が経つにつれそういった不安は少しずつ薄らいでいった。

リード自身が思っていたよりも、リケルメにとって自身の存在は些末《さまつ》なものだったのかもしれない。

それを寂しく思わなかったと言えば嘘になるが、後宮を出る事はリードが選んだ道であるため、それも仕方のない事だと思った。とはいえ、レオノーラの話から推察するに、未だリードはアローロの後宮において側室としての地位を失ってはいない。だから、今ならまだ許されるから後宮に戻るようにと、レオノーラはそう言いたいようだった。

もしかしたら、これはレオノーラによるリードへのある種の最後通牒《さいごつうちょう》なのかもしれない。

しかし、それでもなお、リードは自らの意志を変えるつもりはなかった。

「王妃様のお言葉は、ありがたく思います。しかしながら、私は後宮に戻るつもりはありません」

軽い気持ちで、後宮を出たわけではなかった。思い悩み、考え抜き、そしてようやく決断した事なのだ。

怯《ひる》むことなく言ったリードを、レオノーラもまた見つめた。

「つまり、これからもオルテンシアで暮らし、ラウルの側近でいるということかしら？」

「許されるなら、そうしたいと思っています」

身元が知られてしまった以上、レオノーラはリードがラウルの側近でいることを良しとしないかもしれない。それならばそれで、仕方ないとはリードも思っていた。

ただ、側近の職を辞したとしても、それ以外にもリードに出来る事はある。それこそ、教会に戻るという選択肢だってあるはずだ。

レオノーラは少し考える素振りを見せ、おもむろに口を開いた。

「ラウルは王太子よ。いずれ、王妃を娶《めと》り、子を生《な》す事もあるかもしれない。それでも、貴方はラウルの傍にいられる？」

リードは薄く笑い、そして深く頷《うなず》いた。

「殿下の御子にもまた、同じように仕えていきたいと思っています」

リードの言葉に、レオノーラは驚いたような表情をし、小さく呟《つぶや》いた。

「覚悟は、出来ているという事か」

独り言のようではあったが、その言葉はリードの耳にもしっかりと届いた。

「リード・オルテンシア・エスメラルダ、貴方の気持ちはよくわかりました。オルテンシア王妃として、貴方をこの国の民として認めます」

恭しく、けれどはっきりと言われた言葉に、リードの表情が明るくなる。

「これからも、ラウルのことをよろしくね、リディ」

そう言ったレオノーラは、王妃の顔ではなく、一人の子を思う母の顔をしていた。リードは、ゆっくりと頷いた。

レオノーラとしては、話はそこで終わるはずだった。けれど、リードにはまだレオノーラへ伝えなければならない事があった。

「あの、王妃様」

「何?」

「今後も、ラウル殿下の側近として傍にいさせて頂きたいとは思っておりますが。つきましては、その前にしておきたいことがあるのです」

レオノーラが、怪訝《けげん》そうにリードを見る。

「リケルメ陛下とお会いし、お話しすることは出来ないでしょうか」

それは、ここ数日の間、リードがずっと考えていた事だった。リケルメに何も告げず、後宮を出たことが、リードはずっと心残りだった。

たとえリケルメが、後宮におけるリードの地位をなくしていたとしても、それでも考えは変わらない。後宮を出た側室になど今更会いたくもないだろうし、自分で選んだ事とはいえ、リケルメに蔑《さげす》むような視線を向けられることは辛い。だけどそれでも、リードはリケルメと話したいと、話さなければならないと思っていた。

今もなお、リケルメがリードを側室として見ていてくれるのなら、尚更に。けれど、そんなリードの言葉をレオノーラははっきりとした口調で切り捨てた。

「無理よ」

それだけでは、さすがに説明が足りないと思ったのだろう。戸惑うリードを見つめながら、さらにレオノーラは続けた。

「貴方、リケルメにとって自分がどういう存在か、全く分かっていないようね」

レオノーラが、長い髪をかき上げた。

「リケルメが貴方を見つけたら、即座にアローロに連れ戻すに決まっているでしょう。話なんてする間もなく、ね」

信じられないとばかりにレオノーラはため息をついたが、目の前に立つリードはそれでも納得できないようだった。レオノーラは、小さく嘆息すると再び口を開いた。

「貴方が後宮からいなくなった後のリケルメの取り乱し様は、凄《すさ》まじいものだったみたいよ。それこそ、警備に当たっていた貴方の宮の兵は勿論、王宮の番兵の首が全員飛びかねない勢いだったくらいに。マリアンヌの取り成しもあって事は穏便に済まされたけど、冷静なリケルメがあんな風に感情を露わにするのを、マリアンヌも初めて見たそうよ」

リードの表情が曇るのを確認しながらも、さらにレオノーラは続けた。

「国内は勿論、大々的に大陸中の捜索をする事だってリケルメなら出来た。それをしなかったのは、どうしてかわかる?」

問いかけながらも、レオノーラはリードの答えを待たなかった。

「貴方が何かしらの事故に巻き込まれて攫《さら》われたのではなく、自ら後宮を出たとわかったからよ。もし側室が後宮を出たいという意思を示せば、いくら王でも話し合いには応じなければいけない。貴方を後宮から出す事など、リケルメは、考えたくもなかったのでしょうね。何より、他国が貴方の存在を認識したら、政治的取引を持ちかけられる可能性は高い。どんな無茶な取引を持ちかけられても、リケルメは受け入れざるを得ない。だから、捜索は続けていたけれどあくまで内々のものだった。ちなみに、アローロでは貴方は病を患い、ずっと自身の宮で臥《ふ》せっているという話になっているそうよ」

そう言ったレオノーラの表情には笑みさえあったが、リードとしてはひたすら居たたまれなかった。リケルメからは、愛されていたとは思う。けれど、ここまで強い執着を持たれているとは思いもしなかった。

「ただ、そろそろ三年の期限が近付いている事もあって、リケルメにも焦りが見えてきた。あの弟が、私に頼みごとをしてくるなんて、初めての事よ。あの、周りの人間を全て自分の駒としか思っていないような人間がね」

オルテンシア国内は勿論周辺国との外交関係は円滑に行っているし、繋《つな》がりもたくさん持っている。社交的とはいえないリオネル王が、周りの国々と友好関係を築けているのは、レオノーラの功績も大きい。

「三年」

口にしながら、ハッとしたようにリードは目を見開いた。

「そう、三年間生存を確認できなければ、それを目途に貴方はアローロの教会の名簿から死者として扱われる。勿論、生存が確認出来たらもう一度登記させることも可能だけど、そうなれば後宮へ再び入れるのは難しくなるでしょうね」

それは、アローロが諸外国とまだ戦争をしてた頃に出来た制度だった。アローロの宗教では戒律上、一夫多妻や重婚は認められていない。再び婚姻が許されるのは、相手の死が確認出来た時だけだ。

夫を戦で失い、未亡人となった妻たちにとって、再婚は生活の糧を得るものとして重要なものだった。しかし遺体がアローロへ戻れば教会も死を確認できるが、生死不明となった場合はそれを判別する事はできない。

小さな子供を抱え、再婚も出来ず、食べていくために公娼《こうしょう》へと身を落とす女性も少なくなかった。それを憂えた当時のアローロ国王と教会の間で決められた制度が、この三年という期限だった。

また、この三年という期限で寡婦となった人間は、再婚せずとも国を通して教会から手厚い保護も、もらうことが出来た。

「だから、あと数カ月の間大人しくしていれば、貴方は晴れて自由な身となれる。それまでに、痺《しび》れを切らしたリケルメが大陸中の大捜索を始めるでしょうけど、貴方の事は私が保護するから、安心なさい」

レオノーラの言っている事は、もっともだった。

リードだって、後宮を出たばかりの頃はレオノーラと同じように思っていた。三年という月日が経てば、自然と自身の存在はアローロでは抹消される。また、その頃にはリケルメにとっての自分への関心もなくなっているものだと思っていた。

人の気持ちが変わるのに、三年は十分な時間だった。けれど、どうやらリケルメにそれはあてはまらなかったようだ。

だからこそ、リードはリケルメと会わなければならないと思った。

「王妃様のお気遣いには、感謝いたします。だけど、それでも私はリケルメ陛下と会い、話がしたいのです」

勝手を言っているという事は、リードも重々承知していた。自分から傍を離れておきながら、何を馬鹿なと思われていても仕方ないと。

だけど、それでもこのままリケルメと会わずにオルテンシアで暮らし続ける事は出来なかった。それは、あまりにリケルメに対して不誠実すぎる。

今のリケルメの現状を知ったからこそ、リードには黙って見過ごす事など出来なかった。

「それで交渉に失敗し、貴方がアローロに連れ戻されたら？」

率直な問いに、リードは言葉を詰まらせる。そうなってしまう可能性だって、ないわけではないのだ。いや、むしろレオノーラのいうようにその可能性の方が高いだろう。

「その時は、それはそれで仕方がないと思います」

苦し紛れに発したリードの言葉だったが、それを聞いたレオノーラは大きく頭《かぶり》を振った。

「貴方、オルテンシアとアローロを戦争にでもしたいの？」

その言葉に慌てたのは、リードの方だ。

「王妃様はもちろん、ラウル殿下に迷惑をかけるつもりは毛頭ありません。オルテンシアにいたのはあくまで私自身の意志で、王妃様や殿下は一切関知してなかったと、リケルメ陛下には私から話します。私が滞在していたことにより、オルテンシアに害が及ぶことはないよう」

リードの言葉は、レオノーラによって阻まれた。

「違う、そういう意味じゃない。貴方がアローロへ戻されて、それでラウルが素直に納得すると思ってるの？」

リードの表情が、苦渋に歪《ゆが》む。そうなった時に、何も事情を知らないラウルが、傷つくであろうことはリードでも想像することは出来た。

もしかしたら、ずっと自分を騙《だま》していたのかと恨まれるかもしれない。だけど、それでもこのまま知らぬふりをして安穏とオルテンシアで生活を送る事は、リードには出来なかった。

「ラウル殿下には、私の方から全てを話すつもりです」

「だから、そういう意味じゃなくて」

苛立《いらだ》ったように、レオノーラが言葉を荒げた。

「貴方がリケルメのもとに戻されて、それでラウルが黙っているとでも思っているのなら、貴方はラウルの気持ちを全く分かっていない。今すぐには難しくとも、どこかの誰かさんの活躍もあって、オルテンシアは急速に力をつけつつある。アローロは力で大陸を制覇した事もあって、反発を持つ国も多い。もしオルテンシアが反旗を翻せば、同調する国も少なくないでしょうね」

どこかの誰か、というのが確実に自身を指したものであることはリードにもわかった。単純に、リードとしてはオルテンシアと、そしてラウルのために出来る事をしてきたつもりだった。

今でも、それが間違っているとは思っていない。

けれど、レオノーラの言葉により改めて自身のした事の重大さを実感した。

ラウルが自分一人のために戦争を起こすような、そんな愚かな行いをするとは思わない。ラウルの気持ちは知っていても、そこまで自惚《うぬぼ》れるつもりはなかった。

ただ、その可能性がないとも言い切れない。それくらい、思われている事もまた自覚していた。側近たちは勿論《もちろん》、フェリックスもエンリケも、事情を知ればラウルを止める事はしないだろう。

さらに今のオルテンシアは国全体が力をつけている事もあり、国の中枢にいるのもアローロへの依存関係を脱却しようとする考えを持つものばかりだ。

それにより、最近ではラウルの後は正統なオルテンシアの血を持つセドリックを王に、という考えを持つものも多くなってきている。

国同士の均衡は危うく、絶妙なバランスで保たれている。ラウル自身が望んだ事とはいえ、それを崩す事に関わってしまったのは、他でもないリード自身だ。

「貴方の人柄はラウルからも聞いているし、今話しただけでもとても誠実な人間であることはわかる。そんな貴方からすれば、全てを知りながらも目を瞑《つぶ》るという事は、卑怯《ひきょう》に思えるのかもしれない。だけど、両国にとってはそれが一番良いの。それに」

レオノーラが、まるで嘲笑《ちょうしょう》するかのように口の端を上げた。

「いい気味だわ。周りを全て自分の思うがままに動かしてきたあの男が、初めて自身の力が及ばない事を実感するんだもの。本当に、気分が良い」

そう言ったレオノーラは表情こそ笑ってはいたが、その瞳《ひとみ》は潤んでいるようにも見えた。心から喜んで口にしている言葉のようには、とても見えなかった。

リードは、そんなレオノーラをただ見つめ続ける事しか出来なかった。

◇◇◇

透き通るような白磁の頬に、絹糸のような黒髪がかかる。丸みを帯びたアーモンド形の瞳は長い睫《まつげ》に彩られているが、今は俯《うつむ》いていることもあり、物憂げに影を落としている。

無意識なのだろうが、明細書と向き合いながら、幾度目かになるため息が零れた。

毎日のように顔を合わせて随分になるが、未だ慣れることのないその美しさを、サビオラがぼうっと見つめていると。

「あたっ」

後頭部に強い衝撃を受け、思わず頭を手で覆った。

「ボーッとしてないで手を動かせ手を！　このコネホが！」

分厚い書籍を持ったフェリックスが、高い位置から自分を見下ろしている。どうりで痛いはずだと、頭をさすりつつ恨みがましく涙目でサビオラが見れば、ギロリと睨《にら》み返され慌てて視線を逸らした。

「フェリックスさん、うちの優秀な文官を手荒に扱わないでください」

二人の様子に気付いたリードが、苦笑いをしながら口を挟む。

「そ、そーですよ！　そもそもなんですかコネホって！」

リードに庇《かば》われた事に気をよくしたサビオラが、ここぞとばかりに反抗を試みる。が、フェリックスが眉間《みけん》に皺《しわ》を寄せたことによりすぐに身体を小さくした。

「アローロの南部地方の言葉で、兎って意味だよ」

「ちょろちょろ走り回ってる姿がそっくりだろ？」

リードの説明に対し、人の悪い笑みを浮かべたフェリックスがサビオラを見て言う。

馬鹿にしたようなフェリックスの顔を見たサビオラが、訴えるようにリードへと視線を向ければ。肝心のリードが懸命に笑いを堪《こら》えていることがわかり、サビオラはがっくりと肩を落とした。

側近の中では国庫の管理といった財政・経済を担当しているサビオラは、豪商であるフェリックスと顔を合わせる機会は多い。仕事がとても出来るというのはわかるが、フェリックスの豪快な性格は、小心者のサビオラにとって心臓に悪い。

顔を赤くしたり青くしたりするサビオラの反応がフェリックスも面白いようで、事あるごとに揶揄《からか》ってくる。「城内でリディが住んでる部屋の位置を教えろ」等と強面で言われた日には、断るのにも一苦労だった。冗談ではあるのだろうが、フェリックスが言うと洒落《しゃれ》にならない。

ただ、罷り間違って教えた日には、さらに恐ろしい目に遭う事はサビオラもわかっていた。

今日だって、リサーケ同盟の現在の収支をリードが確認しに行くと言うから、自分はフェリックスの所に行かなくていいと内心ホッとしていたのだが。

リードを一人でフェリックスの所に行かせるなという、ラウルからの無言の圧力により、結局一緒に行く事になってしまったのだ。

ちらりともう一度リードへと視線を向ければ、相変わらず美しい所作で帳簿の確認を行っている。見《み》惚《と》れそうになるのを慌てて抑え、サビオラは再び自身の書類へと目を向けた。

◇◇◇

「まあでも、コネホが思わず見惚れるのもわかるけどな」

「は?」

「今日何回目のため息だよ、何を悩んでんのか知らねえけど、お子様には刺激が強いんだろ」

フェリックスに言われたリードが、瞳を何度か瞬かせた。

「そんなに、何度もため息をついてましたか」

「それすら気付いていないのは、重症だな」

お子様と言われた事でサビオラは頬を膨らませているが、ますます小動物のように見えてしまっている事におそらく本人は気付いていない。

整った外見を持つ者が多いラウルの側近の中では、サビオラはどちらかと言うと地味な顔立ちではある。けれど、性格は良く、小柄で愛嬌《あいきょう》もあるためリードも気に入っていた。

何より毎回のようにフェリックスにおちょくられ、時に辛辣《しんらつ》な言葉を投げつけられてもめげる事がないという、なかなかに図太い神経と根性も持っていた。だから、口に出す事はないがフェリックスの方も、ラウルとの橋渡し役としてサビオラの事はそれなりに買っているのだろう。

「レオノーラ王妃と、何かあったのか？」

押し黙ってしまったリードに対し、珍しくフェリックスの表情が真面目なものになる。

そして、ちょうど先ほどまで頭の中にあった人物の名を見事に言い当てられたリードは、目に見えて動揺してしまった。

離宮から戻ったリードとラウルは、数日の間は溜《た》まってしまった仕事に追われていた。側近の皆が頑張ってくれていたとはいえ、それでも二人の抜けた穴は大きかったようだ。

ただ、身体を休ませられたこともあり、これまで以上に政務に集中できた事も確かだ。そのため、一週間も経たずに仕事もいつもの状況に戻っていた。

温泉の効用か、ラウルの火傷もほとんど目立たないものになっていた。湯浴みの後の薬はまだ必要とはいえ、これまで通りの生活が送れるようになってきている。

そういった意味でも、数日ではあったものの離宮へ行ったことは二人にとって良い休養となった。

離宮で過ごしている間、リードがレオノーラと話す機会は何度もあった。特に夕食は、ラウルと三人でとっていた事もあり、その時々で様々な話題に花が咲いた。

想像していた通り、レオノーラは芸術や文化への造詣《ぞうけい》が深く、さらに歴史建造物の保護や遺跡発掘に関する事をリードが話せば、強い興味を示してくれた。

最初に対面した時の事もあり、レオノーラのリードへの対応を心配していたラウルだが、柔らかくなった母親の接し方を見て、安心したのだろう。ラウルとレオノーラの会話も、これまでで一番多かったと帰りの馬車でラウルが話していた。

感情を表に出す事の少ないレオノーラが、リードの前では笑顔も見せてくれ、その対応はラウルがいない時でも変わらなかった。

けれど、たとえリードとレオノーラが二人きりになっても、あれ以降リケルメに関する話題が出されることは一度もなかった。

「まあ、見るからに気難しそうな顔をしてるからな。あの王妃が気に入る人間の方が少ないだろうし、気にしなくてもいいんじゃねえか」

腕組みをしたフェリックスが、弾力のある長椅子へと音を立てて座る。

「だいたいいくら美人でも、あんなおっかねえ顔してたら、勃《た》つものも勃たねえよな」

「フェリックスさん……」

いくら年代が変わらないとはいえ女性、しかも一国の王妃に対するあまりの物言いに、リードも顔を顰《しか》める。

「なんにせよ、重要なのはラウル殿下とお前の気持ちなんだからよ。あの王子様の性格なら王妃に何言われたって聞き入れることはないだろうし。だからお前は気にしなくて」

「あのフェリックスさん、何の話をしてるんですか？」

リードの言い分を聞くこともなく、どんどん話を進めてしまうフェリックスに、ようやく口を挟むことが出来た。

「何って、あれだろ？　離宮にラウル殿下がお前を紹介しにいったら、結婚を反対された上にいびられたんだろ？　こんなどこの馬の骨ともわからない！　とか言われて」

「……違いますよ」

一体、何をどうしたらそんな話になるのか。冗談ではなく、本気で思い込んでいそうなフェリックスに対し、リードは脱力しながらもきっちりと否定した。

「別に結婚相手として紹介されたわけでもなければ、いびられたわけでもありません。むしろ、とてもよくして頂きました」

レオノーラの名誉のためにも、そこはしっかりとリードも否定した。容姿端麗ではあるが、表情の変化に乏しいためか、レオノーラの美貌《びぼう》はどこか冷たい印象がある。

リオネルの側室で、フェルディナンドの生母であるエレナが見るからに優しく温厚な女性であることからも、ある意味対照的でもあった。

レオノーラが城を不在にしているため、今の後宮の主《あるじ》はエレナではあるが、分をわきまえているのか、穏やかな気質もあり、レオノーラの事もきちんとたてていた。

王との確執が囁《ささや》かれる事もあるレオノーラだが、それが単なる噂話であることは実際に本人に会ったことではっきりした。

レオノーラの口からはリオネルやエレナの話も出てきたが、そこに悪感情は一切感じられなかったからだ。むしろその口ぶりから感じたのは、二人に対する気遣いと敬愛の念だった。

他国から嫁いできたレオノーラではあるが、オルテンシアと、その民への愛情は深い。

あの時リードに対してその立場を問い質したのも、リードがオルテンシアに害なす存在であるかどうかを見極めたかったからだろう。けれど。

「あの、フェリックスさん」

「なんだ?」

「レオノーラ様がオルテンシアをとても大切に思ってる事は、実際にお話ししてもわかったのですが。その……アローロに関しては」

リードがレオノーラから感じたのは、オルテンシアへの愛情とアローロへのどこか複雑な思い。そして、リケルメへのある種の憎しみともとれる感情だった。

アローロの後宮にいた頃、リケルメはリードの兄弟に関する話をよく聞きたがった。あまり他の兄弟と懇意とも言えなかったリードではあるが、彼らにも良い部分があることは知っていた。

一つ上の兄は、後宮に入ることで多忙になったリードに代わり、時間があれば使用人の子供たちに文字を教えていた。姉たちも、自分たちが逃げ出した厳しいマナー教育をリードが耐えられたこともあり、それ以降は態度が柔和なものになっていた。良好な、仲の良い兄弟関係が築けていたわけではなかったが、それでも彼らの事を憎んだことは一度もなかった。

そして、リケルメの口から自身の兄弟に関する話題が出ることはほとんどなかった。特に、国内の貴族に嫁いだ妹や、軍に所属する弟の話題は時折出ることはあったが、二つ年上の姉、レオノーラの名前は一度も聞いたことがなかった。

王宮勤めの長いルリからは、年齢が近いこともあり、幼い頃はとても仲の良い姉弟だったと聞いていたため違和感こそ持ったが、それに関してはリードも言及しなかった。

ただ、実際にレオノーラに会った事により、二人の間には深い溝がある事を改めて感じた。

「サビオラ」

「あ、はい」

「地下の貯蔵庫に行って、来週の船に載せる品目の数があってるか確認してこい」

フェリックスがテーブルの上にあった紙を、サビオラへと渡す。何気なく受け取り、紙へと目を落としたサビオラは、目に見えて青くなった。

「な、なんですかこの量!?　こんなの全部確認してたら、日が暮れちゃいますよ」

「は？　ちんたら仕事してんじゃねーよ。一時間でやれ、一時間で！」

フェリックスが扱っている貿易品は、ワインやオリーブ油、魚介類といった食料品から、琥珀《こはく》などの化石や宝石、毛織物や毛皮といった装飾品まで多岐にわたる。

勿論それらは各品目によって担当者がいて、既にある程度の数は揃えられているはずだが、確認するとなるとかなりの時間を要するはずだ。

フェリックスが理不尽な要求をすることは珍しい事でもないが、さすがのサビオラも顔が引きつる。

「自分の国が外に売ってるものが何か、把握するのもまた、国の仕事だろ？」

確かに、フェリックスの言う事には一理ある。サビオラとしても、ぐうの音も出なかったのだろう。サビオラが肩を落として部屋を出ていくのを、リードは苦笑いを浮かべて見送った。

「さて、邪魔者もいなくなったし、ようやく二人っきりになれたなありディ」

ニッと笑みを向けたフェリックスが、リードに自身の隣へと座るよう促す。自分の魅力をよくわかっているのだろう。元々の顔立ちの華やかさもあるが、堂々とした立ち振る舞いや、確固たる自信から感じられる色気は、年齢を重ねた男だからこそ出せるものだ。

リードは苦笑いを浮かべ、フェリックスの目の前のアームチェアへと腰かけた。さすが大陸一の豪商が使っているだけのことはあり、家具や調度品も城の物と比べても引けを取らない。

優雅な仕草で自分の目の前へと座ったリードに対し、フェリックスが眉間に皺を寄せる。

「お前を前にすると自信をなくすぜ。俺って、そんなに魅力ないか？」

不満気に零すフェリックスを前に、リードは小さく噴き出す。

「そんなことはありませんよ。フェリックスさんは、とても素敵な男性だと思います」

リードとしては素直に自分の気持ちを口にしただけなのだが、当のフェリックスの方は訝《いぶか》しげな視線を向ける。

「全く、今まで余程いい男を見てきたんだろうな。お前相手じゃ、王子様も苦労するな」

フェリックスの言葉に対し、リードは曖昧《あいまい》な笑みを浮かべた。そんなリードをしばし静かに見つめていたフェリックスだが、気を取り直したのか表情を引き締めた。

「で？　何が聞きたいんだ？」

心なしか、フェリックスが声のトーンを落とす。口に出すべきか逡巡《しゅんじゅん》するリードに対し、フェリックスが頬を緩める。

「俺とお前の仲だ、情報と引き換えに何かを要求したりしねえよ。勿論《もちろん》、他言もなしだ」

リードはその言葉に瞳を何度か瞬かせ、深く頭を下げた。そして、真っ直ぐにフェリックスを見つめる。

「先ほども話しましたが、レオノーラ様はオルテンシアを愛しています。けれど、母国であるはずのアローロに対してはひどく冷静な見方をしており、さらにリケルメ王に対しては憎しみすら抱いているかのようでした」

そこで一度言葉を切り、リードは再び口を開いた。

「レオノーラ様とリケルメ王の間に、何があったのですか」

それは離宮を離れてから、リードの心にずっと引っかかっていた事だった。

レオノーラがリードとリケルメの再会を望んでいない事はわかっているし、その理由も明確なものだった。このまま、時間が解決するのを待つべきだというレオノーラの考えはある意味合理的ではある。

けれど、理由はおそらくそれだけではない。レオノーラがリードをリケルメに会わせたくないのは、もっと私的な、それこそレオノーラ自身の事情によるものだ。そしてそれこそが、真の理由なのだろう。

リードの問いは、フェリックスにとっても意外なものだったのだろう。先ほどとはうって変わって、その表情は苦々しいものになった。

「レオノーラ妃がリケルメ王を憎んでいる、か。ま、そりゃそうだろうな」

フェリックスの眉間の皺が、深く刻まれた。

「レオノーラ妃の恋人は、リケルメ王とアローロに殺されたようなもんだからな」

「え……？」

リードは、自身の背筋に冷たいものが触れたような気がした。

リケルメは、王としての姿をリードに見せることをあまりしたがらなかった。だからリードは、大国の王としてのリケルメの姿を知らない。

「どういう、ことですか」

リードは、絞り出すようにフェリックスへ問うた。

大陸だけでなく、海の向こうの国々とも貿易を行うフェリックスは、様々な国の風土や文化に精通している。商人であるからこそ、その時々の時流でその国が求めているものに対しても鼻を利かせる必要があるからだ。

先ほどサビオラが持っていたリストには見当たらなかったが、時には武器を売る事もある。オルテンシアは国家として、武器輸出を禁じていない。

この世界における武器は、所謂《いわゆる》大量破壊兵器と言われるものはまだなく、剣や槍《やり》、鉄砲や弓などで、大きなものでも大砲くらいだ。必要とされる場所では、それがとても高価な額で取引されている。心苦しく思わないと言えば、嘘になる。その武器がどのように使われているかなど、考えなくともわかる事だ。

けれど、人類の歴史は戦争の歴史である事もまた確かだ。リードが前世で見た世界の歴史とは違うが、この世界においても技術革新は戦争と密接に関係している。

国と国の境目が明確になり、国家が出来上がった事も戦争によるところが大きい。武器が、科学の発展に寄与してきたのもまた現実だ。平和など、所詮《しょせん》戦争と戦争の間の空白期間に過ぎない。それでも、リードとしては出来るならばこの平和を長く続けさせたいという気持ちを強く持っていた。

そして、現在この大陸の平和に最も貢献しているのがアローロであり、その国の王たるリケルメであった。

「リケルメ王に殺された……それはつまり、戦で亡くなったということですか」

リードがそう言えば、フェリックスがニッと笑う。

「さすがに、勘がいいな。アローロとリケルメ王に殺されたとしか俺は言ってないのに。刑罰によるものだとは思わなかったのか？」

「アローロにおいて司法は独立しておりますし、刑罰による死となればそれはリケルメ王に殺されたとは言いません。勿論、司法において王の力は及ばないとは言い切れませんが、リケルメ王が自身の私情で法を曲げるとは考えられません」

リケルメだって感情を持った一人の人間であり、その判断がすべて正しいとは限らない。けれど、王としてのリケルメは違う。

国の事を一番に考えるリケルメが、自身の仕事に個人的な事情を持ち込むとは考えられなかった。何よりリードの中には、リケルメは無辜《むこ》の命を悪戯に奪うような人間ではないという信頼があった。

フェリックスの言葉が真実であるとすれば、それは何かしら事情があっての事なのだろう。

「随分リケルメ王の事を買ってるんだな」

フェリックスの瞳《ひとみ》が、僅《わず》かに細められる。

「独裁者と呼ばれることもありますが、リケルメ王の治世になってからのアローロは政情も落ち着いています。何より今の大陸の平和は、超大国であるアローロの覇権が形成しているようなものですから」

動揺を見せる事がないよう、リードは淡々と口にする。元々財はあったとはいえ、己の手腕だけで、一代で莫大《ばくだい》な富を築いたフェリックスは、人を見る目にも長《た》けている。

リードを見るその瞳も、まるで何かを見極めるかのようだった。

「お前にしては珍しく主観的な意見だと思うが、まあいい。十五年前、アローロとジーホアの間に小競り合いがあったことを覚えてるか？」

「確か、両国の国境沿いにある金山を巡ってのものでしたよね」

リケルメの治世になり、アローロはこれまで曖昧だった国境に線を引き、他の国々との領土を明確にした。

ジーホアはアローロの南方にある騎馬民族の国で、人種も宗教も何もかもがアローロとは違う。好戦的というわけではないがプライドが高く、それこそ数百年前からアローロとは何度も小さな衝突を繰り返してきた。本格的な戦争にならなかったのは、それこそジーホアとアローロの王都がそれぞれ離れていたからだろう。ここ数十年はアローロが力をつけたこともあり、両国の間にはこれといった問題は存在していなかった。

両国の国境沿いにあるのは山や川といった自然ばかりであった事もあり、リケルメがアローロ側の領土を定めた時のジーホア側の対応も、穏やかなものだった。

けれどその数年後、両国の間にあるメオリオ山から黄金が採掘されたことで、事態は一変した。ジーホア側が、アローロ領と認めていたはずのメオリオ山の領有権を、自国にあると主張してきたのだ。

確かに、メオリオ山の周辺には多くのジーホア人が住んでいる。かといって、一度放棄した領有権を後になって主張されたとしても、アローロ側としては納得できるわけがない。何よりメオリオ山の麓《ふもと》には、アローロ人の集落がある。完全にジーホア側の意見を取り入れることは出来ないが、とりあえずメオリオ山を両国の共同管理の場とすべくリケルメも譲歩した意見を主張した。

ところが、ジーホア側はそれに納得しなかった。期日を定め、それまでにアローロ人はみなメオリオ山から出ていく事、従わなければ強硬手段に出る事を通達してきたのだ。

勿論、それを素直に受け入れるリケルメではない。すぐさま、メオリオ山のあるアローロ南部へと軍を派遣させ、集落に住む人々の保護を命じた。

しかしながら、いちはやくその情報をジーホアに読まれていたのだろう。

ジーホアはアローロ人の集落を次々に焼き、そこに住む人々を追い出した。抵抗する者は殺され、平和な村は一夜にして地獄絵図と化したという。

村へと到着し、それを目の当たりにしたアローロ軍の人間はその惨状に怒り、報復に出た。ちょうどメオリオ山周辺に駐屯したジーホアの軍へと攻め込み、一個中隊を壊滅状態へと追いやったのだ。

王宮でその報告を聞いたリケルメは、自身が命じたものではないとはいえ、派遣された軍の人間の気持ちも痛いほどわかった。

ただし、その状況でジーホア側が黙っているはずもなかった。リケルメもそれはわかっていたのだろう、和平調停のために新たに王都から軍幹部を派遣した。

結果的に、両国の間に和平は結ばれ、メオリオ山は両国で領有するということで解決した。

そこに至るまでにも武力衝突こそ何度かあったが、最終的にはアローロの持つ圧倒的な軍事力に、ジーホアも降伏せざるを得なかったのだろう。

そして、その紛争により亡くなったのが、レオノーラの恋人と言われていた軍幹部の人間だった。

「……それだけ、ですか？」

話を聞き終わったリードが、訝しげな視線をフェリックスへ送る。そんなリードに対し、フェリックスが片眉《かたまゆ》をあげる。

「それだけって、恋人を戦争で亡くしたんだ。それを指揮した王を憎むのは、当たり前の感情だと思うが？」

責任をとるのも、指揮官の仕事。それは、最近よく話をするようになったエンリケの口からもよく出る言葉だった。百人を助けるために、一人を犠牲にする事が出来ない人間は、百一人を殺すことになる。たとえ憎まれたとしても、指揮官はそれをしなければならない。

確かにリケルメは、それが出来る人間だとリードは思っている。

「勿論、感情の上では理解出来ます。けれど、レオノーラ様は王女として育っていますし、今はオルテンシア王妃です。そんなレオノーラ様なら、王の役割だってわかっているはずです」

そこまで口にして、ハッとしたようにリードは顔を上げフェリックスを見る。

「あの、さっき恋人って言いましたが、十五年前ということは、もうレオノーラ様はオルテンシア王妃ですし、ラウル殿下だって生まれていると思うんですが」

一瞬、聞き間違いかもしれないと思ったが、フェリックスはレオノーラの過去の恋人、とは言わなかった。

リードの言葉を聞いたフェリックスが、ようやく気付いたかとばかりに口の端を上げげた。

「ああ、まあだから正確に言えば恋人って言ってもかつてのってことなんだが……ここから先はきな臭い話になる。アローロの王宮に近い人間に聞いた話なんだが、そもそもレオノーラ妃はオルテンシアに嫁ぐ予定はなかった」

「え？」

声を低めたフェリックスの言葉は、リードも知らない事実だった。王族は、幼い頃から結婚相手を決められている事がほとんどだ。それこそリケルメとマリアンヌは、互いに物心がついた頃には婚姻が約束されていた。

ラウルにそういった話がなかったのだって、おそらく幼馴染《おさななじ》みであるミレーヌがいたからだ。

「レオノーラ妃は幼馴染みであるその恋人と結婚するものだと周りも思っていたようだな。相手の家柄も代々続く軍人の家庭で爵位もあり、申し分がなかった。ところが、その恋人の母親が途中で亡くなった事により、そいつは家督を継ぐことが出来なくなった。そんな時にきたのが、リオネル陛下との婚姻の話だ。土地も財産も持たない男に嫁がせるより、よっぽど良いと思ったんだろう。当時のアローロ王にとっても、まさに渡りに船だっただろうよ」

リオネルは側室であるエレナを深く愛しており、なかなか王妃を娶《めと》ろうとしなかった。レオノーラとリオネルの間に年齢差があるのも、そのためだ。

けれど、王妃の椅子をいつまでも空けているわけにもいかず、オルテンシアとしてもアローロと血縁関係を結べるならばそれに越したことはなかっただろう。

両国においてリオネルとレオノーラの婚姻は、それほど意味のある事だった。

「ところが、レオノーラ妃は納得しなかった。それこそ、王女という立場を捨ててでもその男と一緒になるつもりだったらしい。まあ結局、レオノーラ妃はリオネル陛下のもとに嫁ぐことになったんだが」

「それが、二十二年前の事ですか？」

「そうだ。まあ、王妃と騎士の身分違いの恋なんざ、街でも流行《はや》りの芝居や物語だがな。ただ、この話には続きがあった」

フェリックスが身体を乗りだし、その顔がリードへと近づく。

「レオノーラ妃が嫁いでから、一年と経たぬうちにラウル殿下は産まれた。フェルディナンド殿下がいたとはいえ、待望の王妃腹の王子の誕生に、国中が喜びに沸いた。ところが、ラウル殿下の成長と共にアローロと繋《つな》がりのある人間から妙な噂が囁《ささや》かれるようになった。ラウル殿下が、レオノーラ妃の恋人の幼い頃によく似てるっていうな」

膝《ひざ》の上にあったリードの手に、ギュッと力が入った。

「勿論、リオネル陛下やレオノーラ妃の耳には直接入らないようにはしていたが、それでも人の口に戸は立てられねえからな。アローロ側の耳にも勿論入ったんだろう。そして」

「その方が、メオリオ金山の和平交渉にと遣わされた」

フェリックスが、無言で頷《うなず》いた。

「地位は高かったとはいえ、そいつはまだ士官学校を出て数年しか経っていなかったし、ようやく医師免許をとれたばかりの若造だ。優秀ではあったんだろうが、リケルメ王らしくない采配《さいはい》だったと俺も思うぜ。まあもっとも、最終的に和平に結び付いたんだから、あながち失敗だったというわけでもないんだろうがな」

オルテンシアに比べてアローロの方が国も大きく力も強いとはいえ、嫁がせた王妃が不貞行為の上に子を産んだという噂が広がるのは外聞が悪い。真偽がわからずとも、場合によっては国家間の問題にまで発展する可能性がある。それを恐れたアローロ側による、相手の口封じのための紛争地域への派遣。レオノーラの目には、リケルメの行動はそんな風に映ったはずだ。

恋人と結ばれることも出来ず、さらにその恋人も国同士の戦いにより今は帰らぬ人となった。

冷たい美貌《びぼう》と称されるレオノーラがどこか寂しげに見えたのは、それだけ深い悲しみを知っているからなのだろう。

けれど、フェリックスの話を全て聞き終えると、リードは自分の中に、何か引っかかるものを感じていた。

「まあ勿論《もちろん》、ごく一部の人間に広まった俗めいた噂話だし、今更ラウル殿下の出生にどうこう言う人間はいねえよ。何よりあの人気だ、下手に口を出そうものなら、そいつ自身の立場があやうくなるだろうしな」

フェリックスからすれば、ラウルの出生に関してはそれほど関心はないのだろう。王に必要なのは、生まれた血筋ではなくその資質にあると以前から口にしていた。

特権意識の強い貴族社会を厭《いと》い、商人となったフェリックスらしいと言えばそうだった。

「あの、フェリックスさん」

「なんだ？」

「その、レオノーラ様の恋人だった方のお名前って、わかりますか？」

フェリックスが、僅かに首を傾げた。

「確か……ガスパール・フレーチャーだったと思うが？」

リードの瞳が、大きく見開いた。フレーチャー家は、アローロでもよく知られた名門貴族だ。けれど、リードが気になったのはそこではなかった。

「ありがとうございます、フェリックスさん。ちょっと、至急確かめなければならないことが見つかったため、先に帰る事をサビオラさんに伝えておいてください」

実際、フェリックスへの用は既に終わっているため、リードは城へ帰ることも出来た。それをしなかったのは、サビオラを一人残していくことが忍びなかったからだ。リードはフェリックスに頭を深く下げ、そして持参した本を持って立ち上がった。

城に帰る際には馬車を使うようラウルからは言われていたが、その前に行かなければならない所が出来た。ラウルへの伝言は、待ってもらっている従者に頼めばいいだろう。

「リディ」

廊下へと続く扉を開けようとしたところで、フェリックスから呼び止められた。リードは、無言で振り返る。

「俺もお前に聞きたいことがあった。公にはされていない話だが、大陸中にいるアローロの間者が、最近血眼になってある人物を探している。数年前から行方不明になっている、黒髪に翠色《みどりいろ》の瞳、美しい容姿と卓越した知識を持つ、リケルメ王の寵姫だ。お前、何か知らないか？」

リードを見据えるフェリックスの表情からは、いつもの飄々《ひょうひょう》とした雰囲気は一切感じられなかった。むしろ、深刻ささえ感じられた。

リードは一度だけ瞳を閉じ、そしてゆっくりとフェリックスを見据えた。

「いえ、存じません」

頭《かぶり》を振り、笑顔でリードが答える。フェリックスも、そんなリードを見てその表情をいつものものに戻した。

「まあいい。俺は商人だ、物も情報も、ありとあらゆるものを売るのが仕事だ。だけど、人だけは売らない。特に、友はな」

フェリックスが、穏やかな笑みを浮かべた。リードは何も言わず、フェリックスに対してもう一度深く頭を下げた。

フェリックスの屋敷の廊下を、リードはただ歩き続けた。気持ちが急いでいるのか、いつもより足早になっていたため、自然と顔も俯《うつむ》きがちになっていた。

広い玄関の扉はちょうど開けられており、数人の身なりの良い男たちが執事に案内され、屋敷の中へと入ってくる。

リードは顔見知りとなった執事へと軽く頭を下げ、男たちとすれ違うように屋敷の外へと出て行った。

だから、リードは気付かなかった。その中の一人が、すれ違ったリードを振り返り、その後ろ姿を食い入るように見つめていたことを。

　フェリックスが商売に使っている屋敷は街中にあるとはいえ、敷地が広いこともあり中心部からは少し外れている。

　城まで歩いて帰るとなると、一刻以上かかってしまうだろうが、リードには大した距離ではなかった。向かっている場所が、ちょうどその中間地点にあるのも都合が良かった。

　街へと近づくにつれ、すれ違う人の数も自然と増えてくる。最近舗装された石造りの道を歩き続ければ、目的地が見えてくる。

　扉を開くと鈴が鳴ったが、人で溢《あふ》れている事が多い待合には珍しく誰もいなかった。そのまま中に進もうとすれば、その前に診察室の扉が開かれた。

「おい、悪いが今日はもう休診……って、なんだリディか」

　診察室から顔を出したジャスパーが、リードの顔を確認して人好きのする笑みを向けてくる。

「どうした？　殿下の薬ならまだなくなってないと思ったが」

　診察室の中は、日中の忙しさがわかるような雑多な状況になっていた。積み上げられたカルテを、髪をかき上げながらジャスパーが順番に整理している。

　ぎっくり腰は治ったものの、メンデス医師は年齢が年齢であるため、最近は週に二度ほどしか診察室に姿を見せない。ほとんど自室か、または街で散策を行っているそうだ。

　これまで何十年も昼夜問わず街の人々のために働いていた事もあり、これまでの疲れが出ているのだろう。そのため、しばらくはジャスパーが代わりに仕事をする事にしたそうだ。

「いえ、そうではなくて」

　リードは言葉を止め、息を整えた。そして、決心したように口を開く。

「あの、ガスパールさん」

ジャスパーの動きが、その言葉にピタリと止まった。後ろ姿しか見えないが、リードはジャスパーのその様子に自身の推測が正しかったことを確信した。

◇◇◇

遠くで、教会の鐘の音が聞こえる。大きな格子窓からは赤く染まった空が見え、診察室の中は橙色《だいだいいろ》に包まれていた。

ジャスパーの明るい金色の髪が照らされ、鮮やかに輝きを放っている。

「懐かしい名だな」

呟《つぶや》いたジャスパーの言葉を、リードは聞き落とさなかった。

「全く、大したお嬢ちゃんだ。なんでわかった？」

カルテをまとめる手を休め、ジャスパーがリードの方を振り返る。

「ジャスパーさんの名前を聞いた時に、珍しい音だと思いました。他の国の方なのかとも思いましたが、言葉は母国語ですし」

数十年前まで戦争が頻繁に起きていたこともあり、医者はこの大陸において重宝されている。他国の医師が、オルテンシアに移り住んだとしてもそれほど珍しい事ではない。

けれど、ジャスパーの話す言葉は他国の人間が学んだにしては、流暢《りゅうちょう》すぎるものだった。

「だけど、思い出したんです。ジャスパーをこちらの発音にすると、ガスパールになることを。年齢や医師としての技能、従軍経験、そして隠し通せない貴族的な立ち振る舞い」

貴族と平民の違いは、歩き方や小さな動作を見ればすぐにわかる。舗装された道を歩き、重いものを運ぶ必要のない貴族はそういった一つ一つの事に気を使うよう教育されるからだ。

軍に入れば勿論常に美しい所作を意識することは出来ないが、それでも生まれや育ちを偽る事は容易《たやす》くはない。

ジャスパーの場合、意識せずともその視線の向け方や動きにそれが表れていた。

「生きていらしたんですね。先のジーホアとの紛争解決の立役者となったアローロの英雄、ガスパール・フレーチャー様」

その身を挺《てい》して、アローロとジーホアの終戦に尽力した若き軍人。アローロにおいてはある種の英雄譚で、子供の頃に教えられる話だ。

ただ、ジャスパーに話すつもりはないが、フレーチャーの名前は伝えられているが肝心のガスパールの名は伏せられている。

リードがすぐにジャスパーとガスパールが結びつかなかったのもそのためで、それだけフレーチャーの家督を継いだジャスパーの義弟にとって、その存在は脅威だったのだろう。

「様付けはよしてくれ、全部過去の話だ。今の俺は貴族でもなければ英雄でもない、ただの町医者だ」

ようやく整理し終えたカルテを、ジャスパーが棚へと順番に並べていく。

「アローロでは、貴方はジーホアとの紛争で命を落とした事になっています。だけど、こんな話も聞いたことがありました。貴方は生死不明のまま時間が経ち、その後教会の名簿からその名がなくなったのだと」

「その通りだ、三年で生存が確認できなければ、死人扱いだからな」

全く薄情な国だよな、とジャスパーは口にしたが、言葉とは裏腹に、その表情には恨みつらみは感じられない。むしろ、スッキリとしているようにすら見える。

「どうして、アローロへ戻らなかったのですか」

リードの問いに、カルテを全て並べ終えたジャスパーが苦笑して答えた。

「戻れなかったんだよ。ここ、やられちまってな。しばらくごっそり記憶が抜けてた」

ジャスパーが、その長い指で自身の頭を数回小突いた。

終戦条約の締結後、まだ情報が行き渡っていなかったジーホア軍により、ジャスパーのいた本隊は攻撃を受けた。なんとか応戦したものの、その軍服を見れば地位が高い者だという事がわかったのだろう。数名で囲まれた事により深手を負い、撤退に間に合わず、一人取り残されることになってしまった。

その後、ジーホア軍も終戦の報を知り、戦闘は終了したのだが、場所が山際の深い森だった事もあり、ジャスパーを捜索に来たアローロ軍も、その姿を見つけることが出来なかった。

ジーホア領に細々と住む少数民族の少年に助けられなければ、おそらくそのまま命を落としていただろう。

馬から落ちた事もあり、ジャスパーもしばらく意識を取り戻すことが出来ず、さらにその時の衝撃で頭を強打し、一時的に記憶喪失に陥ってしまった。

記憶が戻った頃には、とうに三年は経過していた。

「記憶が戻った後も、アローロに帰ろうとは、思わなかったんですか？」

「戻る場所なんかないさ、俺は死人と一緒だ。今更亡霊が現れたって、喜ぶ人間はいない」

そう言ったジャスパーの表情は、言葉とは裏腹に、寂し気だった。

フレーチャー家にしてみれば、先妻の子で、さらに英雄にまでなってしまったジャスパーが戻ったところで、その扱いに困るだけなのだろう。けれど、それはフレーチャー家の人間だけだ。リードは、決心したようにはっきり口にした。

「喜ぶ人間なら、います」

「あ？」

「レオノーラ様は、今もなお貴方の事を思っております。貴方の生存が」

「リディ」

ジャスパーにしては珍しく、その口調と表情はどこか冷たさがあった。

「滅多な事を言うな、レオノーラ王妃とはただの幼《おさな》馴染《なじ》みだ。それ以下でも、それ以上でもない」

その言葉が嘘だという事は、火を見るよりも明らかだった。同時に、リードは初めてジャスパーと会った日の事を思い出す。

あの時、ジャスパーは眠っているラウルに対して年上が好きなのかとからかうように言った。当時は気にも留めなかったが、今ならその言葉の意味もわかる。

「お会いしたいとは、思わないんですか？」

そんなジャスパーの気持ちを汲《く》み取りながらも、リードは尚も尋ねた。

「時々、パレードや新年の祝賀で元気な姿を見られる。それだけで、十分だ」

ジャスパーの頬が、僅《わず》かに緩んだ。その言葉に、嘘はないのだろう。アローロには戻らず、オルテンシアで暮らしているのもそれが理由なのだ。


全ては、レオノーラの事を陰ながら見守るために。

「ジャスパーさんは、それでいいかもしれません。だけど、レオノーラ様はそうじゃありません」

ジャスパーが、訝《いぶか》しげにリードの方を見る。

「レオノーラ様は、貴方の死に対し、未だ深い悲しみから抜け出せずにいます。それだけじゃありません、貴方を戦場へと送ったリケルメ陛下と、貴方を殺したアローロを憎んでいます」

「それは……」

ジャスパーの眉間《みけん》に、深く皺《しわ》が刻まれる。

「生まれ育った国を、実の弟を憎むことがどれだけ辛い事か、レオノーラ様の事をよく知る貴方ならわかるはずです！　だから、お願いです。レオノーラ様と会って下さい、貴方が生きている事を、レオノーラ様に教えてあげて下さい」

リードの言葉に、ジャスパーの顔が苦渋に歪《ゆが》む。

「今更、会ったところでどうなる。立場も何もかも違うんだ。俺とあいつの道は、とうに違ってしまっている」

たとえレオノーラがジャスパーを愛していても、オルテンシア王妃であるレオノーラがジャスパーと結ばれることはない。それならば、互いのためにも会わない方がいいと。そう、ジャスパーは言いたいようだったが。

そんなジャスパーに、リードは小さく頭を振った。

「たとえ、道が違っていたとしても！」

珍しく、声を荒げたリードを驚いたようにジャスパーが見る。

「共に同じ道を歩めないとしても、それでも相手がこの世界のどこかで生きていてくれる。それにより、相手の幸せを願う事が出来る。それだけでも、十分救われるんです」

ジャスパーとレオノーラの関係がどのようなものであったかを、リディは知らない。

けれど、どんなに愛していても傍にいられない、別れを選ぶ辛さや、それでも相手を思わずにはいられない。そんな気持ちならば、痛いほどわかった。

リードの言葉に、苦渋に歪んでいたジャスパーの表情が困惑へと変わっていく。

そんなジャスパーを、リードは祈るような気持ちで見つめた。

「姿を見せるだけで、いいんだな」

長い沈黙の後、ようやくジャスパーがその口を開いた。それに対し、リードは何度も頷《うなず》く。

「はい！　それだけで、十分です！」

本来は優しく、温かいレオノーラの纏《まと》っている氷の鎧《よろい》を解かす事が出来るのは、ジャスパーだけだ。

勿論《もちろん》、二人を対面させたところでこれからの二人の人生が変わるわけではない。

それでも、レオノーラの持つ哀しみが、憎しみが、少しでもなくなれば良いとリードは思った。

そして、そのまま穏やかな雰囲気で談笑を続ける二人のところに、リードの帰りが遅い事を心配したラウルが飛び込んでくるのはそれから半刻後の事だった。

相変わらず感情的にかみつくラウルに対し、見事なまでにジャスパーがそれをかわす。

仲睦《なかむつ》まじいその様子に思わず笑ってしまえば、決まりが悪そうな顔をしてラウルがリードを見た。

翌日、仕事が終わり執務室から皆が帰っていくタイミングを見計らい、リードはラウルに月末にでも離宮を訪れたいという旨を話した。

理由を聞かれ、ジャスパーをレオノーラへと紹介したいと言えば、当たり前ではあるがラウルは怪訝《けげん》そうな表情をした。恩人ではあるが、なぜわざわざレオノーラに、とその瞳《ひとみ》は言いたげだ。ついには、

「もしかして、母上に何か言われたのか?」

と、肩を掴《つか》まれひどく深刻な表情をされてしまった。

「は?」

「気位の高い母上のことだ、お前の身分が気に入らないとかそういった事を」

「違うから! そうじゃないから!」

軽く既視感を覚えながらも、リードはなんとかラウルを諫《いさ》める。

「離宮の近くに助産院があるだろ? あそこには助産婦さんしかいないし、これからは定期的にジャスパーさんに行ってもらおうと思うんだ。そのついでみたいなものだよ」

真実を話すわけにはいかないため、あらかじめ用意していた理由を話す。

もっとも、ラウルへの説明もあながち嘘というわけではなく、王都に近い助産院や診療所を回ってもらえないかと。以前からリードはジャスパーに頼んでいた。

「助産院……以前、アデリーノと話していた出産における母親と緑児の死亡率の高さの事か」

「そう。王都と違って田舎は特に病院がないだろ? 出産は病気じゃないとはいえ、とても大変なものだ

し、出来れば時々近隣の医師が巡回出来るような制度を作りたいと思ってるんだよ」

中世ヨーロッパほどではないとはいえ、この世界における新生児、そして母親の出産における死亡率は高い。まさに出産は命がけという状況で、その原因はやはり地方都市における医師不足が影響している。

王都から離れていても領主のいる比較的豊かな街ならば医師の数も多いが、農村などはそれこそ二刻歩いてようやく診療所が見つかるという状況だ。

「では、母上から、何か言われたわけではないんだな？」

「この前も話したけど、レオノーラ様にはとてもよくしてもらったよ」

ラウルが、探るような瞳でリードを見つめる。全てを見透かそうとするその視線に、リードは少々たじろいた。

「それならいいが」

納得できたのか、ようやくラウルの手がリードの肩から離れた。

「母上や、周りの縁もゆかりもない人間の言う事は、聞き入れるな。過去に何があろうとも、今のお前は俺の側近なんだ、引け目を感じたり、自身を恥じる必要なんてない」

「ラウル……」

「お前の事は、俺が守る。お前のためなら、法も制度もなんだってかえてやる」

真剣な瞳は、冗談などではなく、心からのラウルの本音だという事がわかる。

「お、大袈裟《おおげさ》だろそれは」

なんとか笑みを作るが、ラウルの表情は硬質なままだった。

「母上には、俺の方から話しておく。勿論、俺も同行する」

厳しい表情のままそう言ったラウルに、リードはただ黙って頷くことしか出来なかった。

それから数日後、予定していた通り週末を利用してリードはラウルと、そしてジャスパーを伴い離宮へと足を運んだ。

道中の馬車の中は、思いのほか賑《にぎ》やかなものになった。ラウルは饒舌《じょうぜつ》な方ではないし、リードもそこまで喋《しゃべ》る方ではないのだが、ジャスパーが休むことなくその口を開いていたからだ。

しかも、内容は決してつまらなくないため、うんざりしながらもきちんとラウルはそれに対応している。元々ジャスパーは寡黙な方ではないが、かといってここまでひっきりなしに喋るというのも珍しい。

表情にこそ出さないが、ジャスパーも緊張しているであろうことがリードにはわかった。

離宮につけば、三人はきらびやかな王妃の間へと案内された。使用人たちもよく教育されているのだろう、上品ではあるが厚めの外套《がいとう》を着たジャスパーへの対応も、あくまで丁寧で自然なものだった。

「またいつでもいらっしゃい、とは言ったけれどこんなに早く来るとは思わなかったわ」

挨拶《あいさつ》を終えた三人に対するレオノーラの表情は穏やかで、言葉とは裏腹に、ラウルとリードの来訪を喜んでいる事が分かる。

「せっかくだし、今回はリディも温泉に入るといいわ」

「それは母上が口に出す事ではありません」

母子の会話に、リードは苦笑する。前回、ラウルは療養も兼ねているため温泉に入る事が出来たのだが、リードの入浴はラウルが許可しなかったのだ。

離宮からは少し離れているため、警備をつけなければならないが、リードの裸を他の人間の目には触れさせたくない、というのがラウルの主張だった。

前世で日本人だった事もあるのか、リードは風呂《ふろ》好《ず》きだ。てっきり入れるものだと思っていた温泉に入れなかったのは、やはり残念だった。

とはいえ、そこで押し問答をしたところでラウルが納得するとも思えなかった。

「それで、紹介したいというのは貴方たちの後ろにいる男性かしら？」

レオノーラが、ちらりとリードとラウルの後方へと視線を向ける。リードがジャスパーの方を振り返り、フードをとるよう目配せをする。

頷いたジャスパーが、自身の頭に目深にかぶっていたそのフードを、ゆっくりと外す。

「王都の診療所で医師をしている、ジャスパーと申します。ラウル殿下の、治療にあたらせて頂きました」

涼しげな顔をしていたレオノーラが、ジャスパーを見つめる。瞬間、その瞳が大きく瞠《みは》った。

白い手を口元へと当て、音もなく立ち上がった。

「母上？」

いつもと明らかに様子の違うレオノーラを、ラウルが訝しげに見る。けれど、そんな声でさえレオノーラには聞こえていないかのようだった。

レオノーラは何も言葉を発することなく、ジャスパーを見つめ続けた。伸ばしっぱなしだった髪は整えられ、髭《ひげ》もきれいにあたられている。壮年の美丈夫といったジャスパーの姿は、想像以上のもので、ラウルなど最初はジャスパーだとわからなかったくらいだ。

そんなジャスパーは、言葉を失うレオノーラを優しく、穏やかな瞳で見つめている。この広い空間で、互いの事しか見えていないかのようだった。

それくらい、そこは二人の世界になっていた。どれくらいの時間が経っただろうか。痺《しび》れを切らしたラウルがレオノーラへと話しかけようとすれば、ようやくその口が開いた。

「そうですか、貴方が助けて下さったんですね」

レオノーラの言葉は、震えていた。

「我が息子を、王太子を助けて下さり、感謝いたします」

溜《た》まった涙が、堪《こら》えられないとばかりにレオノーラの瞳から溢《あふ》れていた。気丈な母の涙に驚いたのか、ラウルの額に皺が寄る。

涙を流し続けるレオノーラの姿は、少女の頃に戻ったかのようだった。

「身に余るお言葉です、王妃様。私にできる事がありましたら、なんでも言ってください。私はこれからもこの国に、オルテンシアに仕えていきます」

ジャスパーがそう言えば、レオノーラは何も言わずに何度も頷いた。涙が止まらないようで、ついには控えていた侍女がレオノーラの傍へと近づいてきた。

そのまま、支えられるようにして王妃の間を退出しようとするレオノーラが、最後にもう一度ジャスパーの方へと視線を向けた。

涙を流しながらも懸命に微笑んだレオノーラは、今まで見たどの表情よりも美しかった。

その日のうちに、近隣の助産院へと向かうジャスパーをリードとラウルは見送った。

あらかじめ連れてきていた馬に颯爽《さっそう》と乗り、去ろうとするジャスパーを、引き留めるかのようにラウルが声をかける。

「あ、おい」

「なんだ？」

元軍人ということもあるのだろう、ジャスパーの馬の乗り方は随分と様になっている。

「お前、もしかして」

それ以上の言葉は、続かなかった。ラウル自身も、言葉を続けてよいのか躊躇《ちゅうちょ》しているのだろう。

そんなラウルを、心配気にリードが見つめる。

「王太子殿下」

馬から下りたジャスパーが、ラウルへと声をかける。

「王妃様同様、これからも私は殿下に仕えていく所存です」

ジャスパーが、形のキレイな敬礼をラウルへと向ける。

「おふくろさんを、大事にしろよ」

驚いたままのラウルの頭を、いつもの顔に戻ったジャスパーが軽くポンポンと撫《な》でた。

その行動に、唖然《あぜん》としたラウルがハッとした時には、ジャスパーは既に騎乗していた。

「またな、リディに王子様」

それだけ言うと、ジャスパーは馬を歩かせはじめる。冷静になったラウルが、自身の手をジャスパーが触れた部分へと当てる。

「なんなんだ、あいつは……」

年齢的に仕方ないとはいえ、頭を撫でるという明らかな子供扱いに、ラウルが顔を顰《しか》めた。けれど、普段のラウルならば手が触れる前に払いのけたはずなのに、今日は素直に受け入れていた。

しかし、やはりリードの前で子供扱いされたのは面白くないのだろう。

時すでに遅しとはいえ、何かしらごちてみようと口を開いたのだろうが、その前にラウルの腰は温もりに包まれた。

「リ、リディ?」

リードが、背中から包み込むようにラウルを抱きしめた。抱きしめた、といってもリードの方が身長も体格もラウルよりも小柄であるため、傍目《はため》には抱き着くといった形に近いのだが、リードとしては、抱きしめている気持ちだった。

元々リードはスキンシップが多い方ではないため、こんな風に触れたことなど勿論ない。思ってもみなかったその動作に、ラウルも明らかに戸惑っている。

ただ、振り解《ほど》こうという気はないのか、されるがままだ。

「ごめん、少しこのままでいさせて」

くぐもったような声を、リードが発する。

「あ、ああ」

ラウルの身体は、緊張からかいつになく固まっていた。

馬に乗ったジャスパーは、リードに対しラウルに気付かれぬよう礼を言った。ジャスパーとしても、レオノーラと会えたことに満足しているようだった。それまでどこか強張っていた表情も、最後はとても穏やかなものになっていた。

最後までジャスパーは、自身の本当の名も、その立場も名乗らなかった。けれど、レオノーラには全てわかっていたようだ。

話したいことが、たくさんあったはずだ。生存不明だったことを詰《なじ》り、それでも相手の無事を喜びたかったはずだ。ジャスパーに、抱きしめてもらいたかったはずだ。

しかし、レオノーラの立場では、それは全てかなうはずのない願いだ。

ラウルの出生に関して、リードからジャスパーに聞くつもりはない。ただ、先ほどの二人のやりとりを見れば、答えは明らかだ。

ジャスパーが、真実をラウルに伝える日は来ないだろう。このまま、ずっと陰ながらレオノーラとラウルを見守っていくはずだ。ジャスパーとレオノーラ、そしてラウルの気持ちを、考えれば考えるほど、リードは胸がいっぱいになった。

何より、無意識ではあるのだろうが、ジャスパーを見るラウルの表情が珍しく幼く見えた。そんなラウルを見れば、リードは抱きしめずにいられなかった。

翌日、ラウルが外の湯へ浸かりに行ってる間に、リードはレオノーラに呼び出された。

昨日の様子など全く感じさせない、いつも通りのレオノーラだった。

「貴方には、根負けしたわ。これじゃあ、許可せざるを得ないじゃない」

下を向いていたリードの顔が、その言葉によってリードも、丁寧に礼をし、微笑み返した。

その日のリードは、朝から教会で奉仕作業を行っていた。子供たちと一緒に土へと触れれば、大地の温かさを感じる。日除けに帽子こそかぶっているものの、頂上を目指し昇って行く太陽の前では無力なものではあった。

明日顔を赤くして執務室へ行き、またラウルから苦言を呈される事が簡単に想像でき、こっそりと笑った。

だけどそれくらい、室内にいるのがもったいなく思えるほどの良い天気だった。

「リディさん」

眼鏡をかけた、修道士の青年がちょうど井戸水で土を落としていたリードに声をかけた。

「リディさんに会いたいという方が、いらしてるんですが」

「あ、はい」


上がる。

「では」

「リケルメに会う事を、許可します。ただ、会うだけじゃあまりに心許ないわ。貴方なんてすぐにリケルメに丸め込まれて、アローロに戻されてしまうのが関の山よ。何か、策はあるの？」

「一応、あります。まだ、具体的には決まってませんが」

そう言ったリードの表情が、頼りなく感じたのだろう。レオノーラの眉間《みけん》に、くっきりと皺《しわ》が寄った。

「それならいいけど。その代わり、約束してちょうだい」

レオノーラが、わざとらしくため息をつく。

「必ず、オルテンシアへ戻ってくること。いいわね？　貴方の生きる居場所は、この国にあるのよ」

口調こそ厳しいものだが、そう言ったレオノーラは小さくリードへと微笑んだ。

「はい、ありがとうございます。レオノーラ様」

名前こそ告げられなかったが、リードに面会を希望する人物に関しては、シスターや修道士たちがしっかり吟味しているため、怪しい者ではないだろう。部屋で軽く身支度をすると、リードは相手が待っているという教会の入り口へと急いだ。

ところが、いざリードが教会の大きな門の前に来てみれば、自分を待っているであろう人物の姿は見当たらなかった。場所を間違えたのだろうか。

キョロキョロともう一度確認した後、踵《きびす》を返して教会へ戻ろうとしたリードの肩に、誰かの手が乗せられた。

足を止め、ゆっくりとリードは振り返る。そして、その瞳《ひとみ》を大きく見開いた。

「お久しぶりです、リード様」

鮮やかな太陽の下、蜂蜜色《はちみついろ》の髪が、キラキラと輝いていた。

「レオン……？」

呼ばれた青年が、その口の端を上げた。

玄関ホールを抜けると、客人向けであろう応接室に通された。こぢんまりとはしているが、風通しもよく、この辺りの地価を考えれば十分すぎる広さだった。

建物の外観には歴史を感じたが、白地に黄色や橙色《だいだいいろ》の花の描かれた壁紙は真新しく、改装されたばかりだということがわかる。

「メイドに茶を持ってこさせますから、椅子に座っていてください」

それだけ言うと、レオンは部屋を出て行ってしまった。パタンと扉の閉まる音が、静かな部屋に響いた。広い窓へと目を向ければ、整えられた庭の様子が見える。

レオンが言っていた通り、すぐにメイドが茶と菓子を持って入ってきたが、特に会話をすることもなくそのまま部屋を出て行ってしまった。

今のリードの服装は決して華美ではない。ごく一般的な街の人々と同じもので、丈夫ではあるが粗末な生地は明らかに貴族の屋敷には不釣り合いだ。

メイドの目にリードがどのように映ったのかはわからないが、家の主人であるレオンが持て成そうとしていることに違和感は覚えたはずだ。けれど、年齢的にも落ち着いているせいか、メイドの態度はそんな様子は微塵《みじん》も感じさせない、丁寧なものだった。

容姿こそ全く違うが、外見で相手を判断する事のないそのメイドとして完璧《かんぺき》なまでの対応に、リードはかつて自身の世話をしてくれていたルリを思い起こした。

話す時間が欲しいというレオンの言葉のままについてきたが、ここにきてリードは少しばかり自身の行いを後悔していた。

懐かしさもあり、思わず気を許してしまったが、ここがオルテンシアであるとはいえ、レオンはアローロの人間だ。どんな意図で、リードに近づいてきたのかすらわからないのに、安易についてきたのは軽率過ぎたのではないか。

しかし、あの時のレオンは口調こそ穏やかではあったが、その瞳には有無を言わせぬ何かがあった。

とりあえず言われた通り椅子へと腰かけたものの、リードの気持ちは落ち着かなかった。

「薬の類いは入っていませんから、飲んでも大丈夫ですよ」

再び部屋へと戻ってきたレオンが、ソーサーを引き寄せたものの、カップに口をつけていないリードを見て言った。まさに、自身が考えていた事を言い当てられ、決まりが悪い思いをした。

「仮にリード様を眠らせる事が出来ても、国境検問所は通過できません。貴方が国を出てからアローロの検問は格段に厳しくなりましたが、最近ではむしろオルテンシア側の方が厳重なくらいです。まるで、大切なものを掠《かす》め取られる事がないように」

リードのちょうど目の前の椅子へと座ったレオン

が、一息に言い切った。

今年十八になるレオンは、明るい金色の髪に青い瞳という、華やかな容姿はそのままに、少年から青年の姿へ成長しつつあった。

丸みを帯びていた頬は、既にスッキリとしたものになっており、大きな瞳も以前よりも切れ長になっていた。背丈も、今はリードとさして変わらないだろう。

リードの中のレオンは、教会で教えている子供たちのようにあどけない印象のままだったが、いざ目にすれば、三年という歳月が流れたことが如実に感じられた。

レオンが出してくれたのは、アローロの王宮でもよく出された香りの良い茶だった。舌に残る懐かしさと、冷めてしまってはいるもののその温かさに、少しばかり心が落ち着きを取り戻す。

「レオンは、どうしてオルテンシアに?」

無言で自分と同様にカップへと口をつけているレオンに対しそう言えば、ようやくその視線がリードへと向けられた。

「それは、僕の台詞《せりふ》だと思いますが」

切り捨てるような台詞と、きつい眼差し。目の前の少年から感じる怒りは、やはりリードの気のせいではなかったようだ。

側室で、さらに同じ男であるというところにレオンも親近感を抱いていたのかもしれない。あの頃、大きな瞳でくるくると表情をかえ、機会さえあればリードへと話しかけてきた。

けれど、今のレオンからはそんな親しみを持った感情は一切感じられない。

「僕は現在リッテラの学生で、休暇を利用してリサーケさんの貿易会社を見学に来ています。あまり他国の者は入れないのですが、母方の遠縁に、リサーケさんと近しい方がいたので」

淡々と、レオンは自身の現在の立場を説明していく。

「リサーケさんの屋敷でリード様を見かけた後、その日のうちにすぐに屋敷の者へ貴方の事を聞きました。けれど、誰一人として詳しい話をしようとしなかった。貴方が現在何をしているか、少ない使用人たちを使いようやく辿《たど》りついたのが、サンモルテ教会でした」

リードは、黙ってレオンの話を聞いていた。フェリックスが人材の育成のために、自身の商売への門戸を広く開いている事は知っていた。一代であれだけの財を築いたとはいえ、もともとが貴族だからだろう。その財を独占する事よりも、広くそれを分配し、国全体を豊かにすることを考えているようだ。

貿易を主たる事業にしているフェリックスにとって、周りの国々とも密接な関係を築くのは重要なことだ。それにもかかわらず、他国の人間に対して近頃慎重になっている原因は、おそらくリードにあった。口に出すことはないが、リードの正体にフェリックスは気付いている。

ただ、フェリックスといえど、まさか自身の会社を視察に来た人間の中に、アローロ国王の元側室がいるとは思わなかったのだろう。

確かに、今のレオンはその見た目は美しいが、女性的なものは一切感じられなかった。

「いい気なものですね」

レオンの口の端が、弧を描くように上がった。

「陛下を裏切っておきながら、他国で慈善活動ですか？　街の人々はもちろん、最近では王太子殿下ですら貴方に夢中だという話ではないですか」

リードの瞳が揺れるのを、レオンが面白そうに見ている。

「街の人々で、貴方を悪く言う人は誰一人としていなかった。貴方はどこに行ってもたくさんの人に愛され、尊敬される。だけど、貴方のような人こそ、偽善者って言うんじゃないですか？」

表情こそ微笑んではいるものの、その瞳は全くと言っていいほど笑っていない。口調こそ穏やかなままだったが、レオンの言葉から感じられたのは、怒りと失望だった。

「そうですね。私も、そう思います」

リードに向けられたレオンの言葉はきついものではないが、容赦がなかった。リケルメを心から敬愛するレオンにしてみれば、リードの行動は許し難いものだったのだろう。

自身の行いにより、リケルメは勿論《もちろん》、たくさんの人々を巻き込み迷惑をかけた事は、リードもわかっている。それこそ、時代と立場が少し違えば、国家反逆罪の罪に問われる可能性すらあっただろう。

それだけのことをしたことは、リード自身が一番わかっていた。そして今更、それに対する言い訳をするつもりはない。

ただ、やはり自身の罪に向き合う事は、古傷がじくじくと痛むかのような苦しさはあった。

「何の言い訳も、されないんですか」

リードの言葉が、物足りなかったのだろう。怪訝《けげん》そうな表情をするレオンに、リードは曖昧《あいまい》な笑みを浮かべた。

それに対し、今度はレオンの方が傷ついたような表情をする。

「リード様が後宮からいなくなったという話を聞いて、最初は心配しました。一体どこの賊に攫《さら》われたのだろうと」

表向きには病で床に臥《ふ》しているという話にはなっていたが、一部の人間には真実を隠しきれなかったのだろう。

特に実家の身分が高いレオンの場合、後宮内でもたくさんの情報を得られたはずだ。

「けれどその後、リード様が後宮を出たのは自らの意志であった可能性がある事を知りました。はっきり言わせて頂きますが、怒りを覚えました。あれだけ陛下に愛され、大切にされているのに、わざわざこんな真似をしてまで、陛下の気を引きたいのかと。

正直、がっかりしました」

歯に衣着せぬレオンの物言いに、リードは返す言葉がなかった。

そんなつもりはなかった、と言ったところで周囲からはそう見られたとしても仕方がないことではあるからだ。

「だけど、貴方が後宮に戻ってくることはなかった。それでようやく、リード様が本当に陛下のもとを去ったのだという事がわかりました」

空になったレオンのカップに、リードが新しく茶を淹《い》れようとすれば、レオンに制止された。

本来であれば使用人の仕事だが、人払いをしている事もあり、この部屋にはリードとレオンの二人しかいない。

「今日の朝サンモルテへ行った際、子供たちと畑仕事をしているリード様を見ました」

レオンが、ポツリと呟《つぶや》いた。

「後宮にいる時のリード様は、男性でいらっしゃるものの常に優雅で、その爪の先まで美しかった。図書室で本を読んでいる姿なんて、宗教画のような神々しさすらありました」

「……大袈裟《おおげさ》ですよ」

さすがにこそばゆくなったリードが、苦笑いを浮かべる。

「だけど今日、日差しの下で子供たちと一緒に過ごしているリード様は、粗末な服で、土埃《つちぼこり》で白い顔を真っ黒にして笑っていました。それなのにその笑顔は、後宮で見てきたリード様よりもずっときれいだった」

「レオン……」

レオンの身体が、微《かす》かに震えている事にリードはようやく気付いた。

「貴方にずっと憧《あこが》れてきました。だから、陛下を裏切った貴方を、僕は許せなかった。その気持ちは今も変わらない。だけど、今の貴方を見ていたら、憎む事なんてとても出来ない」

自身の発言に矛盾があることは、レオンもわかっているのだろう。先ほどまでとは違い、瞳にはうっすらと涙すら溜《た》まっている。

「僕、本当は知ってたんだ。リード様が夏至祭りに陛下と二人で行くのを、楽しみにしてたこと」

感情的になっているからだろう、元々レオンはかしこまった口調が苦手な事もあり、素に戻っていた。ただ、リードとしては既に貴族と平民という立場になっていることもあり、全く気にも留めなかった。

「だけど、それをわかっていても、どうしても僕も行ってみたくて。陛下からは断られたのに無理を言ってお願いしたんだ。だから、まさかあんな事になるなんて」

夏至祭りの夜、それはリードがアローロを出奔した夜でもあった。

「陛下は僕の事なんて気にも留めていないし、リード様だって僕の事なんて歯牙《しが》にもかけてないと思ってた。だから、別に一回くらい僕が夏至祭りに行ったっていいじゃないかって、そう思った」

瞳に溜まっていた涙が、堪《こら》えきれないとばかりにレオンの頬をつたった。

「僕が入宮さえしなければ、リード様が後宮を出ることなんてなかったのかと思うと、陛下にもリード様にも本当に」

「それは、違うよ」

小刻みに震える握りしめたレオンの拳《こぶし》に、リードがそっと手を伸ばした。

「後宮を出たのは、レオンのせいじゃない」

おそらく、リードが後宮から姿を消した事を知った側室の誰かが、レオンに心無い言葉をぶつけたのだろう。実際、レオンの入宮が決まった時にはリードは同情とも憐《あわ》れみともいえない視線を周囲から受けたのだ。

後宮を出た時期を考えれば、そう思う人間も中にはいるはずだ。けれど、それは真実ではない。

「後宮を出た原因は、俺自身にあるんだよ。俺が、弱かったから」

後宮を出たことを、後悔はしていない。だけど、自身の行動により年端もいかぬこの少年の心をも苦しめてしまったかと思うと、リードの心は痛んだ。

「後宮を出ることは、レオンが後宮へ入る前から決めていたことなんだ。だから、そんな風に考えないで欲しい」

リードが、レオンの拳をその両の掌《てのひら》で優しく包み込んだ。

そしてそのまま、レオンの気持ちが落ち着くまで、リードは傍らから離れなかった。

「御無事で、よかったです……」

小さく零したレオンの言葉は、しっかりとリードの耳にも届いていた。


「陛下って、狡《ずる》いですよね」

たくさんの涙を流し、落ち着きを取り戻したレオンはスッキリとした顔でリードに呟いた。

ちょうど、メイドが新たに淹れてくれた茶を口にしていたリードが、その言葉に少しだけ首を傾げる。

「僕の事なんて何とも思っていないのに、優しくするだけ優しくして。しかも、リード様や王妃様以外にもたーくさん側室がいて。それなのに、最後まで嫌いになれませんでした」

「リケルメ陛下は、魅力的な人ですから」

小さく笑ってリードが言えば、レオンがちろりとリードの方を睨《にら》む。

「そりゃあ、リード様は愛されたからそんな風に言えるんですよ。僕からしたら、本当に最悪です」

そう口にしてはいるものの、レオンが心からそう言っているわけではない事はリードにもわかっていた。そうでなければ、卒業生の多くが王宮に勤めるリッテラへは入学しないだろう。

後宮を出てもなお、リケルメへ仕えようとするレオンの強く、真摯《しんし》な思いを感じた。

「アローロへ、戻るつもりはないのですか？」

レオンの表情から笑みが消え、真剣なものになった。言葉を発さずに頷《うなず》けば、少しばかりレオンの表情が落胆する。

尋ねてはいるものの、初めからリードの答えなどわかっているかのようでもあった。

「休暇はもうすぐ終わるので、月が替わればアローロへ帰ります」

レオンが、真っ直ぐにリードを見つめる。

「リード様を見つけたことは、まだ陛下には報告していません。だけど、僕はアローロの人間で、この件を見過ごすわけにはいきません。帰国したら、すぐに陛下へと報告する予定です」

「いえ、今まで黙っていてくれてありがとうございます」

むしろ、秘《ひそ》かにリケルメに知らされているのではないかとリードは思っていた。それをリードが言えば、レオンはわざとらしく肩を竦《すく》めた。

「本当は、すぐにでも報告すべきだった事はわかっています。だけど、その前にリード様とは話をしておきたかったんです」

報告すれば最後、すぐにアローロからの使いによってリードが強制送還されてしまう可能性は高い。連れ戻されたら最後、二度とリードは自身の宮の外へ出られないだろう。

レオンは真剣な表情でそう訴えたが、さすがに大げさではないかとリードは苦笑いを浮かべる。そんなリードに、レオンが小さくため息をついた。

「どうするんですか、陛下の事」

レオンとしては、出来ればリードにはアローロに戻って欲しいと思っているのだろう。

けれど、リードはその要望には応えられない。

「出来れば、レオンの報告が行く前に、会う事が出来たらと思っています」

決意を秘めた瞳《ひとみ》を、レオンへと真っ直ぐ向ける。もう、逃げるつもりはなかった。

レオンは、そんなリードを黙って見つめ続けた。

結局リードがサンモルテへ戻ったのは、日が暮れ空がうす暗くなりはじめた頃だった。入れ替わり立ち替わり人が出入りをしているようで、珍しく騒然としていた。

不思議に思いつつ門をくぐれば、リードの姿を見つけたシスターの表情が目に見えてホッとしていた。

「リディ！」

自分を呼ぶ聞きなれた声に、リードは驚きつつも顔を上げた。

「ラウル殿下？　どうして」

「エレーナから、お前が若い男に連れられて馬車に乗って行ったという知らせがあったんだ。何か、おかしな事に巻き込まれたのではないかと」

父が刑に処せられたものの、リードの取り成しもあり、エレーナは貴族という身分こそ失いながらも、その命まではとられることはなかった。今はシスターを目指し、サンモルテから少し離れた郊外の教会で働いている。今日は偶々《たまたま》王都に用事があり、その際にリードを見かけたようだ。

「大丈夫だよ、ちょっと懐かしい友人に会っただけだから」

あながち、その言葉は嘘ではないとリードが思いつつそう言えば、ラウルはとりあえず納得したようだった。

「あ、それよりラウル」

周りには聞こえないよう、リードが声を潜めた。

「なんだ？」

「後でちょっと、話がしたいんだ。出来れば、二人だけで」

普段と変わらない口ぶりではあったが、リードの表情がどこか固いことにラウルも気付いたのだろう。

「ああ、わかった」

ラウルにそう言われ、リードはしっかりと頷いた。

重厚な扉を開いた途端、焚《た》かれている香の優しいにおいが鼻腔《びこう》をくすぐる。

装飾こそ少ないながらも、置かれている家具や調度品、さらに落ち着いた壁紙の色は、部屋の主《あるじ》のセンスの良さを感じさせるものだった。机と長椅子、さらにその奥には寝室へと続く扉もある。

まごうことなき、王太子殿下であるラウルの私室だった。

「ここ、本当に俺が入って良い場所なのか？」

城に来て一年ほど経つが、リードがラウルの私室へ入るのは初めての事だった。

「別に、俺が呼んだんだから構わないだろう」

もっとも、ラウルはこれまで側近を私室へ呼んだことは一度もなかった。

幼い頃はマルクも何度か遊びに行ったことがあったが、今の立場になってからは一度も立ち入ったことがないと以前話していた。元々他者を自身の領域へ入れたがらないラウルにとって、私室は他人を入れることのない特別な場所なのだと。

そんな話を聞いていた事もあり、ラウルの部屋へと入ったリードはどこか落ち着かなかった。

そのため部屋にある絵や飾りを眺めていたが、ラウルに勧められこともあり、ようやく椅子へと腰かけた。

「それで、話とはなんだ」

二人きりで、人の目がない場所で話したいと言ったのはリードだ。だからこそ、ラウルも自身の私室を選んだのだろう。

「あ、うん。その……」

珍しく、はっきりしないリードの物言いに、ラウルが訝《いぶか》しげな表情をする。

二人きりになったものの、リードとしては、どこから話すべきなのか未だ頭の整理が出来ていなかった。

出来る事ならもう少し猶予が欲しかったのだが、今日のレオンの話からも、自分に残された時間は少ない事を知った。迷っている時間など、ないのだ。

「ちゃんと、ラウルには話しておきたいと思ったんだ」

　あまり考えたくはないが、これが最後の機会になる可能性だってあるのだ。そんな、最悪の場合を考えたからこそ、ラウルには全てを話しておくべきだと思った。

　たとえ、それによりラウルの自身への気持ちが変わる事があっても。

「俺、本当は」

「必要ない」

　リードの言葉は、途中でラウルによって遮られた。

「話さなくていい。お前の名はリディで、俺の側近で、それ以外の何ものでもない」

「でも」

「だから、話すなと言っているんだ！」

　珍しく、声を荒げたラウルにリードは僅《わず》かに肩を震わせた。それに気付いたラウルが、苦々しくその表情を顰《しか》める。

「以前にも言ったはずだ、お前の過去なんて関係ない。お前がどこの誰であっても、俺の傍にいてくれさえすればいいと」

「ラウル、もしかして」

　リードの瞳が、大きく見開いた。

「全部、知ってたのか……？」

　ラウルが眉間《みけん》に皺《しわ》よせ、リードから視線を逸らした。その仕草が、それが事実であることを何より物語っていた。

◇◇◇

　両開きの窓の向こうに、ぼんやりとした月が見える。ラウルが使っている私室は歴代の王太子が使っていたものではなく、王太弟時代から使用しているものだ。

　フェルディナンドが亡くなり、王太子になった時に部屋を移ってはという話もあったが、ラウルは頑《かたく》なにそれを拒んだそうだ。けれどそれでも、王太子として生まれ育ったわけではないが、今のラウルは自身の王太子としての立場を自覚し、重く受け止めている。

ラウルに望まれ側近となってから、顔を合わせない日はほとんどなかった。

わかりやすく単純な性格ではないが、それでも彼の人柄や人間性に関しては理解出来ていると思っていた。けれど、もしかしたらそれは自身の思い違いだったのかもしれない。

座り心地の良い長椅子の弾力を感じながら、リードは自身の心がもやがかかるように心細くなったのを感じた。真向かいに座ったラウルも苦い表情のまま口を閉ざしており、リードもしばらく何の言葉も発する事が出来なかった。

「いつから、知ってたんだ?」

長い沈黙を破ったのは、リードの方だった。

最初こそ衝撃を受けたが、出た言葉は不思議なほど落ち着いていた事に自分自身驚いた。

「以前、お前が自室に忘れた資料を、俺が取りに行った事があったのを覚えているか」

「ラウルが部屋に戻る時に頼んだ、度量衡に関する資料?」

ラウルが、無言で頷いた。

オルテンシアは地方によって度量衡の単位が違っていたため、改革の一環として国内の荘園を測量するにあたりこれを統一した。その際、各地域の測量に関する資料をリードがまとめたことがあった。リードが城で使っている部屋は、城の奥深くにあるラウルの部屋と執務室の間にあったため、私室に帰るラウルについでにとってきてもらえないかと頼んだのだ。道すがらだったとはいえ、仮にも王太子を使い走りにしてしまうのはリードとしても気が引けたのだが、ラウルは嫌な顔一つせずに了承してくれた。

今思えば、あの頃からすでに二人の間に信頼関係は出来上がっていたのだろう。

「殺風景ながらもお前の部屋はきれいに整頓《せいとん》されて

いて、机の上にはいくつもの本が積み上げられていた。資料はすぐに見つかったが、その時何かの拍子にいくつかの本を床へ落としてしまった」

本棚に入りきらないわけではないが、何かしら本を読んでいることが多いため、作業スペースこそあるものの、リードの机の上には常に本が積み上げられている。

「仕方なく屈んで本を拾ったら、本が落ちた衝撃で引きだしが少し開いた。その中に、光る石を見つけた。お前に悪いとは思ったが、その引きだしを開けた」

普段は滅多に宝石の類いをつけないリードだからこそ、珍しいと思った。もしかしたら誰か大切な人間から貰《もら》ったものなのかもしれない、という嫉妬心《しっとしん》もあった。けれど、いざ引きだしを開けてみると、その石の存在はこれ以上ないほどの衝撃をラウルに与えた。見覚えのあるその石は、かつてラウルの親友が持っていたものだった。賢者の石を、マクシミリアンが誰に渡したのか。親友であるラウルは、それを知っていた。

「けどあの石って、毎年優秀な学生に授与されるものじゃないのか？」

「裏側に、文字が彫られていただろ？　あの言葉は渡される本人が事前に決められるんだ」

繊細な文様のレリーフに彫られていたフェリースの文字は、アローロの言葉で幸福を意味するものだった。

「だいたい、渡す相手の名前かその人間への気持ちを彫ることが多い。永遠の愛を誓う、とか愛し君へ、とかな」

勿論《もちろん》、歴代の首席学生が彫った文字は記録として残っているわけではないし、リードが持っていた石がマクシミリアンのものだと決まったわけではない。

「最初は、何かの偶然だと思った。マクシミリアンから聞いていた叔父上《おじうえ》の寵姫といえば、淑やかで控えめで、それこそワイングラスよりも重たいものは持ったことがないような印象だったからな」

ラウルの言葉に、リードは苦笑いを浮かべる。レオンにしてもそうだったが、皆自分を美化しすぎではないだろうか。思い出補正、という言葉が頭に過《よぎ》った。

「悪かったな、イメージと違って」

出会いが出会いであったこともあり、ラウルは素のままのリードをよく知っている。実際のリードが、そんな深窓の姫君のような気性ではないことはよくわかっているはずだ。

「別に。俺が好きになったのは今のお前だからな」

涼し気な顔でさらりと告げられたラウルの言葉に、リードは自身の頬に熱が溜《た》まるのを必死に堪《こら》えた。この状況で、それを言うのは反則ではないだろうか。

「そっか。マクシミリアン殿下が話していた親友って、ラウルのことだったんだな」

少し考えれば、わかることだった。アローロの友好国で、マクシミリアンと同年代の王族がいる国は限られている。

「だが、卓越した知識と教養、何より容貌《ようぼう》の美しさ。叔父上の妃《きさき》とお前は関係ないと思いつつも、疑念は晴れなかった。だから、すぐにアローロの王宮にいる間諜《かんちょう》へと問い質した。リケルメ王の寵姫の現状をな」

ラウルが他国へと紛れ込ませている間諜は、ラウル自身が厳選し、オルテンシアへの忠誠を誓わせた者だけだ。あまり身分が高いと怪しまれてしまうため、あくまで下働きの人間として潜り込ませている。そのため実際に機密事項へと触れる事は出来ないが、王宮で働く人間たちの噂話からでも、十分情報は得ることが出来た。

間諜からの報告を、祈るような気持ちでラウルは待ち続けた。

「結果は、病床に臥《ふ》せっており、ここ二年近く側室の姿を見た者は誰もいない。そしてその事に関係あるかはわからないが、二年近く前、理由こそわからなかったが、叔父上がひどく激高した日があったとの事だった」

間諜は、側室が病床についているのはその日に何らかの事件があり、その際に身体を悪くし、そのまま床に臥していたるのではないかと推察していた。リケルメが未だリードの宮を時折訪れている事からも、その存在が王宮から消えている事実を知るのは、ほんの一握りの人間だけだ。おそらくラウルも、自身の傍にいるリードの存在さえなければ間諜と同様の推測をしただろう。

けれど、それによりラウルの中の疑念は確信へと変わった。

「本当は、すぐにでも叔父上に報告すべきだという事はわかっていた。アローロとは長い間友好関係が続いているが、叔父上との繋《つな》がりを強くする事は今後のオルテンシアのためにもなる」

「まあ、それはそうだよな」

オルテンシアのためを思えば、そうするのが最善であるという事はリードにもわかっていた。

リードが新天地としてオルテンシアを選んだのも、自身が見つかった時、アローロと関係の深いオルテンシアの王族ならば、リケルメに対し無理な要求をすることはないと思ったのもある。自惚《うぬぼ》れるつもりはないが、自分の存在がリケルメに対して何らかの政治カードになることは、リードも認識していた。

「だが、出来なかった。叔父上の信頼を裏切る事になる事はわかっていたが、叔父上のもとにどうしてもお前を帰したくなかった」

ラウルの表情が、苦渋に歪《ゆが》む。

「オルテンシアの改革のためにも、お前の力が必要だという考えは勿論あった。叔父上に貸しを作る事と国内の改革、本来ならばそれを客観的に見定めるべきだった。だが、俺には出来なかった。お前をアローロに帰してしまえば、二度と会う事は出来ない。それればかりか、お前は叔父上の妃に戻ってしまう。俺には、どうしてもそれが耐えられなかった」

もし、出会ったばかりの頃にリードの正体に気付いていれば。おそらく、ラウルは冷静に状況を判断し、リードをアローロへと帰すよう努めたはずだ。

王としてのリケルメを誰より尊敬しているラウルにとって、リケルメの寵姫という立場を自ら手放すリードの考えは理解出来なかっただろう。

けれど、リードを知った今は違う。

「俺が好きになったのは、叔父上の側室ではない。賢く優しく、外見の割に口は悪いが、非があればしっかりと叱り、諭してくれる、そんなお前だから好きになったんだ。今更、叔父上の側室だと言われて、納得できるわけがないだろう？」

紡がれている言葉は愛の告白のはずだが、ラウルの表情は悲痛なものだった。聞いているリードでさえ、胸が痛くなるほどに。

「度量衡に関する資料って、もう半年以上前の事だよな」

それこそ、リードが城で働き始めてそう時間が経ってない頃の話だ。

「そっか、知ってたんだ。全然、気付かなかった」

時折、ラウルからどこか意味あり気な視線を向けられることはあった。

けれど、それだって気になるほどのものではなかったし、何よりリードに思いを告げているラウルならば、そういった様子を見せるのも自然な事ではあった。

「気付かれないようにしていたんだから、当然だ」

リードの性格が思慮深いものであることは、ラウルもわかっていた。だからこそ、絶対に悟られてはならないと思った。

「城内にいる人間を洗い出し、他国の間諜、特にアローロの人間は出来る限り排除した。勿論、やりすぎれば逆に怪しまれるため一部は残したが。だが、侍女から庭師にいたるまで、お前の姿を見ることが出来る者は徹底して素性のはっきりした者にした。全てはお前の情報を、国外に出さないためだ」

淡々とラウルは口にするが、決して容易《たやす》い事ではなかったはずだ。

もしかしたら、軍の情報管理をその後厳格にしたのにも、同じ理由があったのかもしれない。

「お前の名はリディで、平民ではあるがオルテンシアの地方領主の妾腹《しょうふく》であるため知識と教養もある。勿論、アローロには足を踏み入れたこともない」

つらつらと出てくるリードのオルテンシアにおける素性は、本人さえ知らなかった架空のものだった。そこでようやく、リードは自身の身分がしっかりしたのはサンモルテの後ろ盾だけではなく、ラウルの力が強かったことを知った。

でなければ、いくらマザーの後押しがあり、教会と繋がっているとはいえ、ここまで国の中枢に関わる事は出来なかっただろう。

「俺が全て知っている事がわかれば、お前の事だ。側近を辞するどころかオルテンシアを出る事だって考えたはずだ。それだけは、絶対に避けたかった」

「そうだな。多分、そうしたと思う」

リードが頷《うなず》けば、ラウルの眉間にしっかりと縦皺が刻まれた。

「ごめん、何も気付かなくて。知らないうちに、随分お前に助けられてたんだな」

「気にしなくていい、俺がやりたくてやったことだ」

ラウルはそう言ったが、リードは頭《かぶり》を振った。

事実を知ってなお、隠匿している事がわかれば外交問題にもなりかねない。だからラウルは、リードの前では全て知らぬふりをし、その一方でオルテンシアにおけるリードの存在を覆い隠した。

態度こそ不遜《ふそん》ではあるが、ラウルが性根の部分はとても真っ直ぐな気性を持っている事を知っている。リケルメの事を、とても尊敬している事も。

そんな潔癖な青年に自身を偽らせてしまった事に、深い悔恨の念をリードは感じた。

「それに、もうすぐお前がアローロを出て三年になる。このままここにいれば、叔父上に見つかる事はない、だから」

ラウルの声色は、消沈してしまったリードを少しでも励まそうとする明るいものではあったが、リードは力なく苦笑いを浮かべる。

「ごめんラウル。それは、出来ない」

その言葉に、ラウルの表情が目に見えて強張る。

「少し前までは、俺もそれでいいと思ってた。このまま姿を隠し続けていれば、アローロにおける俺の存在を証明するものはなくなるし、全て丸く収まるって」

いくらリケルメが王としての絶大な権限を持っていても、教会の決定は簡単に覆せない。

法整備の見直しや時限立法を制定するという方法も考えられるが、リケルメならば議会の承認を目指すより捜索の方に力を入れるだろう。

だから、見つかりさえしなければそれで時が解決してくれるだろうと、そう思っていた。

けれど、リードにとってそれで良くとも、リケルメにとってはそうではない。

「だけど、やっぱりそれってよくないと思うんだ。俺、何も言わずに後宮を出てきたから。リケルメに別れの言葉は勿論、御礼さえ言えてない。そんな宙ぶらりんのまま、俺だけオルテンシアで幸せに暮らすなんて出来ない」

リードの言葉を、ラウルは苦々しい表情のまま聞いてくれた。

「別に、お前が気にする事などないだろう。叔父上には年の初めにも会ったが、健勝であったし、これといっておかしな様子も見られなかった。お前がいなくとも、叔父上は立派に王としての務めを果たしている」

だから、姿を見せることなど、会いに行く必要などないと。そう主張するラウルにリードは困ったような笑みを浮かべた。

「そうだな、確かに俺がいなくてもリケルメが自身の仕事に、王としての責務に影響を及ぼすことはないと思う。あいつは、個人である前に何より王としての振る舞いを考えてるから」

リケルメに対し、親しみをこめたリードの言葉にますますラウルの表情が歪む。

「それなら」

「それでも、会わなきゃいけないんだ。会って、ちゃんと話さなきゃいけない。多分、俺もリケルメも、長い間一緒にいたのにそれをしてこなかった」

身体を重ねるよりも、睦言《むつごと》を語るよりも、本当はもっと大切な事があった。

それにもかかわらず、見て見ぬふりをし、現実と向き合う事を避け続けてきたのはリード自身でもある。だから、このような結果を招いてしまったのだ。

「それに、もう時間切れみたいなんだ。今日、街でエレーナさんが見かけたのはアローロの後宮にいた時の知り合いだ。今のところは黙ってくれているけど、来月にはリケルメに知られてしまうと思う」

そうなる前に、出来れば自分から姿を現したい。それが、せめてもの誠意だとリードは思った。

「叔父上の様子が、いつもと変わらないと言ったのは嘘だ」

黙ってリードの話を聞いていたラウルが、呟《つぶや》くように言った。

「ここ二年程、傍目《はため》にはわからないがどこか気落ちしている様子だった。年齢的に若くはないとはいえ、それまでの豪胆ぶりは鳴りを潜めていたと思う。お前が、いなくなったからだったんだな」

自分が後宮を去った後のリケルメの様子は、考えないようにはしていたが、ずっと心のどこかで気になっていた事だった。

後宮にはマリアンヌを始め、自分以外にもたくさんの妃がいる。姿をくらました自分のことなどとっくに忘れ、既に他の妃へ寵が移っているのではないかと思いつつも、それを寂しく思う自分もいた。

しかし、今思えばその方が良かったのかもしれない。いっそ、お前に用はないと罵《ののし》られた方が、リードの中の罪悪感は軽くなった。

しかし、そうではなかった。レオノーラやレオン、そしてラウルの話を聞く限りでは、リケルメは今もリードを気にかけてくれている。

実際のところは、気にかけるどころの話ではないのだが、人づてにしかリケルメの様子を聞くことが出来ないリードの認識には限界があった。

「うん、大切にしてもらってたからさ、俺」

敢えて軽い口調でリードはそう言ったが、ラウルの表情が晴れることはなかった。

「だが、叔父上はお前がいなくとも生きていけるし、賢王として立っていられる」

ラウルの声は、今までリードが一度として聞いたことがないほど、弱々しいものだった。

「だけど、俺は違う！　お前が傍からいなくなる日など考えられないし、お前がいなければ、俺の心臓は止まってしまう」

「ラウル……」

俯《うつむ》いてしまったラウルの表情を、窺《うかが》い知る事は出来ない。けれど、大きな掌《てのひら》は膝《ひざ》の上で強く握られ、微《かす》かに震えてさえいる。

「叔父上の所に、帰らないでくれ」

絞り出すようなその声は小さく、ようやく耳に届くほど微かなものだったが、リードにはしっかりと聞こえていた。

毅然《きぜん》とした態度で、恐れるものは何もないとばかりに立ち振る舞っている、そんな王太子としての日頃のラウルからは、想像できないような姿だった。

見ていられなくなったリードは思わず立ち上がり、その広い肩を優しく包み込んだ。

「大丈夫、アローロには帰らないよ」

「そんな事、出来るわけないだろう。叔父上が、お前を手放すはずがない」

腕の中にいるラウルの身体はとても大きいのに、その言葉は幼子のようで、リードは小さく笑みを浮かべた。

「少しは自分の側近を信用してくれよ、ちゃんと、俺だって色々考えてるんだからさ。交渉に関しては俺が得意なの、ラウル知ってるだろ?」

「……勝率は、どのくらいだ」

「うーん、五分五分ってところかな」

「負け戦じゃないか」

　本当のところは、もう少し低い見立てだった。それでもラウルを安心させるためにそう言ったのだが、ラウルには全てわかってしまったようだ。

「そんなことないって、ちゃんと、ラウルのところに帰ってくるからさ」

　だから、リケルメと会う算段をつけて欲しい。

　そう、はっきりと口にしたリードに対し、最後までラウルは頷くことはなかった。ただ、その長い腕が背に回され、力強く抱きしめられれば。

　それが無言の了承であることが、リードにはわかった。

◇◇◇

　ゆったりと流れる空色のカーテンの隙間から、微かな光が部屋の中へと入ってくる。小さな壁掛け時計を見れば、まだ朝の鐘がなる迄《まで》にはしばらく時間があった。髪に櫛《くし》を当て、身なりを整えると、部屋の中をぐるりと見回す。

　城で働くに当たり、ラウルがリードのために用意した部屋は、本来は他国の来賓が宿泊する際に使われていた場所だった。来賓といっても王族ではなく、貴族や大臣といった臣下のためのものだが、それでも十分過ぎる広さがある。

　城に来た頃は清掃をするために侍女も入っていたが、ある時を境にラウルがやめさせたため、その後はずっとリードが自身で清掃していた。

　リードとしては、身の回りの事は自分で出来るからと最初から断っていた事もあり、さして気にしなかったが、今思えばリードの私物から素性が知られる事がないよう、ラウルなりの配慮だったのだろう。そう考えれば、思い当たる節はいくつもあった。

短い時間であったとはいえ、議会でリードが行った質疑応答の後にアローロ側の干渉がなかったのも、全て事前にラウルが他国の人間を遮断していたのだ。

マクシミリアンと同い年という事もあり、城で働き始めたばかりの頃はどこか弟のように思っていたが、とうにリードの想像を超えて成長していたようだ。

一年とはいえ、ずっと傍で見守ってきた立場としては感慨深く、少しばかり寂しくもあった。

そして改めて、年下の主《あるじ》に恥じぬよう、自分は己の仕事をやりきらなければならぬと決意を新たにした。

ノックと共に、執務室の扉をゆっくりと開ける。

ラウルの側近は比較的いつも忙しく、国内のあちこちを移動しているのだが、今日の朝は珍しく全員揃っている事を事前に調べておいた。

足を踏み入れれば、机に向かい合っていた彼らの視線が一斉に向けられる。

普段は正午を過ぎなければ来ることのないリードの登場に驚いたのもあるが、皆が衝撃を受けたのはそれだけではなかった。

「え!?　リディさん!?」

それぞれが驚愕《きょうがく》の表情を浮かべる中、目に見えて仰天したのは扉近くに座っていたサビオラだ。

「ど、どうしたんですかその髪?　男みたいですよ?」

音をたてて立ち上がり、明らかに動揺しているサビオラの台詞《せりふ》に、リードは苦笑いを浮かべる。

「いや、俺はもともと男なんだけど…」

そう言ったリードは首元が涼しくなった自身の髪へと手を当てる。

アローロを出た時にバッサリと切られたリードの

髪は、サンモルテで暮らし始めてからはずっと肩につかない長さで切られていた。

ただ、城で仕事を始めてからは忙しい日々が続いていた事もあり、アローロにいた頃に比べればまだ短いとはいえ、随分長く伸びてしまっていた。暑くなってきたこともあり、ちょうど良いとばかりに昨日サンモルテへ帰った時に近くの理髪店で切ってもらったのだ。

確かに随分とスッキリしてしまったとは思うし、店の主人も本当にこんなに切ってよいのかと何度も確認された。

黒髪はそれほど珍しい色ではないが、リードのような癖のない真っ直ぐな毛髪はなかなか見られない。艶《つや》やかでそう傷んでもいなかったため、売ってはどうかと提案されたが、丁重にそれは断った。

髪を洗うのにも時間がかからないため、リードとしてはとても快適に思っているのだが、皆の反応はあまりよろしくないようだ。

「せっかくきれいな御髪《おぐし》でしたのに、もったいない……」

アデリーノがそう言えば、それを聞いた周りの者たちも同調するように頷く。

女性的な顔立ちではないが、リードの存在は男ばかりの執務室を華やかにしていた。

特にさらりと流れる黒髪の美しさは、リードの魅力をより際立たせていたといってもいい。

「え、おかしい？」

絶賛されるとは思っていなかったが、あまりに芳しくない側近たちの表情に、思わずリードは奥にいたラウルの方を見る。

城下でも評判の理髪師に頼んだこともあり、リードとしても仕上がりは気に入っていた。

「いや、よく似合っている」

最初は皆と同様に驚いていたラウルだが、既に落ち着きを取り戻していたのもあり、冷静にそう言った。

王侯貴族に長い髪の者が多いのは、美しさの象徴とされている事もあるが、それだけ髪に手をかけられる豊かさの表れでもあった。王族や有力貴族の側室たちがこぞって髪を伸ばし整えるのも、そのためだ。

軍に属するラウルにとっては長い髪など邪魔でしかないが、軍の中には好んで髪を伸ばしている者もいる。そして、髪にはそれほど関心のないラウルでも、リードの黒髪は美しいと思っていた。

白い肌によく映えていたし、優美なその外見は、活発な中身を良い意味で裏切っていた。

もっとも、短いのも決して悪くない、と思った。むしろ髪を切った事により、これまで長めの前髪に隠れていた利発そうな瞳《ひとみ》と、美しい顔立ちがはっきりわかった。

数日前ならば、王宮内とはいえあまりその顔を晒《さら》すような真似はして欲しくないと思ったが、今となってはもう関係ないだろう。

「別にいいんじゃないですか、手入れもせずに伸ばしっぱなしにしているより、よっぽど見栄えがいいですし」

ちょうどラウルの隣で書類の確認をとっていたシモンが、さらりと口にする。

リードとしては、特に考えずに伸ばしていた事を指摘され、少しばかり決まりが悪いだけだったが、なかなかに辛辣《しんらつ》な言葉に執務室の空気は凍りついた。

「シモン久しぶり。ごめんな、今回の会談、本当ならシモンが担当するはずだったのに」

リードがそう言えば、シモンはあまり興味がなさそうに一瞥《いちべつ》しただけだった。

「別に。私はラウル様の決定に従うまでです」

そう言うと、書類をラウルへと渡し、シモンは自身の席へと戻って行った。相変わらずなその様子に、リードは苦笑いを浮かべるしかなかった。

◇◇◇

大貴族の息子であり、資産家柄共に申し分のないシモンは、自ら希望して半年ほど前にラウルの側近となった人間だった。

容姿も美しく、白銀の髪とすらりと伸びた肢体は見る者の目を引いた。

家の後ろ盾は勿論《もちろん》のこと、学業成績も優秀で、城で働くにあたってはどんな職も望めたが、シモンはラウルの側近以外は一切興味を持たなかったそうだ。

幼い頃からシモンにとってラウルは崇拝の対象で、ラウルの下で働く以外の選択肢はなかったからだ。

出来る事ならば大学ではなく、士官学校にも進みたかったのだが、身長こそ低くはないものの、筋骨隆々とした軍の男たちに比べ、明らかにシモンの身体は見劣りした。

だからこそ、側近となりラウルと一緒に働くことを大変に名誉に思っていたのだが、シモンが任されたのは他国との外交に関する諸々の仕事だった。オルテンシアでも指折りの名家の出であり、さらにその容貌《ようぼう》や所作の美しさから外交交渉の担当には最適だとラウルは考え、シモンも重要な役職を任された事を喜んだ。

しかしながら、外交を任されていることもあり、シモンがラウルと同じ執務室で働ける機会は他の側近たちよりも明らかに少なかった。それでもラウルのためならばと自身に言い聞かせていたのだが、そんなシモンでもどうしても納得いかなかったのが、リードの存在だった。

シモンが側近になった頃には既にリードの存在は王宮内で広く認知されてはいたし、ほんの短い時間ではあったが議会での活躍も耳にしていた。

それでも、新参者のくせに常にラウルの横にいるリードの存在は、シモンを苛立《いらだ》たせるには十分だった。実際仕事をする機会もあり、その実力は評判以上のものであるとはわかったが、それでも素直に評価することが出来なかった。何より腹が立つのは、リードのラウルに対する軽口である。自分など、側近となってからもラウルに話しかけるのに緊張したというのに、リードはそういった様子が微塵《みじん》も感じられなかった。しかも、身分は平民だという。

ラウル自身が許しているためシモンに口を出す権利はないが、それでも納得出来かねた。

今回のアローロとの会談にしても、本来はシモンの担当のはずなのだが、何故か数日前に急遽《きゅうきょ》リードが行う事になった。

アローロとは元々友好関係にあるため、それほど難しい相手ではないが、腑《ふ》に落ちないのも確かだ。

とはいえ、リードに仕事が代わった事により、その空いてしまった時間を城で過ごせることになったのは、シモンにとって僥倖《ぎょうこう》ではあった。

「あ、先に言っておきますけど。いくらリディさんでもリケルメ王には色仕掛けはききませんからね」

捨て台詞のようだと自分でも思ったが、言われたリードは珍しく動揺していたため、シモンの溜飲《りゅういん》は少しばかり下がった。

◇◇◇

「シモン、意外と勘が鋭いよな」

執務室を出て、長い廊下を歩き始めたリードが脱力したように呟いた。

「あんなの適当に言っただけだろ、お前は動揺しすぎだ」

少し前を歩いていたラウルはリードの声をしっかり聞き取っていたらしく、振り返った。

「そもそも、あいつの見立ては間違ってるだろ。叔《お》父上《じうえ》にお前の色仕掛けが効かないはずがないからな」

ラウルはそう言うと、また踵《きびす》を返しずんずんと足を進めていく。

どことなく拗《す》ねたような響きが含まれていたのは、おそらく気のせいではない。リードは苦笑しながらも、そんなラウルの後を追った。

リードを正規の外交使節の一員に加え、リケルメとの会談の場を作ったのはラウルだった。

不定期ではあるものの、オルテンシアとアローロの間では情報交換と友好を兼ねて、会談が開かれている。

勿論、毎回のように国家元首が顔を合わせるわけではなく、両国の外交担当や軍関係者によって行われる事の方が多い。今回も、元々はリケルメの参加は予定されていなかったが、レオノーラの口添えもあり、急遽参加が決定した。

リードとしては、リケルメに会うとしてもそれこそ非公式にこっそりと、という状況を考えていたため、想定外ではあった。つまり今回の会談は、秘密裏に二人を会わせ、結果リケルメにリードを連れ戻されてはたまったものではないという、ラウルの苦肉の策だった。

勿論、それでリードが連れ戻されないという保証はどこにもないが、幾分かリスクは低くなるはずだ。大使として、ラウルの代理だという役職を与えられれば、記録にも残る。

どこまで通用するかはリードとしてもわからなかったが、何の策も練らずにリードをリケルメに会わせたくないというラウルの気持ちは、痛いほどわかった。

ラウルが隣にいることもあり、城門を出る時の番兵の敬礼はいつも以上の気合いが入っていた。

跳ね橋を渡れば、既に馬車は外壁へと着けられている。

リミュエール王家の紋章が入ったクラシカルな馬車は、何度もリードは乗った事があるものだ。ただ、これまでと違うのは、馬車に乗るのがラウルと一緒ではないというところだった。

二人の到着に気付いた使用人が、馬車の中にいる人間へと声をかける。

すぐに馬車の戸が開けられ、中から身体の大きな男が姿を現した。

「おはようございます、エンリケ将軍」

ラウルに対して生真面目に敬礼をしたエンリケへ声をかければ、どこか複雑そうな表情を向けられる。

「顔色は、悪くないようだな」

「はい、昨日は思ったよりもよく眠れました」

気遣わしげな眼差しに嫌悪感が含まれていない事に、リードは少しばかり胸を撫《な》で下ろした。

数日の間に、ラウルは全ての事情をエンリケに説明した。いくらリードが王太子直属の大使として派遣されるとはいえ、軍の中でも最高位に近い階級を持つエンリケに護衛を命ずるのは、それ相応の理由が必要だったからだ。

その間の部隊運用をはじめとするエンリケの職務は全てマルクに行わせる事は決めていたが、それだけではエンリケも納得しないだろう。

ラウルとしては、全てを話してもエンリケならば自分の意を汲《く》んでくれるはずだという信頼もあった。

実際、ラウルの口から全ての事情を聞いたエンリケは、ラウルが命じるまでもなく、リードの護衛に就くことを自ら申し出たという。しかし、やはり胸中は様々な思いが渦巻いているのだろう。

悪感情は一切感じられないが、リードを見つめるエンリケの眼差しは、これまでとは違っていた。

「わざわざ見送ってくれて、ありがとう」

あまり長引かせても、不自然に思われるだろうと思ったリードが、ラウルの方へ視線を向ける。変わらず、その額には深い縦皺《たてじわ》が出来ていた。

リケルメとの会談に、ラウルの同席を断ったのはリードだった。

一国の王と王太子の会談ともなれば、事が大きくなってしまい、リードとリケルメの問題だけではなくなってしまうからだ。

会談の内容は勿論練ってきてはいるが、今回自分がリケルメに話すべきことはそれだけではない事はリードもわかっていた。けれど、先日のラウルの様子を見る限り、その場にいても冷静な話し合いは出来ないだろう。何より、可能であるならリードはラウルの後ろ盾がない、一対一の場でリケルメと話したかった。

リードに対し、何の言葉も発しないラウルに苦笑し、馬車へ乗り込もうとすれば、エンリケが手を差し出してくれる。けれど、その手はリードが手を伸ばす前に引っ込められた。すぐ横から、ラウルが自身の手をリードへと向けてきたからだ。

王太子自らする行為ではないとは思ったが、無言で差し出されたその手を、素直にリードは借りることにした。

手を重ねればラウルと視線があい、少しだけ微笑みかけたリードは、ゆっくりと頷《うなず》いた。

大丈夫、心配しないで。そんな思いがラウルにも伝わるように。

ラウルの力強い大きな手が、一瞬だけリードの手を強く包み込んだ。

「エンリケ」

リードに続き、馬車へ乗り込もうとしたエンリケを、ラウルが呼び止めた。

「リディを頼む」

振り返ったエンリケに対し、ラウルは一言だけそう告げた。余程、驚いたのだろう。エンリケも、すぐに言葉を返すことが出来ないようだった。

「この命に代えても、お守りいたします」

敬礼と共に、ようやく絞り出したエンリケの言葉に、ラウルは満足気にその口の端を上げた。

静まり返った馬車の中は、車輪の音がいつも以上に大きく聞こえた。日差しはそれほど強くなかったがカーテンはしっかりと閉められている。リードは手を伸ばし、少しだけ開けてみた。

馬車は既に王都を通り過ぎて郊外を走っているようで、景色も長閑《のどか》なものへかわっていた。牛や馬を引く人々や、農村の子供たちが、もの珍しそうに馬車を見つめている。

一面に広がる緑の絨毯《じゆうたん》は、秋には金色の海へと変わっていくのだろう。

小さな窓から見える、そんな原風景をリードが見つめていれば、これまで黙り込んでいたエンリケがようやく口を開いた。

「何か事情があるとは思っていたが、まさかリケルメ王の寵姫だったとはな」

視線をエンリケの方へと向ければ、その表情はいつもより重たかった。

「エンリケ将軍は、殿下へ提案なさらなかったんですか」

リードの言葉に、エンリケがその凛々《りり》しい片眉《かたまゆ》をあげる。

「私を、アローロに帰すようにと」

エンリケが護衛につくと聞いた時、リードはエンリケとアローロの間で密約が交わされるのではないかという懸念を持った。

軍の最高幹部でもあるエンリケはリケルメとも既知の間柄であるし、オルテンシアの国益を考えるならばリードをリケルメのもとへ戻すことが最善であると考えてもいいはずだ。

ただ、それを口にしなかったのはラウルと同様に、リードの中にもエンリケに対する信頼があるからだ。

「正直、それを考えなかったと言えば嘘になる。だが、出来るはずがないだろう？」

エンリケが、ため息とともに自身の額へと手を当てる。

「お前の護衛に、誰よりもつきたかったのは殿下のはずだ。そんな大役を、俺は任されたんだ。殿下の信頼を、裏切れるわけがないだろう？　俺がすべき事は、何があってもお前をラウル殿下のもとへ帰すことだけだ」

「王太子の命令とあれば、たとえ国益を損なう事でも聞き入れるのですか？」

エンリケの眉間《みけん》に、くっきりと縦皺が寄った。けれど、目の前に座るリードが怯《ひる》む様子はない。

「全く、かなわんな。殿下もリケルメ王も、その聡《そう》明《めい》さを気に入ったんだろうが」

「すみません、言葉が過ぎました」

「いや、その容姿にその利発さだ。苦労も多かっただろうな」

エンリケの言葉に、リードは静かに首を振った。

「楽な事ばかりではありませんでした。だけど、それだけでは決してありませんでした」

十の年にリケルメに見初められ、後宮への入宮が決まった。

物珍しさから、奇異な目で見られることもあったが、後宮の中での生活は、穏やかなものだった。教育は勿論、身に着けるものは何から何まで全て最高級の物を用意された。

こんなにもリケルメに愛されている妃《きさき》はいないと、ルリはいつもリード以上に嬉《うれ》しそうにしていた。

余計な事は考えず、その愛を受け入れ、耽溺《たんでき》することが出来れば、このような状況を作る事もなかったはずだ。

後悔こそしていないものの、自身の犯した業への責任は、リードもとるつもりだった。

「言っておくが、俺だって国益を考えなかったわけではないからな」

黙り込んでしまったリードに、わざとらしく咳払《せきばら》いしたエンリケが言葉をかける。

「未来の宰相殿を、他国へと売り渡すのはオルテンシアのためにはならんだろう」

ニッと笑みを見せたエンリケに、リードは瞳を瞬かせた。

「宰相って、私がですか？」

「側近の中から選ばれるんだから、お前が適役だろう？」

「どう考えても、力不足です」

肩を竦《すく》めてリードは言ったが、エンリケは謙遜《けんそん》するなと笑った。

豪快に笑う目の前の武人を見ていると、少しだけリードの気持ちも明るくなった。

◇◇◇

リケルメとの会談にラウルが選んだのは、アローロとの国境にほど近い、アグアという場所だった。かつてリードがオルテンシアへ入国した際に通った森のすぐ傍で、付近には湖もある。景観の良い避暑地ではあるのだが、王都からは距離があることもあり、別荘地としてはあまり人気がなかった。

そのため、王家の所有する宮殿だけが広大な土地にひっそり建てられている。

利用する者が少ないとはいえ、屋敷自体は豪奢《ごうしゃ》なもので、外観はレオノーラの住む離宮にも似通っていた。

王家の所有する離宮は国内にいくつかあったが、多くの物は同じ建築家が設計したものだ。

城で生活していながらも、どこか気後れするリードをエンリケが中へ進むように促す。

開かれた扉の中を進めば、隅々まで磨き上げられた屋敷の内部が視界に入ってくる。

その中でも特にリードの目を引いたのは、玄関ホールに掲げられた、大きなオルテンシア国旗とアローロ国旗だった。

本来ならば、リケルメに対し鼓笛隊や近衛兵による大々的な出迎えが用意されているはずなのだが、今回は急遽決まったという事もあり、そこまでの演出はない。

おそらく、リケルメもそれは求めていないはずだ。

二階の中央広間に案内された後は、すぐにこの地域の領主が挨拶《あいさつ》をしにきた。

数年前に伯爵家を継いだメンタイラという青年で、

アローロ国王を招き入れるという、突然降って湧いたこの大役に緊張しているようだった。痩《や》せ気味で、気弱そうな顔立ちは世間一般の貴族のイメージとはかけ離れている。

メンタイラが去った後は、とりあえずその場所でリケルメの到着を待つことにした。広間の隣室に用意された長椅子へと座り、静かに時が経つのを待つリードとは対照的に、エンリケは忙しなく広間の中を見て回っている。警備の確認も兼ねているのだろうが、気持ちが落ち着かないのかもしれない。

常に沈着冷静なエンリケにしては珍しい行動だったが、対してリードはあらかじめ想像していたよりも、ずっと気持ちは落ち着いていた。

アローロの後宮を出た日、二度とリケルメに会う事は出来ないと思っていた。

リケルメが捜索を行うであろうことは想像できたが、広大な大陸で、一人の人間を見つける事など、藁《わら》の中から針を探すようなものだ。けれど、見つけて欲しいという気持ちが少しもなかったわけでもない。

矛盾してはいるものの、アローロを出たばかりの頃であれば、もしリケルメによって連れ戻されれば、そのまま後宮の中で暮らす事を甘受していたかもしれない。しかし、今は違う。

「リケルメ王、間もなくの御到着とのことです」

エンリケの元へ伝達にやってきた若い兵士の声が、リードの耳にも聞こえる。何も事情を知らないであろう青年の声色には、僅《わず》かながらも興奮が見えた。

王族が滞在していない時でも、離宮の警備は軍の兵士たちによって行われている。普段はどちらかといえば何の変哲もない離宮警備の任なのである。

彼らにとってエンリケに話しかける事自体、生涯に一度あるかどうかというくらいの経験で、さらに他国の国賓、しかもリケルメを迎え入れるという事に、兵士たちはこれ以上ないほどの名誉を感じているようだった。

報告に来た青年兵が去れば、広間の中はリードとエンリケ、そして少し離れた場所にいる騎士の三人のみになった。

途中からリードの護衛に加わったこの騎士は、巧みな馬捌《うまさば》きで馬車の後ろをついてきていた。制服につけられた徽章《きしょう》から、ラウルに命じられた特殊部隊の人間である事がわかった。

そのため仮面をつけており、背が高く、がっしりとした身体つきであることはわかるが、年齢は勿論《もちろん》、その顔立ちまで謎のままだった。

ここに来て、リードの心臓の音は速まってきた。気持ちを落ち着かせようと、立ち上がり窓のそばまで歩いて行く。ビロードのカーテンの隙間から、少しだけ外の様子を見ることが出来た。

伝令の通り、ちょうどアローロからの一行が到着したようで、馬車から出るリケルメのために真紅の絨毯が用意されているところだった。

アローロ兵の数はそう多くないが、馬車の前後には、近衛兵であろう屈強な騎士たちがしっかりと立っている。

先ほど挨拶をしに来た領主が、馬車の前で深々と頭を下げた。

馬車の扉が開かれ、中から人影が現れる。

おおよそ三年ぶりに見る、リケルメの姿だった。表情こそいつもとそう変わらないが、あまり機嫌はよくないようだ。そういえば、自由のきかない馬車は元々好きではないとよく口にしていた。そういったこともあり、行く場所によっては途中からリケルメの馬が用意され、馬車の外へ出る事すらあった。

懐かしさに、思わず頬が緩む。

心なしか少し痩せたようにも見えるが、顔色は決して悪くない。端整な顔立ちと、堂々とした王たる威厳は相も変わらずのものだった。

窓を開け、手を振りたいという衝動がふとリードの中に過《よぎ》った。勿論、それは現実的な行動ではない。

しかし、そのような童心に返ってしまうほど、リケルメの姿が見られたことは嬉しかった。

瞳《ひとみ》を閉じ、深く深呼吸をする。

リードにとって、おそらく生涯で最大の戦いの始まりだった。


繊細な装飾の施された、重厚な広間の扉が開かれる音を、リードは頭を下げたまま聞いた。

金糸の刺繍《ししゅう》の入った朱色の絨毯の先に、磨かれた革靴がゆっくりと自らの方へ進んでくるのが見えた。

ある一定の距離までくると、ピタリとその足が止まる。

「楽にしていい」

リケルメがそう言えば、リードは下げていた自身の顔をおもむろに上げる。

こういった場での動作は、ゆっくり、丁寧なものではならぬと教えを受けたのも、アローロの後宮に入る前の事だった。


「ようこそ、リケルメ陛下。此度、オルテンシア大使の名代を務めさせて頂きます、此度、リディと申します」

凛《りん》としたリードの声が、広間によく通った。自分が出来る、精一杯の微笑みをリードはリケルメへと見せた。不思議と、直前まであった緊張感もほとんどなくなっていた。

高い位置にあるリケルメの表情を見つめれば、深い青色の瞳がリードを凝視していた。

その瞳に含まれている感情は、驚きと怒り、そして喜び。けれど、何よりも安堵《あんど》だった。

ほんのひと時の間に、リケルメの中の感情が複雑に入り混じるのを、リードは笑みを湛《たた》えたまま、穏やかな表情で見つめた。

しかし、リケルメが感情を如実に表したのは、その一瞬だけだった。

「何の冗談だ」

吐き捨てるように言ったリケルメは、既にいつも通りの、冷静な王の顔へと戻っていた。

「いや。やはり、お前だったのか」

そう言うやいなや、リケルメはその長い脚をもってリードとの間にあった距離を瞬く間に詰めた。

「帰るぞ」

リケルメの大きな手が、リードの腕をしっかりと掴《つか》む。痛くはなかったが、力は強く込められていた。

「え、いや」

あまりにも性急なリケルメの行動に、驚いたのはリードの方だった。有無を言わせない視線を向けられるものの、それに素直に従うリードではない。

「ま、待ってくれよ！　俺、リケルメに話があって」

「話ならアローロに帰ってからいくらでも聞いてやる」

そのままリードの腕を握る手とは反対側の手で、リードの肩を抱き、歩かせようとする。

抵抗し、動かないよう踏ん張ってはみるものの、力の差は歴然だった。

「メンタイラ、扉を開放し、検問に伝令を送れ」

おろおろとした表情で二人の様子を見ていたメンタイラが、小さく頷く。ギョッとしたリードがメンタイラの方へ視線を向ければ、苦渋の表情で視線を逸らされた。しまった、とそこでリードは、全てこの状況があらかじめリケルメによって読まれていたことに気付いた。

隠居した先代の伯爵と違い、メンタイラはどちらかといえばリミュエール王家に対する忠誠心は淡泊な方だった。事なかれ主義で、自身の領土の事を一番に考えている人間であることは、リードも領地を調査に行った際に感じたことだった。

しかし、ラウルの耳に入れるのは早計であったし、自分の一言で失脚させるようなことがあっては申し訳ないとそこまで問題視しなかった。領民の事は大切に思っている領主ではあったし、王家に逆らうという意思は微塵《みじん》も感じなかったからだ。

けれど、少し考えればわかる事だが、アグア領は王都であるセレーノより、アローロの方が地理的には近い。もし、アローロと事を構えるような事があれば、一番に被害を受けるのは国境沿いにあるこの領地だ。

さらに、農業が主な産業であるこの長閑な領土は、アローロが重要な交易相手でもある。そんなアグア領の領主が、アローロ王のリケルメとの関係を悪化させる事を望むはずがない。

エンリケの方を見れば、既に数名のアローロ兵に動きを止められている。

確かな剣の腕を持つエンリケでさえ、簡単に自由にさせてくれる相手ではないようだ。

「多勢に無勢、という言葉は知っているな」

リードの視線に気付いたリケルメが、エンリケの方へと顔を向ける。

「貴公の腕前はよく知っているが、そいつらを全員相手にするのは骨が折れるぞ」

リケルメの言葉に、エンリケが眉間に皺《しわ》を寄せる。

まさに、万事休すといった状況だ。

鋭い視線でリケルメを見るエンリケの様子を見れば、屈していないことはわかるが、リードも内心焦っていた。

オルテンシアの検問所にいるのはオルテンシア兵ではあるが、メンタイラの様子を見る限り、既に事前に情報が届けられているはずだ。

つまり、屋敷を出たら最後、そのままアローロに連れ戻されてしまうのは火を見るより明らかだった。

「エンリケ将軍、我が妃を見つけ、保護してくれていた事感謝する。後で、ラウルにも相応の謝礼は送る」

口を開かないエンリケに対しそれだけ告げると、再びリケルメはリードを連れ、広間の入り口へと足を進める。

万策尽きる、という状況ではあるが、けれどここで大人しく連れ戻されるわけにはいかない。

「勝手に話を進めるなよ！」

　落ち着いて話をしなければならない事はわかるが、焦燥と混乱がリードの冷静さを奪っていく。必死にリケルメへと訴えかければ、ようやくその視線がリードの方へ向けられる。

「往生際が悪い。この状況で、お前の主張が聞き入れられないことがわからないお前ではないだろう」

　淡々としているものの、リケルメの厳しい口調に、リードは一瞬怯む。何が何でもリードをアローロへ連れ帰るのだと、その強い意志は瞳を見れば明らかだった。

　会談という形はとったつもりだったが、最初からリケルメは話し合うつもりなどなかったのだ。

　自分自身の見解の甘さを、まざまざとリードは実感した。悔しさに、唇をかむ。

　沈むリードの表情に、僅かにリケルメもその顔色を曇らせたものの、自身の足を止めるつもりはないようだ。

「ったく情けねえ」

　その時、事の成り行きを静観していたであろう仮面の男が、口を開いた。

　エンリケ同様、アローロ兵からは囲まれてはいるものの、全く動じる様子はない。

　男の言葉に、ピタリとリケルメは動きを止めた。

「大した王様だな。話の一つも聞かないで、自身の力を以《もっ》て相手のすべてを奪い取ろうとする。そんなんだから、愛想をつかされたんじゃないのか」

名君が聞いて呆《あき》れるぜ。

　捨て台詞《ぜりふ》のように言った男に、周りのアローロ兵たちが気色ばむ。忠誠心に厚い彼らにとって、自国の王への侮辱は許し難いものであるはずだ。

　けれど、リードはそれよりも仮面の男の方が気になった。

「貴様、誰に物を言っているのかわかっているのか」

　さすがのリケルメも、聞き捨てならなかったのだろう。

表情こそ変わらないものの、その声色からは静かな苛立《いらだ》ちを感じた。

「誰にって……、全く、耄碌《もうろく》したものだなリケ」

そういった仮面の男の声は、確かにリードもよく知る男のものだった。もしかしてと、ある男の顔がリードの頭に過る。

しかし、それはリケルメも同じだったようで、先ほどまで隣から感じた怒りは、戸惑いへと変わっていた。

「まあ、年をとったという事か。互いにな」

そう言いながら、仮面の男はリードとリケルメの方へと足を進める。アローロ兵は警戒しながらも、男の動きを止める事が出来なかった。それくらい、有無を言わせぬ気配を、男からは感じた。

あと少しで手が届く距離になり、リケルメがハッとしたように警戒する。そこで、ようやく男はその仮面へと手を伸ばした。

男が仮面をとったのは、一瞬の出来事だった。けれど、それをすぐ傍で見ていたリードには、まるでスローモーションのようにゆっくりとした動きに見えた。

現れた顔は、やはりリードのよく知る男のものだった。

「ジャスパーさん」

「ガスパール！」

発したリードの声は、すぐ隣にいるリケルメの声によってかき消された。

よほど、驚いたのだろう。目を瞠《みは》ったリケルメは、リードの腕を掴む手の力まで緩めた。

「お前、生きていたのか！」

リケルメの問いには答えず、その隙をついてジャスパーがリードの身体を自身の方へ引き寄せる。そして、リードを隠すかのようにジャスパーがリケルメと対峙《たいじ》する。

リードを掠《かす》め取られた事に、怒りを露わにしたリケルメがジャスパーを睨《にら》む。

「話を聞いてやれ、リケ。戻ってきて欲しいなら、無理やり連れ戻すんじゃなく、自分自身の言葉で伝えるんだ」

真摯《しんし》なジャスパーの言葉に、リケルメの怒気が静まっていく。

「女を口説くのは、昔からお手の物のはずだろ？　といっても女じゃないが、お前らが夢中になるのもわかる美人だからな」

そう言ってリードを見たジャスパーが、ニヤリと口の端を上げる。それに対し、余計な事を言うなとばかりにリケルメがその表情をムッとさせた。

◇◇◇

清潔な白いテーブルクロスがかけられた長いテーブルの上に、工夫を凝らした様々な料理が置かれている。

リードはそれらに手を付けると、気持ちが良いくらい次々と平らげていく。その外見からは想像がつかないが、大食漢というほどではないものの、しっかりと食事はとる方なのだろう。メインは肉料理だったが、それ以外はこの地域でとれた農作物がふんだんに使われているのもあるかもしれない。

そして、そんなリードとは対照的に、エンリケは目の前に用意された料理に苦戦していた。

並べられた料理はその見た目も匂いも食欲を誘うものだったが、どうも手が伸びなかった。

「意外と、肝が据わっているんだな」

なんとかいくつかの皿に手を付け、最後にスープを飲みながらエンリケがそう言えば、少し離れた場所に座ったリードが首を傾げた。

「あんなことがあった後で、よく喉《のど》に物が通るものだと思ったんだ」

リードとリケルメのやりとりを間近で見ていたエンリケが被った精神的な負荷は、予想以上のものだった。

元々、エンリケはリケルメとは面識がある。普段のリケルメは世間で言われているような恐ろしさは感じられず、むしろ身分にかかわらず話を聞く柔軟な姿勢を持っているように見えた。

勿論生まれながらの王と言われるだけのことはあり、同じ空間にいれば緊張しないということはないのだが、高慢さを感じたことはなかった。

けれど、あのように迫力のあるリケルメを見るのは初めてであったし、それに対して怯《ひる》むことなく意見していたリードも信じられなかった。

何より、ラウルによって命じられたリードの護衛として、ほとんど自身が役に立たなかった事が口惜しく、またやるせなくもあった。

勿論、リケルメがいざ屋敷の外へとリードを連れ出そうとすれば一戦交える覚悟はあったが、それでも最終的にリードを守れたかどうかはエンリケ自身わからない。

もしあの仮面の男がいなかったら、とそう思うと肝が冷え、とても食事をとる気持ちにはなれなかった。

「いえ、むしろホッとしたせいか今までの空腹を思い出してしまって」

少し恥ずかしそうに言うリードの表情は年齢の割に幼く見え、見ているものの庇護《ひご》欲をかきたてるものだった。けれど、実際のリードがそんな可愛らしいものではないことをエンリケは知ってしまった。

「ホッとって……おい、まだ会談は明日に持ち越されただけで、なんの解決にもなってないってわかってるのか？」

とりあえず、話し合いのテーブルにはついてくれるようだが、今日のリケルメの様子を見るに、リードの言葉を聞き入れるとはとても思えなかった。

それくらい、リードに対する強い想いと執着を、リケルメからは感じられた。

だからといって、ラウルも諦《あきら》めるつもりは決してないだろう。

リードだって自覚しているはずだが、明日の会談の内容を一つ間違えれば、それこそ国家間の紛争に発展する可能性だってあるのだ。

エンリケは当事者でないとはいえ、それを考えると頭が痛かった。

「確かに、それはそうなんですけど……」

「それどころか、明日の朝になったらお前はリケルメ王に攫《さら》われて既にアローロ領、なんて可能性だってあるんだぞ？　まったく、今日は眠れそうにないな」

「あ、その心配はいらないと思います」

リードの言葉に、エンリケは訝《いぶか》し気な視線を送る。

「リケルメ王は話を聞くって約束してくれましたし、何よりジャスパーさんを裏切るような事は、しないはずですから」

リードは仮面の男への疑いを、全くと言っていいほど持ってないようだ。


護衛が途中から加わるという事前情報こそあったが、その正体まではエンリケの関知するところではなかった。ただ、身に着けている軍服も仮面も、全て正規軍のものであるため、これといった疑問を抱かなかった。

先ほどの様子を見れば、自分たちの味方であることはわかるが、それにしてはリケルメとの距離が近すぎた。

そして、そんなジャスパーは現在リケルメと共に夕食をとっている。

予定では明日の会談前にちょっとした晩餐《ばんさん》が予定されていたのだが、あのやりとりの後ということもあり、リケルメの方からそれは辞退してきた。

そのため、メニューはそのままにそれぞれが個別に食事をすることになったのだ。

「それこそ、大丈夫なのか？」

「え？」

「あの仮面の男が、リケルメ王に懐柔される可能性は」

「ありえません」

口調こそ穏やかではあるが、即座にリードが否定する。

「確かにジャスパーさんは、リケルメ王とは懇意の仲です。だけど、彼がオルテンシアを裏切るようなことは、天地が裂けてもありえません」

根拠などあるはずがないのに、リードの言葉には有無を言わせぬ何かがあった。

「彼は、十分に信頼に足る方です」

リードが、きっぱりと言い切った。

それでもエンリケは、どこか腑《ふ》に落ちない気分ではあったが、これ以上追及するのはやめておいた。


早めに湯浴みをすませ、軽装に着替えたリードは、用意された客室をこっそりと抜け出していた。事前に番兵の交代の時間を把握していた事もあり、止められるという事もなかった。

侍女にはあらかじめ、声をかけるまでは部屋に入らぬよう言づけているため、気付かれるという事はないだろう。

一つ懸念があるとすればエンリケの存在だが、ラウルへの忠誠心からか、リードの寝室へ入る事に難色を示していたため、おそらく大丈夫であろう。

敷き詰められた絨毯《じゅうたん》の上を歩きながら、あらかじめ記憶しておいた離宮の内部を頭に思い浮かべる。

レオノーラの離宮に比べればつくりこそ古いものの、壁に施された丁寧な装飾といい、歴史を感じさせるものになっている。

前世でサークルのメンバーと出かけたシェーンブルン宮殿にも、少し似ていた。一緒に来ていた建築学科の友人が大興奮していたが、建築に造詣《ぞうけい》の深くない直人でさえ、その優雅な佇まいにひどく感動した。

権力者の贅《ぜい》や権力を知らしめるという意味合いを持つ宮殿建築が、時代とともにより豪奢《ごうしゃ》なものへとうつりかわっていくのは、こちらの世界でも例外ではないようだ。

人類の発展にという意味では、それも当たり前なことかもしれないが、この美しい宮殿が、数百年の後の世にも今の姿を留めていて欲しいとリードは秘《ひそ》かに願った。


あちらこちらに立っている番兵の目をかいくぐり、長い階段を下りると、ようやく目的地が見えてきた。

ホールを抜けた先、リードの目の前に広がったのは、宮殿の敷地内に作られた、庭園。

見渡す限りの木や草花の数々は、庭と言うよりも、むしろ森の中に宮殿が立っているかのようだった。

勿論《もちろん》、森と言っても全て専任の庭師によって造園されているため、草木の長さは美しく整えられている。

リードはアーチをくぐると、建物から一番近い場所にあるガゼボへと足を踏み入れた。休憩用のちょっとした建物ではあるが、屋根もあるため日中は日差しを除ける事が出来る。庭を見ながら茶や食事を楽しむ事が出来るよう、中にはテーブルと椅子が用意されていた。長椅子の隅へと腰かけたリードは、その視線を庭の方へと向けた。

既に夜の帳《とばり》は下りており、庭の風景は月の光と、庭のあちらこちらにあるたよりないカンテラの灯りによって照らされている。明るい宮殿の中とは対照的ではあったが、薄暗いその光景は不思議とリードの心を落ち着かせた。

待ち人は、それほど時間がかからず訪れた。

軍靴が草を踏むしっかりとした音の方向に、ゆっくりとリードは振り向く。

「こんばんは、リケルメ。良い夜だね」

身体の向きはそのままに、顔だけをリードが動かせば、ちょうどガゼボの中へと入ってきたリケルメと視線があった。

ぼんやりとした光の中であるためおぼろげではあるものの、その表情に怒りは感じられなかった。

むしろ戸惑いの方が強いようで、ガゼボの中にいるリードの存在を確認すると、ピクリと片眉《かたまゆ》を上げた。

「全く、お前は」

あっけらかんとしたリードの物言いに、緊張の糸も解けたのだろう。ため息をついたリケルメは、どかりとリードの座る長椅子の横へと腰を下ろした。

「あんな事があった後で、よく俺と二人で会う気になったな」

「あんな事があったからこそ、だよ」

小さく、リードがその口元に笑みを湛《たた》える。

「俺がお前を実力行使で連れ帰るとは、思わないのか？」

リケルメが眉間《みけん》に皺《しわ》を寄せ、声を低める。芝居じみた、というほどではないが、リケルメが本気でないことなどリードには御見通しだった。

「思わないよ。リケルメが、その胸の徽章《きしょう》をつけている限りは」

そう言いながら、リケルメの胸元に光る羽の生えた馬の徽章を見つめる。騎士団の長を務める者の証《あかし》であるその徽章を、リケルメが何より大切にしている事をリードは知っていた。

リードの宮を訪れる時、ほとんどの場合リケルメは部屋着へと着替えてきたが、時折仕事帰りにそのまま軍服で訪れることがあった。

漆黒の軍服をかける際、キラキラと光るその徽章が気になったリードは、一度だけリケルメに聞いたことがあった。

「これ、毎日磨かせてるのか？」

見るたびに、色あせることない騎士団長の徽章は、その横につけられている軍の最高指揮官の徽章よりも輝いて見えた。

「磨かせてるんじゃない、磨いてるんだ」

寝台に寝ころび、リードが読んでいた本を暇を持て余すように捲《めく》っていたリケルメが、何でもない事のように答えた。リケルメのその言葉に、思わずリードは目の前の徽章をもう一度見つめた。

文民統制という理念が根付いていないこの世界において、国家元首たるリケルメは軍の最高指揮官でもある。

ただ、騎士団長は歴代の国王が兼任しているかと言われればそうではなく、ほとんどは他の人間を立てていた。騎士団は軍の一部隊ではあるものの、近代兵器の登場していない世界においては最強でもある。

特に、アローロの騎士団は屈強さを誇っており、アローロに産まれた子供ならば一度は騎士となることに憧《あこが》れる。

騎士道文化が根強いアローロの騎士たちは誇り高く、たとえ王であっても騎士団長の任につくことは容易《たやす》くない。だからこそ、その証しである騎士団長たる徽章を大切にしているのだと、その時リードは思った。けれど、理由はそれだけではなかった。

「その徽章、本当はジャスパーさん……じゃない、ガスパールさんがつけるはずだった物だろ？」

以前リードは騎乗したジャスパーの姿を見たことがあるが、その軽やかな馬捌《うまさば》きは、素人目にも卓越しているものだった。

アローロにいた頃、マリアンヌからリケルメより上手く馬を扱える人間は大陸に存在しないと聞いていたが、そんなリケルメよりも、ジャスパーの馬術は素晴らしいものだった。

リケルメが馬を従わせているのなら、ジャスパーは馬と心を通わせ、対話しているかのようにも見えた。

「物心がつく頃には、約束していた。俺が国王となった暁には軍を指揮し、あいつが騎士団の長となると」

有力貴族の出で、王家とも縁戚《えんせき》関係にあるガスパールとリケルメは幼馴染《おさななじ》みで、剣も帝王学も同じ師のもとで学んだ。リッテラ時代も、その後の士官学校でも二人は同じように学んできた。

「実際、ガスパールとは勉学も剣術も、あらゆる面で競い合ってきたが、馬術だけは一度も敵わなかった。今の騎士団の中にだって、あいつよりうまく馬を操る者はいないだろう」

けれど、ジャスパーが騎士団の長となる日は来なかった。一族内での立場の失墜、そして、レオノーラとの関係。国の上層部の間でまことしやかに広まったその醜聞は、王になったばかりのリケルメにはどうしようもないものだった。それでも、リケルメはいつかガスパールがその汚名を返上し、騎士団長となる日を待ち続けた。

自身が最高指揮官となり、徽章をガスパールへと渡す日を信じて。

けれど、二人の約束が叶《かな》えられる日が来ることはなかった。ジーホアとの間に起こった武力衝突、ジャスパーの出兵、そして戦死。

たった一人の友を、自身の命で戦場へと出さなければならなかったリケルメの気持ちを考えると、リードは胸が軋《きし》んだ。

「ガスパールさんとは、何か話せた？」

十五年ぶりの、再会だったのだ。当初は護衛も兼ねてリードと共にするはずだった食事を、敢えてリケルメと共にとる事をジャスパーには勧めた。

伝えに行ったエンリケは戸惑っていたが、リケルメは特に何の反応も示さなかったという。

「まあ、積もる話はあるからな。お前の事も、褒めていたぞ。王の愛妾《あいしょう》なんぞにしておくのは、勿体《もったい》ない器だと」

「それは、ガスパールさんのかいかぶりだと思うけど」

「謙遜《けんそん》しなくていい。あいつは、昔から人を見る目は確かだった」

そう言いながらも、リケルメの表情はどこか不満気ではあった。

それは、ジャスパーの言葉を誰よりわかっているのがリケルメ自身だという事もあるからだろう。

「でも、側室の仕事だって大切なものだと思う」

自然と口から出た言葉は、勿論自身へ向けたものではなく、他のリケルメの側室たちへ向けられたものだった。

前世の価値観で考えるならば、妻以外の妾《めかけ》という存在はどこか後ろめたい、日陰者のような印象が先行する。勿論国によっては一夫多妻が認められている場所もあったが、直人が生きていた日本においてはそれも過去のものに過ぎなかった。

この世界においても、王の側室となれば皆きらびやかな衣装で着飾り、なんの苦労をすることもない、そんな印象を持つ者は多い。

けれどアローロの後宮では、少なくとも皆が皆そうというわけではなかった。

もちろん生活の方は華やかな衣装を纏《まと》い、少しの日差しさえ厭《いと》うような、市井の人々からすれば贅沢《ぜいたく》としか思われないようなものではあるが。

ただ優雅なだけではない、葛藤《かっとう》も悩みも、少なからず皆それぞれに抱えていた。彼女たちは彼女たちなりに、懸命にその役割を、生を全うしていた。

後宮を出た今だからこそ、リードにもそれがよくわかった。リケルメも、思う所はあっただろうが、その言葉にこれといって異論はないようだった。

そのまま、二人の間に沈黙が流れた。互いに相手の出方を探っているというよりは、何から話せばよいのかわからないのだろう。

「なかなか良い庭だな」

先に口を開いたのは、リケルメだった。

「うん、昼に部屋の中からも見えたんだけど、よく手入れが行き届いていると思うよ。地理的にはアローロに近いから、育てられている花も一緒だよな」

オルテンシアの王都であるセレーノは気候が温暖ということもあり、咲いている花も色の強いものが多い。それはそれで見ていて元気が出るのだが、時には落ち着いた色合いの花も眺めたくなる。

「とはいえ、さすがにこの時季にアセボアは咲かないがな」

その言葉に、リードは少しばかり決まりが悪そうな顔をした。リケルメと食事をとりにいくジャスパーに、人知れずリードは伝言を頼んだ。

内容は、ただ一言だけ。

「この屋敷の庭には、見事なアセボアの花が咲いているらしい」

ジャスパーは、何か物言いた気な顔をしていたが、それでもリケルメにそのまま伝えてくれたようだ。

アセボアは、後宮にいた頃のリードに用意された花の名だった。

王妃のマリアンヌを始め、王の妃《きさき》となる側室たちは入宮し部屋を与えられる際、それぞれ好きな花の名を選ぶことが出来る。

リードの場合、住んでいたのが宮であったため、実際に花の名で呼ばれる事は少なかったが、それでもリケルメに対し王宮の人間がリードの話をする場合「アセボアの方」という呼称は時折使われていたそうだ。

アセボアは冬になると小さな花をつけるが、普段はどちらかというと目立たない、地味な花だ。他の側室たちがこぞって華やかな花を選んでいる事もあり、他の花を選んではどうかとルリにも提案された。けれど、リードは最後まで自分の意見を曲げる事はなかった。そういえば、あの時リードの意志を優先してくれたのもリケルメだった。

「いいじゃないか。アセボアは、一見小さな花だが、氷点下でもしっかりと花開く強さを持っている。雪の中で咲く姿は美しいぞ」

リケルメがそう言えば、ルリは勿論、他の侍女たちも誰一人として異論をはさむ者はいなかった。

それ以降、リードのために用意されるものには全て、アセボアの花の絵が使われていた。

「髪、切ったんだな」

過去に思いを馳《は》せていたリードを現実へと戻した

のは、リケルメの声だった。その眼差しはとても穏やかなもので、リードは一瞬言葉に詰まった。

「おかしい？」

「いや、よく似合ってる」

その言葉に、リードの瞳《ひとみ》が僅《わず》かに見開いた。

「リケルメは、長い髪が好きなんだと思ってた」

アローロにいた頃、常に一定の長さで保たれていたリードの髪。共に過ごす夜、睦言《むつごと》を呟《つぶや》きながらいつもリケルメはその髪を撫《な》でていた。

「お前の髪は、美しかったからな。もっとも、髪の長さくらいでお前の魅力が損なわれる事はないが」

さらりと口にしたリケルメの言葉に、リードは困ったような笑みを浮かべた。

「そっか、そうだったんだ」

リケルメは、いつもリードの長い髪を褒め、心地よさそうに触っていた。だから、本当は切りたいと思っても、それを口にすることは出来なかった。

些細《ささい》な事ではあるが、それによりリケルメに失望される事を、恐れていたからだ。

「俺からも聞いていいか」

「何？」

「なぜ、アローロの後宮を出た？」

端的なその言葉に、リードの表情が凍りついた。

言葉に窮しながらも、リケルメらしい、真っ直ぐな物言いだと思った。

「俺のもとにいるのが、嫌になったのか？」

何も言葉を発しないリードに、畳み掛けるようにリケルメが言葉を重ねた。とても珍しい、弱気な響きを持った言葉に、思わずリードは小さく噴き出してしまった。

その途端、リケルメが眉間に深く皺を作る。

「ごめん、バカにしてるわけじゃないんだ。ただ、リケルメがそんな風に言うなんて意外だったから」

絶対的な力を兼ね備えたこの時代の覇者であり、常に溢《あふ》れんばかりの自信を持っていたリケルメの人間的な弱さを、初めてリードは見たような気がした。

「俺だって、王である前に一人の人間だ。好きな相手に好かれたいと思うのは、当然だろう」

拗《す》ねたようなリケルメの物言いに、リードは僅かに頬を緩めた。

心の中にぽかぽかとした温かい気持ちが流れ込んできたが、それを振り払うかのようにその表情を引き締めた。

「リケルメの事、嫌になんてなってないよ。俺が、リケルメを嫌いになるわけないじゃないか」

「だったら」

「だから、だよ」

リードの言葉に、リケルメがその視線を鋭くした。けれど、それに怯《ひる》むことなくリードはきっぱりと口にした。

「リケルメの事が好きだからこそ、もう後宮にはいられないと思ったんだ」

◇◇◇

遠くに、虫の声が聞こえる。夜になると光に集まる、手のひらよりも小さな虫たちだ。

これだけの自然があるのだ、本格的な夏がやってくれば、それこそ虫の大合唱になるだろう。

「きれいな音だな」

シンとした空間では、いつもよりその音は大きく聞こえた。思わずリードがそう口にすれば、隣にいたリケルメは眉間の縦皺を深くした。

リケルメにしてみれば、今は虫の話などどうでもいい、ということなのだろう。

実際、アローロにいた頃にリードが虫の声に聞き入っていても、リケルメはこれといった関心は持たなかった。

煩いとまでは言わないが、わざわざ聞くほどのものではない、というのがリケルメの弁だ。ただ、そう思うのはリケルメだけではなく、他の人々も同様の反応だった。

優秀な女官で、詩を書くことを嗜《たしな》んでいるルリでさえ、リードの感性はわからないようだった。

アローロも、そしてオルテンシアの人々にも、虫の音色を楽しむという慣習はない。

リードのそれは、生まれ変わる前、前世の記憶があるからこその感覚なのだろう。

前世の記憶、といってもリードが産まれたばかりの頃はなかったものだし、それが蘇《よみがえ》ったからと言って、自分自身が変わってしまうような感覚は一切なかった。それこそ、遠い昔の記憶、程度のものだった。

勿論《もちろん》、この世界とは違う風景や歴史の流れを知ってしまった事に少しの戸惑いはあった。

ただそれでも、前世の記憶に引きずられるような、そこまで強い影響を受けるような事もなかった。だからリードは、この世界に違和感を持つことなく生きる事が出来た。

けれどそれでも、自分の全てをこの世界の価値観に染める事は不可能だった。

そしてそれが一番顕著に表れてしまったのが、リケルメとの関係だった。

続きを話すよう促すリケルメの鋭い視線に苦笑いを浮かべ、リードはゆっくりとその口を開いた。

「最初後宮に入宮した時はさ、まだ子供だった事もあって、単純に嬉《うれ》しいな、くらいの感覚だったんだ。たくさん勉強させてもらえる約束だったし、リケルメの事は好きだったし。勿論、家族と離れる寂しさはあったけど、男で後宮に入るってなかなか出来る経験でもないし、面白いかも、くらいに思ってた」

本音を言えば当初は王妃であるマリアンヌや、他の側室たちとの関係に不安がなかったわけではない。

後宮にいるのは美しく賢い、家柄の良い女性ばかりだと聞いていたのもあり、彼女たちに比べて明らかに見劣りする自分が、受けいれられるかという懸念があったからだ。

けれど、実際のところはそれも杞憂《きゆう》に終わった。

「後宮で暮らし始めてからも、リケルメはいつも気にかけてくれたし、マリアンヌ様も優しかったし……それから、勉強もたくさんさせてもらえた。本当に、楽しかったよ」

十三という年齢は、この世界においては大人としては不十分だが、子供としても扱われない。

家の事情で仕事を始めなければならない子供たちだってたくさんいる。

それがわかっているからこそ、優しい大人たちに見守られながら、好きな事を自由にできた自分は、とても幸せな少年時代を過ごせたとリードは思っている。

「確かにあの頃のお前は、今でも王宮の人間の語り草になっているな」

当時を思い出したのか、リケルメが苦笑いを浮かべた。

「ココドリコが自分の部屋の庭に現れた時の話なんて、母上は心の臓が止まりそうになったと、今でも孫たちに話しているぞ」

「あったなあ、そんなこと」

ココドリコは、アローロ南部に生息する爬虫類《はちゆうるい》に似た動物だ。

生態系が特殊な事もあり、ぜひ自分自身の目で観察してみたいと言うリードに、ちょうど軍の訓練で使ったココドリコをリケルメが連れてきてくれたのだ。

丈夫な皮と鋭い牙《きば》を持ち、外見こそ凶暴な生物にも見えるが、大人しく食べ物も草食だというのが特徴だった。だからこそ、リケルメも安全だと判断したのだが、あろうことかふと目を離したすきに、ココドリコはリードの宮の庭を抜け出してしまったのだ。

ココドリコが向かったのは、リケルメの母である王太后の部屋の庭だった。

日に焼けることを嫌った王太后の部屋はあまり日当たりがよくなく、庭に生えている草花も気温が低い中でも生育するものばかりだった。

南方に住んでいながらも、ココドリコが低温の草花を好むというのは学者たちも認知していなかったことで、それを仮説としてたてたリードに、当時の教師も舌を巻いた。

しかしながら、ココドリコの生態に関する新たな発見と同時に、王太后に大目玉を食らい、リケルメと共に謝罪に向かったのは苦い思い出でもあった。

元々リードは王太后から気に入られていたこともあり、厳しい罰こそ受けなかったが、それでも自身の軽率な行動で、たくさんの人々に迷惑をかけたことをリードは深く反省した。

あの頃のリードにとって、後宮や王宮の庭が自分の世界の全てで、そんな箱庭の居心地はとても良く、幸せだった。

「あのまま、子供のままでいられたらよかったんだけど。俺も、大人になっちゃったからさ」

自由に庭を走り回っていた子供時代、大きな愛で自分を包んでくれていたリケルメ。

けれど、リードの後宮での役割は、ただ勉強をしていれば良いというわけではない。

ある一定の年齢になれば、それ以外の重要な役割が出来る。

「伽《とぎ》が、嫌だったのか？」

まさか、というように表情を曇らせるリケルメに、リードは目を丸くし、勢いよく首を振った。

「違うよ！　そんなわけないだろ！」

抵抗が一切なかったというわけでは、勿論ない。同性に性的嗜好《しこう》を持ったことがないリードにとっては、自分が同じ男に抱かれるという事への葛藤は少なからずあった。

けれど、その頃にはリケルメに対して身体を任せることへの信頼は十分育まれていたし、それを望む自分もいた。

「嬉しかったよ、リケルメに抱かれた時。ようやく、俺も側室になれたんだなって思ったし」

それまではリケルメが来ない夜は、夜更かしが出来ると喜んで本を読んでいたのが、訪れを強く待ち遠しく思うようになったのも、この頃からだった。

夜が明け、空が白くなるのを寂しく思い、そして次の訪れの日を指折り数えて待つ。まるで、古典の世界に住む姫君のような、そんな心境だった。

「でも、だんだん辛くなっていったんだ。だって、リケルメの王妃はマリアンヌ様で、マリアンヌ様以外にも、リケルメには側室がいるから」

後宮は、そういう場所なのだと。そんなことは、とうにわかっていたはずだった。けれど、自分のもとへと訪れない夜、リケルメは他の誰かのもとを訪れている。

好きな人が、自分以外に愛を囁《ささや》き、身体を重ねている。

あまり考えないようにしていた事ではあるが、他の妃への嫉妬《しっと》は少なからずリードの中にも蓄積していった。

「お前、そんな事は今まで一言も」

リケルメにしてみれば、リードは他の妃とも良好な関係を築いていたし、特にマリアンヌは我が子のように可愛がっていた。

王宮の者から、多かれ少なかれ嫌がらせを受けた報告こそ聞いていたが、リードが自らそういった話をしたことは一度もなかった。

「話したところで、リケルメを困らせるだけだろ？こればっかりは、どうしようもない事なんだから」

いくら一夫多妻の後宮制度といえど、後宮に住む人間ならば一度はリードと同様に悩み、考える事だろう。

「それに、リケルメが出来る限り俺の所に来てくれた事はわかってたから。これ以上我が儘《まま》を言うわけにはいかないなって思ってたし」

二人で過ごす間、リケルメが他の妃の名前を、マリアンヌの名でさえ出す事は滅多になかった。リードと一緒にいる時は、いつもリードだけを見つめてくれていた。

他の妃に比べて、どれだけ破格の扱いを受けていたかをリード自身よくわかっていた。

マリアンヌは勿論、他の妃の手前、無理もしてくれていたはずだ。

けれど、それをリードが口にすれば、リケルメは何でもない事のように言った。

「別に、無理していたわけじゃない。俺が、お前のもとへ訪れたかっただけだ」

自然と発せられたその言葉に、リードは頬を緩める。

そう、こんな風にいつもリケルメはリードの欲しい言葉をくれていた。

だから、言いようのない寂しさはあっても、そんなリケルメの傍を離れたいと思わなかったのだ。

「それが、後宮を出た理由か？」

静かに問うたリケルメに対し、リードは肩を竦《すく》めて首を振った。

「勿論、それも原因の一つではあるけど。それでもリケルメの側室でいたいと思ってたよ」

決して奢《おご》っていたわけではないが。リケルメの愛を疑ったことはなかったし、感じる寂しさよりも、訪れがあるたびに喜びの方が増していた。

愛した人は、王なのだから仕方がない。

自分は十分に幸せだと、そう自身に対して言い聞かせていた時期もあった。

「では、やはりきっかけはレオンか？」

リケルメが、珍しく焦ったような声を出す。突然出てきたレオンの名前に、きょとんとリードがしてしまったこともあり、自分の予想があたったのだと思ったのだろう。さらにリケルメは言葉を続けた。

「王宮の中にも勘違いをしていた人間はいたが、俺はレオンの事を特別視したことは一度もないし、そもそもレオンはもう」

「後宮を出たんだろ？　知ってるよ」

リードがそう言えば、リケルメは一瞬目を瞠《みは》った。

何故お前がそれを知っている、そう言いたげなリケルメに対し、リードは困ったように笑う。

「レオノーラ様から聞いたんだ」

本当は、レオノーラとはそれ以外にもたくさんの事を話したが、敢えてその点についてリードは触れなかった。レオノーラとリケルメの関係は、これから改善されていくという確信があったからだ。リケルメにしてみれば、レオノーラがリードの存在を知っていながら隠していた部分に引っ掛かりを感じなかったわけではないようだが、今はそれよりもリードの話に耳を傾ける方を選んでくれた。

「勿論、レオンの事を、何も思わなかったってことはないよ。レオンは家柄も良ければ、男の俺から見てもすごくきれいだったし、それに、俺よりも若かったからさ」

対抗しようとは、思わなかった。後宮は王の寵を競うための場でもあるとはいえ、最終的に選ぶ権利はリケルメにあることがわかっていたからだ。

「確かに、レオンの外見は秀麗だが、そんなことだけで俺の心が動く事は」

「ないかもしれない。だけど、動く可能性がないって、なんで言い切れるんだ？」

自身の言葉を遮り、続けたリードの言葉に、リケルメは表情を強張らせる。

「誤解するなよ、別に、リケルメの気持ちを疑ってるわけじゃないんだ。ただ、俺には何があっても、リケルメが俺を愛し続けてくれるって自信を持つことが出来なかった」

何より、リードは知っている。

この世界とは全く違う世界ではあるが、王や権力者の多くは移り気で、愛を失った女性たちが苦しんできた歴史がある事を。

「さっき、側室の仕事も大切な仕事だって俺、言ったただろ？」

リケルメが、苦い顔をしたまま頷《うなず》いた。

「俺にとっての側室の仕事って、リケルメに愛される事だと思ってたんだ。俺と一緒にいる事で、リケルメの心が癒やされたり、楽しいなって思ってくれる事が、俺の役割なんだろうなって。俺は実家の財力があるわけでもないし、子供も産めないから。だけど、それって別に、俺じゃなくても出来る仕事なんだよな」

それこそ、レオンだって十分自身の代わりになるのではないかと。その現実を、まざまざとリードは突き付けられた。

「なんか、そう考え始めたら俺、リケルメに思った事が言えなくなってきてさ。これ言ったら、嫌われねーかなとか、飽きられねーかなとか、そんな事ばっか考えるようになってた。もう、笑っちゃうくらい女々しいだろ?」

リケルメの不興を買って、後宮を出されたところでかまいはしない。

そんな風に思えた頃も確かにあったはずだが、既にリケルメを深く愛していたリードに、そんな気持ちの余裕は持てなかった。

「女々しいなんて思うわけがないだろう、そういうのは、いじらしいと言うんだ」

慈しむようなリケルメの眼差しに、リードは苦笑する。

「でも、俺はそんな自分が嫌だった」

そのうち、常にリケルメの興をひく事ばかりを考え、振る舞うようになってしまいそうで、そんな自身をリードは受け入れられなかった。

しかも、それでもリケルメの愛を繋《つな》ぎとめる事が出来るかどうかは、わからない。

レオンの存在もあるが、リケルメの側室は皆美しく、頭の良い女性ばかりなのだ。

そんな女性たちを押しのけ、自分だけが未来永劫《みらいえいごう》愛され続けるなど、とても思えなかった。

「一番怖かったのは、リケルメに愛されなくなって、俺がリケルメにとって何の役にも立たない存在になる事だったんだ」

たとえ気持ちがなくなっても、リケルメが自身に対して無下な扱いをするとはリードは思わなかった。ただでさえ後宮内でのリードの立場は弱いのだ。

リケルメが見向きもしなくなれば、扱いが悪くなるのは目に見えていた。ただ、情の深いリケルメだからこそ、たとえ寵愛《ちょうあい》がなくなったとしても、リードの存在は尊重してくれるはずだ。

けれど、後宮内で腫《は》れ物のように扱われ、リケルメからは恩情という情けをかけられる。

それが、誇りある生き方だとは、リードにはとても思えなかった。

「後宮を出て、他の方法でリケルメに仕える事が出来たらって、何度も思ったよ。側近、はさすがに難しいけど、末端でも文官の仕事なら、俺にもできるかもしれないって思ったし」

後宮を出れば、リケルメに抱かれる事はなくなる。

それでも、姿を見る事は出来るし、何より王宮の仕事を行う事で、リケルメの役に立つことも出来る。他の妃《きさき》へ嫉妬する気持ちも、おそらくなくなるはずだ。自分と彼女たちの役割は違うのだと、確信を持つことが出来るからだ。

「お前を、後宮から出して文官にするなど、出来るはずがないだろう」

ありえない、とばかりにリケルメが吐き捨てた。

「うん、だから。もう、後宮を出るしかないなって思った」

リケルメと話し合った上で、後宮を出る事を考えなかったわけではない。誰にも何も伝える事もなく、身勝手に後宮を抜け出す事がどれだけ恩知らずであるかは、リード自身が一番わかっていた。

ただ、あの時にはもうそれ以外の道は考えられなかった。リードの世界は全て後宮の中にあって、その中心にいたのはリケルメだった。リケルメからは、たくさんの愛を与えられた。

けれど、愛以外は何も持っていなかったリードは、それがなくなった時のことを考えると、どうすればよいのかわからなくなってしまったのだ。

「ごめんな。リケルメは、何も悪くないのに」

ポツリ、と自然と出たのは謝罪の言葉だった。

結局、どんなに取り繕ったところで、リードは後宮を、一夫多妻という環境を受け入れることが出来なかったのだ。

ただ無心に、愛されることを喜び、それだけを生きる糧にすることも出来なかった。

それは、リードとして生きた二十年以上をもってしても、埋められない価値観の違いだった。

「リード」

黙ってリードの話を聞いていたリケルメが、おもむろにその口を開いた。

「お前、プリスベという場所を知っているか？」

出された都市の名前には、聞き覚えがあった。

「アローロの王都から、少し離れた場所にある避暑地だよね。水が豊富で、ルリの生まれ故郷でもある」

「そうだ。そこに、今度新しい離宮を造る予定がある」

真剣な眼差しで、リケルメはリードから視線を外そうとしない。

「王都を離れ、そこで俺と一緒に暮らさないか？」

「……どういう、意味？」

国王が王都を離れる事など、聞いたこともない。

「今日明日、というわけにはいかないが、マクシミリアンだって既に王位を継げる年齢だ。近いうちにマクシミリアンへと譲位をし、俺は王都を離れる。お前も、一緒に付いてきてくれないか？」

リードの瞳《ひとみ》が、これ以上ないほど大きく見開かれた。

◇◇◇

少し高い位置にある、リケルメの青い瞳が、一心にリードを見つめていた。

王族の中には、青い瞳を持つ者は多い。リケルメの持つ色は、深海を思わせる濃い青色で、見つめられると少しくすぐったかったが、同時にとても穏やかな気持ちになれた。

そして、口にこそ出さなかったが、心の奥底ではずっと思っていた。

その瞳に、自分だけを映して欲しいと。

「ありがとう、リケルメ」

長い沈黙の末、ようやく絞り出したリードの言葉に、リケルメの表情が僅《わず》かに明るくなる。

けれど、それは一瞬のことだった。

「リケルメなら、そう言ってくれるんじゃないかって思ってた。けど、ダメだよ」

力なく、リードは首を振った。

「俺、リケルメの手を取る事は出来ない」

困ったように笑ったつもりだったが、リードの表情は泣き笑いのようになってしまった。

明らかに苛立《いらだ》ちを見せたリケルメだったが、そんなリードの表情を見たこともあり、眉間《みけん》の皺《しわ》はすぐに消えた。

「理由は」

感情を押し殺したその声は、落ち着いたものだった。

声を荒げて、怯《おび》えさせてはならぬと、精一杯の理性を総動員させたのだろう。

「リケルメが、アローロの王様だからだよ」

「……言っている意味が分からん」

そんな風に言われる事はリードもわかっていたのだろう、苦笑いを浮かべ、リケルメを見つめ返した。

「アウレリオ様と、同じ過ちを繰り返すつもりなのか？」

名前を出した瞬間、リケルメの表情が目に見えて変わった。強張った頬を、リードが痛ましげに見つめる。

「その名を聞くのは、久しぶりだな」

吐き捨てるように、リケルメが言った。

アウレリオ・プロスペリーダ。

輝かしい歴史を持つプロスペリーダ王家の前国王であり、リケルメの父でもあった。

リケルメの即位と同時に、離宮へと隠居したアウレリオの名が王宮内で出されることはない。

先王の側近であった者たちにさえ、暗黙の了解でアウレリオの名は禁句という扱いになっていた。

原因は、王であった当時アウレリオが行った、一つの過ちにあった。否、多くの国民にとっては過ちとしか思えなくとも、アウレリオにとってはそうではないだろう。

アウレリオが行おうとした事、それは当時王妃であったキャサリンと離婚し、他の妃と婚姻する事だった。

アローロやオルテンシアで信仰されている宗教、ナトレサ教では離婚を禁忌としている。

勿論《もちろん》、死別の場合の再婚は可能であるが、相手が生きているうちにそれが許されることはない。神の前で愛を誓い合った二人がそれを覆すという事は神への冒涜《ぼうとく》とされ、許されない行為だからだ。一夫一妻を原則としているのもそのためで、それは後宮に何十人もの側室がいた時代でも変わらなかった。

教会も、王が側室を持つことにあまり良い顔をしなかったが、それでも神に誓った王妃は一人であるため、目くじらを立てるようなことはなかった。

けれど、アウレリオはそのナトレサ教の常識を破ろうとした。

リケルメに比べると気性の穏やかなアウレリオは、父王の時代に長く続いた戦争の爪痕《つめあと》や、国民の心の傷を癒やそうと奔走した王だった。

決断力はあまりなく、どちらかといえば内向的な性格であったが、側近や、そして王妃であるキャサリンの助言もあり、復興と発展をうまく結び付けていった王でもあった。

多くの王族がそうであるように、アウレリオとキャサリンの結婚は、生まれた時から定められたものだった。幼い頃から互いを知っている事もあり、一男二女にも恵まれ、夫婦仲はとても良好なものだった。

キャサリンの産んだ男子は一人であったが、そのリケルメは幼い頃から優秀で、次期国王としても申し分がなかった。

しかしそんな二人の関係も、一人の女性の登場により亀裂が入った。

貴族とは名ばかりの下位貴族の娘であるカミラは、目立った美しさこそなかったが気立てが良かったこともあり、キャサリンに気に入られすぐに王妃付きの侍女となった。

目鼻立ちのはっきりした美しさを持ち、堂々とした立ち振る舞いのキャサリンとは対照的に、カミラは線が細い、大人しく儚《はかな》げな女性だった。

物静かなアウレリオの気質にもあったのだろう、すぐに気に入られたカミラは、側室として後宮に入る事になった。

キャサリンとしては、後宮に入るよりも他の貴族との結婚を勧めたがっていたのだが、珍しく自らの意志で側室を選んだアウレリオに根負けしたのだろう。最終的には、後宮の片隅にカミラの部屋は用意された。

アウレリオのカミラへの寵愛は深く、元々頻繁でなかった後宮へもカミラのもとへは三日に上げず通うようになった。

面白くなかったのは、他の側室たちである。

それほど身分の高くない、王妃の侍女上がりの側室が王の寵愛を一身に受けているのだ。キャサリンもある程度は窘《たしな》めていたものの、日々側室たちの不満は募り、それは全てカミラへと向けられた。

初めは些細《ささい》なものであった嫌がらせも凄惨《せいさん》なものとなり、耐えられなくなったカミラは後宮を出る事をアウレリオへと訴えた。けれど、それを聞き入れるアウレリオではなかった。他の後宮付きの侍女から事情を全て聞いたアウレリオは、カミラ以外の側室を全て後宮から出し、そしてキャサリンには離婚を命じた。

自分が生涯愛するのはカミラだけだと、カミラとの再婚を望んだからだ。勿論それに応じるキャサリンではなかった。

敬虔《けいけん》なナトレサ教徒であるキャサリンにとって、離婚は神への背信であり、到底受け入れられるものではなかったからだ。

また教会も離婚を、そして再婚も認めることはなかった。

むしろ、正妃であるキャサリンを裏切り、他の側室へと心を移したばかりか、婚姻関係すら解消しようとしたアウレリオへの信頼は、王宮内では勿論のこと、国内でも急落した。

教会長により廃位され、居場所をなくしたアウレリオはカミラを伴い、逃げるように地方での隠居生活を始めた。ちょうどその年は不作が続き、地方によっては多くの死者を出した事もあり、アウレリオの行いに神罰が下ったのだと醜聞が広まった。

長く戦争が続き、信仰が心のよりどころであった人々にとって、それくらいアウレリオの行為は許されない事だった。

そして、その後に即位したのが、当時まだ少年とも呼べる年齢だったリケルメだった。

前王により、地の底に落ちた教会と国民からの信頼を取り戻す事が、リケルメにとって最重要とされた任務だった。

国土の安定や軍の整備も行われたが、何より重要だったのは王家の威信を取り戻す事だった。

公の場では常にマリアンヌを伴わせ、良好な関係を知らしめた。早々に王太子であるマクシミリアンが誕生したのも、その一環だと言ってもいい。

勿論、リケルメはマリアンヌを大切に思っていたし、対外的な売り込みだけが理由ではなかったが。

結果的にそれは功を奏し、即位から数年後には前王アウレリオの悪評は消え去り、多くの国民がリケルメを褒め称えた。

賢王・リケルメの誕生でもあった。

「俺は、父上とは違う！　マリアンヌとは離婚するつもりもないし、他の側室たちだって」

「同じだよ」

興奮気味に声を荒げるリケルメに対し、リードの声はあくまで冷静なものだった。

「たとえ離婚しなくても、マリアンヌ様や側室たちを残して王宮を出るんだから」

王位を譲る時、王宮を出る王はそれほど珍しくはない。過去には次代の王に強い影響が出る事を懸念し、王都から距離を置こうとする王もいた。

けれど、その場合伴われるのは王太后となった元王妃であるし、場合によっては他の側室も共に、という程度である。それこそ、隠居先に側室のみを伴ったのは、アウレリオだけだ。

「マリアンヌ様が、どれだけアローロの国民に愛されてるか。リケルメだって知ってるだろ？　そんなマリアンヌ様を置いて俺と隠居なんてしたら、今まで築いてきた王室への信頼が、全部無駄になる」

「……マリアンヌは、お前の事だって気に入ってる。きちんと話せば、わかって」

「ふざけんなよ」

一国の、しかもアローロ王に対して、無礼であるという事はわかっている。

けれど、気が付けばリードは低い声でそう言い放っていた。

「マリアンヌ様は、いつだって俺に優しかったよ？　リケルメと喧嘩《けんか》した時だって、わざわざ俺の宮まで足を運んでくれた。いつも気にかけてくれてたし、他の側室が俺のことを悪く言うのを取り成してくれたのも全部マリアンヌ様だ」

美しく優しい、そんなマリアンヌはリードにとって姉のような存在だった。常にリケルメの隣に立つマリアンヌを羨望《せんぼう》する気持ちこそあれど、憎むことなど出来るわけがなかった。

「それは、マリアンヌはお前のことをとても可愛がっていたから」

「違うだろ！」

珍しく声を大きくするリードを、リケルメが驚いたように見つめる。

「なんでわかんねーんだよ、マリアンヌ様が俺の事を気遣ってくれたのは、リケルメの事が好きで、大切だからだろ⁉　いくら王妃様だからって、苦しくないはずがないんだよ。好きな人が、自分以外の人のところにいくなんて」

その気持ちは、リードにも痛いほどわかった。

「リケルメの王妃だから、そんな気持ちも全部自分の中に閉じ込めて、愚痴一つ零すことなく、いつも笑顔で明るく振る舞って」

涙ぐむリードの言葉に、リケルメの表情が変わった。驚きと戸惑い、様々なものがその瞳からは感じられた。

「俺、リケルメの事好きだよ。本当の事を言えば、マリアンヌ様や他の側室なんてどうでもいい、リケルメと一緒にいられれば、リケルメが俺だけを見てくれればそれでいいって、そう思う気持ちだってある」

「だったら」

「だけど、リケルメの事は好きだけど、俺、マリアンヌ様の事も好きなんだ。マリアンヌ様だけじゃない、グレース様も、キャロライン様も、他の方の事だって好きだ。彼女たちが悲しむようなことはしたくないし、リケルメにもして欲しくない」

自身の宮で過ごす事が多かったリードは他の側室と交流する機会は、それほどなかった。それでも、十年という時を過ごしていたのだ。

時には、他の妃からちょっとした嫌がらせをされたこともあったが、今にしてみればそれも笑い話だ。

それだって結局のところ、リケルメを愛した故の行動だったのだ。

「リケルメが選んだだけのことはあるね、リケルメの妃は、みんな素敵な人たちだよ」

「……俺自身が選んだのは、お前だけだがな」

拗《す》ねたようにリケルメがそう言えば、リードは僅かに目を見開き、けれどすぐに破顔一笑した。

「うん、知ってる」

リードが自分でも驚くくらい、その声色は嬉《うれ》しそうな響きを含んでいた。

「今更言っても遅いのかもしれないが」

少し決まり悪そうに、リケルメが重たい口を開いた。

「側室に戻らなくてもいい、王宮で文官として働いて欲しいと言ったら、アローロへ戻ってくれるか？」

「うーん……三年前に、それ、言って欲しかったかも」

リケルメの言葉を嬉しく思いつつも、応じる事は出来なかった。

「今は文官として、俺を支える気はないのか？」

ムッとしたようなリケルメの言葉に、リードは眉《まゆ》を下げ、そして目を逸らした。

「それも魅力的な提案なんだけど。でもさ、俺、今好きな人がいるんだ。出来れば、側近としてその人の事を支えたいって、そう思ってる」

こんな話を、リケルメにすべきではない事はリードもわかっていた。リケルメにしてみれば、全く面白い話ではないだろう。

ただそれでも、いやだからこそ、自分と向き合ってくれたリケルメに正直に自分の気持ちを話したかった。

「お前の言う相手とは、まさかラウルのことではないだろうな？」

リケルメの口から出たラウルの名前に、リードは目に見えて動揺する。暗がりであるためわかり辛いだろうが、少し頬が赤くなっているだろう。

「え、なんで」

「年始めに会った時、あいつが俺を見る瞳はまるで親の仇《かたき》を見るようなものだったからな。本人は隠しているつもりなんだろうが、明らかに俺への対抗心を剥《む》きだしにしていたぞ」

ラウルがリケルメに対してそのような態度をとっていたことを、リードは初めて知った。

あまりにも気まずくて、何の言葉も発することが出来ない。

「あいつは二十二になったばかりだろう？　まだ子供ではないか」

足を組み替えたリケルメは、尚も苛立ちが収まらないという風だった。

「うん。でも、出会った時のリケルメと、同い年だよ」

王宮の庭で、子猫を助けようと木に登ったリードを、下で受け止めてくれたリケルメ。頼もしい腕と、物語の中の王子様のようなその姿に、子供心に胸が高鳴ったのをよく覚えている。

当時を思い出し、綻《ほころ》んだリードの顔を見たリケルメの頬も、自然と緩んだ。

「そうだな、お前は高い木の上に物ともせずに登る、そんな活発な子供だったな」

腕の中に落ちてきた小さな子供が愛らしくて、そのまま王宮へと連れ帰りたくなった。

「お前には、後宮の庭は狭すぎたのかもしれないな」

ポツリと呟《つぶや》いたリケルメに、リードは小さく頭《かぶり》を振った。

「そんなことないよ、俺、リケルメの傍にいられて幸せだったよ。悪いのは、全部俺なんだ」

側室でありながら、王の特別な存在になりたいと思ってしまった。

王の愛を、独占したいと、そう望んでしまった。

けれど、それは決して叶わない事だとわかっていた。

だから、後宮を飛び出す事、リードに残された道はそれしかなかった。

◇◇◇

「結局、人を好きになるって、きれい事ばかりじゃないんだよな」

最初は、ただ一緒にいられるだけで満足だった。王という立場にありながら、暇を見つけてはリケルメはリードのもとを訪れてくれていた。

リードの入宮以前から妃《きさき》のもとには通ってこそいたが、どこか義務的だったリケルメの態度がこれまでとは全く違う事は周りの人間にも少なからずわかっていたのだろう。

リード自身はいまいち実感がわかなかったが、それでもリケルメが自分に対してたくさんの時間と手間暇を使ってくれていることはわかっていた。

けれど、いつの頃からか、それだけでは満たされなくなってしまった。

仕方のない事だと、理屈では分かっていても、一人で過ごす夜の寝台は広く、同時にリケルメが自分以外の誰かのもとへ通っている事を痛感した。

周囲にひた隠しにしていたが、眠れぬ夜を過ごした事は何度もあった。

リードの話を聞きながらも、リケルメの表情はどこかムッとしている。頭では理解してはいるものの、やはり感情の方が追いつかないようだ。

「ラウルもいつかは王になるだろう、立場は、俺と一緒ではないか」

リケルメが、苛立《いらだ》ちがおさえきれないとばかりにそう呟いた。けれど、そんなリケルメの言葉にリードは表情を曇らせるどころか、むしろ笑みさえ見せた。

「わかってるよ。だから、側室になるつもりはない。

自分が向かない事は、もう十分わかったからさ」

そもそも、好きだとは言われたもののラウルは自分を側室にする気などないのではないかとリードは思っている。

王太子であるラウルなら、リードを側室にと望むなら強制的に命じる事だって出来た。

オルテンシアは歴史上、アローロのように大きな後宮があったという記録はないが、それでも王によっては幾人かの側室を召し抱えていた。

ラウルの年齢を考えれば、婚姻を結ぶことは勿論《もちろん》、側室がいてもおかしくない。

けれど、ラウルは未だ後宮に一人の側室も入れてはいなかった。

「お前は、それでいいのか？」

リケルメが、痛ましげな眼差しをリードへと向ける。

先ほどまでの仏頂面とはうって変わったその表情に、リードはゆっくりと頷《うなず》く。

やはり、この王は優しい。

「むしろ、俺はそれを望んでる。俺には、後宮で訪れを待つ日々を過ごすことは出来ないし、ラウルの子を産むことも出来ない。だけど」

リードは、迷いのない瞳《ひとみ》でリケルメを見つめる。

「ラウルの国作りを手伝うことなら、俺にも出来る」

最初は、単純にラウルに請われたために始めた側近の仕事だった。

今の時代よりもさらにその先の、高度な文明社会を知る自分が国政に関わる事に多かれ少なかれ戸惑いはあった。自分がこの世界の歴史に触れ、流れをかえてしまうのではないかという不安もあったからだ。

けれど、それはすぐに杞憂《きゆう》である事がわかった。

前世で生きてきた世界とこの世界はよく似通っているものの、全てが同じわけではない。

絶対王政が敷かれながらも、市民革命の芽が未だ蜂起していないのも、大きな違いの一つだろう。産業革命も始まっていなければ、制度一つをとっても未発達な部分が多い。

自分一人が何かしたところで、急激に変化する事などありえないだろう。

だけど、それで良いのだと思った。

歴史というのは、時に過ちを犯しながら、人類が悠久の流れの中で積み重ねてきたものだ。少し先の世を知っているからとはいえ、リード一人がそれを変えてよいものでもない。

それでも、国としてのオルテンシアを強くし、人々の生活を少しでも良いものにする事。それくらいは許されるのではないかと、リードは思っている。

それが、違う世界の記憶を持った自分に課せられた仕事でもあるのではないかと。

実際、リードが助言した事によりオルテンシアの内政は目に見えてよくなっている。

ラウルとは仕事をする上で衝突する事もあるが、ラウルは自分の考えを持ちながらもリードの話を聞く耳も持っている。

未熟な部分こそまだあるが、リードは未来の王に出来るならこのまま仕えたいと思っていた。

「俺には、あいつの気持ちはこれっぽっちも理解出来んがな。お前を目の前にして手も出さないなんて、国王よりも教会長にでもなった方がいいんじゃないか」

少し湿っぽくなってしまった空気をかえようと思ったのか、リケルメがそんな軽口を叩《たた》く。

冗談のようで、かなり本気めいたその言葉に、思わずリードはふき出してしまった。そして、以前ジャスパーにも似たような事を言われたのを思い出す。

さすが、親友とでも言うべきか。

「ま、まあ確かに信心深いと言うか、敬虔《けいけん》だけどな」

最初こそ、義務的に行っていると思っていた教会への賑恤《しんじゅつ》は相変わらず自身の懐から出しているようだし、ミサへの参加も定期的に行っている。

側室がいないのも、本来ナトレサ教の教えである愛を誓うのはただ一人の相手、だという教義に従っているのかもしれない。

「そんな面白みのない男の、どこが良いのか」

そう言いつつも、リケルメがラウルを高く評価していることをリードは知っている。

今も納得できないかのような口ぶりではあるが、本心からそう思っていたらこの程度では済まないだろう。リケルメ自身は決して口にしないだろうが、相手がラウルならばと内心では思っている証拠だ。

「そもそも、髪は乾燥してしまっているし、指もこんなに荒れてしまっているではないか。何をしているんだラウルの奴は」

短く切られたリードの髪を軽くつまみながら、もう片方の手で手の平へと触れる。優しい手つきではあったが、情欲のようなものは一切感じられなかった。

「いや、そんなに言うほど荒れてないだろ？」

確かにアローロにいた頃のような、磨かれた指先に比べれば荒れて見えるのかもしれない。

城で使われているのは羊皮紙とはいえ、現代のような繊細な作りにはなっていない。長く触れていれば、やはり手は荒れる。特に、後宮育ちのリードの手はそういったことにあまり慣れていない。

それを知ってのことかはわからないが、ラウルは単純な書類の整理はなるべくリードにはやらせていないように思う。

「夏の畑仕事の方がよっぽど手も髪も荒れるからな？　肌だって真っ黒になるし」

オルテンシアへ来たばかりの頃を思い出して、リードは自然と笑みがこぼれる。大変な日々ではあったが、リードにとってはとても充実した時間でもあった。

「一体、オルテンシアでどんな暮らしをしていたんだお前は」

わざとらしく、リケルメが顔を顰《しか》める。野外での仕事の重要さはわかってはいるものの、その苦労を知っているからこそ、リードにさせたいとは思わないのだろう。

「大変だったよ、最初の頃は疲れて本を一日も開けない日もあったし。あ、街で貴族の子供を介抱したら、どこかのお坊ちゃまに弾き飛ばされた事もあったな」

「なんだそいつは」

リードとしては笑い話のつもりで口にしたのだが、そう言ったリケルメは明らかに不快さを表情に出していた。

「アローロにいれば、そんな思いなど一切せずにすんだというのに」

それでも、オルテンシアでのリードの日々がそれなりに苦労を伴っていたことはわかったのだろう。

呟きは、おそらくリケルメの本音だった。

「うん、知ってるよ。オルテンシアで暮らして、自分がどれだけリケルメに守られてきたかわかった」

文官になりたい、とリードは簡単に考えていたが、歴史の長い保守的なアローロの王宮で、リードが受け入れられるのは容易《たやす》いことではないだろう。大貴族の子弟である事は勿論、難関を潜り抜けたアローロの文官たちの能力は高い。たとえ同じ試験を受けてリードがそこに入ったところで、能力よりもリケルメの後ろ盾があったからだと揶揄《やゆ》されるのは目に見えていた。

半ば閉じ込めるような形ではあったが、リケルメがリードを後宮に入れたのも、全てリードを思っての事だった。

「だから、ちゃんとお礼と、お別れをしなきゃいけないと思ったんだ」

リードの言葉に、先ほどまでとは違い、明らかにリケルメの表情は強張った。覚悟はしていたが、いざその事実を突き付けられ、動揺しているようだった。

「お前の気持ちは十分わかったが、だが、それでもお前を手放したくない。出来れば、このまま無理やりにでもアローロへ連れ帰りたいくらいだ」

感傷的な物言いは、リケルメにしては珍しいものだった。

「だが、そうしてしまえばお前の心は俺から離れることは分かっている。己の幸せのために、お前の心を殺すようなことはしたくない」

「うん、ありがとう」

話を聞きながら、だから自分はリケルメを好きになったのだと、リードは改めて実感した。

「言っておくが、腸《はらわた》が煮えくり返るくらいラウルには怒りを覚えているのも本音だからな。全く、あの小僧めが」

冗談か本音かわからないような表情で言うリケルメに、小さくリードは微笑む。

「いや、本当にリケルメがそう言ってくれてよかったよ。リケルメに会う事を最後の最後までラウルは反対してたからさ」

「それでも最終的には許可したのだろう。俺が実力行使に出たら、どうするつもりだったのか」

暗に、ラウルの甘さを指摘するつもりでリケルメは言ったつもりだったのだが、リードの口から出たのは思ってもみない言葉だった。

「あー……その、これは最終手段で、最悪リケルメにアローロに連れて行かれそうになった場合に話すつもりだったんだけど」

「なんだ」

「会談から二日以内に俺がオルテンシアへ戻らなかった場合、オルテンシアはアローロへ宣戦布告を行う予定だったんだ」

リケルメの表情が、リードがこれまで見たことがないほど引きつった。

「勿論、ラウルが本気でそうするとは思えなかったけど、多分、それくらいの覚悟の上で俺をリケルメのもとに送り出したんだと思う」

リードはそう言ったものの、リケルメにしてみればラウルの言葉が紛れもない本音であることはわかった。ラウルは、その時々で下手なハッタリをするような人間ではない。

「それで俺がお前を返さなかったらどうするつもりだったんだ、本当に戦争を始めるつもりだったのか」

個人の感情で国を動かすなど、為政者としては怒りを覚えるところではあるが、ラウルの破天荒なその行動はもはやあっぱれだとリケルメも思ったのだろう。呆《あき》れながらも、咎《とが》めるつもりはないようだ。

「そうはならないよ」

リードは、苦笑いを浮かべて首を振った。

「リケルメだってわかってるだろ。今のアローロには、戦争が出来ない事」

リケルメの動きが、一瞬止まった。

「何を言う、アローロの軍事力が大陸で一番であることなど、周知の事実だろう」

広大な土地と人口に、豊かな産業と巨大な軍事力。周辺国は皆アローロ王であるリケルメにひれ伏す。アローロに対し、戦争を仕掛けようとする国など存在しない。

だからこそこの十五年、この大陸で戦争は一度として起こらなかった。長い歴史を考えれば短く感じられる期間だが、長く続いた戦争で疲弊した国民にとっては、今ほど幸せな時代はないだろう。

それはアローロが、ひいてはリケルメが守った平和でもあった。

「十五年、アローロは戦争をしていない。この期間が短いのか長いのかはわからないけれど、戦争を経験した軍の人間のほとんどは、もう現役を退いてしまってる」

最後のジーホアとの衝突に参加した少年兵でさえ、既に軍の中では中堅どころとなっている。

「つまり、アローロ軍の人間はほとんどが戦争を知らない世代になってるってことだよ。そして、アローロの人々もまた、戦争を倦厭《けんえん》している」

「それの何が悪い。お前だって戦を嫌い、平和な世を望んでいたではないか」

リケルメとはたくさんの話をしたが、軍人であるリケルメとは違い、根底に平和な時代の記憶があるリードは知らずしらずのうちに戦の話は避けていた。

もちろん、リケルメに望まれれば話しこそしたが、戦争がある種の英雄譚であるこの世界の人々とは違い、近代兵器による戦争の悲劇という後の歴史を知っているリードにとって、やはり戦争への抵抗は強かった。

「国大なりといえども、戦いを好めば必ず亡ぶ。天下安しといえども、戦いを忘なば必ず危ふし」

「……どういう意味だ？」

「君主が戦争を好めば、どんなに大きな国でもいつかは滅んでしまう。でも、逆に戦争を忘れてしまう事も、危険な事なんだよ」

長きにわたり繰り返された戦争により、大陸の多くは荒廃した。けれど、そんな人々も今は平和な世を謳歌《おうか》している。

特にアローロの人々は国が巨大なこともあり、よもや自国に脅威が訪れる事など考えもしていないだろう。

「リケルメが、ガスパールさんを失った戦争が二度と起こる事がないよう、平和な国を作ろうとしたことはわかってる。それは、アローロにとっても、周辺の国々にとっても幸せなことだったと思う」

覇権国家となったものの、リケルメは自国の領土の拡張は望まなかった。

アローロに反発を持ちつつも、どこの国も実際に行動に移さなかったのは、軍事力を恐れての事もあるが、アローロに他国を侵略する意図がなかったからだろう。

困惑しているのか、リケルメは黙ってリードの話を聞き続けた。

「長く病床についてる、ジーホアの王様の世継ぎが決まったのは、知ってるよな？」

「ああ」

アローロとジーホアは、停戦条約こそ結んでいるものの、それ以降の国交は開かれていない。

それでもリケルメは間諜《かんちょう》を送り、情報は得るようにはしていた。

「次男であるカクジュ王太子は好戦的で、アローロに負けた日を屈辱の日と定め、いつか金山を取り返す事を生涯の誓いにしてる。勿論、今のジーホアにアローロに勝つ力はない。だけど、この先はどうなるかはわからない」

リケルメの眉間《みけん》に、深い縦皺が出来るのを見守りながら、リードは言葉を続ける。

「そんな中、オルテンシアとアローロが戦になった日には、これ幸いとジーホアが攻め込んでくるのは目に見えてるだろ。だから、アローロはオルテンシアと戦争をすることは出来ない」

ジーホアだけではない。長い間、交易においてアローロ商人に辛酸をなめてきた周辺国の中にも、反乱を起こす国もあるかもしれない。

そうなってしまえば、また数十年前の戦乱の世に逆戻りだ。

「そこまで考えた上で、ラウルはお前を俺に会わせることを許したのか」

リードの話を聞いた後も、しばらく黙り込んでいたリケルメが、ようやくその重い口を開いた。

「俺も多少は考えてはいたんだけど、思ってた以上にラウルは時流を読む力が冴《さ》えてると思う」

さらりと、なんでもない事のようにリードは言ったが、リケルメは深いため息をついた。

「小僧という言葉は訂正しておく。あいつ、とんでもない事を考えるな」

アローロとオルテンシアだけの問題ではない、大陸を巻き込んでの戦争。

きっかけこそほんの些細《ささい》な出来事であっても、結果として長く大きな戦争になってしまう可能性がある事、違う世界とはいえ、人類の歴史を見てきたリードならばそれをよく知っている。

そして、それを予期することが出来るリケルメが、そんな愚かな選択をするとは思えなかった。

実際、リケルメはリードをどんなに愛おしく思っていても、王として国の行く末と並べる事はさすがに出来ないだろう。けれど、ラウルは違う。

実際に国とリードを比べた時にリードをとるかどうかはわからないが、そのためのギリギリの駆け引きを行う事など物ともしないのだろう。

「全く、末恐ろしい」

額に手を当てたリケルメが、深いため息をついた。

「仕方がない、形式は簡易なものでいいからやれ」

「え？　何を？」

うんざりしながらも発されたリケルメの言葉に、リードが首を傾げる。

「退宮の儀だ。どうせお前のことだ、全て暗記しているんだろ？」

リードが、驚きと共にリケルメを見つめる。

入宮の儀と対になる退宮の儀はその言葉のとおり、後宮を側室が出る際に行われるものだ。

王から命じられ、強制的に後宮を出される側室は省略されることが多いが、それでも最後の意地を見せるために仰々しく行うものもいた。

「何をぼうっとしている、俺の気が変わらんうちにやらないと、アローロに連れ帰ってしまうぞ」

ハッとしたリードは立ち上がり、椅子へと座るリケルメの前に少し間を空けて立つ。

軽く身なりを整え、真っ直ぐにリケルメを見据えた。

「偉大なるアローロ国王、リケルメ・プロスペリーダ陛下。陛下に置かれましては、その武勇と才覚をもってアローロに君臨せしは、その力を以《もっ》て現在の繁栄を築き、アローロを導き、それに深い感謝と敬愛を持つこと、しごく当然の事にございます」

退宮の儀は、簡単に言えばこれまで仕えた王への感謝と、そしてこれからのアローロの繁栄を願うために行うものだ。

けれど、始祖王である初代アローロ王から、現在のリケルメまで五十人の王の名を順番に言わなければならず、覚えきれなかった過去の側室たちは、みな秘《ひそ》かに紙を用意していたと言う。

歴代の王も、見て見ぬふりをして何も言わなかった。

しかしリードにとっては、歴代の王の名をいう事など全く苦にならない。

言いよどむことなく口上を述べるリードを、リケルメは静かに見つめ続けた。

「長きにわたり陛下から深い情けを頂きましたこと、ありがたく思います」

あと少し、という所で、リードの言葉が詰まった。

訝《いぶか》しげにリケルメが、リードを見つめ返せば、胸の前に組んだ掌《てのひら》が、微《かす》かに震えていた。

この言葉を言い終われば、自分はリケルメの側室ではなくなる。

後宮を出る事をあんなにも望んでいたものの、リケルメとの関係が全て切れてしまう事は、やはり寂しかった。けれど、それでも終わらせなければならない。

「私、リード・エスメラルダは今日、この瞬間より後宮を、側室の任を辞します。陛下の世が、アローロがこれからも永く続きます事、お祈り申し上げます」

腰を落とし、ゆっくりとその頭を下げる。同時に、リケルメの大きな掌がリードの頭へふわりと触れる。

「長きにわたる貢献、感謝する」

優しい声色で、囁《ささや》くようにリケルメが呟《つぶや》いた。

「リード、お前の幸せを、俺も誰より願っている」

瞬間、弾かれたように顔を上げる。

穏やかな眼差しで自分を見つめるリケルメの表情は、柔らかだった。

「ありがとう、リケルメ」

涙は、見せまいと思っていた。けれど、流れてくるそれを止める事は、リード自身にも出来なかった。

◇◇◇

馬車の窓から見る外の景色は、一面に田園風景が広がっている。秋にまいた麦が、そろそろ収穫の時季になるのだろう。アローロに近いこの地域は、冬になれば積雪もするはずだ。

雪の下で辛抱強く春を待ち続けた麦が収穫を迎えるまでに、一年近く時間がかかる。

リードの記憶の中に薄っすらと残っている近代化された機械の姿は一切そこにはなく、それらの仕事は全て人の手によって行われている。決して、楽な仕事ではないはずだ。けれど、人々の表情は明るい。

日差しの暖かさもあり、穏やかな風景と、静かな馬車の振動によりゆるやかな眠気が訪れる。

朦朧《もうろう》とさせていたリードの意識を一気に現実へと引き戻したのは、目の前に座るエンリケの手厳しい声だった。

「それにしても、今回のお前の護衛任務で、確実に俺の寿命が十年は縮んだぞ」

視線を窓の外から馬車の中へと戻せば、恨みがましい瞳《ひとみ》でリードを見つめるエンリケの瞳とぶつかった。

「エンリケ将軍には、本当に感謝してます」

「軍の偵察任務や夜間行軍の方がよっぽど楽だ」

「あはは」

「笑い事ではない！」

エンリケが、自身の拳《こぶし》を力を込めて握りしめた。マルクが行われている鉄拳《てっけん》制裁を自分も受けるのではとリードはひやりとしたが、さすがのエンリケもリードに対して手を上げるつもりはないようだ。

もう何度も繰り返されたやりとりにはさすがのリードも参っており、思わず苦笑いを浮かべてしまったのだが、エンリケにしてみれば冗談ですむ話ではなかった。

日付が変わった頃、リケルメとは庭の前で別れ、用意された部屋へと戻った。

目は異様なほど冴えていたし、深夜という事もあり警備の数は少なく、難なくそれを切り抜けることは出来た。

けれど、最大の難関は自身の部屋の前に存在していた。

リードの部屋の前に立つエンリケの表情はまさに蒼白《そうはく》といったもので、かつてないほどの動揺が見られた。

それを見れば、中にリードがいない事は既に知られてしまっているであろうことはわかった。

まだ騒ぎにこそなっていないようだが、時間の問題だろう。

急いで声をかけようとする前に、エンリケの方が先にリードの存在に気付いた。

その後は、寝る時間がなくなるほどの説教を受けたことは言うまでもない。

「いや、ですがリケルメ王に会う事を事前に知らせていたら、反対したでしょう？」

「当たり前だ！」

とても、少し散歩に出かけていたという雰囲気ではなく、問い詰められたリードは先ほどまでの経緯を全て説明した。それにより、戻りかけたエンリケの顔色は再び悪くなった。

「他人を信用するのはお前の良い所だが、もう少し相手を疑うという事を知った方がいい」

「そんなことも、ないんですけど」

基本的に、リード自身は身の周りの人々に恵まれていると思っている。

子供時代は少し恐ろしく感じていた義母も、今になって考えれば出来た人間であったし、屋敷の使用人たちも愛想こそあまり良くなかったが、純朴な者が多かった。

その後の後宮でも、それほど悪い人間には出会っていないように思う。

勿論《もちろん》、その境遇を幸せに思うか、不幸に思うかは自分次第だ。

リードが生まれ育った環境を辛く思う人間だって中にはいると思うが、リードにとってはそうではなかった。

「まあ、昨日の会談の事を思えば、お前に寝る時間を与えなかったのは申し訳なく思っているが」

普段のエンリケであれば、小言よりも先にリードの体調の方を気遣うはずだ。

けれど、それだけ自分の身を心配してくれてのことだという事はリードも十分わかっていたため、それに対して恨み言はない。

「大丈夫ですよ、なんだかんだで会談だってうまくいきましたし」

とはいえ、午前から始まった会談が終わったのは結局あたりが暗くなってからで、夜半に馬車を走らせるには危険もあったため、結局もう一日延泊することになってしまった。

ちなみに、ラウルに自らその件を報告に向かってくれたのもジャスパーだ。

本人は王都での仕事があるため気にしないよう言ってくれたが、リケルメとリードが話していた庭でも陰ながら警備してくれていた事といい、今回の事でますます頭が上がらなくなりそうだ。

「ああ、その件に関しては、今でも信じられないくらいだ」

今回リードがリケルメとの面談を望んだのは個人的な理由も大きかったが、同時にラウルの名代として二国間の同盟関係の樹立を申し出るという役割も兼ねていた。

本来であればオルテンシア側からも国王、または王太子を出すべき話し合いだったが、他国に知られないためにも秘密裏に行う必要があった。これまでアローロとオルテンシアの間には友好関係こそ築かれているが、正式な同盟は存在しなかったからだ。

歴史を繙《ひもと》けば、数百年前にはこの世界にも国家間の同盟は存在していたことはわかるが、それも長く続いた戦火により既に消滅していた。軍事同盟の概念が重要なものとなるのに、おそらくこの世界においても百年かからないだろう。

フェリックスとも話したが、海の向こうからの脅威に対する防衛も万全なものとしなければならない。

オルテンシアは決して小さな国ではないが、アローロほど大きな国でもない。

だからこそ、アローロとの同盟関係はオルテンシアにとって重要なものとなってくる。

そして、それはアローロにとっても同様だった。

しかしながら、大陸における覇権を握るアローロにとって、他国との同盟関係など必要ないという考えもアローロ国内においては根強かった。たとえ同盟が樹立出来たとしても対等なものを結べるとはとても思えなかった。

特に今回の同盟の場合、軍事だけではなく交易や領海といったあらゆる面での対等な同盟関係を目指したものであるため、エンリケにしてみればアローロ側がとても条件を飲むとは思えなかった。

実際、リケルメも最初リードが提示した内容に表情を厳しくしていた。それでも最終的には合意こそ持ち越されたものの、リケルメの方もオルテンシア側からの要求を前向きに受け入れてくれた。

リードとしては、この場で同盟樹立が出来るとはとても思えなかったし、それを行うのはラウルの役目であるとも思っている。けれど、現時点でやれるだけのことは全てやったと言っても過言ではない。

「まさか、同盟樹立と引き換えにお前がアローロに帰ることが示されたわけじゃないよな?」

エンリケは、リケルメからなんの条件もなくリードがオルテンシアに帰れることが、不思議でならないようだった。

「違いますよ」

そうならないために、事前にリケルメと話す必要があったのだ。同盟を条件に出されたら、リードの方も相手の要求を無下には出来なくなる。

「だが、最後にお前、リケルメ王と何か話していただろう?」

決して長い時間ではなかったが、会談後にリードは確かにリケルメと個人的な話をする時間があった。エンリケはその時にはアローロ側の武官と話していたはずだが、しっかり二人の様子も見ていたようだ。

「あれは、まあ……世間話みたいなものですよ」

実際は、とても世間話と言える内容ではない。けれど、ここでエンリケにそこまで話すのも気が引けた。現実から目を逸らしても仕方のない事ではあるが、昨晩からこの話をどうやってラウルに話せば良いのか。会談が終わった後のリードの頭を悩ませているのは、紛れもなくそれに関する事だった。

エンリケは腑《ふ》に落ちないという表情をしていたが、リードは作り笑いを浮かべてもう一度馬車の窓から外を眺める。

一昨日から、リードの脳はすでに容量オーバーしてしまっている。

今だけは、何も考えずに頭を休ませたかった。

結局、リードの体調を気遣ったエンリケが途中で休憩をとったこともあり、王都セレーノに入った頃には既に夜の帳《とばり》が下りていた。

週末ということもあり、城ではなくサンモルテへ戻っても良かったのだが、エンリケから一刻も早くラウルに顔を見せた方がいいと言われ、それに従った。

見慣れた王都の景色が目に入り、どこかリードはホッとしている自分に気付く。

オルテンシアへ来てから、そのほとんどをリードはこのセレーノの都で過ごした。何度かレオノーラの住む離宮へは足を運んだが、ここまでの遠出は初めての事だった。初めて訪れた時には、こんなにも長くこの国に住むことになるとは思いもしなかった。

けれど、今ならはっきりと思うことが出来た。自分はこれからもずっと、このオルテンシアで生きていきたいと。

ゆるやかな坂を上り、城へと馬車を進めれば、三日前に城を出発した外壁のところに小さな灯りと人影が見えた。

御者もそれに気付いたようで、慌てて速度を緩める。

「だから言っただろう？　城に帰った方がいいと」

窓の外を覗《のぞ》き、待つ人物を確認したエンリケが、ニヤリと笑みを浮かべた。

従者もつけずに馬車を待つラウルの隣には、ランタンを持ったマルクが立っている。

近づいてくる馬車に気付いたマルクが、ラウルに笑顔で話しかけているが、ラウルの表情は硬いままだ。馬車を止めた御者が、すぐに扉を開けようと駆け寄ってきたが、先に動いたのはラウルだった。

マルクからランタンを奪い取ると扉を開け、無遠慮に馬車の中を照らす。眩《まぶ》しさに、思わずリードは目を細めたが、ゆっくりと瞳を開いた先にあったのは、頬を緩めたラウルの姿だった。

「殿下、さすがに光が強すぎるのですが」

奥にいたリードでさえ、眩しく感じたのだ。近くにいたエンリケは尚更強く感じただろう。

「悪い」

当のラウルは、エンリケに言われるまで気付かなかったようで、すぐにランタンを隣にいるマルクへと押し付けた。そのまま片方の手を、馬車の中にいるリードへと伸ばす。どうやら、降りろということらしい。

素直に伸ばされた手をとれば、ふわりと身体が宙へと浮き、そっと地面へとおろされる。

「って、ここまでしてくれなくていいよ！」

以前、セドリックが同じように馬車から降ろされていたのを思い出し、恥ずかしさから思わずリードは悪態づく。

確かにリードはラウルに比べれば身体は頼りないが、さすがに子供のように扱われるのは心外だった。

「足元がよく見えないから、この方が安全だと思っただけだ」

「むしろそれでバランス崩して、倒れでもしたらどうするんだよ」

「お前一人を抱えたくらいで、ふらつくような軟《やわ》な身体はしていない」

ラウルの後ろにいたマルクが、そんな二人のやりとりに笑いを堪《こら》えながら言う。

「まあまあ、リディさんそう言わないでやってください。もう、昨日リディさんが戻れなかったのもあって、気が気じゃなかったみたいで。今朝なんて、馬を走らせて自分で迎えに行くなんて言ってたんですよ」

マルクの言葉に、リードが隣に立つラウルの方へ顔を向ければ、きまりが悪そうに視線を逸らされた。

「ごめん、心配かけて」

「別に。戻ってきたならそれでいい」

ぼそりと呟くように言ったラウルの口の端が、僅《わず》かではあるが上がっている。それにつられるように、リードも表情を明るくする。

「うん、ただいま」

自然と出てきた自分の言葉に、驚いたのはリードの方だった。リードの言葉に、ラウルが小さく頷《うなず》いた。

視線があい、しばらくお互いの顔を見つめ合う。

離れていたのはほんの数日ではあったが、ラウルの顔を見た事で、自分の心がとても安心している事にリードは気付いた。

「えっとあの、時間も時間だし。そろそろ二人とも城に戻った方がいいと思うんですが」

マルクがそう言えば、隣にいたエンリケもわざとらしく咳払《せきばら》いをする。

ハッとしたのはリードもラウルも同じで、どこかバツが悪そうに城の方へと足を向けた。

エンリケと、そして長い間馬車を走らせてくれた御者への礼も、勿論忘れずに。

城の中へ戻ったリードとラウルの足は、自然と執務室へ向かった。

リードとしては、早く自室に戻って休みたい気持ちもあったが、ラウルへの報告は先にしておいた方が良いと思ったからだ。

誰もいない執務室は静かで、いつもよりも広く感じた。

「それで、どうなった?」

広めの長椅子へとリードが座ったのを確認すると、早速ラウルが尋ねてきた。

「うん、会談の方はうまくいったと思う。勿論、まだ詰めるべき内容もいくつか指摘されたけど、多分前向きに検討してくれるはずだよ」

リードとしては、完璧《かんぺき》とは言えないまでも、なかなかの出来だと思っていたのだが、やはり相手はリケルメだった。

細かい部分もしっかりと指摘され、次の会談までにいくつもの課題が見つかった。

ただこれまでとは違い、同盟に関してはきちんと正式なものとして側近たちにも知らせる事が出来るため、内容はより良いものに改善されるだろう。

側近たちに関しては、おそらく本人たちが思う以上の能力を持っているとリードは思っている。

「そうか。まあ、急ぎすぎて慎重さに欠けても困る。近く、叔父上《おじうえ》とは会談の場を作ろうと思う」

「その方がいいよ。最終的に、判を押すのはラウルの役目なんだからさ」

この件に関しては、オルテンシア王であるリオネルには相談しており、その上でラウルに全てが一任されていた。

曰《いわ》く、既に五十の齢《よわい》を超えた自分が戦場に立つ可能性は少ないため、それならばこれからの人間であるラウルが決めるべきだという事だった。

「それなら」

書類を見つめていたリードに、畳み掛けるようにラウルが問う。

「叔父上との話し合いは、どうなった」

顔を上げれば、ひどく緊張した表情のラウルがリードを見つめていた。

まさに、固唾《かたず》をのんでリードの答えを待っているようだ。

「うん、そっちも。うまくいったよ」

リードの言葉に、ラウルが切れ長の瞳《ひとみ》を見開く。

「本当か？」

「じゃなきゃ、俺、今ここにいないだろ？」

「それはそうだが、叔父上がお前を簡単に手放すとはどうしても思えなかった」

「大袈裟《おおげさ》だな」

そう言いながらも、実際の話し合いはやはり簡単なものではなかった。けれど、ラウルにそれを事細かに説明するのも気が引けた。

ラウル自身も聞きたくはないだろうし、リードとしても、リケルメと話した内容に関しては誰かに話したいとは思わなかった。それがたとえ、ラウルであっても。

「リディ？」

ラウルの声が、どこか遠くに聞こえてくる。どうやら、自分は思ったよりもずっと疲れているようだ。すぐにでも自室に戻るべきだと頭では分かっているのだが、身体が動かない。

気遣うような、穏やかな眼差しで自身を見つめるラウルの表情がぼんやりとした視界に最後に見えた。

「お休み、リディ」

最後に聞こえた声は、ひどく優しいものだった。

◇◇◇

夏の日差しの中、パシャリと冷たい水がリードの頬へとかかった。振り返れば、水をかけてしまったらしい少年が、恐る恐るといった面持ちでリードを上目使いに見ている。両隣に立つ少年たちが、コソコソと少年の裾《すそ》を引っ張った。

「何か、言う事があるんじゃないか？」

小さくため息をつき、リードが苦笑いを浮かべる。ホッとした少年が、「ごめんなさい！」と大きな声を出した。

「はい、よくできました。ここは大人も通るから、もう少し奥で遊んでおいで」

リードに言われた少年たちが、「はーい！　リディ先生！」と大きな声をあげた。そのまま、リードに言われた通り教会の敷地の奥へと走っていく。

まだ声変わりを迎えていない、少年たちの無邪気な声に自然と口元が綻《ほころ》んだ。

「リディ先生」

下から聞こえてきた声に視線を向ければ、勝気な眼差しの少女が布を差し出している。

「ありがとう」

リードが柔らかく笑んでそれを受け取れば、少女の頬がほんのりと赤くなった。けれど、すぐにリードから視線を逸らし、駆けて行った少年たちの方を見つめる。

「セイラも、一緒に遊んできていいんだよ？」

少年たちの手には、水鉄砲が握られている。今年は長雨が続いたため水の量が多く、貯水槽の水はどこもいっぱいになっていた。井戸水とは違うため飲料水ではないが、それでもあまり時間が経った水を使うのは衛生上よくない。そういったこともあり、余った水を少しでも活用しようとリードが子供たちに水鉄砲の作り方を教えたのだ。

前世で見た子供たちの遊びといえば、テレビゲームやタブレット等の電子化されたものが中心だったが、この世界には勿論《もちろん》まだそういったものは存在していない。けれど、ここには子供が走り回ることが出来る自然がたくさんある。

子供は遊びの天才、とはよくいったもので、リードが教えずとも自然と彼らは自分たちで遊びを見つけていく。今も、バブスと呼ばれる竹に似た植物で水鉄砲の作り方を教えたのはリードだったが、年かさの子供たちはすぐに見よう見真似で同じものを作り始めた。

子供たちは初めてみるその玩具《おもちゃ》にすぐに夢中になり、自分ではまだ作ることが出来ない、小さな子供たちの分まで作るとあっという間に庭に飛び出していった。そして、そんな少年たちの様子を、庭で花冠を作っていた少女の一人がちらちらと気にしていた事を、リードは気付いていた。

「行かないわ、ドレスが汚れちゃうもの」

十歳になったばかりのセイラは、貴族の娘ではないが、父は医師ということもあり実家は裕福だ。他の町の子供たちと同じように教会へ足を運んでいるが、服装は他の子に比べると際立って良いものを着ている。今日も今日とて、小花模様のエプロンドレスだ。確かに、これだけ丈の長いスカートでは走り回るのにも大変そうだった。

「シスターに、ズボンを貸してもらおうか？」

教会では、家庭に事情のある子供たちも生活している。セイラが普段着ているものに比べれば粗末なものではあるが、普段から教会に住む子供たちと仲良く遊んでいるセイラなら嫌がる事はないだろうと提案してみる。リードの言葉に、俯《うつむ》きがちだったセイラの顔が上向く。けれど、それはほんの一瞬の事だった。

「やっぱり、いい」

「どうして？」

「だって、リディ先生は男の子みたいに外を駆け回る子より、お裁縫が上手な子の方が好きでしょ？」

セイラに言われ、リードは目を瞬かせた。

「さっき、エマの刺繍《ししゅう》を上手だって、褒めてた」

続けられた言葉に、ようやくリードはセイラの言わんとしてる事がわかった。

リードは教会の子供たちに、勉強以外にも様々なことを教えている。裁縫もその一つで、将来は針仕事につくことが出来る事もあり、少女たちからの希望も多かった。

特に、リードの刺繍は国で一番と言われる服飾屋の主人が舌を巻くほどの腕前で、子供から話を聞いた店の主人が仕事をしてくれないかと頭を下げてきたほどだ。

本人は忘れているようだが、オルテンシアについた当時、リードが職を探して店を訪れた時にはにべもなく断られた店でもある。さすがに昔の事を蒸し返すつもりはなかったが、かといって、今のリードには針仕事までする時間の余裕はなかった。

なお、リードが刺繍を学んだのはアローロの後宮に入る前、ようするに側室としての教育の一環だった。多くの時間を持て余す後宮の側室たちにとって、裁縫は嗜《たしな》みでもあり、また趣味にしている者も多い。

リードは本を読む時間の方が多かったが、それでも時折はルリと一緒に話しながら刺繍もしていた。

「セイラの刺繍も、上手だったよ?」

エマというのは、地位はそれほど高くないが貴族の娘で、セイラと同い年だった。自分の地位をひけらかす事もなく、大人しく控えめな、自身の小遣いから教会への寄付を定期的に行う、信心深い少女だった。

家での教育もあるのだろうが、同じ年代の少女たちよりも大人びていて、他の子供たちからも憧憬《しょうけい》の眼差しを向けられていた。

「でも、エマみたいにきれいには出来ない。お母様が言うの、いつまでも男の子みたいに遊んでいたらダメだって。貴女もエマお嬢さんを見習いなさいって」

いつも溌剌《はつらつ》とした笑顔を見せる事が多いセイラの表情が、珍しく曇っていた。

「私、男の子に産まれたかった」

そして、ポツリと呟《つぶや》く。

「小さい頃、お父様のお仕事が、病気の人を助ける事だって知ったの。だから私、お父様と同じお仕事がしたくて一生懸命字を覚えて本も読んだわ。だけど、お兄様に言われたの。女の私が本ばかり読んで馬鹿じゃないかって。女が医者になれるわけがないって」

リードは、昨年まで頻繁に教会に顔を出していたセイラの兄、ディアスの姿を思い出す。

二つ年上で、今は王都の寄宿学校に通っているはずだ。

さすがは医師の息子なだけのことはあり、リードが他の子供たちに行っていた授業も物足りなかったようで、いつも特別に宿題を出していた。

セイラは傷ついたようだが、おそらくディアスは現実を教えるために言ったのだろう。

女性であっても、出産に関わる助産師や、医師の手助けを行う看護師はこの世界にも存在するが、女性の医師は一人もいない。

医師になるためには、国から認められた学校を出るか、技術が認められて資格を得なければならないからだ。

教養のためにと大学に通う貴族女性は少ないながらも存在するが、医師の専門学校は男性しか入学が認められていない。

「女なんて、つまらないわ。お母様を見てるといつも思うの。いつも家の中にいて、お菓子を焼いたり、お裁縫ばかりしてるのよ」

いつもは使用人が送迎を行っているが、時折セイラの母も教会へと迎えに来ることがある。少しふっくらとした柔らかな女性で、セイラを見つめる瞳はどこまでも優しいものだった。

「そんなことはないよ」

リードは、少し迷いながらも腰をかがめてセイラに視線を合わせ、しっかりと口にした。

「確かに今は、医師は男性の職業だ。だけど、女性になれないって決まったわけじゃない」

セイラが、訝《いぶか》しげな瞳でリードを見る。

「今な、ラウル殿下や国の偉い人たちが、勉強をしたい子供がお金がなくてもいける学校を作ろうとしてるんだ。将来的……って言ってもわからないか。セイラがもう少し大きくなる頃には、今は男性しか入れない医者になるための学校も、女性も入れるようになると思う」

セイラの大きな瞳が、見開いた。

「ほ、本当!? 嘘じゃないわよね？」

興奮交じりに、今にも飛び跳ねるかのような勢いでセイラが言う。

「うん。だから、セイラは夢を諦《あきら》めなくていいんだよ。だけどな」

リードは、セイラが先ほどまで一緒にいた、草花を摘んでいる少女たちの方を見る。

「セイラにとっては、あまり面白くないかもしれないけど、エマは刺繍をするのがとても好きなんだ。エマを褒めたのは、刺繍が上手くできていたのもあるけど、一生懸命一人で頑張ってたからなんだよ」

リードの言葉に、セイラはハッとする。

裁縫をする間、自分が周りの少女たちとのお喋《しゃべ》りに夢中になり、作業が疎かになっていたことを思い出したからだ。そんな中でもエマはただ一人、口を開くこともなく黙々と手を動かしていた。

「それにな」

リードは再び、目の前のセイラの顔を見つめる。

「セイラのお母さんだって、毎日一生懸命セイラのために働いてくれてるだろ？　この可愛いドレスだって、全部お母さんが作ってくれたものだ。そんなお母さんの人生を、つまらないなんて言っちゃダメだ」

セイラが、自身のスカートの裾をそっと持ち上げる。ドレスが出来上がった時、とても嬉《うれ》しそうに自分のところに持ってきた母の顔を思い出す。今回はとても上手にできたのだと、笑ってそう言った母は、とても幸せそうだった。

コクリ、と無言で、けれど大きく頷いたセイラの頭を、リードがそっと撫《な》でた。

「じゃあ、シスターに言ってズボンに着替えるか?」

「うーん、せっかくだけど、やめておく」

セイラが、小さく頭《かぶり》を振る。

「今度お母様に言って、私に似合うズボンを作ってもらうわ」

「そっか」

「それにこのドレス、リディ先生が可愛いって言ってくれたし」

それだけ言うと、セイラは顔を真っ赤にして他の少女たちのもとへと駆けて行った。そんなセイラの後ろ姿を、ポカンとした顔でリードが見つめる。まあいいかと、運んでいた木桶《きおけ》を手にした時だった。

「全く、お前の守備範囲はどれだけ広いんだ」

聞き覚えのある声に、リードは慌てて振り返る。

「え? ラウル!……殿下?」

腕組みをし、しかめ面でリードを見つめているのは、紛れもなくラウルその人だった。

「お前みたいなのを、人たらしと言うんだな」

決まり悪そうに笑うリードに対し、これみよがしにラウルはため息をついた。

「俺は、身体を休めるように言ってサンモルテに帰したはずだが?」

大聖堂への道すがら、リードが運んでいた木桶の一つを持ったラウルが言う。王太子に物を運ばせる事に少しばかり抵抗はあったが、あまりにも自然に一つ持って行かれてしまったため、素直に礼を言うしかなかった。二つ持たれてしまうとさすがにリードも苦言を呈していただろうし、そういったところもラウルはリードの性格をよくわかっているのだろう。

重たい物ではないが、何度か往復しているためさすがに疲れていたこともあり、リードは素直に厚意に甘える事にした。

「もう十分に休んだよ」

「一昨日帰ってきてから、教会の奉仕作業には全て参加しているとマザーが言っていたが」

　まさか、三日目にしてラウルが教会に来るとは思わず、口止めしなかったことをリードは少しばかり後悔した。もっとも、口止めしたところで神に仕えるマザーが偽りを口にするとも思えなかったが。

　アローロから帰った日の夜、リードは高熱を出し、前日まで顔を合わせていたジャスパーに再び世話になる事になった。深夜に馬を駆ったラウルが診療所まで押しかけてきた時には、戦争でも始まるのかという必死の形相だったそうだ。

　翌日の昼には熱も下がったが、長い間続いた緊張の糸が途切れたこと、そして日頃から城で働きづめだったことが原因だというのがジャスパーの診断だった。

　結果、その日のうちにラウルはリードに対し、十日間の休暇を言い渡した。

　さすがに長すぎるとリードは反発したが、王太子命令の一言で、ものの見事に却下されてしまった。普段、ラウルがリードに対して命令を口にすることはないため、さすがのリードも従わざるを得なかった。

「身体は元気なのに、ずっと寝てる方が不健康だろ」

「城に戻って休養してもいいんだぞ？」

「……これが終わったら部屋で休むよ」

　そもそも、最初ラウルは城で休むように言ったのだが、それを断ったのはリードだ。

　ジャスパーがいなくなった後は侍女たちから入れ替わり立ち替わり傅《かしず》かれたため、休養どころではなくなってしまったからだ。

　なんとかラウルを説き伏せ、サンモルテへ戻ってきたのが一昨日の夕方だった。

「だいたい、子供と一緒に過ごすにしても屋内にいれば良いだろ。今日は日差しも強い、熱中症にでもなったらどうするんだ」

「子供は外が好きなんだよ。午前中はちゃんと勉強したんだから、昼からは思いっきり遊ばせてやりたかったし。なんていったって、こんなにいい天気なんだからさ」

そう言いながら、リードは立ち止まり、木桶を置くと、思いっきり伸びをして空を見上げる。ふわふわとした雲が浮かぶ空の色は青く、どこまでも広がって見えた。こんなに天気の良い日は、外の空気を吸うだけで気分がよくなる。

そこでふと、同じように立ち止まったラウルの横顔が視界の中に入る。相変わらずの仏頂面ではあるが、今日もノーヴルな雰囲気を漂わせていた。

「ラウルの目の色ってさ」

リードの方へ顔を向けたラウルが、首を傾げる。

「晴れた日の空と、同じ色なんだな」

じいっとラウルを見つめたリードが、少しだけ背伸びをして顔を近づける。明るい日差しの下、硝子のような淡い空色の瞳《ひとみ》が光彩を放っていた。

「……だからなんだ」

「え？　きれいだなって思」

リードの言葉は、最後まで続かなかった。

ほんの一瞬の事だった。けれど、確かに自身の唇に触れたのは、つい先ほどまで目の前にあったラウルの形の良いそれだ。

それを自覚した時、持っていた木桶から手がするりと離れる。けれど、木桶の水が零れる事はなかった。

「先に行くぞ」

両手に木桶を持ったラウルは、それだけ言うと踵《きびす》を返して大聖堂の方へ向かって足を進める。口元を押さえたリードは、しばらくその場を動くことが出来なかった。

◇◇◇

先に行く、という言葉のとおり両の手に木桶を持ったラウルの足音が遠ざかっていく。軍靴が草を踏む音を聞きながら、火照った頬に当てた手は、無意識に唇を触っていた。

好意を持たれていることは、知っていた。告白だってされているし、それこそリケルメとの交渉の直前にだって、再びしっかりとその思いは伝えられたのだ。

その形が友情ではなく、紛れもない恋情であるということは、さすがのリードにもわかっている。だけど、それでも、ラウルの行動はリードにとって全く予想できないものだった。

これまで一緒に過ごしていても、そういった性的なにおいを一切ラウルから感じなかったのもあるのだろう。同じ寝台で眠ったとしても朝まで二人の間には何もないのではないかと、そんな風にすらリードは思っていた。

ほんの一瞬、触れただけの口づけだが、リードを動揺させるには十分だった。

別に自分は若い女性でもなければ、性的経験に乏しいわけでもない。

けれど、ただの王太子の戯れだと一笑するような、そんな軽い気持ちでラウルが行ったものではない事はわかっている。

何より突然の、相手の了承など全く得ていないはずのその行為を、リードは全く嫌だとは思わなかった。むしろ、心臓の音は煩いくらいに聞こえていた。

既に午後の礼拝は終わっている時間であるため、大聖堂の中に人の姿は見当たらない。

広い空間とはいえ、自ずとラウルと二人きりになってしまう事に、リードは少しばかり狼狽《うろた》えていた。

本音を言えば、もう少し心を落ち着かせる時間が欲しかったのだが、中断してしまった花の水替えという作業を、ラウル一人に任せるのも忍びなかった。

一体、どんな顔をして会えばいいのか。そう思いながら、汚れた水をいれる木桶を持ってラウルへと近づいたのだが、リードに対するラウルの反応は差しあたっていつもと変わらないものだった。

あまりに普段通りのラウルの様子に、驚くと同時にホッとした。けれど、肩透かしというべきか、少しだけ残念にも思ったのもまた事実だった。そしてそんな風に思ってしまった自身の心に、リードは苦笑いを浮かべる。

一体、何を期待しているのか。

本当は、ラウルのためにも拒絶の意思を表すべきなのはわかっている。それでもそうすることが出来なかったのは、ラウルを傷つけたくないという思いよりも、嬉しいと思ってしまった自分がいたからだ。

こっそりとため息をついたリードは、淡々と作業を続けるラウルに倣うように続けた。

大聖堂の中という、雰囲気もあるのだろう。黙々と作業を続けるうちに、かき乱された心も、自然と穏やかなものになっていく。そういえば、アローロにいた頃も時折こうして王宮の敷地内の教会へと足を運んでいた。

この時代に生きる多くの人がそうであるように、リードも人並みの信仰心は持っている。

記憶にある限り、生まれ変わる前、直人であった頃にはこれといった宗教を信仰していなかった。

無神論者というわけではなかったが、年の始めには神社へと赴き、先祖代々の墓へと手を合わせるが、クリスマスも普通に楽しむという、その国に生きる多くの人々と同じような宗教観しか持っていなかった。

だからこそ、今のように教会と密接な生き方をしている自分がリード自身も不思議ではあった。

大方の作業が終わり、ふと中央に掲げられた、大きな絵画へと目を向ける。描かれているのは、二柱の神。シヴァイエ神とシャクラ神が、仲睦《なかむつ》まじげに互いを見つめ合っているものだ。

逞《たくま》しく描かれているのはシヴァイエ神で、中性的に、線が細く描かれているのがシャクラ神。

時代を遡《さかのぼ》れば、どちらの神も男神として逞しく描かれているもの、または、女性的に描かれているもの、はっきりと男女の別に描かれているものと、様々なものがある。

数百年前には、それが元で大陸を巻き込む宗教戦争が勃発《ぼっぱつ》しそうになったのだが、時の教会長の、

「神に性別はなく、地上に降りる時には男にも女にも姿を変えることが出来る」

という一言で事なきを得た。

そのため、今ではこの絵画に描かれているような二人の解釈が、最も見かける一般的なものとなった。胸の膨らみこそないものの、手足の細いシャクラ神は女性にも男性にも見えるからだ。

世界の初めから、終末の時が訪れても、互いに支え合い、手を放すことなく、永遠の愛を誓う。

幼い頃、母から寝物語に聞いた創世記における神々の神話のほとんどは、この二人を中心としたものだ。

人々への怒りからシヴァイエ神がこの世の全てを破壊しつくしても、シャクラ神は必ず再生と癒しを与える。恐らく描かれたのは数百年前で、世の中が荒廃しているからこそ、人々は信仰に救いを求めたのだろう。

ステンドグラスの光が差し込み注がれていることもあり、歴史ある絵はますます幻想的にうつっている。

遠くに聞こえてくる聖歌隊の歌声とも相俟って、大聖堂はより神聖な雰囲気となっていた。

「リディ」

リードを現実へと引き戻したのは、ラウルの声だった。気が付けば、全ての花の水替えが終わったであろうラウルが隣へと来ていた。

「これで、全部か？」

「ああ、うん。ありがとう」

リードがそう言えば、ラウルは木桶を手に持つ。

そのまま大聖堂から出ようとしたのだが、その場を動こうとしないリードに気付き、もう一度下におろした。

◇◇◇

リードほど、教会に似つかわしい人間はいないとラウルは思っている。

神に仕えるという立場にありながら、国からの賑《しん》恤《じゅつ》で私腹を肥やす聖職者はそれほど珍しい存在ではない。信仰を後ろ盾に権力を意のままにし、王と対立した教会も歴史上いくつもあった。

ラウルが積極的に教会へと足を運んでいるのも、適切な方法で賑恤が使われているかどうかの監査を兼ねている。それが、あくまで慈善事業を行う事を一番に考えていた兄、フェルディナンドとの違いでもあった。

サンモルテはオルテンシア最大の教会であるため、多くの予算を割り当てられている。

前教会長からの推薦でオルテンシアの教会長となったマザーは、シスターだった頃から聡明《そうめい》で、リオネル王からの信頼も厚い。

だからこそ、リードの噂を初めに聞いた時、ラウルが一番に持った感情は猜疑心《さいぎしん》だった。

それは、視察に行き、リードを見た城の者たちの誰もが褒め称えていたことが原因でもある。

経理を任せている、どちらかといえば堅物の人間ばかりなのに、リードの話をする時には誰もが夢心地だった。あれほど美しい、清らかな人間はいない、まさに、シャクラ神の御遣いだと。その外見から人となりまで、まるで熱に浮かされたように語る部下を、どこかでラウルは苦々しく思っていた。

フェルディナンドは、人は元々が善であると考えていた。生まれたばかりの人の心には悪しき心はない、だからこそ、神の教えが必要なのだと、ラウルにも何度か話して聞かせていた。その当時は、ラウルもフェルディナンドと同じように考えていた。当時はまだ幼く、深く考えていなかったのもあるが、単純にフェルディナンドを尊敬してたのが大きいだろう。

けれど、今のラウルには人が本来善であるとはとても考えられなかった。

そのため、視察の者たちにどんなにリードの素晴らしさを語られても、むしろ疑念は強まるばかりだった。

自身の考えが誤っていたことをラウルが認め、同時にリード自身への深い情を抱くようになるまでにも、数カ月の時間を要した。

もっとも、その時間が長かったからこそ、思いはより強くなったと言ってもいい。

頑《かたく》なで、解ける事のないと思っていたラウルの中にあった冷たい何かを溶解させたのは、リードだった。

「いつまでそうしているつもりだ」

宗教画を見つめたまま、微動だにしないリードに、再度ラウルは声をかける。

「ああ、うん……」

動きたくない、というよりも、動けないといった様子のリードは、反応こそするもののどこか歯切れが悪い。

「なあラウル」

ようやく、リードの視線が絵画からラウルへとうつる。

「愛って、なんだろうな」

リードの言葉に、ラウルがその片眉《かたまゆ》を上げた。

◇◇◇

「随分、抽象的な問いだな」

場所が場所であるが、リードの質問が教義的なものを意味しているとは思えなかった。

ナトレサ教は、愛を説く宗教とも言われている。

「俺はさ、愛って、見返りを求めないものだと思ってた」

ラウルの返答に苦笑いを浮かべたリードが、小さく呟《つぶや》いた。

「その人を愛しているなら、相手からの愛が得られなくとも、変わらずに愛する事だって。たとえ自己を犠牲にしてでも、貫くものだって」

愛の形が、一つであるとはリードも思っていない。けれど、究極の愛とは、相手からは何も求めない事だと確かに経典には書かれている。

「どうして、ただ純粋に相手を愛するだけで満足できなかったのかな」

ぽつりと呟かれた言葉は、ひどく寂しげなものだった。後宮を出てから、リードがずっと心のどこかで考えていた事だった。

ナトレサ神話が書かれている経典には、盲信的な愛の話がいくつもある。人が罪や過ちをおかしても、シャクラ神は決して見捨てることなく、愛を注ぎ続ける。それこそが、真実の愛だと。子供たちに経典を読むたびに、それを教えるたびに心が軋《きし》んだ。それは、愛を貫くことが出来なかった自身への罪の意識からだった。リケルメのただ一人になりたい。そう欲してしまった、自分自身への。

「そんなの、人間だからに決まっているだろう」

ラウルが端的に、切り捨てるように言った。思わず、俯《うつむ》いていた顔をリードが上げた。

「神の愛は常に平等で、どんな罪を犯した人間をも許し、救いを与える。たとえ相手が裏切ったとしても、それを責める事もない。罪を告白し、過ちさえ認めれば、福音が与えられる。だけど、それは結局神という、人間とは違った立場だからこそ出来る事だ」

目の前にある二柱の神を見つめながら、そう言ったラウルは、次にリードへと視線を向けた。

「巷《ちまた》ではお前をシャクラ神の御使いだなんて言って

る輩がいるみたいだが、思い上がるな。神でもないお前が、神と同じ愛し方を出来るわけがないだろ」

けんもほろろ、バッサリと切り捨てるようなラウルの言葉に、何度かリードは瞳を瞬かせた。

ここまで明確に、はっきりとした言葉で相手の意見を否定できるというのも、いっそ清々しい。普段であれば、その物言いに反発を覚えるところだが、今日は素直にその言葉を受け入れることが出来た。

ずっと胸の中にあった棘《とげ》が、多少強引ではあるものの、なくなった気分だ。

「そう、だよな」

リードの頬が、僅《わず》かに緩んだ。それを見たラウルが、なおも言葉をつづけた。

「だいたいお前は、真面目に考えすぎなんだ。愛なんてそんな高尚なものでもないだろう。深夜に愛を囁《ささや》きながら欲を解消し、翌日には相手に愛を伝えたことなどすっかり忘れてるなんて、男ならそう珍しい事でもないだろう」

「……なんか、えらい実感籠《こ》もってるな」

「一般論だ！　そんな偽りの愛を囁かなければならないほど必死になった相手などいたことはない！」

胡乱《うろん》げな視線で言ったリードの言葉を、むきになってラウルは否定する。

リードの知っているラウルは、常に政務を真面目にこなし、浮いた話はそれこそ一度も聞いたことはない。だからこそ、ラウルの言葉はリードとしてはなかなか新鮮でもあったのだが、ラウルにとっては不本意だったようだ。

「そもそも俺は、愛どころか、神すらここ数年は信じていなかった」

その言葉に、ギョッとしてリードはラウルを見つめる。リードは前世の記憶がある事もあり、宗教戒律に関しては柔軟な考えを持っているが、神の存在を否定することは、ナトレサ教では禁忌とされていた。勿論《もちろん》、心の底ではそう考える人間もいるだろうが、少なくとも教会でそれを口にする人間はいない。

「本当に神がいるならば、どうして兄上は死ななければならなかったんだ」

感情を押し殺した言葉に感じられたのは、明らかな怒り。

「兄ほど、この国の王に相応《ふさわ》しい人間はいなかった。常にオルテンシアの民の幸福と安寧を考え、祈りを捧《ささ》げていた。神が本当に存在するのならば、どうしてオルテンシアから兄を奪っていったんだ？」

リードは、マザーから聞いた言葉を思い出していた。フェルディナンドが亡くなった当時、毎日のようにラウルが教会へ来ていたことを。周囲の人間は、天に召された兄のために祈っていたのだと思っていた。

けれど、それは違った。おそらくラウルはずっと神に問うていたのだろう。大切な兄の死の意味を。

「そんな顔をするな、別にナトレサ教を排除するつもりは毛頭ない。なんだかんだ言って、信仰を必要とする人間は多いからな」

リードの表情を見たラウルの口元に、微《かす》かに笑いが湛《たた》えられる。

「それに、二度と信じることはないと思った神の存在も、最近は信じてみても良いと思えてきたんだ」

そう言って宗教画を見上げるラウルは、確かにどこか眩《まぶ》しそうではあった。

「お前が、俺の前に現れてから」

ラウルの視線が、ゆっくりとリードの方へと向けられる。

「さっきはお前を神ではないとは言ったが、俺にとっては似たようなものなのかもしれない。俺の中では、お前はこの世界で唯一きれいなものだから」

「い、いくらなんでも大袈裟《おおげさ》だろそれは」

ラウルとしては、思ったままを伝えているだけなのだろうが、リードとしてはたまったものではなかった。

なまじ自分自身もラウルに対して好意を持ってい

るからこそ、とてつもなく恥ずかしい。

「そんな存在に、こんな事を言うのはおこがましいのかもしれないが、言わせてくれ」

一呼吸置いたラウルが、真摯《しんし》な視線をリードへと向ける。

「リディ、俺の妃《きさき》になってくれないか？」

リードの呼吸が、止まった。

「お前の中に、まだ叔父上《おじうえ》への気持ちもある事はわかっている。俺がお前に出会った頃から、既にお前の中に叔父上はいた。嫉妬《しっと》しないと言ったら、嘘になる。だけど、お前の中にある叔父上への気持ちも全てひっくるめて、俺はお前と生涯を共にしたいと思ってる」

ラウルにとってのリケルメは、父であるリオネルとは違った意味で、敬愛している存在だ。年齢を考えても、リケルメと比べて劣っている点、足りない点はいくつもあるだろう。

側室とはいえ、そんなリケルメの妃であったリードに気持ちを伝えるのは、ひどく勇気がいったはずだ。けれど、それでも諦《あきら》めるという選択肢は、ラウルの中にはなかった。

「き、気持ちは嬉《うれ》しいけどさ」

リードは、とにかく混乱していた。ラウルの告白は、嬉しかった。けれど、場の雰囲気に流されてはいけないと強く自制する。

「ごめん、ラウルの気持ちには応えられない」

目に見えて、落胆するラウルの表情に心は痛んだが、言葉を続ける。

「さっきも言ったけど、俺、自分勝手だからさ。相手に対して見返りを求めない愛し方は、出来ないんだ。だから、ラウルの側室になっても、いつかラウルの隣に並ぶ王妃様に嫉妬すると思う。それだったら」

「誰が側室だと言った」

リードの言葉は、苛立《いらだ》ちを含んだラウルによって遮断される。

「言葉が足りなかったか？　俺はお前に、俺の正妃になって欲しいと言ったんだ」

リードの思考が、完全に停止した。ムッとしたままラウルの視線が、そんなリードに注がれ続けていた。

◇◇◇

グツグツと揺れるスープの湯気が立ちのぼっていくのを、リードはぼうっと見つめていた。

何人もの人間が声を飛ばす音や、食器の重なる音、さらに水が流れる音がどこか遠くに聞こえる。

サンモルテの厨房《ちゅうぼう》は、常日頃から慌ただしい。活気がある、と言えば聞こえは良いのだが、百人近くの人間の食事を三食毎日作っているのだ。

仕入れは近くの農家や商店が善意で持ってきてくれる事が多いのだが、食糧庫に貯蔵した具材も瞬く間になくなってしまう。材料費を抑え、決して豪華とは言えないが、成長期の子供が空腹を満たすには十分な量と味の食事を作っている料理長の腕は大したものだ。

高齢だった先代の料理長の後を継いだばかりのホセは、まだ三十代の半ばということもあり、料理長としてはやや若い。

昔は貴族の屋敷で働いていたという話だが、美食家を気取りながら多くの食材を無駄にするその姿勢に嫌気がさし、数年前からサンモルテで働いている。

口数は少なく、さらに大柄で強面ということもあり、外見だけ見れば料理人よりもどこぞの傭兵《ようへい》かといった風体をしている。

そのため、働き始めた当初はシスターや修道士たちの中には怯《おび》えていたものも多くいた。

けれど、ホセの手から作られる料理は美味《おい》しく、その外見も子供たちからは何故か好評だった。

口調がぶっきら棒であるため誤解は受けやすいが、料理の腕は勿論のこと、他の調理師たちに対する面倒見のよさもあり、すぐに厨房内で強い信頼を得た。

ホセの仕事へのプライドは高く、体調の悪い者、そしてやる気のない者はすぐに厨房の外に出される、とは聞いていたものの。リードは実際にその現場を見たことがなかったため、ホセの仕事への厳しさを誇張するための表現に過ぎないと思っていた。

だから、まさか自身の身を以《もっ》てそれを経験するとは、思いもしなかった。

「リディ、お前今日は厨房に入るな」

頭の上から聞こえてくる低い声にリードが気付いた時には、目の前にあった大きな鍋《なべ》の火は消されていた。

ハッとして鍋の中を見つめれば、ちょうどよく煮詰まってはいるが、もう少しで焦げ目がついていただろう。自分の不注意で、仕入れから今までの手間を全て台無しにしてしまうところだった。

厨房にいる人間が、気遣わしげにリードとホセのやりとりを見つめている。

「はい、すみませんでした」

いたたまれなくなったリードは頭を下げ、厨房を退出した。


外へと続く扉を開ければ、厨房の熱気とはうって変わった、さっぱりとした空気が肌へと触れる。アローロに比べるとオルテンシアの気温は年間を通して高いが、湿気はそれほど高くないのも特徴だった。

空を見上げれば、抜けるような青空と、高い雲が見えた。

心ここにあらず、になっているのはリードも自覚していた。それでも、何もせずにはいられなかった。

リードの口から、今日、いや正確には昨日から、何度目になるかわからないため息が零れた。

王妃になって欲しい、そうラウルがリードに伝えたのは昨日の事だ。あまりにも驚いて、リードは何の返答もする事が出来なかった。

ラウルもそれはわかっていたようだが、想像していたよりも動揺が大きかったのだろう。リードを落ち着かせようと掌《てのひら》を包み、答えは急ぐつもりはないと、穏やかな声色で囁くように言った。

軽口や戯れでないことは、その強い真摯な眼差しを見ればわかった。ラウルの性格を考えても、曲がりなりにも神の前で偽りの気持ちを告白することはないだろう。

王妃と側室、同じ妃であることに変わりがないとはいえ、その立場には大きな差がある。

アローロにおいては、マリアンヌはその性格上、他の妃を下に見たり、嘲笑《ちようしよう》することもなかったため、侍女や王宮の人間もそれに倣うように他の妃も丁重に扱われていた。

けれど、やはり王の気持ち一つで後宮から出される側室と、王に次ぐ権限を持つ王妃ではその立場も責も何もかもが違う。

死が二人を別つまで、その言葉のとおり、王妃とは王にとってただ一人の存在だ。

驚いたのは勿論だが、何の冗談だと笑う事など出来るはずがなかった。

けれど、たとえどんなにラウルが誠実な気持ちを持っていてくれたとしても、それに応える言葉をリードは持ち得ていなかった。

確かにアローロの後宮を退宮した今、リードはリケルメの妃ではなくなった。側室は正式な妃ではないため、経歴に婚姻は残っていない。

ラウルもそれがわかっているからこそ、リードを正妃にと望んだのではあるが、オルテンシアにおけるリードの身分は一国の王妃となるにはあまりにも心許ない。

そんなことはラウルも重々承知ではあるのだが、それでもリードを王妃にと望んだ。以前ラウルが口にしていたように、周囲からどんな反対の声が出ようとも、その全てからリードを守るつもりなのだろう。その気持ちは嬉しかったが、オルテンシアの未来と、そしてラウルのこれからを考えても、自分が王妃として相応《ふさわ》しくない事はわかっている。

滅茶苦茶だ、無理に決まっていると、そう言いかえすことが出来ればどんなによかったか。

それが出来なかったのは、やはりリードの中にラウルへの気持ちがあるからだ。断るべきだとわかっていても、その場では出来なかった。

三日後には休養が終わり、城へと戻らなければならない。急ぐ必要はないとラウルは言ったが、それまでには決心しなければならないと思っていた。

ラウルの気持ちには応えられないと、そうはっきりと伝える覚悟を。

とにかく、いつまでもくよくよと考えているのは自身の性に合わない事はリードもわかっていた。外での作業は控えるようラウルに言われたマザーから禁止されているが、屋内での仕事はあるだろう。

とりあえず、午前の礼拝が終わった大聖堂へと足を運ぶことにした。

大聖堂からは、ちょうど聖歌隊の少年たちが出てくるところだった。

リミュエール王家が後援する聖歌隊に所属する彼らは、基本的には城内で練習する事が多いが、週に何度かはサンモルテまで足を運んでいる。

国中から集められた選りすぐりの才能を持った少年たちには、王家が主催する式典において必ず舞台が用意されている。そこでの覚えがめでたければ、変声期を終えた後も王家直属の音楽学院や、国の要職に就くことも可能だ。そのため、聖歌隊に所属する事は一部の貴族の子弟にとっては憧《あこが》れでもあった。

基本的には身分は関係なく、声量や技術が重視されてはいるものの、幼い頃より専任の教師に師事している貴族の息子はやはり有利になる。

しかし、今聖歌隊のトップソリストを務めているのは貴族出身ではなく、平民の少年だった。

「リディ先生！」

聖歌隊の少年たちが、すれ違いながらもリードをちらちらと見ていく中、小柄な少年の一人が元気よく声をあげた。

「ピオ」

名前を呼べば、少年の笑みが深くなる。幼い頃に両親を亡くし、身寄りのなかったピオはサンモルテ育ちだった。リードが子供たちに勉強を教えるようになった頃、その中の音楽の授業で才能を見出され、聖歌隊への入隊が決まった。

ピオは少女のように高い音域を持っているが、声色には少年らしさもしっかり残っている。

聖歌隊でもその能力を発揮し、つい最近ソリストになった事をマザーからも聞いていた。

「僕の歌、聞いてくれたの？」

きらきらとした期待の瞳《ひとみ》を向けられたリードは、困ったような笑みを浮かべる。

「ごめん、終わりの方を少し聞いただけなんだ」

おそらくピオも歌っていたのであろうが、ソロの部分は残念ながら聞くことは出来なかった。

その言葉に、ピオは少しばかり落胆したような表情をしたが、すぐにその表情を明るくする。

「いいよ、練習は聞かなくても、本番で聞いてくれさえすれば」

「え？」

「王太子殿下がこの前声をかけて下さったんだ。自分の結婚式をする時には、ぜひ僕にソロを歌って欲しいって。だから、それまでは僕も頑張ってソリストでいるんだ」

ピオの言葉には、他意があるわけではない。ラウルに声をかけられた事を心から栄誉に思い、嬉しさの余りリードに話してしまっているだけだ。

「うん、そっか。楽しみにしてるな」

リードが微笑めば、ピオは満足そうに大きく頷《うなず》き、そのまま他の少年たちと大聖堂を出ていく。後ろ姿を見守りながら、リードはこっそりと嘆息した。

聖歌隊の少年たちが出て行くと、先ほどまで賑《にぎ》やかだった大聖堂に静謐《せいひつ》が訪れる。

中央に敷かれた青いビロードの絨毯《じゅうたん》を踏まぬように端を歩きながら、前方へと歩みを進める。

建国と同時に造られた大聖堂は歴史を重ねているが、改修は頻繁に行われていることもあり、建物の劣化は感じられない。むしろ、古典的なデザインといい、長い歴史の重厚さこそを感じられるものだった。

リミュエール家、特に歴代の国王はみなサンモルテで式を挙げる事が習わしとなっている。

現国王であるリオネルも、その父もみなこの大聖堂で永遠の愛を誓った。

ラウルもいつか、どこかの国の王族か、国内の有力貴族か、誰か相応しい相手とここで式を挙げることになるだろう。そんなことは、とうの昔から分かっていることだった。

それでも、来《きた》るべきその日を考えるとリードの胸はつきりとした痛みを覚えた。

出会った頃は、こんな風に思う日が来るとは思いもしなかった。当時の事を思い出せば、自然とリードの口から笑みが零れた。

初対面の印象は、どう取り繕っても最悪なものだった。当たり前のように他者を見下す不遜《ふそん》な態度に、一瞬でもリケルメに似ていると思った事をひどく後悔した。

同時に、自分自身の甘さにも気付いた。

リケルメのもとから、後宮を飛び出してから、多少の苦労こそあったが、それはあくまで物理的なものだった。教会の人間や、周囲の人々は皆優しく、王侯貴族との関わりがほとんどなかったこともあるだろう。

この世界は身分社会で、人は皆平等だというリードの根底にある価値観など通用しないという事を改めて実感した。

けれど、そんな現実の厳しさをリードに知らしめながらも、リード自身の存在に価値を見出してくれたのもラウルだった。

何が気に入られたのかは、今でもわからない。当時のリードは日々の生活に不満こそなかったが、ただ毎日を生きるのに必死だった。

身分も低ければ、経歴も不詳。しかしラウルは、そんなリードを認め、国の行く末を語り、同じ夢を見させてくれた。

王太子であるラウルの側近の仕事は、決して簡単なものではない。多少の知識はあるとリード自身思っていたが、それでもまだ学ぶことはたくさんあった。

望まれて側近になったとはいえ、改革を進める上で言い争いは何度もした。おそらくこれからだってするだろう。だけど、それすらも楽しいと、いつしかリードは思うようになった。

相も変わらず傲岸《ごうがん》不遜な態度ではあるが、あれはもはや生まれ持ってのものなのだろう。

心根は素直で、きちんと相手の言葉に耳を傾ける器もあれば、自分の非や過ちに関しては頭を下げることも出来る。振る舞いこそ時に横柄ではあるが、その立場を使ってリードに何かを命じたことは一度もなかった。

側近であるとはいえ、オルテンシアにおけるリードの立場はただの平民だ。ラウルがその気になれば、リードの意思など関係なく、処遇はどのようにだって出来るはずなのだ。

それでも、ラウルはそうしなかった。

今回だって王妃になれと王太子として命じるのではなく、あくまでラウルが乞う形だった。

傲慢《ごうまん》で、自分勝手なようで、リードの思いはきちんと尊重する。

そんなラウルの正妃となることが出来たら、そんな考えが頭に過《よぎ》らなかったはずがない。

勿論《もちろん》、レオノーラやリケルメに伝えた言葉には、嘘偽りはない。

それこそ、ラウルに誰か大切な人間が出来て、生涯を誓い合う事になれば、笑顔で祝福するつもりだ。

ラウルはリードを王妃にする事によって起こる、周囲の反発や諍《いさか》いも全て承知の上なのであろうが、落ち着きを見せているオルテンシアの国政を乱れさせるのはリードの本意ではなかった。

だけどそれでも、ラウルの隣に自分が立てればと、叶《かな》うはずのない未来を願ってしまう。

休暇が明けたら、リードはラウルの申し出を断らなければならない。そのためには、酷い嘘をつかねばならないかもしれない。だからこそ、今だけは。自分の中にある、ラウルへの気持ちを大事にしたかった。

二柱の神の画の前に立ち、瞳を閉じて胸に手を当てる。神は、これから犯すリードの罪を許してくれるだろうか。

瞳から零れた涙が一筋、頬へとつたわった。

「そうしていると、世間で言われているシャクラ神の御遣いだというのも、与太話とは思えないね」

自分しかいないと思っていた空間に、聞こえてきた声に慌ててリードは瞳を拭《ぬぐ》う。驚きながらも振り返れば、その瞳は驚愕《きょうがく》に見開いた。

「リオネル陛下……?」

大聖堂に立ったオルテンシアの国家元首は、リードを見つめて穏やかに微笑んだ。

◇◇◇

この場にいるはずのない人物の姿に、思わず立ち尽くしてしまったが、すぐに我に返ったリードは膝《ひざ》を突き、礼を取ろうとする。

けれど、そんなリードの行動を止めたのも、またリオネルだった。

「必要ないよ」

「しかし」

「楽にしていていいんだ。今日は、王として話をしにきたんじゃない」

リオネルはゆっくりとリードへ近づくと、穏やかな笑みを浮かべた。背丈は、僅《わず》かにリオネルの方が高かったが、目線は近い。

「ラウルの父として、君に頼みがあってきたんだ」

リードの眉《まゆ》が、困ったように下がる。これからリオネルが言わんとしている事が、リードには予想がついたからだ。

リードがリオネルと話すのは、これが初めてではない。

それこそ、リードがラウルの側近としてその名を知らしめる事になった議会での演説において、一人リードに質問を投げかけ、それを高く評価したのがリオネルだったからだ。

国王という立場にありながら、議会においてはどこか一歩引いた姿勢を貫いていたリオネルの行動に、参加していた人間は皆驚いた。

そして、それが議会の成功の大きな要因になったことも確かだ。

平民という立場のリードが城において表立って軽視されることがないのも、ラウルの影響が強い事は確かだが、そういったリオネルの好意的な態度もあるのだろう。もっとも、それ以降はリードがリオネルと顔を合わせる事はあっても、会話をする機会はほとんどなかった。

妃《きさき》であるセドリックの祖母のファニタには、ティータイムに呼ばれたこともあるため何度か個人的に話す事もあったが、リオネルと二人で話すというのは初めての事だ。

曲がりなりにも相手は一国の王で、リードはラウルの側近なのだから、当然と言えば当然だった。本来ならば、口を利くのも恐れ多い相手のはずなのだ。そう考えると、勧められたとはいえ中央の長椅子に王と隣同士で座るという自身の行動を、軽率だったと少しばかりリードは後悔した。

常にラウルに対し堂々と意見を口にしているリードだが、あくまで分はわきまえている。

リケルメの側室として後宮に入宮したばかりの頃

は、それこそ子供らしい無邪気さも発揮していたが、年齢と共にそれは落ち着いてきた。そのため、アローロにおいてのリードは、淑やかで控えめな印象が強くなっていた。

そして、オルテンシアにおいてもそれは変わらない。国民の期待と羨望《せんぼう》を一身に背負っているラウルを扱《こ》き下ろす事はリードどころか、ラウルの評判まで落とす事になりかねないからだ。それに、ラウルは人より自尊心が強い。そのプライドを粉々にしてしまうのは、同じ男としてもリードには抵抗があった。だからこそ、周囲の目がある時には特に立ち振る舞いや接し方を気遣っていた。

ラウルの方も、最初こそそんなリードの態度が気に入らなかったようだが、最近では普段は見られない、嫋《しな》やかなリードの姿も秘《ひそ》かに気に入っている様子だ。

どちらにせよ、どんなに親しき間柄になってはいてもリードはそういった配慮を忘れる事はなかった。

そんなリードであるから、一国の王と空間を共にするということにやはり緊張した。

もっとも、リオネル自身は常に笑みを湛《たた》えたような表情をしていることもあり、絶対王政下の王としては少々迫力にかけていた。ただそれでも、静かながらも堂々とした姿には威厳があり、ラウルもそんな王を尊敬していた。

五十を過ぎているとはいえ、沈着冷静なその様子は、さらに十ほど年齢を重ねているようにも見える。少し、実父であるフレッドに似ているとこっそりとリードは思った。

「あの、国王陛下」

二人の間にあった沈黙を破ったのは、リードだった。

「王太子殿下の事でしたら、ご安心ください」

中央に掲げられた宗教画を見つめていたリオネルの視線が、ゆっくりとリードに移される。

「私は、自らの立場はしっかりとわきまえているつもりです。恐れ多くも、王太子殿下の正妃になろうなどとは」

「リディ」

リードの言葉は、リオネルによって途中で遮られた。けれど、静かな声色は遮断すると言うより、諭すような物言いだった。

「あの絵を、どう思う?」

リオネルの視線の先には、手を取り合う二人の神の絵があった。意図がわからずとっさに言葉を紡げないリードに、リオネルはさらに言葉をつづけた。

「二人の神は互いだけを見つめ、信じ、そして深く愛している。本来の愛の姿とは、やはりこのような形なんじゃないかと、私は思うんだよ」

リオネルの言葉に、リードはハッとした。それは、リード自身がずっと考えていた事でもあったからだ。

とはいえ、賛同はしても頷くことは出来なかった。

「もっとも、二人の妃を持っている私が言っても、説得力はあまりないけどね」

リードの心境を読み取ったようにリオネルはそう言うと、小さく笑った。

「ただ私の息子は、ラウルは違うようだ」

リオネルの瞳が、もう一度リードの方へと向けられる。少し下がったその瞳は、どこまでも穏やかだ。

「ラウルは、生涯君だけを愛し、君以外の妃を娶《めと》るつもりは一切ないようだ。そうするくらいなら、王太子の地位などいらないと、そうはっきりと私に言ってきたよ」

リードの瞳が見開かれ、次に形の整った眉が下がった。ラウルの言葉は嬉《うれ》しかったが、それを素直に喜ぶことは出来ない。そして、そんなリードの表情に対し困惑したのはリオネルの方だった。

「リディ、少し思い違いをしているようだから先に言っておくよ。私は、君がラウルの王妃になることを反対していない。それどころか、君さえよければラウルの願いを叶えたいと思ってるんだ」

俯《うつむ》き気味だったリードの視線が、ようやくリオネルの方へと向いた。気遣わしげにリードを見るリオネルの表情には、柔らかな笑みさえ浮かんでいる。リオネルの言葉が、偽りのない本音であることはそれだけでわかった。だからといって、それに対して素直に頷くことは出来ない。

「ですが」

国王に異をとなえることは不敬であると思いつつも、リードは慎重に言葉を選んだ。

「王太子殿下の気持ちは、嬉しく思います。ですが、私は男で殿下の世継ぎを残す事は出来ません。この国の王となる殿下の相手に、相応《ふさわ》しいとは思えません。それに、私は」

そこで、リードは自ら言葉を止めた。

自身の過去に、リケルメの側室であった事に後ろめたさを感じたことはないが、何も知らないリオネルにそれを伝える事はさすがに躊躇《ためら》われた。

「知っているよ。ラウルが、君の身の上は全て話してくれた」

そんなリードの気持ちを察したかのようなリオネルの言葉に、今度ばかりはリードも驚きを隠しきれなかった。

そして、そんなリードを見つめるリオネルの視線に、嫌悪の色は一切見られなかった。

「それでしたら、なぜ」

反対しないのかと、リードの表情が苦渋に歪《ゆが》む。

アローロと長く友好関係を続けているリオネルならば、リケルメとも懇意にしているはずだ。同じ国王という立場を考えても、リードの行いは褒められたものではないはずだろう。

「ラウルが、君を選んだからだ。その理由では、納得してはもらえないだろうか」

リオネルは、それでもなお表情が凍ったままのリードに、困ったように笑いかけ、そして言葉を重ねた。

「それだけで、私にとっては十分な理由なんだよ。それに、君がとても良い子であることは私もわかっている。何より、あの子が、誰かと共に生きる未来を選んでくれた。父として、これほど嬉しい事はない」

そう言ったリオネルは表情にこそ笑みがあったが、その瞳《ひとみ》には深い悔恨の念が感じられた。それが、ラウルに対するものであることが口に出さずとも分かった。

けれど、これまでラウルの口からリオネルの名前が出た事は何度もあるが、レオノーラとは対照的に、恨み言が発せられた事は一度もなかった。リケルメと同じように、いやそれ以上にリオネルの事をラウルは尊敬しているはずだ。

そんな風に、心配気にリオネルを見るリードの眼差しに気付いたのだろう。リオネルは、安心させるようにリードに対し微笑みかけ、そして静かにその口を開いた。

「フェルディナンドの死の事は、ラウルから聞いているね？」

「事故ではなかった事は……殿下は、ひどく責任を感じているようでした」

フェルディナンドの死因に関しては、オルテンシア国内でも、そして対外的にも事故という事になっている。けれど、真実は次期国王を巡る権力争いであった事を、リードはラウルから聞いていた。

自分のせいで、兄は死んだ。そう、張りつめたような表情でラウルは言った。

詳しくは聞いていなかったが、フェルディナンドの死がラウルの心に深い傷を残している事はリードも気付いていた。

「いや、ラウルは何も悪くない。悪いのは、全て私だ」

リオネルが、力なく首を振る。そして、何かを決意したように表情を引き締めた。

「これは、城内でもごく一部の者しか知らない事実だ。誰にも、他言はしないで欲しい」

リードが無言で頷《うなず》いたのを見たリオネルが、声を心持ち小さくする。

「フェルディナンドの死は事故ではなく、暗殺だった。けれど、あの時暗殺されるはずだったのはフェルディナンドではなく、ラウルだった。フェルディナンドは、ラウルを庇《かば》い命を落としたんだ」

息がとまるほどの、衝撃だった。

「……一体、誰が」

ようやく絞り出したリードの言葉に、リオネルが答えた。

「犯行を行ったのは、ラウルが産まれた時から世話をしていた、家庭教師の女だった。それこそ、物心がつく前からラウルの傍にいて、まるで我が子のようにラウルの事を可愛がっていた。ラウルも、女の事を強く信頼していた。出自にも問題はなかったため私も信用しきっていたが、おそらくラウルが産まれた時から、あの女は暗殺の機会を窺《うかが》っていた」

ナターリアの悲鳴のような絶叫を聞き、リオネルがその場を訪れた時には、既にフェルディナンドはこと切れていた。

血まみれのフェルディナンドの身体を、十六になったばかりのラウルはいつまでも放さなかった。

半狂乱に陥った女はすぐに衛兵によって取り押さえられ、尋問の末、アローロに強い恨みを抱いた一族の出である事が判明した。

けれど、錯乱状態であったこともあり、刑が決まる前に自ら毒を呷《あお》りその口を封じた。

女を推薦した貴族が女の犯行が明るみに出ると自決した事もあり、暗殺に関わった貴族がどれほどいたのかは、最後までわからなかった。

「ラウルには、王位を狙う気持ちなど微塵《みじん》もなかった。とても、仲の良い兄弟だったよ。ラウルはフェルディナンドを尊敬し、フェルディナンドもラウルをとても可愛がっていた。ただ、幼いながらも敏い子だったラウルは、自分たちの置かれている状況もよくわかっていた。アローロへ留学を決めたのも、歴代の王太子が卒業したオルテンシア国内の学院を避けるためだ。ラウルの一番近くにいたあの女は、それを誰よりわかっていたはずだ。それでもなお、ラウルの存在があの女にとっては脅威だった」

事件が起こったのは、ちょうどラウルがリッテラの休暇を利用して、オルテンシアへと帰国していた時だった。

フェルディナンドは久々の再会を喜び、珍しくその間は政務の手も休めていた。

初めて会う甥《おい》のセドリックを、恐々と、けれど嬉しそうに抱きかかえるラウルの姿は微笑ましいものだった。

そんな幸せな家族の休日は、一人の女の手によって破壊された。

「フェルディナンドが死んでから、ラウルは変わった。元々警戒心は強い方だったが、誰も信じる事が出来ない、猜疑心《さいぎしん》の塊のような人間になってしまった。自らを殺し、ただ国のために生きる事だけを考えているようだった。フェルディナンドが行っていた慈善事業を全て受け継いだのも、そのためだ」

出会った頃の、氷のように冷たい瞳を持ったラウルの姿をリードは思い出す。人の心が存在しないのではないかとリードは思ったが、当時のラウルは本当に心が凍りついていたのかもしれない。

それも、仕方のない事ではあった。生まれた時から傍にいた人間に裏切られ、大切な人は自身のためにこの世からいなくなってしまったのだ。

幸せだったラウルの世界は、あの日壊れてしまった。

神など信じない、そう言った時のラウルの哀しげな表情が、リードの脳裏に過《よぎ》った。

「まるで、自分が生きている事そのものが罪だと考えているようだった。王太子となり、たくさんの人々に囲まれていても、心から笑える事も出来ていなかった。そんなラウルが、初めて私に願い出たんだ。君を王妃にしたいと。父として、これほど嬉しい事はなかったよ」

リードは、何の言葉も発する事が出来なかった。フェルディナンドの死に対し、ラウルが傷ついている事は知っていたが、日頃リードの前でそれを見せる事はほとんどなかったからだ。

出会ったばかりの頃、何度もサンモルテへ通い、不躾《ぶしつけ》なほどリードを観察していたラウルを思い出す。当時は何とも思わなかったが、あの時は、ラウルももう一度人を信じるために必死だったのだろう。今になって、ようやくわかった。

ラウルにとって、セドリックの家庭教師がどれほど重要なものだったのか。

「本当に、私で良いのでしょうか」

ようやく口から出た言葉は、リードが思っていた以上に掠《かす》れていた。リオネルは少し驚いたような表情をしたが、すぐにその目は細められた。

「そもそも、あの子は誰かと結婚するつもりはなかったんだよ」

「え？」

「アローロに留学していた頃、ラウルに賭《か》けをして欲しいと言われたんだ。自分は、王妃も側室も娶るつもりはない。もし卒業試験で首席をとれたら、生涯結婚せずとも許して欲しいとね」

記憶の糸を手繰り寄せ、リードはあの時マクシミリアンが言っていた言葉を思い出した。

親友である隣国の王族が、今回ばかりは本気を出しているのだと。

「直接口にはしなかったが、もし自分が王となり子を生《な》したら、セドリックの立場が危うくなると思っていたみたいだね。いくつかあった政略結婚の話も、全てラウルは自分で断ってきたよ」

「賭けは、王太子殿下が負けたのですか？」

あの時の試験の結果を、結局リードは知る事はなかった。

マクシミリアンに会う事は許されなかったし、リケルメに聞くのも憚《はばか》られたからだ。

「いや、マクシミリアン殿下との同率首位、だったそうだよ。だから、私は言ったんだ。無理に結婚しろとは言わない。だけど、お前に誰か大切な人が出来たらその人物を妃にしても良いとね。だって、寂しいだろう？　長い人生を、たった一人で生きていくと最初から決めてしまうのは」

ラウルの心の傷を癒やす事は、リオネルには出来なかった。

けれど、いつしかそれが出来る人間が現れるのではないか、その可能性に、リオネルは賭けたのだ。

「頂いた休みが終わったら、王太子殿下と、きちんと話してみようと思います」

ようやく、リードの心は決まった。苦難は、数えきれないくらいあるだろう。いくらリードが評価されているとはいえ、それはあくまで側近としてだ。

国王となったラウルに、側室を持つよう言う貴族だって後を絶たないかもしれない。

けれど、それでもラウルとなら乗り越えていけるはずだと、リードはそう思えた。

◇◇◇

「それが、出来ればもう少し早くしてもらえると助かるんだ」

「え？」

困ったようにリオネルが、リードへと数枚の羊皮紙を差し出す。どうやら、手紙のようだった。

「今朝届いた、リケルメ王からの書簡だ」

受け取ったリードは無言でそれに目を通した。見慣れたリケルメの見事な文字が、そこにはびっしりと書かれていた。

全て読み終わったリードの瞳が、大きく見開く。

「すぐに、殿下と話をしてきます」

リードはリオネルへと手紙を差し出し、すくっとその場に立ち上がった。

深く礼をし、大聖堂を早足で出て行くリードを、リオネルが眩《まぶ》しそうな瞳で見守った。

オルテンシア東部に広がるボスコリオ平原は、アローロ、そしてマシュルーワとの国境沿いに位置している。国境沿い、といってもアローロ側には広大な砂漠が、そしてマシュルーワとの間にはシエーヌ山脈と呼ばれるたくさんの山が連なっていた。

大陸の端に位置しているオルテンシアは、国土の多くが海に面していることもあり、他民族からの侵攻も長い間阻んできた。

アローロとは国境を接しているものの、そういった部分の多くは北部にまたがる深い森と、砂漠によるものだ。砂漠を通る多くの商人や、整備された道からアローロを介して人が出入りすることもあり交易こそ盛んではあったが、軍隊が侵入し辛い、地政学的にも恵まれた地形だった。

それでも数十年前、大陸が暗黒の時代であった頃は何度か他民族の侵攻を受けたことがあった。

そしてその際、戦場となったのがボスコリオ平原である。

アローロからの援軍もあり、王都であるセレーノまでマシュルーワ軍が侵入してくることはなかったが、オルテンシア軍にとっては苦い記憶として残っている。

大陸に安寧が戻り、アローロが大陸の覇権をとってからはマシュルーワとの関係は落ち着いてはいるものの、いつ何時それが破られるとも限らない。

冬こそ山は越えられないが、それも雪のある間だけだ。だからこそマシュルーワとの国境の守備は万全にしておきたいと、ラウルは士官学校で学んでいた頃から考えていた。

「平原だっていうから草原をイメージしてたんだが、荒野に近いんだな」

高台からボスコリオ平原を見下ろしたマルクが、呆《ほう》けたように呟《つぶや》いた。王都であるセレーノから、ボスコリオ平原までは馬を半日以上走らせなければならない。

王都を出た後は、長閑《のどか》な田園地帯が長く続いていたが、さらにその先には人の手が入っていない、自然なままの原風景が広がっていく。そしてその果てにあるのが、ボスコリオ平原だ。

ラウルとマルクが立つ高台にはまだ木々の姿が見えるが、少し下れば随分と景色が違っていた。緑こそまばらに見えているものの、土肌が見えている部分も多い。

けれど、それもシエーヌ山脈へと近づくにつれ、また木々が生い茂っていく。

「国境沿いは乾燥地帯でもあるからな、草木の育ちはあまりよくないだろう」

あらかじめ地形を知っていたのか、ラウルの反応にはこれといった驚きはない。

「リディさんに言われた通り、ちゃんと飼料を持ってきておいてよかったよ」

隣に立つ愛馬を撫《な》でながら、マルクが感心したように言う。当初マルクは平原だと言うからてっきり一面の緑を想像していたため、馬の餌ならいくらでもあると思っていたのだ。

さり気なくリードの名を口にしたマルクだが、それに気付くと慌てて自身の少し前に立つラウルの表情を窺う。やはり、その表情には僅《わず》かではあるが動揺が見られた。

けれどそれも一瞬の事で、リードの話には一切触れずに次の話題へとうつっていた。

今回ラウルたちが遥々《はるばる》ボスコリオ平原へと足を運んだのは、数カ月後に予定されているアローロとの軍事演習の場を事前に視察するためだった。

ボスコリオ平原での演習の話はこれまで幾度も出てきたが、城の文官の中には反対の声も大きかった。曰《いわ》く、国境沿いでマシュルーワを刺激するようなことはするべきではないと。

確かにそれも一理あるのだが、それでは他国の侵入を防ぐための巨大な防壁を築くべきだとラウルが主張すれば、ぬらりくらりとした理由でそれも却下された。

「王太子殿下は、まだお若いので国同士の政治をわかっていらっしゃらない」そう、ニヤリと下卑た愛想笑いを見せた貴族は、既に政治の舞台どころか、この世からいなくなっていた。

今思えば、偽の硬貨の流通にはマシュルーワの商人も関わっていたのだろう。

ラウル自身、国家が商業活動に干渉しすぎるのはよくないと思っているが、かといっていくら商人といえど国まで売られてしまうのはたまったものではない。

そういった意味では、手広く事業に手を伸ばしながらも一応はオルテンシアに忠誠を誓ってくれているフェリックスなどは信用がおける男だった。

もっとも、フェリックスが自分に忠誠を誓っているというのは、ラウルとしてはどうもしっくりこないのだが。

むしろ忠誠を誓っているのは自分ではなく――と、そこで再び過った思い人の顔を、慌ててラウルは払《ふっ》拭《しょく》した。

ボスコリオ平原への視察は随分前から計画されていた事だが、当初ラウルは城に残る予定だった。ラウル自身、エンリケに任せておけば十分だと思っていたのだが、急遽《きゅうきょ》代わりに同行することに決めたのは、やはりリードが原因だった。

政務が滞るようなことこそなかったものの、やはり気分がどこか落ち着かない事もあり、いっそ馬に乗ってしばらく風に当たった方がいいと思ったのだ。

幼い頃から、どちらかといえば要領よくこなしてきたラウルは、何かに対して過度な緊張を感じた経験があまりない。父とちょっとした賭けを行っていたリッテラの卒業試験でさえ、結果を待つ時には自信の方が強かった。

けれど、今回は違った。

自信があるかないかと言われれば、はっきりあるとは言えない。

最初の頃に比べれば好意は持たれているとは思う

が、元来リードは誰に対しても優しい姿勢を持っているため、それが恋愛感情であるかどうかの確信は持てない。

とはいえ、断られたからといって諦《あきら》めるつもりは毛頭なかった。

「王太子殿下！」

そんな風に物思いに耽《ふけ》っていたからだろうか。普段から大きい部下の声が、いつも以上に耳によく聞こえた。

「どうした？」

隣にいたマルクが、ラウルの代わりに答える。

「あの、今しがた……！」

どこか興奮したような色合いを見せる部下が続けた言葉に、ラウルはその瞳《ひとみ》を見開いた。

「全く、お前は時々とんでもない行動をとるな」

夜の帳《とばり》が下りた頃、ラウルはわざとらしいため息と共に隣を歩くリードに対し零した。

部下からの報告を受けたラウルとマルクが慌てて、中心にある天幕へと戻れば、そこには他の騎士から傅《かしず》かれるリードの姿があった。勝手にラウルの天幕に入れた部下の行動は本来咎《とが》めるべきなのだろうが、困ったように天幕の中央に佇《たたず》むリードを見ると、とても叱責する事は出来なかった。

むしろ、陽も落ちてきたことで気温も下がってい た事もあり、外で待たせていなかった事をマルクも褒めていた。

軍人、特に騎士というものには堅物が多いのだが、それもリードに対しては適用されなかったようだ。ご丁寧に椅子まで用意されていたが、座らないまま立っているところがまた、リードらしかった。

「悪かったよ。俺としてはちょっとラウルに会って帰るつもりだったんだけど、なんだか大事《おおごと》になっちゃって」

ランタンを手にしたリードが、申し訳なさそうに笑った。

今回リードがボスコリオ平原まで足を運んだのは、執務室で顔を真っ青にしていたサビオラを見つけたからだ。そして休暇中のリードが突然現れた事に驚く他の側近たちから、早朝に訓練に出かけたラウルにサビオラが重要な書類を渡し忘れたことを知らされた。

書類の中身は、数年前のボスコリオ平原の地形調査の資料だった。これがないとあるとでは視察に大きな影響が出てくるだろう。そこで、リードはサビオラから書類を受け取り、自らボスコリオ平原へと向かう事を決めたのだ。

「そもそも馬に乗れるとはいえ、乗り慣れてもいないのにこれだけの距離を走るのはいくらなんでも無茶だろう」

王都からボスコリオ平原まで、リードは休みも取らず馬を進めてきた。てっきり馬車で来たと思ったラウルは、リードの隣にいる馬を見た時には仰天した。リードに撫でられた若い雄馬は、先ほどまで機嫌良さそうに鼻を鳴らしていた。見覚えがないため軍のものではないはずだが、毛並みがとても美しかった。

「まあ、とりあえず迷わずにここまで来られてよかったよ」

あっけらかんとしたリードの口調に、ラウルもそれ以上は何も言わなかった。なんだかんだ言いながら、ラウルもリードに会えたことが嬉《うれ》しいのだ。無意識に、気分が高揚しているのだろう。軍靴がいつもよりも軽く感じた。

当初、夜間の視察の護衛にはマルクがつくはずだったのだが、マルク自らリードに代わって欲しいとラウルに申し出てきた。

少し酒を飲み過ぎたため護衛に自信がないという、言葉のとおりに受け取ると職務怠慢も甚だしい理由だが、それは単なる言い訳である事はラウルもわかっていた。そもそも、マルクよりもラウルの方が剣の腕は立つため、足取りがしっかりしているのだったら問題はないのだ。

つまりは単純に、ラウルとリードを二人きりにするために気を利かせたのだろう。

過度に外見に気を使う所といい、どこか軽い雰囲気のあるマルクだが、実際は空気もしっかり読めるし他者へ配慮することも出来る。ラウルも今回ばかりは、そんな幼馴染《おさななじ》みの気遣いをありがたく思った。

ただ、ラウルとしては二人きりで辺りを散策する程度に考えていたのだが、リードの方はそうではないようで、先ほどから歩きながらも注意深く周囲を観察している。

物珍しさから景色を見ている、というよりも明らかにその視線には慎重さが含まれていた。

ボスコリオ平原の先の国境警備隊から、既にこの辺りの安全は確認されているのは、リードも知っているはずだ。さらに、夜間の警戒は現在も騎士たちにより交代で行われているのだ。

「そんなに警戒しなくても、この辺りは俺たち以外にはいないはずだぞ」

「それもあるけど、今回は難しいにしても、次回の訓練には夜間訓練も取り入れられないかなって思ってさ。一応、夜目がどこまで利くか確認しておきたいんだよ」

リードがそう言えば、ラウルは薄暗い中、明らかに訝《いぶか》しげな顔をした。

「夜間訓練？」

意外、というよりもどこか疎ましげな響きだった。

「そんなもの、必要あるのか？　夜は視界も悪ければ、基本的には休息をとる時間だ。そもそも、夜の闇に紛れて敵を攻撃するなど卑怯《ひきよう》者のする事だ。騎士道精神の風上にも置けない」

はっきりと、そう口にしたラウルを、今度はリードが驚いたように見つめる。

「何だ？」

ラウルの眉《まゆ》が、片方だけ上がった。

「いや、ラウルらしいなと思って。自軍は勿論《もちろん》、敵の名誉や誇りもしっかり守るんだろうな」

「当然だ」

何を今更、とばかりにラウルがリードを見れば、リードは笑ってはいるものの、その笑顔はどこか寂しげなものだった。

「俺、ラウルのそういうところは尊敬してるし、好きだよ。だけど、戦争って、きれい事じゃないからさ」

足を進めながら、リードは話し続ける。

「ラウルにとっての戦争は、剣や、時に銃を使いながら、正々堂々と行われるものだと思う。だけど、誰もがそのルールを守ってくれるわけじゃないんだ。そうだな、例えば、ラウルはマシュルーワ人を見たことある？」

「国交が一切ないわけではないからな。商人たちも市場で見かけたことはある」

「彼らの瞳の色は、黒かっただろ？」

オルテンシアに住む民族とは違い、マシュルーワ人は褐色の肌と黒い瞳を持つことが特徴だ。

物珍しい目で見られることは多いが、かといって差別意識が持たれていないのはマシュルーワ人の元来の人懐っこさもあるのだろう。

「黒いと夜目がきくんだ。俺たちには薄ぼんやりとしか見えない景色も、彼らにはずっと鮮明に見えてるはずだよ。だから、彼らは夜の闇に強い」

「よく知っているな。というか、まるで、お前自身が黒い瞳を持ってたみたいな言い方だ」

感心しながらラウルは言ったのだが、さり気ないその言葉に、リードは驚いたように隣を歩くラウルを見上げる。

「なんだ？」

「あ、いやなんでもないよ」

リードが、慌てて頭《かぶり》を振る。

「とにかくさ、ラウルが卑怯だって思う夜の奇襲だって、戦術としては有効な手段になる事だってあるかもしれない。オルテンシア軍にそれをしろとは言わないよ。だけど、訓練はあらゆる事態を想定して行っていいと思うんだ」

リードの話を、ラウルは難しい顔をして聞いていた。けれど、これといって反論はないようだった。そのまま、二人は黙って歩き続けた。

森を抜け、ようやく平原が一望できる高台へと辿《たど》りついた。

「わ……」

気が付けば、リードの口からは感嘆の声が出ていた。一面の平原には、この地域のみに生息する発光虫があちらこちらに飛び交っていた。

本の中で絵を見たことはあったが、何百何千という数の身体を光らせる小さな虫を、しかもこんなにもたくさん見るのは初めての事だった。

「まるで、光の絨毯《じゆうたん》みたいだ」

たくさんの虫はゆっくりと飛んではいるものの、あまりにもたくさんいるため、あたり一面が光り輝いている。

暗闇の中にうつるその光景は、ひどく幻想的だった。

「ここを、戦場にするわけにはいかないな」

横で呟いたラウルの言葉に、リードは強く頷《うなず》いた。

二人は、しばらくその景色を見つめ続けた。

◇◇◇

「リディ」

どれくらい、たったのだろうか。名前を呼ばれたリードは、ラウルへと視線をうつす。

「上、見てみろ」

ラウルが指差す方向を、ゆっくりと見上げる。見上げて、そして言葉を失った。そこには、無数の星々が煌《きら》めく夜の空があった。

「なんだろう、きれいすぎて、なんて言っていいかわかんないや」

空を見上げたまま、呆けたようにリードがそう言えば、すぐ隣にいたラウルが小さく笑った。

ただそれは決して馬鹿にしたような笑いではなく、それこそ子供のように喜ぶリードを見て思わず出てしまった微笑みだった。

「別にいいんじゃないか。口に出して言葉にする事も大切だが、わざわざ言葉にせずとも伝わる事だってあるだろ」

そう言いながら、ラウルもリードと同じように星空へと目を向ける。その表情は、いつもより柔らかいとリードは思った。

「うん。だけど、やっぱり言葉にするって大切な事だと思う。だってラウルは、いつもちゃんと自分の気持ちを言葉にして伝えてくれてただろ」

決して、雰囲気や状況が計算された、スマートな言葉ではなかった。最初の告白など、はっきりいってリードにとっては唐突とすら思ってしまったくらいだ。それでも、純粋に向けられる気持ちはやはり嬉しかった。

けれど、その後に発せられたラウルの言葉に、少しリードはカチンとした。

「そりゃあ、お前の場合はっきり口に出さなきゃわからなそうだからな」

鈍い、と遠巻きながらも言われた事で思わずリードも応戦する。

「いや、そりゃわかるわけないだろ。卵割られて、銀貨投げつけた相手だぞ？　第一印象は最悪だし、誰が自分の事を好きだと思うんだよ」

「あれは！　その……悪かったと思ってる」

今までの強気な態度は鳴りを潜め、気まずそうに視線を逸らすラウルに対し、リードは小さく笑った。

「ごめん、俺もしつこかった。告白も、最初は驚いたけど、でも嬉しかった気持ちも本当だよ。この前の、教会での言葉も」

リードの言葉に、ラウルの視線が再びリードへと向けられる。揺れる瞳には、確かな緊張が感じられた。

「自分が、誰かのたった一人になれる日が来るなんて、思わなかったから。本当に、嬉しかった。けど、ラウル一つだけ間違ってるよ」

一呼吸を置き、リードは真っ直ぐにラウルの瞳を見つめた。

「俺だって、ラウルの事はとっくに好きになってた。その、ちゃんと言葉にしなかった俺が悪いんだけど」

おそらくラウルは、未だリードの心はリケルメにあると思っている。勿論、それは嘘ではないし、実際にリードの中にはリケルメもまた存在している。

けれど、それはラウルが思っているような形ではない。

「なんか、喧嘩《けんか》しててもラウルと一緒にいると楽しいし、時々むかつきもするけど、でもまた話したいってすぐに思う。イラッとくることも時々言うけど、そのくせ優しいし、いつも気にかけてくれてるし……そんなの、好きになるなって方が無理だろ……！　ごめん、やっぱ言葉にするのって難しいな」

形式ばった言葉の紡ぎ方なら、いくらでも知っているリードだが、口から出た言葉はひどく不格好なものだった。

ラウルの事が、とても好きだ。だけど、それを言葉にするのは簡単な事ではなかった。

「いや、十分だ」

ラウルの方は、赤面しながらこれでもかというほど頭を振っている。表情が変わりにくく、感情がわかり辛いラウルにしては珍しかった。

「じゃあ、俺の妃《きさき》になってくれるのか」

確認をとるかのように、ラウルが口にする。よく見れば微《かす》かに震えているその手を、リードは自身の両手でそっと包んだ。

「一つだけ、約束して欲しい事があるんだ」

「約束？」

「うん。もし、ラウルが他に側室を娶《めと》るような日がきたら、その時には教会に入る事を許して欲しい」

ラウルの表情が、目に見えて曇る。

「王妃の行動として、間違ってる事はわかってる。だけど俺、耐えられないんだ。自分の好きな人が、他の人のところに通っていくのは。一人きりの夜を、過ごすのは」

リードの話を黙って聞いていたラウルは、すぐに頷いた。

「わかった、約束する。ただし、そんな日がくることは永遠にないがな」

そう、清々しいほどにラウルは言いきった。

「側室を娶る日が来ることなんてない。俺は、叔父《おじ》上《うえ》のように器が大きくないんだ。お前と同じように、他の妃を大切にすることなど出来るわけがない」

あまりの言い様に、リードはその瞳を何度か瞬かせた。

「人の生はそれほど長くない。だからこそ、俺はなるべく多くの時間をお前と過ごしたい。たとえ神にだって、お前を渡すつもりはない」

堂々と、自信満々に言い切ったラウルの言葉は、大それた、けれどとても思いの詰まった言葉だった。

「ありがとう。ラウル」

それだけ言うと、涙が溜《た》まった瞳《ひとみ》で恥ずかしそうにリードは俯《うつむ》いた。それを隠すように、ラウルがその身体を自身の腕で包み込んだ。

抱きしめられながら見上げた空は滲《にじ》んではいたが、やはり美しいとリードは思った。

◇◇◇

リードとラウルが野営地へ戻れば、既に交代の番兵以外はみな床に就いていた。

夕食後の騒がしかった雰囲気はなくなり、静寂の中、二人は足音を忍ばせてラウルの天幕へと戻った。

天幕とはいえ、王族であるラウルのために作られているため中は広く、地面にはしっかりと厚い生地が敷かれている。外ではあるものの、野外という感覚もあまりない。さらに、先ほどまでは置かれていたはずの椅子や机は隅へと片付けられており、中心にあるのは寝台だけだ。

城にあるもののように高さはない簡易なものではあるが、広さも十分あるし、下もただの固い木というわけではなさそうだ。刺繍《ししゅう》の施された絹が敷布に使われており、カンテラの光が心許なく部屋を照らしている。香が焚《た》かれているのか、優しい花の香りが鼻を擽《くすぐ》った。

入った時こそ、さすがは王太子のための天幕だとか、そういえばマシュルーワにいる遊牧民は天幕で生活していたなどと、元来の知的好奇心の強さから興味深気にリードは中を見回していたのだが。

そこでふと、自分の寝床はどうすれば良いのかという現実に気付いた。

てっきりマルクあたりが広さの余っている天幕に入れてくれると思っていたのだが、ここにいないということは期待できそうもない。

やはり、ここで寝るしかないようだ。

幸い、天幕の中は広く、寝台を置いても横になるくらいのスペースなら十分ある。季節を考えても、掛け布さえ貸してもらえれば十分だろう。

「ラウル」

隣に立つラウルへと声をかければ、無言でリードの方を見る。

「明日も早いからそろそろ休んだ方がいいと思うんだけど、上にかけるもの何か貸してもらえる？」

何食わぬ顔でリードが言えば、目に見えてラウルが眉間《みけん》に皺《しわ》を寄せた。

「どういう意味だ？」

「え？　いやだから、下で寝るにしても掛け布くらいは欲しいかなって」

リードの言葉に、ますますラウルの眉間の皺が濃くなる。

「別に、一緒に寝ればいいだろう」

どこか不機嫌そうなラウルの低い声に、さすがにリードは疑問を持ちつつ答える。

「あのなあ、ラウルは王太子で、俺はまだ側近なの。さすがに不敬罪だし、一緒に寝るわけにはいかないだろ？」

リードとしてはここが野営地で、他の兵の目もあることはわかっているため、ラウルの名を傷つけるわけにはいかなかった。懇意の仲であるとは皆知っているだろうが、同じ寝台に寝ていたという事がわかれば、やはり決まりが悪い。

まだ、という言葉に今後は違うという意味があるという事がわかったのか、心なしかラウルの機嫌はよくなった。しかしだからといって、リードの意見を受け入れるつもりはないようだ。

「だったら、俺が下で寝る」

「はあ？　何言ってんだよ」

それでは本末転倒だ、とばかりにリードが眉を下げる。

「仕方ないだろう。寝袋にあまりはないんだ、かといってお前を地面に寝かしたくない」

「え、いや」

ラウルの言葉に、思わずリードは面食らう。

計算なしにこういった率直な言葉をくれるのがラウルではあったが、さすがに反応に困った。

「一緒に寝るのは、嫌なんだろう？」

少し、傷ついたような表情でラウルが言う。

「無理強いは、しない。お前が、嫌がるような事は、したくないんだ」

表情とは裏腹に、その言葉はひどく優しいものだった。

見ていられず、思わずリードは隣にあったラウルの手を強く握りしめた。

「嫌じゃないよ」

小さく頭を振ってリードが言えば、ラウルは少し驚いたような顔をした。

「広さは問題なさそうだし、一緒に寝よう」

朝、少し早めに起きておけば他の兵からも不審に思われることはないだろう。そう思い、安心させるようにリードが微笑む。自分はラウルを拒んでいるわけではないと、言外にそう伝われればと思っていた。

けれどその瞬間。

「あ、え？」

ふわりとした浮遊感に、リードは自分の身体がラウルの腕によって持ち上げられたことに気付く。

肩に担ぎあげられるような抱え方で、所謂《いわゆる》お姫様抱っこではないものの、あまりにも軽々とラウルが持ち上げるため、男としての矜持《きょうじ》が少々傷つく。

下ろせと主張しようとすれば、既に寝台の上へと下ろされていた。

けれど、起き上がる間もなく、ラウルによってリードの身体は寝台へと縫い付けられた。

世界が反転し、三角の天井が視界の中に入る。整ったラウルの顔が息がかかるほど近づき、そのまま首筋へと唇が触れそうになった時、慌ててリードは手でそれを阻んだ。

「ちょ、ちょっと待った!?」

「なんだ？」

いかにも、不機嫌そうな声色でラウルがリードを見る。

「え、いや寝るって、そういう意味!?」

「他にどんな意味があるんだ」

機嫌が良さそうだったラウルの表情が、再びムッとする。

「あ、いやそれはそうだけど」

同じ寝台に二人で入る事の意味がわからぬほど、リードは初心《うぶ》ではない。結婚するのだから、いつかはラウルとも枕を共にする事はわかってはいたが、ただ今がその時だとは思いもよらなかった。

「やっぱり、い」

「嫌じゃない、嫌じゃないけど！」

混乱しつつも、ラウルを傷つけまいとリードは必死で弁明する。

「湯浴みだってしてないから、汗くさいかもしれないし」

夕食の後、調理に使わなかった湯をもらい、身体こそ拭《ふ》いてサッパリとはしたものの、やはり身体を重ねるとなると抵抗があった。

リードがそう言えば、ラウルは唇ではなく今度はその高い鼻梁《びりょう》を首筋へと近づける。

「全く臭くない。だいたい、軍ではむさ苦しい男どもと一緒にいるんだ。お前の汗のにおいなど気になるわけがないだろう」

真面目な顔でそう言われ、リードは自身の頬が熱くなるのを感じる。

「それに、汗のにおいがするということは、お前が生きている証拠だ」

そう言って微かに笑ったラウルは、リードの上衣へと手を伸ばそうとする。

されるがままになりそうになったリードは、慌てて口を開いた。

「え、いやその、大丈夫か⁉」

「だから、何がだ」

さすがにうんざりとしたように、ラウルが胡乱《うろん》げな瞳でリードを見つめる。

「だ、だって俺男だぞ？」

「まあ、顔はともかく身体は女には見えないな」

細身ではあるものの、リードの骨格はまごうことなき男のものだった。

「お前、俺で反応するのか？」

ラウルに特定の女性がいたという話は聞いていないが、男性を好む性癖はないはずだ。そんなラウルが、自分の身体に性的欲求を覚えるのか。

リードの問いに、ラウルはその切れ長の目を瞠《みは》ると、信じられないとばかりに大きなため息をついた。

「リディお前……本気で言ってるのか？」

ラウルは顔をひきつらせたまま、リードの腕を掴《つか》むと自身の下腹部へと触れさせる。

袴下の上から少し触っただけだが、存在を主張している事は見るよりも明らかだ。

「あ、えーっと……」

自分で話題に出しておきながら、とてつもない恥ずかしさをリードは感じていた。

けれど、求められている事に嬉《うれ》しさを感じるのもまた事実だった。

「わかってはいたが、頭の回転は速いはずなのに、色恋沙汰《ざた》に関してはお前はとことん鈍いな」

そう言って、リードの上半身を起き上がらせたラウルは、その翡翠《ひすい》の瞳を真っ直ぐ見つめた。

「お前の事が好きだ。ずっと、その身体に触れたいと思っていた。出来れば初めはちゃんとした場所の方が良かったが、今はそれ以上にお前を抱きたい気持ちが勝っている。どうか俺に、身体を許してもらえないか」

これ以上ないほどわかりやすく、真摯《しんし》な言葉でラウルは伝えたつもりだった。しかし、言われたリードの方はたまったものではない。

「わ、わかったから……」

性行為など、側室であったリードにとってはさほど抵抗があるものではないと本来なら思うはずだ。

けれどラウルは、まるでリードを何も知らない少女のように扱ってくれる。

それがくすぐったくもあり、そして、少しだけ申し訳なくもあった。

「好きだとは言われたけど、そんな風にラウルが思ってるって知らなかったんだよ」

「お前の事が好きなんだ、抱きたいと思うのは当たり前の感情だろう。……あまりがっついて、お前を怖がらせたくなかっただけだ」

告白をしておきながらも、淡泊な態度をとっていたのはラウルなりの気遣いだった。

「あ、うん……じゃあ、どうぞ……」

ラウルにそんなつもりはない事はわかっているが、リードとしてはこれでもかというほど気持ちを伝えられている現状が、ひたすら恥ずかしかった。

恥ずかしいけれど、嬉しい。

こんな風な気持ちが、自分の中に残っているとは思わなかった。

服を脱がせやすいようにと、リードがラウルへと近づけば、ごくりと喉《のど》を鳴らしたラウルがその大きな手をリードの襟へと伸ばす。

ちなみに、教会からそのまま来てしまったリードの恰好《かっこう》は、修行中の聖職者のそれだ。

リードは修道士ではないものの、ある種の背徳感をラウルは感じているようだ。

「なんか、ごめんな」

上衣に触れたラウルの手がとまり、言葉を発したリードを見る。

「五年くらい前なら、もう少しきれいだったかもしれないんだけど」

そう言って、寂しそうにリードは笑う。

リードは次の冬で、二十七になる。

前世の世界では適齢期であっても、十代での結婚も珍しくないこの世界においては結構な年増だ。ラウルなら、女性であろうと男性であろうと、もっと若い人間を選べたはずだ。そう考えると、少しばかりリードは申し訳なく思った。

「何を馬鹿な事を言ってるんだ」

本日、既に何度目になるかわからないこれ見よがしなため息をラウルが吐く。

「お前は今でも十分きれいだ。以前にも言ったが、俺はお前の過去も何もかも全てを受け入れるつもりだし、それに関して後ろめたさを感じる必要はない」

それに、とさらにラウルは言葉を続ける。

「お前と一緒に永遠を誓えるということは、死ぬまでずっとお前と一緒にいられるという事だ。これ以上の幸せは、ないだろう？」

薄明かりの中、ラウルの瞳は真っ直ぐにリードへと向けられていた。ラウルにとっては、それこそリードの過去など些末《さまつ》な事のようだ。

あの時、フェリックスに伝えた時から、ラウルの心はとうに決まっていたのだ。

「うん、ありがとうラウル。俺も、ラウルとずっと一緒にいたい。それこそ、最後の時を迎えるまで」

まるで、神の前で行う誓いの言葉のようだった。たまらないのは、ラウルの方だ。

嬉しそうに、無邪気に微笑むリードの姿に気持ちが高ぶった事もあり、思わずリードを力任せに倒してしまった。

驚くリードが口を開く前に、その唇をラウル自身の唇で塞《ふさ》ぐ。

端整ではあるものの、どこか冷たさがあるラウルの容姿とは裏腹に、リードの中へ入ってきた舌は、ひどく熱かった。

ラウルの唇が、リードの首筋から肩の方へと落ちていく。くすぐったさに、リードの肌が粟立《あわだ》つ。

別に初めてではないのだし、リード自身も動く気は十分にあったのだが、なぜかラウルはそれを許そうとせず、そのためリードはただラウルにされるがままになっていた。

アローロの後宮を出てからは、ずっとサンモルテで暮らしていたし、城で働きだしてからは性行為とはリードも無縁だった。性欲こそないわけではないが、やはりそういった行為は、きちんと気持ちのある相手と行いたいと思っていたからだ。

最初こそ性急だったラウルの動作だが、いざリードの肌に触れてからはひどく丁寧な動きになった。まるで、繊細な壊れ物を扱うかのような動作は嬉しくもあったが、少しじれったくもある。

唇と、その両の手で少しずつリードの身体を解《ほぐ》していく。

ぼんやりとした光の中で、リードの白い身体はやはり頼りなく、ラウルは益々の愛しさを感じていた。

女性の身体のような柔らかさではないものの、滑らかな肌と少しの弾力は心地よく、ずっと触っていたいと思う程だった。

細い腰や、薄く色づいた胸元の乳首、何より控えめながらも快感を覚えているであろうリードの姿に、ラウル自身のものははち切れんばかりに反応していた。

耳朶《みみたぶ》を軽く甘噛《あまが》みすれば、むず痒《がゆ》そうにリードが頭を動かす。

快感に身を委ねることに抵抗があるようだが、そんな仕草がますますラウルの気持ちを高まらせた。

舌で乳首を舐《なぶ》り、力をいれて吸えばぷくりとそれが立ち上がる。

全身へのラウルの愛撫《あいぶ》に、白かったリードの身体が少しずつ色づいていく。

そっとリード自身へと触れれば、その部分もしっかりと反応していた。ちゃんと、気持ち良さは感じてくれているようだ。

これといった抵抗は見せず、ラウルを受け入れていたリードだが、腰を浮かせられ、恥部を露わにされるとさすがに恥ずかしいのか、慌てて両の足を閉じようとした。

「え、ま、待って」

往生際が悪いとはリード自身思ったが、やはりこの部分を見られる事には慣れない。

「待たない」

けれど、先ほどまではリードのペースに合わせていたラウルがあっさりとその言葉を遮断した。同じ性を持っているのだ。リードにだってわかっている。ラウルだって、既に限界なのだろう。

ただ、そうはいってもラウルの手つきはやはり優しいもので、窄《つぼ》まりに対しても円を描くようにそっと触れていく。ラウル自身が身体を近づけ、ふっと息が吹きかけられた時にはさすがにリードは大きく頭を振った。

寝台の近くにあらかじめ用意されていた香油を手に付け、リードの中心を柔らかく包む。

既に立ち上がっていたそれは、そんな小さな動作でさえ刺激を与えるには十分だった。

「あっ」

思わず出てしまった声を、慌てて手で押さえれば、それに気付いたラウルによって外される。

「声が聴きたい」

「外に聞こえるだろ！」

赤面しつつ、声を落としながらリードがそう言えば、それもそうかとラウルは納得する。

ラウルの天幕の前にこそ番兵はいなかったが、取り囲む四方の天幕には一人ずつ立っていたのをリードは確認していた。

「確かに、お前の声は誰にも聞かせたくない」

そう言うと、ラウルは再びリードの唇へと口づける。

熱い舌はリードの口腔《こうこう》内を進んでいき、リード自身の舌をしっかりととらえる。

リードが出来る限り反応しようと舌を絡ませている間に、ラウルのもう片方の手が小ぶりなリードの尻《しり》を掴んだかと思うと、その長い指を少しずつ中へと挿し入れていく。

乱暴な動作ではないものの、敏感な部分へと触れられ、知らずリードはラウルの肩を掴んでいた。かき回すように中へと指をすすめながら、リード自身を掴んだままの手もやんわりと上へ下へと動かしていく。

あまりの刺激の強さに逃れようとするが、ラウルの足の力で広げられたリードの足は、閉じることが許されなかった。

中へと入れられた指の本数が増えるにつれ、香油の量も増やされる。

太股《ふともも》の間を液体がつたわっていく感触に、ラウルがいかにリードの内部を傷つけぬよう気を使っているかがわかった。

「きれいな色をしてるんだな」

ようやくリードの口腔を犯すことをやめたラウルが、肉襞《にくひだ》を拡げながら小さく笑って言った。

一見余裕があるような発言にも聞こえるが、吐息

交じりの言葉から、ラウルも強く欲情していることがわかる。

数本に増やされた指はリードの感じる部分へと何度も触れかけ、そのもどかしさに無意識にリードは腰を動かしていた。

はしたなく思いつつも、リードの蕾《つぼみ》は収縮しており、指以上の快感を求めていた。

「ラウル、もう、いいから」

脳が、身体が、ラウル自身を求めていた。

その言葉に、たまらずラウルは自分自身へと香油をつけると、逞《たくま》しい腕でリードの太股を抱え、ゆっくりと中へと挿入していく。

十分に解《ほぐ》したものの、若いラウルの雄はたくましく、先端を狭い部分へと突き入れる際はラウルも苦しそうだった。

零れそうになる声を必死で抑えつつも、リードの身体はしっかりと跳ね上がっていた。

その間も、慎重にラウルは奥深く突き入れていく。

少しずつ緩急をつけながら、勃《た》ちきったものがリードの中を侵す。

皺《しわ》がなくなるほどに広げられた窄みが、待ち構えていたかのようにひくひくと動く。

異物感よりも、感じるのは気持ちよさだった。

そんなリードの内部の刺激は、ラウルにもまた直接的な快感を与えていた。

「悪い、もう動くぞ」

それだけ言うとラウルは、下生えが当たるほど奥へと思い切り突き入れた。自身の粘膜をこするように動く肉塊の強い衝撃に、あがりそうになる声をリードは必死に耐える。

リードもラウルも、ただ感じる快感に正直になっていた。

重なり合った汗ばんだ肌の感触さえ、心地よかった。

ラウルの腕がなくなっても、リードは無意識に自身の足を大きく広げていた。

より深く、中へとラウルを感じようと、短い息のような声は、ラウルの雄をこれ以上ないほど強く刺激した。

ラウルも腰を動かしながら、リード自身を再び掴む。

「あぁ」

前と後ろを同時に攻められたリードが、悲鳴のような嬌声《きょうせい》を微《かす》かに上げる。

最後に強く貫き、ラウルがリードの中へ白濁を吐き出したのと、リードの精がラウルの掌《てのひら》に放ったのは、ほぼ同時だった。

短く肩で息をするリードの汗ばんだ額に、絹糸のような黒髪が張り付く。

愛おしさから、その額へとラウルはそっと触れるだけの口づけを落とす。

「一度しか出来ないのが残念だ」

朦朧《もうろう》とした意識の中、聞こえてきたラウルの言葉にリードは耳を疑ったが、視界にうつるラウルの怒張は確かにまだ硬度を保っている。

若い男の体力に、少しばかり戦慄《せんりつ》しながらも、情事後の独特の感覚にリードは微睡《まどろ》む。

そんなリードに対し、ラウルは天幕の中にあった水桶《みずおけ》で布を濡《ぬ》らし、横たわるリードの身体を清めていく。

王太子にかいがいしく世話をさせる事に抵抗を感じつつも、リード自身、身体を動かせるだけの体力は既になくなっていた。

「父上からは賛成してもらったが、お前を王妃にすることで、内外からの反発はあると思う」

寝物語を聞かせるように、囁《ささや》くようにラウルが話しかける。

「だけど、お前の事は絶対に俺が守る。だから、どうか俺の傍を離れないでほしい」

ラウルの言葉は力強く、頼もしいものだった。

けれど、ぼんやりとした意識の中、リードは自分がラウルに大切な事を伝え忘れてしまっていた事を思い出していた。

二日後、オルテンシア王リオネルにより、オルテンシア王の子、ラウル・リミュエールと、アローロ王の子、リード・プロスペリーダの婚儀が行われることが、大々的に発表された。

◇◇◇

ラウルの執務室は、基本的に忙しない。議会が終わってもそれは変わらず、もちろん休日返上で働くことこそないが、ここ数日はリードが休暇をとっていて不在だったこともあり、作業効率は下がっていた。さらに、三日前からはラウルまでも軍の仕事で城を離れてしまったため、収拾がつかなくなっていた。

急遽《きゅうきょ》招集されたシモンも仕事は速いのだが、専門分野に関しては強くともそれ以外の馴染《なじ》みのない分野に関しては苦戦しているようだった。それでも仕事は次から次に舞い込んでくるため、手を休めることは出来ない。そんな風にリードの復帰を今か今かと待ち望んでいる中、ラウルの帰城と同時に発表されたのが、今回の結婚だ。

次期国王であるラウルの結婚式なのだ、もちろん国を挙げての盛大なものになるし、側近たちの仕事はさらに増える。しかも、相手が相手であるため事態はより混乱を極めていた。

緊張感の続く執務室では、言葉少なにそれぞれが自身の仕事を消化していく。通常業務の他に、挙式の予算や招待客のリストアップ、さらにアローロ側との同盟の交渉を全て同時進行させないため、もはや喋《しゃべ》る気力のある者はほとんどいなかった。

そんな中、敢えて空気を読まず、朝から何度もため息をつく者が一名ほどいた。

財務を担当するサビオラは今回の式典では中心人物のはずなのだが、手は動かしているものの、どこかぼうっとしたままだ。そんなサビオラのため息に対し、ちょうど斜め前に座っていたシモンの整った眉《まゆ》がピクリと上がった。繊細な美貌《びぼう》は、苛立《いらだ》っていても絵になるものだったが、慌てたアデリーノが横から口を挟む。

「サビオラ～、お前今日何度目のため息だよ」

シモンに怒髪天を衝かれるよりは幾分かマシだと思ったのだが、サビオラはそういったアデリーノの気遣いには一切気付かずに、思い切り顔を歪《ゆが》めた。

「だってアデリーノさん、リディさんが結婚しちゃうんですよ。しかも、アローロ王の御子息だったただなんて。なんか、一気に遠い人になっちゃったじゃないですか……！」

「いや、最初から近くなかったと思うけど」

ジョアンの冷静な声も、サビオラの耳には全く入っていないようだった。

「御子息といっても、血の繋《つな》がりがあるわけではない、養子という話ですけどね」

「でも、あのリケルメ王が目に入れても痛くないほど可愛がっていて、今回の婚姻だってリディさんがきちんとラウル殿下の人柄を見極めるよう、秘密裏に留学させたんでしょう？　王位継承権がないだけで、実子と変わらない扱いなんじゃないですか？」

シモンが相手であっても、ジョアンのキレのある突っ込みは止《とど》まる所を知らない。

なまじ事実を伝えている事もあり、シモンは反論も出来ず小鼻を膨らませただけだった。

「まあ、今考えればそれも全部ラウル殿下は知っての事だったんだろうな」

腕組みをし、どうりで、と何度もアデリーノは頷《うなず》く。

「え？　ちょっとなんでみんなそんなに冷静なんですか!?　僕なんて、驚きすぎて来年の国内の灌漑《かんがい》設備の予算、一桁《ひとけた》間違うところでしたよ？」

どさくさに紛れてとんでもない事実を言ったサビオラを、シモンが鋭い視線で睨《にら》みつける。

もっとも、当のサビオラはどこ吹く風でそれぞれの顔を見回している。

「え、いや、だって…」

「神の御遣いと言われるほどの美しい容姿と慈悲深さ、卓越した知識と教養、それに加えて漂うノーヴルな雰囲気は、どう見てもわけありだっただろ？　あれで教会で働く平民出身っていうのは、いくらなんでも無理があったよなあ」

ジョアンとアデリーノの言葉に、聞いていた他の側近たちも相槌《あいづち》を打つ。

口にこそ出さなかったが、皆リードの素性に関してはあれこれと考えを巡らしていたようだった。そのため、ラウルとリードの結婚の話を聞いた時には驚きこそあったが、どこか腑《ふ》に落ちたと言うか、パズルのピースがはまったような感覚さえ覚えたのだ。

さらに、ラウルがリードに恋心を抱いていたことは誰の目にも明らかだった。

進展するようでなかなか進展しない二人にやきもきしていた事もあり、穏やかな気分で二人の結婚を喜んだ。様子が違うのは、未だ事態が飲みこめていないサビオラと、いつも以上に仏頂面のシモンくらいだ。

「まあ、シモンにとってはショックだったかもしれないけど、ラウル殿下は元々リディさんしか見てなかったわけだしさ。お前くらい美人なら、男でも女でも、他に良い人を見つけられるよ」

アデリーノが、慰めるようにポンとシモンの肩を軽く叩《たた》けば、その形の整った顔をこれでもかというほど顰《しか》めた。

「はあ？　何を言ってるんですか」

「え、いや」

「言っておきますけど、私はラウル様を心から敬愛しておりますが、恋情を抱いたことは誓って一度もありませんから！」

キッパリと言い切った言葉には、確かに嘘はないようだ。主《あるじ》を純粋に尊敬する気持ちを邪推され、むしろ憤慨すらしている。

「だ、だったらシモンはなんでそんなにご機嫌がナナメなのかなあって……」

あまりの迫力に、アデリーノが及び腰になる。

「別に、不機嫌になんてなってません。ただ、今後ラウル様の側近でいるのにリディさんの素性を考えたら立場が不利になるに決まってますし、私が結婚してしっかりした後ろ盾になるしかないと思っていたので、その必要がなくなってホッとしてるだけです。むしろ、せいせいしていますよ」

そう、全く以《もっ》てせいせいしていない表情でまくしたてるようにシモンは言うと、出来上がった書類を持ち立ち上がり、

「外交部に顔を出してきます」

とだけ言って、執務室を出て行った。

シモンにしては珍しく、音を立てて閉まった扉を、側近たちは呆然《ぼうぜん》と見つめた。

「そ、そっちだったんだ……」

シンと静まり返った執務室に、サビオラの呟《つぶや》きはよく響いた。

「って、いくらなんでも、わかり辛すぎるだろう」

顔をひきつらせたアデリーノの言葉に、誰もが内心強く頷いた。


ラウルとリードの婚姻が発表されてから、オルテンシア国内は祝賀の雰囲気に包まれていた。王太子であるラウルの人気が高い事は勿論《もちろん》だが、リードもサンモルテの聖人としてセレーノの人々の尊敬を一身に集めているのだ。

二人が仲睦《なかむつ》まじげに歩く姿を目にしていた王都の人々にとっては、リードの正体がアローロ王の子であったということは寝耳に水ではあったものの、それでも祝福する気持ちには変わりはなかった。

結婚式は王都セレーノで行われることもあり、式の日程はいつになるかと酒場では賭《か》けの材料にされている。市場で人気のあったラウルの絵の人気はま

すます高まり、隣にリードが描かれたものはさらによく売れた。

経済効果は言わずもがなで、リオネルとレオノーラの結婚の時以上だというのが専らの噂だ。

そんな風に、国中が二人の結婚の話題で華やぐ中。当事者の一人であるラウルは、苦虫を噛《か》みつぶしたような顔で長椅子へと座り込んでいた。

「あの馬はリディにやったんだから、王太子殿下が自ら金を払う必要なんてないんだぜ？」

多忙の最中、仕事の手を休めたフェリックスは椅子から立ち上がり、ちょうどラウルの目の前へと座った。

新しいもの好きで商人であるフェリックスの部屋は、来るたびに装飾や家具が変わっている。机や椅子というものは外見よりも機能性を重視しているラウルにとっては、無駄としか思えなかったが、フェリックスのセンスの良さはラウルにもわかった。

ラウルが今回フェリックスのもとへと足を運んだのは、先日ボスコリオ平原へとリードが乗ってきた馬が、フェリックスから購入したものだとわかったからだ。

リードは少しずつお金を返していくと言っていたが、おそらくフェリックスに受け取る気はないだろう。

「リディがお前から贈り物をもらう謂《いわ》れはない。俺が払うから気にしなくていい」

はっきりと口にはしなかったが、自分以外の誰かがリードに何かを贈る、ということが気に入らない事が、ラウルの言動からはありありとわかった。

相変わらずの独占欲の強さだが、フェリックスにとっては可笑《おか》しくてたまらなかった。

「王太子妃殿下への献上品、だったら別段おかしくもないだろ？」

ニヤリと笑ってフェリックスが言えば、あからさまにラウルは顔を顰めた。

「それにしても、リケルメ王も粋な計らいをするよな。リディを養子としてアローロ王家に迎え入れて、お前に嫁がせるなんて」

ボスコリオ平原の視察から戻ったラウルを待っていたのは、父であるリオネルからの結婚の命令だった。アローロとの同盟締結に付随するもので、相手はアローロ王家の者だという説明を聞き終える事なく、ラウルは即座に拒否した。

ようやくリードと気持ちが通じ合えたというのに、いくら同盟のためとはいえリード以外を王妃に迎えるつもりは一切なかったからだ。

むしろ、事前に全て説明しておいたはずなのに、そんな命令を下す父王への信頼も、損ないかけた。

激情のままに、結婚を強制されるなら王太子の地位さえ捨てると言ったラウルを、苦笑いを浮かべたリオネルが穏やかに宥《なだ》めて言った。

相手である、アローロ王家の人間というのが、リードなのだと。

そう、丁寧に説明されたものの、すぐにはラウルは納得できなかった。

リードの出自はアローロの貴族ではあるものの、王家筋との繋がりはなく、国内での地位はそれほど高いものではない事は、ラウルも調査した事からわかっていた。

勿論、リードが貴族であっても平民であっても、ラウルにとっては些細《ささい》な事ではあるのだが、さすがにアローロ王家の人間になったと言われて素直に頷くことは出来ない。

今回、表向きにはリードはリケルメ王の母、つまりはラウルにとっても祖母に当たるキャサリンの遠縁であり近しい身内をなくした青年、という事にされた。

幼い頃は身体が弱かったこともあり、表舞台には滅多に出る事もなく、存在は隠されたままだった。けれど秘《ひそ》かにリケルメが保護し、可愛がっていた、という事になっている。

以前からリードを可愛がっていたという事もあり、リケルメの小細工にキャサリンも力を貸したのだろう。

「まあ、王子様としては面白くない気持ちもわかるけどな」

フェリックスに言われ、ラウルが表情を曇らせたまま視線を向ける。

「当たり前だろう、俺とリディの結婚は、政略結婚などではないのだから」

王太子として、オルテンシアの事は常に考えているラウルではあるが、かといってそれにリードを巻き込むのは不本意だった。

今回の場合特に、同盟関係の道具に使われたように見えなくもない。

「けど、俺はリケルメ王のやり方は間違ってないと思うぜ」

フェリックスが、長い脚をこれみよがしに組み直す。

「顔は知られていなくとも、リディのアローロでの前歴はリケルメ王の側室だ。さすがにそれが公になれば結婚にいい顔はされない。特に、お前の周りの貴族様方からな。かといって、今のオルテンシアでの平民のままじゃなおさら立場が弱い。それこそ無理やり王妃に据えても、社交界で様々な嫌がらせを受ける可能性が大いにあるからな」

ラウルの眉間《みけん》の縦皺が、深くなる。さすがに、それはラウル自身も予想していた事だった。

リードの人柄を知る側近たちの中にはリードを見下すものはいないが、それ以外の貴族たちからはあからさまな差別を受ける可能性は十分にある。

「わかっている、だが、それでも俺は何があってもリディを守るつもりだ」

勿論、時にはリードが傷つくような出来事があるかもしれない。だけど、自分は絶対にリードの手を放さない事をラウルは決めていた。

そして、自分たちならば乗り越えられるという、確かな自信もあった。

「まあ、王子様のそういった部分は俺も嫌いじゃない。ただな殿下、現実は意外と厳しいぞ」

そこでふと、フェリックスの表情から笑みが消えた。

「確かに、平民であるリディが王子様と結ばれるっていうのは庶民にとっては格好の夢物語だ。だが、貴族でもなければ子を産む事もないリディが王妃になる事への風当たりは、殿下の想像以上のものだろうよ。傷つくのは、リディなんだ。あいつが泣く姿は、俺も見たくない」

アローロ王であるリケルメの後ろ盾があれば、少なくとも表立ってリードを見下し、蔑ろにするものはいない。

むしろ、未だ国内に多く残っているアローロ贔屓《びいき》の貴族たちは、こぞってリードを持ち上げるだろう。

「まあつまりは、リディを守りたいのは、あんただけじゃないって事だ。いいじゃないか、ここはありがたくリケルメ王の厚意を受け取っておけ」

ラウルも馬鹿ではない。頭では、フェリックスの言い分が正しい事はわかってはいる。

ただ、それでも素直に受け入れる事が出来ない。それはやはり、リードがかつてはリケルメの妃《きさき》であったからだろう。

後宮を出たことは分かっているが、やはりリケルメへの嫉妬《しっと》は未だ捨てきれない。しかも、義理とはいえ親子となってしまえば、リードの後見人はリケルメであり、今後も関わり続けるのだ。

フェリックスが、肩を竦《すく》める。

「あのなあ王子様、リディがどうしてわざわざ遥々《はるばる》ボスコリオ平原にまで行ったのか、わかってるのか？」

フェリックスの言葉に、俯《うつむ》きがちだったラウルが顔を上げる。

「リケルメ王の命令ではなく、あくまで自分の意志でお前と結婚したかったからだろ？　お前の気持ちに応えるために。それが、どんなに大変な事だったかわかってるのか？」

ラウルの瞳《ひとみ》が、大きく見開いた。野営地でラウルを見た時の、安堵《あんど》したようなリードの表情を思い出す。身体を抱いたのはラウルだったが、あの時ラウルを包み込んでくれたのは、リードの方だった。

「もっと自信を持てよ王太子殿下。リディは、ちゃんとあんたの事好きだぜ」

フェリックスの言葉に、ラウルはようやく納得できたのか、小さく頷いた。

◇◇◇

羊皮紙に、流麗な文字が躍る。

窓から入ってきた風が、ふわりとそれを浮かしたのをリードは慌ててもう片方の手で押さえた。

レオノーラがその整った眉を、僅《わず》かに上へと上げた。

「風が出てきたわね、窓を閉めさせましょう」

「あ、いえ」

人払いをしていることもあり、隣室で控えている侍女へと声をかけようとするレオノーラを、リードが制止する。

「これくらいの風なら、大丈夫です」

レオノーラの住む離宮は避暑地にあるとはいえ、オルテンシアの夏季の気温は高い。

雨は少ないため、湿気こそ少なかったが、肌に触れる風は心地よいくらいだった。

思わず頬を緩めれば、レオノーラはそれを一瞥《いちべつ》するとすくっと立ち上がり、リードの手元にあった羊皮紙を抜き取って行った。

ほぼ完成していたとはいえ、見直しが終わっていなかった事もあり、リードは自身の手をすり抜けていったそれを見つめる。

リードとラウルの婚姻が決定した後、アローロからはリードの一時帰国を促す書簡が送られてきた。

オルテンシアに嫁がせるにあたり、短い間でも妃としての教育をきちんと施したい、というのがリケルメの弁ではあったが、勿論それに納得するラウルではなかった。

両国の正式な同盟関係の樹立は勿論、式の日取りまでもが国内のみならず、既に近隣諸国へと発表されている今、安易にそれを覆せば国への信頼を失う可能性もある。そういった事情もあり、リケルメとしては文面以上の意図はなく、しいて言うならば婚姻の日まではリードを手元に置いておきたい、くらいの気持ちであったのだが。だからといって、ラウルとしても素直にアローロへリードを帰す気になど勿論なれなかった。

そして、リケルメの要請を丁重に断り、自らがリードの教育を担うと手を挙げてくれたのが、レオノーラだった。

側近としての職務を休むことになるのは心苦しかったが、式まではしばらくの間、リードは離宮で過ごす事となった。

リードから半ば強引に羊皮紙を取り上げたレオノーラは時間をかけて目を通し、終わると静かに机の上へと置いた。

静まり返った空間に、適度な緊張感をリードは覚えた。

「つまらないわ」

沈黙が続いた後、そう言ったレオノーラの美しい眉間に、縦皺《たてじわ》が刻まれる。その言葉に、何か不手際があったかと慌ててリードは羊皮紙へと目を落とす。

「完璧《かんぺき》すぎて、つまらない」

リードの態度から、何か思い違いをしている事がわかったのだろう。繊細な作りの椅子へと座り直したレオノーラが、机に向かって頬杖《ほおづえ》をつく。

リードがレオノーラに書くように言われたのは、外交書簡、他国への返礼と挨拶《あいさつ》状だった。

「そもそも、私があなたに教えられることなんてあると思う？　知識や教養は言わずもがなだし、ラウルの側近をしているくらいだから政務に関しても問題はない。外国語も話せれば、マナーだって完璧」

真紅に色づいたレオノーラの唇が、子供のように尖《とが》っている。

「そんなことはありませんよ。確かに、たくさんの知識はつけさせて頂きましたが私には経験が圧倒的に不足しています。レオノーラ様から学ぶことはたくさん」

「しかも、それを鼻にかけることのない謙虚さまで持ち合わせている。全くそつがなくて、嫁いびりをしようにも、する要素がないじゃない」

と、本気か冗談かわからぬような軽口を、艶《つや》のある唇で紡ぐ。

美しさと厳しさの中に優しさのあるレオノーラだが、ここ数日一緒に過ごして知ったのは、好奇心旺《おう》盛《せい》で悪戯好きであるという部分も持ち合わせているという事だった。

そのため、自身の知らない知識をリードが披露すれば敏感に反応し、あれこれと質問を投げかけてくる状態だった。こういったところはやはりリケルメの姉というべきか、よく似ているとリードは思う。

ジャスパーと再会してからのレオノーラは、張りつめたような雰囲気がなくなり、気性も穏やかになっていた。勿論、どこか冷たさを感じさせる美貌《びぼう》はそのままではあるが、それでも時折崩れる表情は柔らかい。

おそらく、これが本来のレオノーラの姿なのだろう。

「それに、アローロの後宮でマリアンヌとも懇意にしていたのだから、王妃の仕事のノウハウだってわかってるでしょ」

少し前に侍女が持ってきたティーカップへと、レオノーラが口をつける。

既に湯気は上がっていなかったが、レオノーラがこう見えて意外と猫舌であるというところも、ここ数日でリードが知った事だ。

そんなレオノーラとマリアンヌは、少女時代から仲が良く今でも頻繁に手紙のやりとりをしているのだという。マリアンヌとしても、冷え切ってしまっていたリケルメとレオノーラの関係を気にかけ、少しでも仲を取り持とうとしていたのだろう。

「確かに、マリアンヌ様からも学ばせて頂く事はたくさんありました。だけど、私はマリアンヌ様のようになれるとは思えません…」

思い出すのは、聖母のような慈愛に満ちた微笑み。年齢を重ねても少女のような可憐《かれん》さは変わらぬまま、常に落ち着いた佇まいでアローロを見守り、リケルメを愛していた。

リードにとってアローロの後宮の居心地が決して悪いものではなかったのはリケルメの影響もあったが、何よりマリアンヌの人望の強さ故だった。他の妃が多かれ少なかれリードに対し複雑な感情を抱く中でも、常に優しく接してくれていた。

リケルメが生まれながらの王であるなら、マリアンヌもまた王妃になるために生まれたような女性なのだろう。

「マリアンヌは滅多に他の妃の事を手紙に書くことはないのだけど、あなたの名前だけは時折出していたわ」

憂えたリードの表情に、何かしら思うところがあったのだろう。レオノーラの言葉に、リードが顔を上げた。

「可愛らしくて、だけどとても聡明《そうめい》で。あなたといる時のリケルメはとても楽しそうだって。長い間傍にいたけれど、リケルメのあんな表情を見るのは初めてだって、そう書かれてた」

「そんなことは……」

それは、かつてリードもマリアンヌ自身から言われた言葉だった。優越感は、抱かなかった。

むしろ、この人には敵わないと、どこか敗北感にも似た気持ちを持ったくらいだ。

「それから、貴方が男性でよかったって。こっそりと書かれていたのよ」

「え？」

レオノーラの真紅の唇が、弧を描く。

「本人に自覚はないでしょうけど、どこかでリケルメの寵を受けるのが男であるあなただった事にマリアンヌもホッとしてたってことよ。そりゃあそうよね。もしあなたが女だったら、自分よりも十以上も若い女がリケルメの寵を独占するんだもの。さすがのマリアンヌも、心中、穏やかじゃなかったはずよ」

一見、非の打ちどころのないマリアンヌだって、必ずしもすべてが完璧だというわけではない。だから、気負う必要などないのだと、レオノーラはそうリードへと伝えた。

「でも、やっぱりマリアンヌ様はすごい方です」

リードは小さく笑い、そして呟《つぶや》いた。

「たとえ役割だとしても、自分の好きな人が、他の人のところへ行ってしまうのは、辛いし、やっぱり寂しいですから」

そう言ったリードの表情の切なさに、レオノーラの瞳は大きく見開いた。

そして身を乗り出し、その滑らかな掌《てのひら》がリードのそれを包み込んだ。

「レ、レオノーラ様？」

突然のレオノーラの行動に、驚いたのはリードの方だった。

「全くラウルが夢中になるはずね。女の私から見ても、こんなにいじらしくて可愛らしいんだから」

レオノーラの優しさが、その手の温もりから伝わる。

「困ったことがあったら、なんでも言ってちょうだい。遠慮はしなくていいのよ、義理とはいえ、私は貴方の母になるのだから」

「レオノーラ様……」

「もしラウルが他に側室をとるなんて言い出したら、修道院なんて入らずに、すぐにこちらへいらっしゃい。二人で楽しく暮らしましょう」

おそらく、本気で言っているわけではないだろう。ラウルがリードを思う気持ちの強さは、母であるレオノーラが誰より知っているはずだ。それでも、レオノーラの言葉はリードを勇気づけた。

リードがレオノーラに対して微笑み、頷《うなず》こうとした時だった。

「たとえ天地がひっくり返ってもそんな日が来る事はありませんので、母上はお気遣いなきよう」

極めて冷静な、それでもどこか怒りを含んだ第三者の声色に、リードは反射的に振り返った。

「ラウル」

「あら、また来たの?」

リードに向かい小さく微笑んだラウルは、すぐにレオノーラに対し剣呑《けんのん》とした瞳を向ける。

「自分の妃に会いに来るのに、何か問題がありますか?」

レオノーラの離宮へリードが移ってからは、週末の度にラウルもこちらへ足を運んでいた。

そして休日を共に過ごし、週明けには城へと帰っていく。

「妃? おかしいわねえ、まだ式は行ってないはずだけど」

「婚約しているのだから、同じようなものでしょう」

「気が早い男は嫌われるわよ」

レオノーラの言葉に、ラウルの頬が引きつる。

この母子の距離は随分近くなったようで、顔を合わせるたびに最近は軽口を叩《たた》きあっている。

本人たちはいたって普通に会話をしているつもりなのだろうが、険悪に見えなくもないため、初めて二人のやりとりを目にした侍女は顔を青くしていた。

けれど二人が、特にレオノーラがとても楽しそうにしていることをリードは知っていた。

「そもそも、週末とはいえまだ日は高いわよ? なんで貴方がここにいるのよ」

「朝のうちに仕事を全部終わらせてきたんですよ」

「まあ、それは感心だこと。でもリディはもう少し私との勉強が残っているから、いい子で待っていなさいね」

まるで幼子に言い聞かせるようにレオノーラが微笑めば、明らかにラウルは表情をムッとさせた。隣にいるリードは、そんな二人のやりとりにこっそりと笑う。

その様子に気付いたラウルが、少し恨みがましい視線を向けた。

「ごめん」

リードが、小さく咳払《せきばら》いをした。

「別に」

リードに会うために、ラウルが職務を早々と終わらせてきたのはわかっているのだが、リードも今日の分の課題は終わらせなければならない。もっとも、課題などあってないようなもので、それこそ一日レオノーラと話しながら茶を飲んで終わることもあるのだが。

「良い天気だし、遠駆けにでも行って来たら？」

「……そうする」

「気を付けてね」

顔を渋らせていたラウルだが、リードが笑顔で手を振れば、その頬を緩ませた。

「鼻の舌、伸びてるわよ」

踵《きびす》を返したラウルは、レオノーラの一言に一瞬動きを止めたが、振り返ることはなくそのまま部屋を退出していった。

「俺は、そんなに頼りないか？」

リードが湯浴みから出れば、レオノーラの部屋に呼ばれていたラウルが戻ってきていた。

夕食はレオノーラと共に三人でとってきたのだが、ラウルは遠駆けの帰り、近くの湯に入ってきたため湯浴みは遠慮していた。

なお、離宮におけるラウルの私室はレオノーラがあらかじめ用意しているのだが、結局リードの部屋で寝泊まりしているため使われた事は一度もない。

正式な式を終えていないこともあり、レオノーラはあまり良い顔はしなかったが、それでも週末だけの逢瀬《おうせ》ということはわかっているため、それ以上の言及はしてこなかった。

ラウルの言葉に、リードは僅かに首を傾げたが、その表情からすぐにピンときた。怒りとも失望とも、哀しみともどこか違う、拗《す》ねたような顔をしているからだ。

どうやら昼間のレオノーラとの会話を気にしているらしい。

リードは小さく肩を竦め、寝台に座るラウルのすぐ隣に腰かけた。

「ラウルの気持ちを、疑ってるわけじゃないんだ。とても大切にしてくれていると思うし、出来る限りのことはしてくれてるってわかってる」

「じゃあ」

「だけど、人の気持ちは算術とは違うから」

ラウルの瞳を見つめながら、リードは真摯《しんし》に答えたつもりだが、言われた本人は珍しくおかしな顔をしていた。

「算術？」

なんで、ここにそれが出てくる、とその視線は訝《いぶか》しげだ。

「うん。ラウル、算術が好きだっただろ？」

王太子というだけのことはあり、帝王学を始め、ラウルは数々の学問に精通していたが特に科学や算術を好んでいるようだった。

側近のジョアンとも、よく芸術的な公式を書いて楽しんでいる。

科学に関しても、この時代を生きる人間にしては珍しく風習や迷信よりもそちらを重んじているようだ。

「例えば」

寝台の傍にあるわき机へと手を伸ばし、羊皮紙と羽ペンをとる。

厚みのある本を台に、いくつかの記号を使い記した定理は長く、びっしりと紙をうめていく。

ラウルは、興味深くそれを見つめ続けた。

全て書き終える頃には、手元にあるそれを食い入るように見ていたため、リードはラウルへと紙を手渡した。

「素晴らしいな」

「とある国の数学者が提唱した定理。これを他の数学者が完全に証明出来たのは、何百年も後の世の事なんだ」

前世では、本音を言えば正しく理解が出来なかった。

それこそ他学部の専門分野の友人たちから熱心に語られても、高等数学までしか知らない直人にとっては難解な証明問題にしか感じなかったからだ。

けれど、今のリードならその魅力もわかる。

「算術の面白さって、答えが一つしかないところにもあるんだけど、変わらないところにもあると思うんだ」

リードの書いた証明から、ラウルが顔を上げる。

「例えば、$n=1$と定めたらそれが明日になったら変わる事はないし、その次の日だって、百年後だってそのままだろ？　だけど、人の気持ちはそうはいかない。ラウルはこの先たくさんの人と出会うだろうし、気持ちが動く事だってあるかもしれない。ラウルは王様になるんだし、誘惑も多いからさ」

宗教的によくは思われないが、それでも国王が側室を持つことは一般的に認められている。

特にリードは男であるのだし、世継ぎのためにも他に妃《きさき》を持つことだって推奨されるはずだ。

勿論《もちろん》、今はリケルメの威光もあり、表立ってそれを行う貴族はいないが、先の事は誰にもわからない。

ラウルの立場を考えれば、ただ一人、リードだけを愛するという事は、容易《たやす》い事ではない。

「この証明」

「え？」

「完全に証明するのに、どれくらいかかったんだ？」

羊皮紙を持ったラウルの問いに、リードは少し首を傾げる。

「確か、三百六十年だったと思うけど」

ラウルが、ニッと口の端を上げる。

「さすがにそこまでは生きられないな。だったら、俺は生涯をかけて証明してやる」

「……何を？」

「俺のお前への気持ちは、明日も明後日も、百年後も変わる事はないと。どんな数学者にだって出来ない、俺だけが出来る証明だ」

ラウルが持っていた羊皮紙を、ひらりとわき机へと戻した。

「それは……難しい証明だね」

「何がだ、俺にとっては全く難しくない」

堂々と、自信を持って口にするラウルに、自然とリードの口が緩む。

「おい、俺は本気で」

「わかってる。嬉《うれ》しいなあって思っただけだよ。そんな風に言ってくれる、ラウルの気持ちが」

そう言ったリードの笑顔の柔らかさに、ラウルは目を細める。

「俺も、頑張らないとな」

「何を？」

「ラウルに、ずっと好きだって思ってもらえるように」

眩《まぶ》しいほどの微笑みを向けられたラウルが一瞬目を瞠《みは》り、視線を外すと僅《わず》かに頬を赤らめた。些細《ささい》な変化ではあるものの、リードはしっかりとそれに気付く。

「もしかしてラウル、照れてる？」

ぐいっと身体を乗り出したリードが、楽しそうにラウルの顔を覗《のぞ》き込む。

こういった仕草を、リードが全く計算せずにやっているとはわかっているが、だからこそ質が悪いとラウルは思う。

「うるさいっ！」

照れくささうに悪態づいたラウルが、勢いのままリードを寝台へと押し倒す。思った以上に軽い感触に驚くが、リードも同様に、瞳《ひとみ》を大きくしてラウルを見つめていた。

小さく笑うと、リードがその瞳をゆっくりと閉じる。

ラウルも頬を緩め、リードの唇へそっと自身のそれを重ねた。

◇◇◇

サンモルテ教会には、訪れる王族や貴族のために用意された貴賓室とは別に、教会関係者でもごく限られた者しか立ち入りが許されない部屋が二つほどあった。

使われるのは数十年に一度ほど。常に清掃が行き届いた貴賓室よりもさらに広いその部屋は、王族の結婚式の際に使われる控えの間だった。

オルテンシア建国以来、サンモルテでは歴代の王族の結婚式が行われてきている。

建物に向かって左手側の控えの間はリミュエール王家の人間が、右手側の控えの間は相手とその親族が使う事が慣例となっている。

国内の貴族から妃が選ばれることもあるが、他国の王族を迎える事もあるため、両控えの間は左右が対称になっていること以外は全て同じ作りになっていた。

長い廊下はビロードの青い絨毯《じゅうたん》が敷き詰められ、工夫を凝らした装飾が両の壁と天井までも彩っている。

古典的で格式のあるそれらの一つ一つが、オルテンシアの歴史の長さを感じさせるものだ。

数人の足音が聞こえ、その中心に立つ人物が扉の前にくれば、衛兵は緊張しながらもその重厚な扉をゆっくりと開いた。

二十年ほど前にも入った部屋ではあるが、当時のように張りつめた空気は一切感じられない。

むしろ広い窓から入る日差しは優しく室内を照らし、中央にある大きな姿見がより一層部屋の中を明るくしていた。

扉の開かれた音に気付いたリードが、ゆっくりと振り返る。

「リケルメ！　マリアンヌ様に、皆さんも！」

正装姿のアローロ王室の人間が勢ぞろいした姿に、思わずリードは破顔した。

「久しぶりねリード！　想像はしていたけれど、貴方きれいすぎるわよ、宗教画からそのまま出てきたみたい」

珍しく興奮したように言ったマリアンヌが、リードの肩をそっと抱く。マリアンヌに同調するように、後ろにいるキャロラインや他の側室たちが頷いた。

恐縮するようにリードが首を振れば、髪につけられた飾りが小さく揺れる。

白を基調にした衣装は、ドレスではないものの床につくほどの長衣で、スッキリとしたラインは細身のリードの身体によく似合っていた。

首筋から胸元、そして長い袖《そで》の部分はアローロ原産の絹のレースで作られており、星屑《ほしくず》のように散りばめられた宝石がキラキラと煌《きら》めいている。

衣装のデザインそのものはシンプルであるため華美ではないが、見る者が見れば、全て最高級の素材で作られている事がわかるだろう。

露出の少なさがより上品に見え、元々のリードの美しさをより際立たせていた。

楽しそうにリードへと話しかける女性たちとは対照的に、リケルメは無言でただリードを凝視していた。

「リケルメ、素敵な衣装を用意してくれてありがとう」

リードが話しかけたことにより、ようやくリケルメがその口を開いた。

「帰るぞ」

「は？」

「やはりラウルの奴なんかにやるのは惜しい！　結婚なんぞ取りやめてアローロへ」

「陛下！」

「父上！」

本気か冗談かわからぬリケルメの真剣な言葉に困惑するリードに対し、両横からマリアンヌとマクシミリアンが呆《あき》れたように口を挟む。息の合った二人の声に、リードは思わず小さく噴き出した。

「そもそも、俺とリードがウエディングアイルを歩いたところで似合いすぎて、親と子にはとても見えないだろう」

「いえ、とてもお似合いの親子だと思います。陛下、ご自分の年齢をお考えになってくださいね」

若々しくは見えるものの、もうすぐ四十の年齢に届くリケルメに対し笑顔でそう言ったマリアンヌの言葉は、どこか辛辣《しんらつ》な響きがあった。

「そうですよ、年齢的にも似合うとすれば、父上よりどう見ても私の方でしょう」

さらに、さり気なく口にしたマクシミリアンの言葉に、ますます苦虫《にがむし》を噛《か》み潰《つぶ》したような顔になる。

「とても、美しいですよ」

マクシミリアンに穏やかな微笑みを向けられ、リードは嬉しそうにはにかんだ。

「ありがとうございます、マクシミリアン殿下」

「殿下はよしてください。私たちは、兄弟になったのですから。その代わり、私もリードと呼ばせて頂きますね」

リードは、少し驚いたような表情をしたが、すぐに笑顔で頷《うなず》いた。

「ラウルと何かあったら、いつでもアローロに戻ってきてください」

けれどマクシミリアンが昔と変わらない、優しげな表情でそう告げると、リードがほんの一瞬固まった。軽口ではあるものの、以前のマクシミリアンからは想像がつかない強《したた》かさではあった。

「全くお父様もお兄様も、せっかくのおめでたい日になんで縁起の悪いお話ばかりしているの」

マクシミリアンへの反応に困っているリードに助け舟を出したのは、すぐ隣にいたパトリシアだった。

「お久しぶりです、パトリシア」

「姫は結構です」

敬称をつけようとしたリードを、ぴしゃりとパトリシアは遮断した。

「私もお兄様と同じように、リードと呼ばせて頂きますね。本日は、おめでとうございます。落ち着いたら、アローロにも遊びに来てください。それから、今度体型維持の秘訣《ひけつ》を教えてください……」

丁寧に挨拶《あいさつ》をしたパトリシアが最後に恥ずかしそうに発した言葉に、思わずリードは笑ってしまった。

会うのは数年ぶりだが、十五歳になるパトリシアは確かに女性らしい丸みを帯びた身体つきになっている。柔らかな曲線は、マリアンヌとよく似ていた。けれど、あくまで健康の範囲内であり、決して太っているわけではない。

「必要ありませんよ、パトリシアは、今のままで十分可愛いです」

「そうですよ、それにリード様のお話は参考になりませんよ。決して小食ではないのに、無駄な肉が全くつかないんですから。この衣装だって、陛下はアローロにいた頃と同じサイズで作ったはずなのに、余裕が出来てしまって結局詰める事になったんですよ」

リードの隣で、満面の笑みを浮かべて話を聞いていたルリが、思わず苦言を出す。

後宮に入った頃からリードに仕えていたルリは、リードが後宮を出てからは実家の方に戻っていた。

リードのいない後宮で働く気にはならないと言った

ルリは、あの時自分がリードの傍にいればとひどく後悔していた。

そんなルリを王宮に戻したのは、リケルメだった。今回リードとラウルの婚姻が決まった後、事情を全て説明し、リード付きの侍女としてアローロからオルテンシアへ行くよう命じたのだ。

リードの無事と、そしてラウルとの結婚を知ったルリは、涙を流して喜び、快諾した。

レオノーラとは元々顔見知りであったこともあり、離宮でのリードの生活全般の世話をしていたのもルリだ。

「それに御髪《おぐし》も、信じられないくらい短く切ってしまわれていて……！　陛下がリード様の御髪を残して下さっていなかったらどうなっていたことやら」

リードと再会したルリは喜ぶと同時に、その短く切られた髪に悲鳴のような声をあげた。

毎日リードの髪の手入れをしていたルリは、その美しい長髪をとても大切にしていたからだ。

結婚式までに伸びる長さには限界があったため、結局アローロでリードが残した髪から、鬘《かつら》を作ることにしたのだ。

そのため、今のリードの髪は胸元に届くほどの長さになっている。

ルリの小言を苦笑いで聞いていたリードだが、ふとマリアンヌの後ろに小さな二つの人影がある事に気付く。

「もしかして……アベル様とソフィア様ですか？」

リードがそう言えば、マリアンヌが微笑み、そっと後ろにいる子供たちへと声をかけた。

「アベル、ソフィア、御挨拶なさい」

マリアンヌに促され、長いスカートの後ろから、二人の小さな子供が顔を出す。

「お久しぶりです、といっても……私は二人が赤ちゃんの頃にあったきりなのですが」

アベルとソフィアは、グレースの産んだ双子だ。

初産で双子ということもあり、グレースにとってはそれこそ命がけの出産ではあったが、産後の経過はよく、数日後にはリードも顔を見ることが出来た。グレースに頼まれていたこともあり、その時リードも二人の赤ん坊を抱くことが出来た。

腕の中の小さな命の温かさと、優しいにおいを、今でもリードはよく覚えている。

二卵性ではあるものの、同じ銀に近い金の髪と琥《こ》珀色《はくいろ》の瞳を持つ二人は、もじもじとしながらもリードの前へと出てくる。

「こんにちは」

「お会い出来て嬉しいです、リード様」

あらかじめ、練習してきたのだろう。

ゆっくり、たどたどしくはあったが、二人はリードの前できちんと挨拶をして見せた。

「二人とも、大きくなりましたね。今日は、二人が結婚式のお手伝いをしてくれるんですよね。よろしくお願いします」

今日の結婚式では、もうすぐ八歳になるセドリックをはじめ、他の子供たちも所々で登場するという説明をリードは受けていた。

式自体はオルテンシアで行われるものの、内容に関してはリケルメの意見も多く取り入れられているという。アベルとソフィアは、リードが歩くウエディングアイルに花を撒くフラワーガールとフラワーボーイをするはずだ。

リードに言われた二人は、恥ずかしそうに、けれど嬉しそうに頷いた。

「あの」

「はい？」

「リード様に会えるの、楽しみにしてました」

女の子ということもあり、言葉の発達も早いのだろう。

ソフィアがそう言えば、横にいるアベルも同調するように頷いた。

「お母様が、言っていました。リード様が、私たちをこの世界につれてきてくれたんだって」

リードの瞳が、大きく見開いた。

「ありがとうございます」

そう言って、二人はぺこりとリードに向かって頭を下げた。

物心がつく前から、グレースは二人にリードの話を繰り返し聞かせていたのだろう、その言葉はとても自然なものだった。全く予期していなかった言葉にリードは驚き、何も言う事が出来なかった。

望みながらも、長い間子宝に恵まれなかったグレースの悩みは、男であるリードには想像もつかない。だからグレースの懐妊を聞いた時には嬉しかったが、同時にほんの少し胸が痛んだことも事実だ。

男である自分には絶対にできない、リケルメの子を抱くことが出来るグレースがやはり羨《うらや》ましい気持ちがあったからだ。だけど、グレースはリードの存在も我が子へ語っていてくれた。

後宮にいた時のリードは、自身の存在を不明瞭《ふめいりょう》でどこかあやうく、それこそリケルメにとってしか価値のないものだと思っていた。

だけど、そうではなかった。

リードにも、少なからず後宮で残せたものはあったのだ。

「お二人が産まれたのは、グレース様がお二人に会いたいと、すごくすごく頑張られたからですよ」

出産に挑んだグレースの話を、いつかこの子たちに聞かせてあげたい。そう思ったリードは腰を落とし、二人の身体をそっと抱きしめた。

小さな温もりからは、やはりとても良いにおいがした。

「グレースも、あなたの式にはとても参加したがっていたのだけど、やはり体調の方がよくなくて」

マリアンヌの言葉に、姿勢を正したリードが小さく首を振った。

「まだ四カ月で、安定期にも入っていませんから、悪阻《つわり》の方もひどいんだと思います。無理はされない方がいいですよ」

グレースは、今回のリードの結婚を聞いた後、誰よりも早く同行を願い出たそうだ。当初は同行する予定だったのだが、その後すぐに懐妊が発覚し、結局それはかなわなかった。

年齢が年齢であるため、医師の方からも大事にするよう言われているはずだ。

だからこそ、自分の代わりと二人の子供を参加させたのだろう。

「そうだ、言うの忘れてた。リケルメ、グレース様のご懐妊、おめでとうございます。すごいなあ、七人の父親になるなんて」

純粋にリードは感心したのだが、言われたリケルメはどこか決まりが悪そうだったが、すぐに何かを思い出し、ニッと笑った。

「七人ではなく、八人だろう？」

「え？」

他に、誰か懐妊している妃《きさき》がいるのかと思わずリードは他の側室たちを見回した。

「お前も、俺の子になったのだから」

リケルメの言葉に、一瞬リードはきょとんとしたが、すぐにその頬を緩めた。

「うん、そうだったね」

にっこりと笑いかけるリードにリケルメも満足そうにしていたが、その瞳にはほんの少し、複雑さが含まれていた。

「陛下、リードと話していたい気持ちもわかるのだけれど、とりあえず式の後にしてくださいね」

マリアンヌに言われ、慌ててリードは時間を確認する。

「ああ、もうこんな時間なのですね。王妃様、リード様のベールダウンを」

ルリが、慌てたようにマリアンヌの方を向く。花嫁のベールを下ろすのは、母となったマリアンヌの役割になるはずだ。

けれど、ルリの言葉にマリアンヌは笑って否定した。

「いいえ、その役割は私よりもっと適任者がいるのよ」

そう言うと、マリアンヌは自分たちの一番後ろにいる女性へと声をかける。

身なりは良いものを着ているが、今まで目立たぬように後ろに控えていたため、今の今までリードも気付かなかった。

「ナタリー」

マリアンヌが呼んだ大人しげな、けれど質の良いドレスを身に纏《まと》った女性を見た瞬間、リードは目を瞠《みは》った。

「お義母様……」

「久しぶりね」

ぎこちない笑みではあったが、初老になった義母がリードを見つめる瞳《ひとみ》は静かで、優しいものだった。

「貴方が病床についたと聞いてからは、謁見を求めて何度も王宮へ足を運んでくれたのよ。残念ながら、許可は出来なかったのだけど」

マリアンヌに言われ、ナタリーが苦笑いを浮かべる。父も、そして義母も、リードを心配し、一目で良いから会わせて欲しいと請うてきたのだろう。

話を聞いた途端、リードの表情が曇る。父や義母のことは気にかかってはいたが、自分が思う以上に二人はリードの事を心配してくれていたようだ。

「謝らなくて、いいんですよ。貴方が無事で、良かった」

言葉少なではあるものの、ナタリーの喜びはその表情からもよくわかった。

「ありがとう、ございます……」

目頭が、熱くなった。もう二度と、会えない人だと思っていた。

「リード、嬉《うれ》しいのはわかるけど、泣きはらした瞳で式に出ちゃだめよ」

小さく笑ったマリアンヌが、肌触りの良い布でリードの目元を丁寧に拭《ふ》いてくれた。

マリアンヌに促され、リードは先ほどまで座っていた椅子へと腰を下ろす。

ナタリーがその前へと立ち、ゆっくりとリードの顔へとレースのベールを下ろしていく。

「父上と一緒に、来賓席の片隅で、貴方の事は見ていますからね」

「はい」

リードが礼を言えば、ナタリーは眩《まぶ》しいものを見るようにその瞳を細めた。

「セシリアにも、見せてあげたかったわ」

義母の口から、母の名前が出たのは初めての事だった。驚きつつも、リードはゆっくりとその言葉に頷いた。

「陛下、リード様、そろそろお時間です」

ノックと共に、文官の青年が控えの間へと入ってくる。

聞き覚えのある声にリードが視線を向ければ、正装姿のレオンがリードに向かって微笑んだ。

音にはならなかったが、「おめでとうございます」とその口が動いたのがわかった。

「はい」

返事をすると、自分に向かって差し伸べられたリケルメの手を、しっかりとリードが取った。

「リード」

ちょうど控えの間を出るところで、マクシミリアンがリードへと声をかける。

「今、幸せですか？」

出会った頃と同じ優しい笑みを浮かべたマクシミリアンの問いに対し、リードは僅《わず》かに目を見開いた。

衣装の下に忍ばせてある、マクシミリアンからの緑色の石に手を当てる。

「はい、とても」

笑顔でしっかりと答えたリードに、満足そうにマクシミリアンが頷いた。

大聖堂には、既にたくさんの人間が集まっていた。

王族の結婚式は、貴族や諸外国の王族といった来賓客でその多くが埋まってしまうが、今回はリードの希望もあり、サンモルテで暮らす子供たちのためにも席が設けられた。

オルテンシア側には、国王夫妻と側室、王の側近と錚々《そうそう》たる顔ぶれが並んでいる。ラウルの側近たちも、今日ばかりは仕事を忘れ、今か今かと式を心待ちにしていた。

エンリケとフェリックスの姿が見当たらないのは、それぞれに海と陸から、二人への祝砲のための指揮をとるためである。なお、エンリケにいたっては式の後に行われる王都のパレードの陣頭指揮もとることになっていた。

アローロ側には、王妃であるマリアンヌ、そして側室たちが並び立った。

結婚式の始まりを、大聖堂の中央にある時計の針が知らせると、それまでの騒がしさはなくなり、辺りは水を打ったように静まり返った。

王太子であるラウルが登場すると、聖堂は少しの喧騒《けんそう》を取り戻したが、それもすぐに落ち着いた。

普段の軍服とは違う、濃い青色に銀色の勲章がつけられた儀礼用の軍服は、ラウルの華やかな容姿によく似合っていた。

凛々《りり》しい姿に、参列している若い娘たちはその隣に立つ相手を心から羨ましく思った。

楽団が演奏を始め、王室直属の聖歌隊の少年たちが歌を奏ではじめる。

中心に立つのは、ソリストであるピオだ。

今日のため、ここ数カ月の間、聖歌隊の少年たちは厳しい練習に耐えてきた。

けれど、彼らの表情は晴れ晴れしいまでの笑顔で、高く美しい歌声が大聖堂を包み込んでいく。

アベルとソフィアが登場すると、その愛らしさに参列者の表情が緩んだ。

王都に一つ祝砲が響き渡り、式の始まりを教えた。

大聖堂の扉が開かれ、リケルメと、そしてリードが姿を現す。

円熟味の出たリケルメの秀麗さは元より、その隣に並んでも全く見劣りする事のないリードの美しさに、誰もが言葉を失った。

さすがのリードも少し緊張しているのか、いつもより表情は固かったが、ベールをかけていることもあり、より神秘的な雰囲気が増していた。参列者の中には、夢を見ているかのような気分になるものもいた。

真紅の絨毯《じゅうたん》の敷かれたウエディングアイルを、アベルとソフィアが白く小さな花で飾っていく。その上を、リードはリケルメと共にゆっくりと、丁寧に歩みを進めていく。

祭壇に近づき、リケルメがリードの腕を離した。笑顔でリードに向き合った後、すぐに表情を厳しくし、ラウルを見つめる。そんなリケルメに対し、ラウルは怯《ひる》むことなく視線を合わせ、腕を上げて敬礼した。堂々としたその姿にリケルメも僅かに頬を緩め、そして同様に敬礼を返す。

ラウルから差し出された手をリードが取れば、ようやく祭壇の中心へと並び立つ。

今日の式の司祭を務めるのはマザーではなく、アローロ側の教会長だった。マザーよりも年が上で、旧知の中であるため、マザーもアローロ側の希望を快く受け入れた。

リードの姿を確認すると、小さく笑みを浮かべる。アローロにいた頃、時折キャサリンと共に祈りを捧《ささ》げていたリードを見守っていた教会長だ。

静寂が空間に流れる中、朗々とした声で、愛の言葉を説いていく。ラウルとリードは、静かに耳を傾けた。

途中、アッシャーを務めるセドリックと、キャロラインの子のエミリオが、フィータを二人へ届けに来た。今日のためにラウルが用意したフィータは、デザインは同じだったが、ちりばめられた宝石の色が青と翠《みどり》という、それぞれの瞳の色にあわせたものだった。

「それでは、誓いのキスを」

元々身長差があるとはいえ、リードが少しばかり腰を屈める。ラウルが、丁寧にリードのベールを上げていく。見上げた先にあったラウルの表情の優しさに、リードも笑顔を返した。

ラウルが、ゆっくりとリードに顔を近づけていく。その時。

「ラウル殿下は、リード様の手の甲へ、口づけて下さい」

「は!?」

途端にラウルが表情を険しくし、教会長の方を睨《にら》む。

「こういう場合、口づけるのは唇だろ」

「リケルメ王から、手の甲へ、という指示が出ております」

小声でラウルが話しかければ、苦笑いを浮かべて教会長が言った。

リードは、思わず頭を抱えたくなった。

リケルメとしては、結婚は許可したとはいえ、それでも自分の目の前でラウルがリードに口づけるのが、我慢ならなかったのだろう。司祭をマザーではなく教会長にしたのも、おそらくこれが理由のはずだ。今頃、ラウルの事をしてやったりとばかりに見ているはずだ。

式の進行が止まった事で、参列者も少しずつざわついていく。

「ラウル、今回は手でいいよ」

周囲の様子に気付いたリードが、こっそりとラウルへ話しかけたが、それによりラウルはますます眉間《みけん》の皺《しわ》を濃くした。

「嫌だ」

「え?」

「結婚式で、神の前でするなら唇に、というのが決まっているだろう」

頑《かたく》なラウルの言葉に、今度はリードの表情が引きつる。やはり叔父《おじ》と甥《おい》なだけの事はあり、この二

人はよく似ていた。

リードは小さくため息をつくと、教会長へとこっそり話しかける。

「殿下から、ではなく、殿下へ、ならかまいませんよね？」

「え？」

思ってもみなかったリードの言葉に、教会長も咄《とっ》嗟《さ》に言葉を返す事が出来なかったのだろう。

リードはラウルの方を向くと、思いっきり背を伸ばし、ラウルの唇へと自らのそれを口づけた。ラウルは驚きながらもそれに合わせ、リードの身体をふわりと宙に浮かせる。

二人のキスが行われた事により、参列者も安心したのか、ワッという歓声が巻き起こる。

面白くなさそうな表情をするリケルメの隣で、マリアンヌが懸命に笑いを堪《こら》えていた。

「シヴァイエ神とシャクラ神の名の下に、王太子ラウルとその妃《きさき》、リードが誕生した事を、宣言する」

呆気《あっけ》にとられながらも教会長が宣言すれば、大聖堂は割れんばかりの拍手と、そして二人を祝う声に包まれていった。

大声援が後ろに聞こえながらも、ラウルは教会長が止めるまで唇を離すことはなく、リードも苦笑しながらそれに応え続けた。


たくさんの真っ白な鳩が、セレーノの青い空へと飛ばされる。

エンリケとフェリックスが、それぞれ海と陸からいくつもの祝砲を打ち上げた。

教会の鐘が、勢いよく鳴らされ、王都へ式の終了を知らせる。

リードはラウルの手をしっかりと掴《つか》み、大聖堂の外へと足を踏み出す。

待ち構えていた割れんばかりの歓声に二人は顔を見合わせ、笑顔で手を振った。

観衆の声がそれにより、ますます膨れ上がった。

掌編

沿道《えんどう》に立つたくさんの人々が、馬車の上の二人へと大歓声《だいかんせい》を送っている。

美しく弧を描いた銀色の馬車は、屋根のないキャリッジタイプのもので、王太子と新しく誕生したその妃を一目見ようと、城まで続く大通りは人で溢れていた。

白い手袋を身に着けたリードは人々に対し優しく手を振り、表情には美しい笑みを浮かべている。傍らに座るラウルは、人々へ視線を向けながらも、時折気遣《きづか》うようにリードを見つめていた。日頃、特に公務の場では感情の起伏が乏しいラウルだが、今日ばかりは違うようで、その口元には笑みが携えられていた。

初々しくも美しい、そんな二人の姿は見る者さえ幸せにするようで、人々の表情はみな笑顔だった。

大聖堂のバルコニーから大通りを見つめていたリケルメだが、二人の姿が見えなくなると、興味を失ったように踵を返した。一刻ほど後に、城で盛大な披露パーティーが行われることになっているため、既に聖堂内の人はまばらだった。支度に時間がかかる、マリアンヌを始め他の側室たちもすでに城の方へと向かったようだ。

正直、宴まで付き合ってやる義理はないというのがリケルメの本音ではあったが、くだらない貴族たちの腹芸に参加するのは他でもない、リードのためだ。自身の養子にしたとはいえ、血のつながりがないことは勿論周囲の人間にはわかっているため、軽んじられる可能性は十分にある。ラウルでは少々頼りない事もあり、リードにはリケルメの威光《いこう》がある事をこれでもかと見せつける必要があった。

警備に立つ番兵の恭しい敬礼を受けながら、扉の中へと入る。用意されていたアローロ側の控室は、既にもぬけの殻となっているはずだったが、そこには何故か先客がいた。

「……一体、オルテンシアの警備はどうなってるんだ」

窓から外を見つめる見覚えのある背格好へと声をかければ、笑みを携えた男が振り返った。

「まあ、そう目くじらをたてるな。窓からの侵入は、さすがに予想していなかったんだろうな」

その言葉に、リケルメが形の良い眉間に皺を寄せる。

ここは大聖堂の最上階で、高さはもちろん、登ろうにも足場はかなり悪いはずだ。そんな大聖堂の壁を、まさか登る人間がいるとは思わないだろう。男の言うように、確かに警備の盲点《もうてん》をついている。

「それで？　何しに来たんだガスパール」

窓にもたれかかり、腕を組んだ親友へと声をかければ、にやりと人の悪い笑みを浮かべた。

「そりゃあ、傷心の友を慰めに？」

他人に弱みを見せる事はない、普段のリケルメならば必要ないとバッサリと切り捨てるところだが、今日ばかりは少し様子が違った。相手が、それこそ物心がつく前から互いを知っている幼馴染であるということもあるのだろう。

リケルメは机の上に用意されていた蒸留酒とグラスを二つ手に取ると、片方をジャスパーへと無言で手渡した。

「少し付き合え」

「いいのか？　これから城で披露パーティーだろう？」

「これくらいの量で酔うわけがない」

水みたいなものだ、と付け加えれば「確かにな」とジャスパーはフッと鼻で笑った。

互いの酒の強さはよく知っている。士官学校時代は飲み比べをすると結局勝敗が決まらないため、最後は二人に禁酒令が出たほどだ。

窓の近くにある小さなテーブルの椅子へと腰かけたリケルメは、ジャスパーも座るように促す。

互いのグラスに氷と酒を注ぎ、ジャスパーがグラスを掲げるのを横目に、リケルメは手元にあるそれを飲み干した。

「おい……」

「必要ないだろ、祝うような出来事なんてないからな」

思いっきり顔を顰《しか》めてそう言えば、ジャスパーは苦笑いを浮かべながら、グラスへと口をつける。喉に通る冷たい感触が心地良い。度数はそれほど高くなさそうだが、フルーツを使っているのか香りはとても良かった。

「月並みな表現だが、この世のものとは思えない美しさだったな」

リケルメの眉が、ぴくりと動く。直接的な名前を、ジャスパーは出さなかった。けれども、誰の事を指しているのかリケルメにはわかった。

「あんなにきれいな子と十年も一緒にいられたんだ、お前は果報者だな」

「どこぞの死に損ないが顔を出してこなければ、これからも一緒にいられたかもしれないがな」

リケルメが少しの苛立ちを感じながらも軽口を叩けば、ジャスパーは苦笑しながら肩を竦めた。

「そうなっていたら、今頃大陸は戦場になっていただろうな」

ジャスパーの言葉に、リケルメの頬が引きつる。

「相変わらず、口の減らない奴だ」

「お互い様だろ?」

軽く睨みつけたところで、それに怯むジャスパーではない。

顔を見合わせ、吹き出したのも、ほぼ同じタイミングだった。

「別に、あれが美しいから側においていたわけじゃない」

先ほどまでとは違う、神妙な顔をしたリケルメの言葉に、ジャスパーは片眉を上げる。

「だろうな。美しいだけじゃなく、賢く、気立てまで良いんだ。お前が傾倒するのもよくわかる」

ジャスパー自身はリードをそういった目では見た

事がなかったが、リケルメやラウルが心を奪われる気持ちはよくわかった。

「何より、あの大きな翡翠の瞳で見つめられて、心が騒がない男はいないだろう」

ジャスパーがそう言えば、目の前に座るリケルメの瞳が剣呑なものになる。

「だから、それが理由ではないと言っているだろう」

他の人間とは違う、自分はリードの外見に惹かれたわけではない。苛立ちを含んだ声色でリケルメがそう言えば、目の前に座る男は面白そうにこちらを見ている。

「確かに、最初は外見に惹かれたことは事実だが」

視線を逸らし、ボソリと呟く。

「だけど、そんなものは初めて会った時だけだ……」

言いながら、リケルメは十年以上前、リードと出会った日へと思いを馳せる。

◇◇◇

出世競争や、貴族間の謀《はかりごと》にも全く興味がない。ただ関心があるのは学問のみという変わり者。自身の師であるフレッド・エスメラルダに対するリケルメの印象はそんなものだった。新しく発見された概《がい》念《ねん》や生物に興味はあっても、人の名前はもちろん顔すらまともに覚えないため、貴族社会では明らかに浮いていた。

そんなフレッドが、珍しく誇らしげに話していたのが自身の末の息子の事だった。親の欲目もあるかもしれないが、勉学への探究心には目を瞠るものがあり、ぜひ王都の学校で学ばせ、行く行くは自身の研究を継がせたい。確か、そんな風に言っていたはずだ。

子息の自慢など、これが他の貴族ならば鼻で笑ってやるところだが、相手がフレッドだということもありリケルメも少し興味を持った。

そしてその後、リケルメは偶然にもフレッドの言う自慢の子、リードと出会う事となった。

あの時の驚きと興奮は、今でもリケルメはよく覚えている。

木に登り、下りられなくなった貴族の子弟がいると聞き、呆れる周りの家臣たちとは違い、まずリケルメは面白いと思った。時代の流れか、最近では騎士団を希望する貴族の子弟ですら、気性の大人しい子どもが増えているのだ。毎日夕暮れ時に、乳母から泣きそうな顔で、そろそろ宮殿へ入ってくれと言われていた自分の子ども時代とは大違いだ。だから、どんな顔をしているのか見てやろうとわざわざ庭へと足を運んだ。

そして自分の腕の中に、その小さな存在は文字通り落ちてきた。

人形のように可憐な外見に、見るからに聡明そうなキラキラとした瞳。

年齢の割に、妙に畏まった口調が愛らしくて、下ろすのをとても勿体ないと感じたのを覚えている。

「あの木に、登ったのか？」

リケルメの話を黙って聞いていたジャスパーが、驚いたように口をはさんできた。

「ああ、俺たちでさえ、あの高さにはなかなか手こずったよな」

幼い頃から活発だったリケルメは遊びもなかなか豪快で、それこそ王宮の庭では狭すぎるくらいだった。

そして、そんなリケルメの遊びに唯一ついていけたのが、ジャスパーだった。

「お前、レオノーラから逃げるためによくあの木に登ってたよな。最後は怒ったレオノーラが木を切り倒そうとしたり」

「姉上は真面目すぎるからな、笑わせようとしたんだが悉く怒っていたな」

まだ、リケルメとレオノーラが王太子と王女であった頃。王宮の庭は、いつも賑やかだった。

いつも自分を見る時にしかめっ面をしているレオノーラが、ジャスパーを見るときだけ表情が柔らかくなるのが少し面白くなくて、わざとイラズラをしかけたこともあった。明日は何をして遊ぼうかと、日が暮れるのが勿体ないと思っていた。

けれど、そんなリケルメの少年時代は、束の間に過ぎなかった。

そして気が付けば、自分を王としてではなく友として見てくれたジャスパーも、ただの弟として見てくれたレオノーラも、リケルメのそばからいなくなっていた。

国王として確固たる地位を築き上げていくにつれ、リケルメの掌にあった大切な物はポロポロと零れ落ちてしまった。

リケルメにとってアローロは勿論、大切なものだった。国のためならば、時に実の姉や親友さえ切り捨てることが出来る自身の持つ冷酷さは、アローロ王としては必要な素養でもあった。単純な優しさや情の深さだけでは、大国の王など務まらない。

しかし、そのために払った代償は大きく、いつしか賢王という立場に息苦しさを感じていたのもまた事実だ。

けれど、それもリードと一緒に過ごす時間だけは違った。


多くの王と言われる存在がそうであるように、リードを後宮へといれる以前、リケルメが後宮へと通うのは夜だった。日中でも、マリアンヌの所には訪れることはあったが、あくまでそれは王妃であるマリアンヌに何かしらの相談事があるからだ。マリアンヌに勿論、他の側室を軽んじているわけではない。特定の側室を贔屓することなく、夜はなるべく平等に訪れるようにしていた。ただ、政務は多忙であったし、基本的にリケルメは自分が自由になる時間を大切にしていた。その時間を使ってまで、後宮に足を運ぼうとは思わなかったのだ。

しかしそんな日々は、リードが後宮へ入ってから大きく変わった。

幸せだった子供時代の象徴のような木から落ちてきた、愛らしい少年。利発そうな眼差しと物言いも気に入ったが、リケルメ自身、どうしてここまで自分がリードの事が気になるのか最初はわからなかった。

後宮へと迎え入れることを決めた後も、その日を待ち遠しく思いながら、どこかで三年後には自分の気持ちも霧消しているのではないかと、そんな風にも思っていた。けれど、そんなリケルメの予想は大きく外れた。むしろ、三年という月日はリケルメの中のリードへの思いを確固たるものへと変えた。

十三になったリードは、出会った頃の面影を残しつつ、とても美しく成長していた。後宮に入った日の夜、気丈に振舞いながらも自分が宮を訪れた時の、安堵の微笑みを見た時、リケルメの中に愛しさがこみ上げた。幼い肢体はリケルメの身体を受け止めるには不十分ではあったが、それでも情欲を覚えた。これまで見目の良い少年少女は何人も見てきたが、こんな気持ちを持ったのは、初めての事だった。腕の中のリードの存在が、可愛らしくて、愛おしくてたまらなかった。

離れている数年の間でも消えることがなかったのだ。リケルメのリードへの気持ちは、後宮に入ってからはますます強まっていった。ほんの僅かな間でも自由な時間がとれると、すぐさまリードの宮へと足を運んだ。日の高いうちから側室のもとを訪れる日が来るなど、思いもしなかった。

リケルメのリードへの入れ込みように、側近たちも初めは戸惑った。これまで特定の側室に目をかける事がなかったリケルメが、リードに対してだけは目に見えて執着しているのが明らかだったからだ。ついには、王宮内でリケルメが見つからなければ、すぐさまリードの宮へと使いを送るようにまでなってしまった。

「リードが話す、見たことも聞いたこともない異国の話はとても面白くてな。それこそ一晩中聞いていても飽きぬほどだった」

「……それは、リディも大変だっただろうな」

リケルメには意外としつこいところがある事を知っているジャスパーが、苦笑いを浮かべる。

「ただ話すだけではなく、俺の質問にも的確に答えてくれていたからな。その辺の学者連中と話すより、よっぽど張り合いがあったぞ」

当時を思い出せば、自然とリケルメの頬が緩む。

「なんだ、城を傾かせたリディの魅力はやはりその才覚にあったか」

「そうじゃない。勿論それも魅力の一つではあったが……俺にとって大切なのは、リードの存在そのものだ」

リケルメの言葉に、ジャスパーがその瞳を見開く。

「本当はわかっていた、あいつが後宮での生活を持て余していることを。母上からは何度も言われたよ、あれほどの才能のあるリードを、いつまで側室なんて立場にしておくつもりだ、とな」

「まあ……王太后様ならそう言うだろうな」

「正直、あの頃はリードの利発さが愛おしくもあり、少し憎らしくもあった。もし、これといった取り柄のない、凡庸《ぼんよう》な青年だったら何の問題もなく後宮の中に収まってくれたはずだからな」

誰よりも幸せな側室、いつしかリードはそんな風に言われるようになっていた。リケルメ自身がそう言った事は一度もないが、それが周囲のリードへの評価だった。それはまた、リケルメが意図した事でもあった。

基本的に、リケルメが感情的になる事は滅多にない。周囲の人間を常に冷静に見ている事もあり、相手が何を欲しているか、何を恐れているか、等は易々と想像することが出来る。声を荒げる事もあるが、それだって全て計算のうちだ。だからこそ、リケルメは人心を掌握するのにとても長けていた。けれど、そんなリケルメが唯一自由にならなかったのも、リードだった。

「何か、入り用なものはないか」

あの頃、リケルメがそう言う度に、リードはその表情に喜びと、そして戸惑いを浮かべていた。はっきり言ってしまえば、この世界でリケルメが手に入れる事が出来ないものはほとんどない。ありあまる富と権力を持っているのだ。それこそリードが望めば、大陸の果てにあるという鉱物でさえ手に入れただろう。けれど、誰もが欲する美しい宝石にも衣装にも、何一つリードが興味を持っていない事もリケルメは知っていた。

「ないよ、十分よくしてもらってる。ありがとう」

困ったように言うリードは可愛らしくもあったが、同時に心の奥底ではリケルメは微かな苛立ちを感じてもいた。勿論、それはリードに対してのものではない。リードの心を掴み切れない、自身に対してだった。

「お前は、本当に欲がないな」

決して他の側室たちが強欲だというわけではないが、それでも損得勘定や自己顕示欲はしっかりと持っている。装飾品やドレスの贈り物を一つ間違えれば、余計な諍いを生む可能性もあるため、極力リケルメは気を遣ってきたし、同時に彼女たちの自尊心が満足するようにも振舞ってきたつもりだ。元々出自は良いものが多いため、あからさまに身内の地位や立場を上げる事はなかったが、それでも手心は加えていた。けれど、リードはそれすらも望まなかった。

「前にも話したと思うけど……父や兄の実力を評価してのことなら、文句はないよ。だけど、俺の身内だからってことなら、やめて欲しい」

白い肌に布だけを纏った寝台の上、リードは真剣な表情でそう言った。けれど、すぐに頬を緩め、悪戯っぽくリケルメを見つめる。

「賢王リケルメが、美しい側室に逆上せあがるあまり、政にまで支障を来し始めた、なんて悪評が広まるのが関の山だよ」

「……誰が美しい側室だって？」

「世間ではそう言われてるらしいよ？　リケルメにとっては、そうでもない？」

おおよそ、リードは自身の外見に関しては興味が薄いようだった。だから、リケルメもわざわざそれを口にするようなことはしなかった。とはいえ、その外見を評価していないわけでは勿論ない。

「この世界で、お前ほど美しいものを俺は知らんな」

リードの華奢な身体を腕の中へ閉じ込め、真摯な瞳でそう告げる。機嫌をとるためではない、心からの本音であることはリードにも伝わったのだろう。

「お、大袈裟だって……」

頬を赤くしたリードが、その表情を見せまいと、厚いリケルメの胸板へと顔を埋める。滑らかな肌とリードの体温が伝わり、艶やかな髪を優しく撫でる。

王としてのリケルメの力は何も求めない一方で、王としてのリケルメの立場を誰よりも重んじているのはリードだった。

最初の頃こそ無邪気な行動も目立ったが、年齢を重ねるにつれ落ち着いていったのも、全てリケルメの顔をつぶさないためだろう。けれど、リケルメを王として見ているわけではない。けれど、リケルメが誰にも見せてこなかった、血のにじむような努力、身を切るような痛みを感じながらも切り捨ててきたもの、賢王としての立場はそれらの上に成り立っている事を、何も言わず受け入れ、尊重してくれていた。理知的で、聡い愛しいリード。ただ、あまりに物分かりが良すぎる事もあり、それ以外の面も見たいと思ってしまった。

大貴族で、国内でも有数の資産家であるレオンの後宮入りを許可したのも、今思えばそういった気持ちが心のどこかにあったからだろう。

ようは、魔が差したのだ。

「エヴァレット家の要望を断ることが出来ない父上ではないと思いましたが、私の買い被りでしたでしょうか」

士官学校を卒業し、少しずつ政務に関わるようになっていたマクシミリアンが、珍しくリケルメの執務室に来たかと思えば、静かな眼差しでそう言った。文武においてこそリケルメに勝るとも劣らない力を持ちながらも、元々の気性もあるのだろう。どこか自信なさ気であったマクシミリアンが、自分の意見をしっかり口にするようになったのは、いつの頃からだっただろう。

「エヴァレット家の持つ資産はもちろんだが、あのリサーケ同盟とも懇意《こんい》にしていると聞く。繋がりを強くしておいて損はないだろう」

「フェリックス・リサーケですか。確かにここ数年の彼の活躍は目を瞠るものはありますが……。とはいえ、父上の脅威になるような存在でもないと思いますが」

「フェリックスが、オルテンシアの貴族だからか？」

リケルメの言葉に、一瞬マクシミリアンは言葉に窮し、そして頷いた。

「甘いな」

鼻で笑えば、マクシミリアンがあからさまにその表情をムッとさせる。

「オルテンシアとアローロは確かに繋がりも強ければ、両国の関係も安定している。だがなマクシミリアン、国家に友などというものは存在しない」

「……オルテンシアでも、敵国になる可能性があるという事ですか」

「場合によってはな。お前もこの国の王になるのなら、心得ておけ。俺は、アローロ以外の全ての国が仮想敵国だと思っている」

　少しでも甘い考えを持っていれば、足をすくわれると。リケルメの言葉にマクシミリアンは顔を曇らせながらも、無言でうなずいた。

「それだけ大局を見る目に抜かりのない父上でも、人の心の機微《きび》は察することは出来ないのですね」

「どういう意味だ」

　色合いこそ違うものの、責めるような眼差しは、若い頃のリケルメによく似ていた。

「エヴァレット家と繋がりを持つ事の重要さはわかりました。アローロの王としての、貴方の選択は正しいのでしょう。けれど、貴方が新たに妃を得ることで、心を痛める人間がいる事は、お気づきにならないのですか？」

　マクシミリアンの言葉に、書類に目を通していたリケルメの動きが止まる。

「……既に、俺には幾人もの妃がいる。今更、一人増えたところでどうということはないだろう」

　そう言いながらも、どこかリケルメの口ぶりが重たかったのは、マクシミリアンの言葉を否定しきれない自分に気付いたからだ。

「それは、強者の論理です」

　穏やかな物言いではあったが、マクシミリアンはなおもはっきりと口にした。

「知っていますか？　貴方のことをこの国の人々が太陽王と呼んでいる事を。貴方は何も欠けることがなく、全てを手にしている。むしろ、これからも様々な物を得ていくはずだ。そんな貴方に、何も持つことが出来ない彼の方の気持ちがわかるはずがない！」

「知ったような口をきくな！」

　珍しく、声を荒げたリケルメに、僅かにマクシミリアンの表情が怯む。けれど、そこでハッとしたのか、リケルメは瞳を一度閉じ、ゆっくりとため息をついた。

「別に、新しく妃を迎えるからと言って、何かが変わるわけではない。俺にとって、寵姫と呼ばれる存在は、あいつだけだ」

エヴァレット家の子息の美しさは、伝え聞いてはいた。けれど、それが理由で入宮を決めたわけでは勿論ない。何より、どんな妃が来ても自分の心が動かされることはないと、リケルメは確信していた。それくらい、リードへの想いはゆるぎないものだと。

「父上が決めた事です。私がそれを止める事など出来ません。けれど、あの方は、既に色々なことに傷ついているし、貴方はたくさんの我慢を強いている。どうか、それをお忘れなきように」

それだけ言うと、マクシミリアンは真っ直ぐに背筋を伸ばしたまま踵を返し、執務室を退室していった。

最後まで、自らの意見を言いきったマクシミリアンを面白く思う一方で、その言葉に引っかかりも覚えた。自分は、何かを間違ったのかという思いが一瞬心に過ったが、すぐさまそれを否定する。そんなはずはないと、自身の誤ちを認めたくなかったからだ。けれど数日後、正式にレオンの入宮を話したマリアンヌの視線は、マクシミリアンと同様にどこかリケルメを責めるものだった。

「いつもの様に、ご自分の口からお伝えにならないのですか？」

アローロでは王が新たに妃を迎える場合、王はまず王妃に、そして次に側室たちへとそれを伝えるのが習わしだった。けれど、今回リケルメはマリアンヌにそれを伝えるのと同時に、リードにはマリアンヌの口から伝えてもらえないかと話したのだ。

「……あいつの、悲しむ顔は見たくない」

「それなら、最初からお断りになればよかったんですよ」

きっかけは、ほんの些細な気持ちに他ならなかった。常に冷静で、理知的なリードが感情的になったり、拗ねたりする様子が見てみたいと、そう思ったのだ。妬《や》いて欲しい、等と思ったわけではないが、我が子であるマクシミリアンは勿論、どんな人間がリードに近づく事も許せない自分に比べ、自ら他の妃の名前を出す事さえあるリードの余裕が、少しばかり面白くなかったのだ。そんな時に、以前から請われていたエヴァレット家から子息の後宮入りを希望する声があった。数年前に娘の入宮を断っていたこともあり、さすがに二度目ともなると都合が悪かったのもあった。ただ、いざそれをリードに話すという事になると、マクシミリアンから言われたこともあり、なんだかひどくきまりが悪くなったのだ。

「……リードには、貴方は断ったつもりだったのだけど、伝達《でんたつ》の行き違いがあったのだと伝えておきます」

「そうだな、そうしてくれると助かる」

実際のところは、リケルメの言葉を取り違えるようなことがあればその家臣は自らの命をもってその罪を償わなければならないため、そういった事が起こる事はありえない。また、エヴァレット家に対しても最初から断る事だって出来た。けれど、一度受理したものを撤回するのはいくらリケルメでも困難ではあった。

「誤解なさらないでください。貴方のためではなく、リードのためです」

マリアンヌの声はいつもの、陽光のように穏やかな声色ではなく、初めて聞くような硬質なものだった。

「貴方はこの国の王で、守らなければならないものもたくさんあるのだと思います。けれど、本当にご自分にとって大切なものは何なのか。それを見誤らないで欲しいと、この国の王妃として思います」

それに、とマリアンヌは続ける。

「あれだけ聡い子が、伝達の行き違いなどという口実を、信じてくれるかどうかはわかりませんけどね」

どんなに取り繕ってみたところで、結果的に新しく妃を受けいれる事を決めたのはリケルメだと。マリアンヌは言外に、そう言っていた。

リケルメの懸念を他所に、リードの様子が変わる事は一切なかった。マリアンヌから全て話は聞いているはずだが、恨み事も不満も、何一つ口にする事はなかった。

けれど、さすがのリケルメも気付いていた。リードは不満を口にしないのではなく、出来ないのだと。出会った頃の無邪気な印象が強く、今でも物怖じすることなくリケルメに意見することはあるが、それは全てリケルメを思っての事だ。書物を読みたいという要求こそ言うものの、それだってリケルメの立場を考え、顔を立てるために行っているのもあるだろう。

全て上手くいっていると思っていた自分とリードの関係が、とても細い線で繋がっていたことに、ようやくリケルメは気付いた。だからこそ、これまで以上にリードの要求を聞き、望みをかなえることに躍起になった。ただ、それすらもリードにとってはご機嫌取りにしか感じられなかったかもしれない。互いに気付かないフリをしながらも、生じてしまった些細な心のズレ。リードの生母の訃報《ふほう》が伝わったのは、そんな時だった。

本来であれば、側室に届けられる手紙は隅から隅まで検閲が行われるのだが、リードに限ってそれが甘かったのは、政治的な立場の弱さと、そしてリケルメ自身のリードへの信頼もあった。手紙は頻繁に送られていたし、いつもの近況報告だろうと、その程度に考えていた。世間的にはリードの母は義母《はは》のナタリーであったため、近親者の死として王宮に報告されなかったのもあった。

時機が悪い、という経験をこれまでしてこなかったリケルメだが、この時ばかりは時に味方をされなかった。母からの手紙が届けられる前日までリードと共に過ごしていたリケルメは、その後の二日を他の妃のもとへ通わなければならなかった。リードに何があったのかリケルメが知ったのは、泣きはらした瞳で自分を迎え入れた二日後の事だった。

一番側にいなければならない時に、出来なかった自身の立場をこの時初めてリケルメは後悔した。報告しなかったルリを叱責したものの、伝えて欲しくないというのがリードの願いだったと言われてしまえば、それ以上何も言う事が出来なかった。

いつもお前の傍にいたい。けれど、立場上そういうわけにもいかない。入宮した頃から伝えてきたその言葉が、いつしかリードの心の内に深くしみ込んでいた事に気付けなかった。何も要求されなかったのは、欲がなかったからではない。どんなにリケルメがリードを慈《いつく》しみ、愛したとしても、王と側室ではその立場に大きな隔《へだ》たりがある。リードはそれを、誰より理解していたのだ。

後宮に一度入ってしまえば、親の死に目にはあえないのが理だ。それを曲げ、生母の葬儀のために、実家に戻れるようにするつもりだったのだが、それはマリアンヌから反対された。ただでさえ、エヴァレット家から迎えられる側室の事が話題になっているのだ。理由が理由であるとはいえ、この時期にリードを後宮から出すことで、いらぬ詮索をされる可能性は高い。それは、後宮でのリードの立場を悪くしかねない。

その後は、どこか寂し気に笑う事が多くなったリードを少しでも喜ばせようと、あの手この手を使ってみた。けれど、結局何も出来なかった。

その時から、心の奥底では気付いていたのかもしれない。自分では、リードの一番欲しているものを渡す事が出来ないことを。誰かのたった一人の存在になる事、それがどんなに高価な宝石や地位よりもリードが求めたものだったと気付いたのは、リード自身にラウルへの気持ちを聞いた時だった。

「あいつは、あんな顔をして笑うのだったと、ようやく思い出せた」

先ほど目にした、パレードでのリードの顔を思い出しながら、苦い笑みを浮かべてリケルメが言った。口惜しいが、自分が長い間見ることが叶わなかったリードの微笑みでもあった。そんなリケルメに対し、ジャスパーは少し複雑そうな視線を送る。

「なんだ?」

「いや、一応聞いておくが、リディにラウル殿下との婚姻を勧めたのは、お前からだよな?」

「ああ。というか、聞いていたんじゃないのか?」

リケルメがリードにラウルとの婚姻の話を持ち出したのはあの夜、アグアで二人きりで話した時の事だった。リードは気付いていなかったようだが、あの時二人の警備も兼ねてジャスパーも庭にいたことをリケルメは知っていた。

「さすがにそこまでは野暮じゃないさ。俺が注視してたのは、他からの介入と、あの場でお前がリディを掠《さら》っていかないかどうかだけだからな」

ニッと笑ったジャスパーの言葉に、リケルメの表情が苦虫を噛みつぶしたようなものになる。

冷静になって考えれば、再会時の自身の取り乱しようをこの男に見られていたのは、ひどく具合が悪かった。

「今回の婚姻、俺はなんだかんだいってアローロ側の益を考えての事だと思っていた。養子とはいえ、お前の子がオルテンシアの王太子妃になるとすれば、影響力を持つことが出来るからな」

「確かに、それを考えていなかったと言えば嘘になるな」

リケルメの前にあるグラスの氷が、カランという音を立てた。

「だけど、それはあくまで周囲を納得させる言い訳みたいなものだ。そうじゃなくて、単純に……俺は」

「リディの幸せを考えてやっただけの事、か?」

言葉を選んでいたリケルメに対し、ずばりと言い切ったジャスパーに、リケルメの眉間に皺が寄る。

「まあ、そうだな」

確かにその通りなのだが、いざ口にされるとひどく感傷的になってしまう。情に流されるなど、全く自分らしくないと、照れ隠しからリケルメはその長い指で頰を軽くかいた。

けれど、ジャスパーはそんなリケルメを揶揄う様子はなく、むしろ穏やかな笑みさえ浮かべていた。

「リディが俺を見つけたことで、レオノーラと一度だけ会う機会を得たことは前にも話したな？」

「……ああ」

ジャスパーに他意はないのだろうが、間接的とはいえ二人の関係を壊した立場からすると、決まりが悪い話題ではあった。

「レオノーラとの再会を望まない俺に、リディが言っていた。共に同じ道を歩めずとも、相手が生きてさえいてくれれば、相手の無事を、幸せを願う事が出来る、ってな。あまりに悲痛な表情で言うから、頷かざるを得なかったんだが。今考えれば、あれはリディ自身の気持ちでもあったんだろうな」

そしておそらく、レオノーラとリケルメの間を少しでも修復させたかった。

レオノーラと、そして何よりリケルメのために。

「それだけリディは、お前の事も愛、」

「わかってる」

ジャスパーの言葉は、途中でリケルメによって遮られた。

「何年一緒にいたと思ってるんだ。リードが、どれだけ純粋に俺を想ってくれていたかなんて、わかってる。……たくさんのものを、俺はあいつからもらった」

思い出すのは、優美な外見とは対照的な、活発な気性と、ころころと変わる表情。

リケルメが宮へ顔を出せば、本を閉じ、いつも花開くような笑顔で迎えてくれた。

時折、表情をムッとさせる事もあったが、そんな表情すら愛おしくてたまらなかった。

ただただ可愛らしかった少年は、日に日に美しく成長していき、その美貌を見慣れたリケルメでさえハッとする事が何度もあった。

けれど、リードがくれた想いはあまりに純粋すぎるものだった。

出来るなら、生涯を共にしたかったが、それは叶わぬ夢だ。

それならば、リードの幸せのために自分が出来る事は全てしてやりたいと、そう思った。

「王など、つまらぬものだな」

幼い頃から、リケルメがアローロ国王となることは定められたものであったし、その立場も受けいれていた。

誰よりそれを知っているジャスパーは、その言葉に少し驚いたような顔をしたが、すぐに意味深な笑みを浮かべた。

「まあ、そういうな。それに、王のお前だからこそリディのために出来る役割だってあるだろ?」

「そうだな」

フッと、息を吐きながらリケルメは口の端を上げた。

そして、自身の役割を全うすべくゆっくりと立ち上がった。

◇◇◇

パーティー会場は、リケルメの想像する以上に工夫が凝らされた、華やかなものになっていた。新調された壁紙の装飾もきめ細やかで美しく、頭上のシャンデリアが明るく室内を照らし出している。

思ったより、聖堂に長居してしまったからだろう。

結婚披露パーティーとはとっくに始まっており、既に歓談の雰囲気になっていた。

突然登場したアローロ国王に、周囲はざわめき、何かしらと話しかけてくる人間は多かったが、リケルメはそれを全て上手くかわし、目当ての人物のもとへと向かう。

予想していた通り、リードは何人もの貴族たちに囲まれていた。

「いやあ、驚きましたよ。リケルメ王にこのように美しいお子がいらっしゃったとは」

「私も、何度もアローロには赴きましたけど、リード様の存在は一度も見たこともなければ、聞いたこともありませんでな」

「キャサリン様の親戚筋とは聞きましたが、どういったご関係で？」

リケルメが想像していた通り、下世話な貴族たちが笑みを浮かべながらリードにあれこれと質問を投げかけている。自分の娘をラウルの妃にしたかったのか、またはリードの出自を疑っているのかはわからないが、どちらにせよただただ不快な光景だった。

周囲に目配せをしてみたが、ラウルは心配気にリードを見てはいるものの、自身も対応に追われているようだ。

「ったく、これだから若造は」

小さな声で呟くと、リケルメはリードの背後へとゆっくりと近づいていく。

「我が息子に、何か？」

リードの肩を後ろから抱き込むように手を置き、不敵な笑みを浮かべてそう言えば、周りにいた貴族たちがギョッとしたように表情を失う。

「こ、これはリケルメ王……！」

冷や汗をかきながら、なんとかその中でも一番地位が高いであろう男が口を開いた。

「リードは幼い頃は身体が弱く、社交界に出る事もほとんどなかったため作法もあまり知らなくてな。何か貴公たちに失礼でも？」

冷え冷えとした視線をリケルメから送られ、男が押し黙る。

「……何か質問があるなら、俺が代わりに答えるが？」

ギロリと睨みをきかせれば、顔色を悪くした男はヒィッと情けない声をあげた。

「め、滅そうもありません！」

そして、取り巻きらしき男たち共々逃げるように去っていった。

リケルメと男たちのやりとりを見たリードは何度か瞳を瞬かせたが、すぐに後ろを向き、小さく笑った。

「父親役、意外と似合ってるねリケルメ」

周囲には聞こえぬように配慮したのだろう。こっそりと、囁くようなリードの声に、自然とリケルメの口角が上がる。

「さっきの狸どもに、ずっと絡まれていたのか？」

「いや、最初はラウルがいたから誰も近寄ってこなかったんだけど、一人になったらああなっちゃった」

あっけらかんとしたリードの表情を見れば、彼らの皮肉が全く通じていないことがわかるが、それでも気分が悪い。

「なんか、答えても答えても質問してくるからさ、正直助かったよ。ありがとう、リケルメ」

そう言って、にっこりと笑みを浮かべるリードに、知らずリケルメの胸が高鳴った。

立場こそ父と子になったとはいえ、やはり自分はリードを子として見る事など出来ないと、改めて思う。

「大したことをしたわけじゃない、気にするな」

言いながら、大きな手のひらで、優しくリードの髪を撫でる。懐かしい感触に、僅かに胸に痛みがはしった。けれど、照れ臭そうに笑うリードの表情を見ればそれもなくなった。

その時、演奏されている音楽がワルツへと切り替わった。

「ちょうど良い、一緒に踊るか」

「ええ？　ダンスなんて俺、もう何年もしてないよ」

一応、側室として入宮する際にダンスのレッスンは受けたはずだが、パーティーに参加することが全くといっていいほどなかった事もあり、もっぱらリケルメの相手をしていただけだ。

勿論、こんな風に大勢の前で踊った経験など、一度もない。

「俺がフォローするから、お前はただ動きにあわせるだけでいい」

言いながら、リケルメがリードの腰へと手を添えれば、仕方なくリードもリケルメの手をとる。

音楽が流れる中、ゆっくりとリケルメに導かれるままに足を動かしていく。

周囲には何組も同じように踊っている男女がいたが、自然と皆の視線はリケルメとリードへと集まっていく。

「なんだ、上手いじゃないか」

「足を踏まないようにするだけで精一杯だよ……」

元々の運動神経の良さもあるのだろう。ステップもなかなかのもので、不慣れなようにはとても見えない、軽やかな動きだった。ただ、滅多に動じることのないリードの緊張した表情がとても新鮮で、リケルメの気持ちも高揚した。

「まあ、素敵な余興《よきょう》」

「息もぴったりですわね」

二人の事情など何も知らない婦人たちから聞こえてくる声も、小気味よかった。

気が付けば、パーティー会場の視線は全て二人へと集中していたようで、曲と共にダンスを終えると、盛大な拍手が巻き起こった。当のリードはそんな周りの様子など全く気付いていなかったようで、きょとんとした表情で周囲を見渡している。

そんな二人のもとに、明らかに不機嫌そうな今日の主役の一人がズンズンと足を進めてくる。

「これは義父上、いつまで経ってもいらっしゃらないから、てっきり先にアローロへお帰りになったのかと思いました」

言いながら、さりげなくラウルがリードの身体を自分の方へと引き寄せる。

「オルテンシアは久しぶりだからな、今回はゆっくりさせてもらうつもりだ」

「政務に多忙な義父上のお手を、これ以上煩わせるわけにはいきません。明日の朝にでも馬車を用意させましょう」

「優秀な側近が揃っているからな、しばらくの間こちらに滞在するくらいどうということはない」

「わかりました。それでは、出立は明日の夜ではいかがでしょうか」

どちらも口元には笑みこそ浮かべているが、射るような視線で互いを見据えている。

そうとは知らぬ周囲の人間たちは、仲の良い叔父と甥の歓談の様子を微笑ましく見守っている。

間に挟まれたリードは一人、表情を引きつらせながら、いつもまでも続く二人の応酬《おうしゅう》を聞き続けていた。

おまけ　カバーイラストラフ別案

あとがき

はじめまして、こんにちは。はなのみやこと申します。

この度は『後宮を飛び出したとある側室の話』をお手に取って頂き、誠にありがとうございます。

初めて書いたオリジナルの小説でしたが、Ｗｅｂ上ではたくさんの方に読んで頂き、さらには大変な幸運に恵まれ、書籍として形にして頂けました事、本当に嬉《うれ》しく思っております。

今思えば、人生で初めて手にしたＢＬ小説本も、ルビー文庫さんから出版されたものでした。そんな大好きなレーベルさんから本を出して頂けたのはこの上なく、光栄な事だと思っております。

元々『後宮を～』は長編で予定していたわけではなく、簡単なプロットを考えた時にも３万字程度で終わる短編のつもりでした。

今でこそ言える話ですが、リケルメのキャラクター設定は当初から考えておりましたが、それこそ最初の、リードが後宮から出る場面での回想のみの登場予定でした。ただ、こんなに大切にされていながら、どうしてリードは後宮を出る事を選んだのか。それを伝えようとしたら、リケルメに関する描写も随分増えておりました。今回書かせて頂いたＳＳはリケルメ視点ですので、そちらの方も楽しんで頂けましたら幸いです。

ラウルに関しましては……私自身が典型的な少女漫画のお約束、最悪の出会いから、少しずつ惹《ひ》かれあっていくお話が好きな事もあり、あんな感じになりました。ラウル自身、過去に心の傷を負ったキャラクターなのですが、最後までそのエピソードを出さなかったのは、それを理由にリードがラウルに優しくする、というパターンは避けたかったからです。だから、ラウル自身に頭を下げさせ、出会いの場面の出来事をうやむやにはしませんでした。

そして主人公、リードに関してですが。リードの名前は、read（読む）ではなく、reed（葦《あし》）からとっています。パスカルの名言「人間は考える葦にすぎない」からです。登場人物の中では身分も立場も弱いリードだからこそ、思考し、自らの意志で生き方を決めて欲しい。考えた当初、そんな風に思いました。

そんなリードの物語でしたが、読んで下さった方に少しでも楽しんで頂けましたら、書き手としてこれほど嬉しい事はありません。

最後に、今回この本に携わって下さった全ての方に、改めて感謝の気持ちを伝えさせて下さい。

透明感のある美しいイラストで物語に彩りを与えて下さった香坂《こうさか》あきほ先生、本当にありがとうございます。昔から大好きな香坂先生にイラストを担当して頂けると聞いた時、とても嬉しかったです。

担当して下さったY様。ご迷惑をかけどおしな私に、いつも優しくして下さりありがとうございます。頂いたたくさんのご助言、大切に心に刻みたいと思います。Y様との打ち合わせが楽しすぎて、長く話しすぎてしまい申し訳ありませんでした。

そしてここまで読んで下さった皆様、本当にありがとうございます。またどこかで、お会い出来る機会がありましたら幸いです。

はなのみやこ

Ruby collection

後宮《こうきゅう》を飛《と》び出《だ》したとある側室《そくしつ》の話《はなし》

2018年12月1日　初版発行

著者　はなのみやこ

発行者　三坂泰二

発行　株式会社KADOKAWA
〒102-8177
東京都千代田区富士見2-13-3
電話：0570-002-301（ナビダイヤル）
https://www.kadokawa.co.jp/

印刷所　株式会社暁印刷

製本所　本間製本株式会社

デザイン　内川たくや（UCHIKAWADESIGN Inc.）

イラスト　香坂あきほ

初出：本作品は「ムーンライトノベルズ」(https://mnlt.syosetu.com/) 掲載の作品を加筆修正したものです。

ISBN 978-4-04-107739-9　C0093　　Printed in Japan